Романы МИФ. Магия книжных страниц

# ИВИ ВУДС

# ЗАТЕРЯННЫЙ КНИЖНЫЙ

Перевод с английского
Дарьи Воронковой

Москва
**МИФ**
2024

УДК 82-311.2(410)
ББК 84(4Вел)6-449
  В88

Original title:
THE LOST BOOKSHOP
By Evie Woods

*На русском языке публикуется впервые*

**Вудс, Иви**

В88    Затерянный книжный / Иви Вудс ; пер. с англ. Д. Ворон-
    ковой. — Москва : МИФ, 2024. — 416 с. — (Романы МИФ.
    Магия книжных страниц).

    ISBN 978-5-00214-619-2

Невероятная история о волшебной силе книг и магии места, в котором каждый найдет свое. Этого книжного магазина на тихой улочке
Дублина будто и не существует вовсе: для обычных людей он лишь
пространство между домами № 10 и 12. Но именно там, словно корни старого дерева, переплетаются жизни трех людей, разделенных
временем. В 1921-м Опалин сбегает от деспотичного брата и брака
по расчету в надежде найти дело по душе. В настоящем Марта устра-
ивается прислугой в дом эксцентричной актрисы, а Генри пытается
разгадать секрет потерянной рукописи. Поиски никому не известной
книги и магазина, пропавшего без вести, откроют героям тайны, что
изменят их жизни навсегда...

УДК 82-311.2(410)
ББК 84(4Вел)6-449

ISBN 978-5-00214-619-2

*Посвящается всем любителям книг*

# Пролог

Холодная ирландская зима. Дождливые улицы Дублина. Не лучшее место и время для маленького мальчика, чтобы шататься без дела, — разве только если он не приник носом к витрине самого очаровательного на свете книжного магазина. Внутри мерцали огни, красочные обложки манили, обещая поведать увлекательные истории о приключениях, о побеге из серой реальности. За стеклом прятались книжные новинки и разные безделушки, миниатюрные воздушные шары летали под самым потолком, а где-то в глубине магазина крутились и на все лады звенели музыкальные шкатулки с механическими птичками и каруселями.

Дама, стоящая в магазине, заметила мальчика и жестом пригласила его внутрь. Он покачал головой и чуть покраснел.

— Я опоздаю в школу, — одними губами произнес он.

Она покивала и заулыбалась. Даже через стекло она казалась очень приветливой.

— Ладно, но только на минутку, — сказал мальчик, переступая порог.

До этого он целых три секунды честно боролся с желанием зайти.

— Конечно, на минутку!

Она стояла за прилавком и вынимала только что поступившие книги из большой картонной коробки. Быстрым взглядом она окинула его незаправленную рубашку, копну волос, которые явно давно не встречались с расческой, разные носки, торчащие из ботинок, и внутренне улыбнулась. «Книжный магазин Опалин» притягивал маленьких мальчиков и девочек, словно магнит.

— В каком ты классе?

— В третьем. Школа Святого Игнатиуса. — Он запрокинул голову, разглядывая деревянные самолетики, парящие под сводчатым потолком.

— И что, нравится тебе там?

Он даже фыркнул — настолько глупым показался ему этот вопрос.

Дама оставила мальчика наслаждаться старинной книгой фокусов, но он быстро забросил это занятие, подошел к ее столу и принялся рассматривать канцелярские принадлежности.

— Можешь помочь, если хочешь, — предложила она. — Я рассылаю приглашения на презентацию книги.

Мальчик пожал плечами, но принялся (возможно, даже чересчур энергично), глядя на нее, так же складывать письма и рассовывать их по конвертам. От усердия он морщил нос, и веснушки, рассыпанные по щекам, складывались в новые созвездия.

— А что это такое — *Опалин?* — спросил он, выговаривая незнакомое слово так старательно, что в нем появилось несколько лишних звуков.

— Опалин — это имя.

— Ваше?

— Нет, я Марта.

Она прекрасно видела, что такое объяснение не удовлетворило мальчика.

— Могу рассказать тебе историю о ней, хочешь? Она, кстати, тоже не очень любила школу... и правила.

— И делать, что велят, да? — предположил он.

— О, это она не любила особенно, — заговорщическим тоном проговорила Марта. — Давай, заканчивай раскладывать письма по конвертам, а я пока заварю чай... Хорошая история всегда начинается с чашечки хорошего чая.

# Глава 1

# Опалин

*Лондон, 1921*

Мои пальцы нежно гладили корешок книги, и тисненый рельеф обложки позволял сознанию уцепиться за нечто материальное, за то, во что я верила больше, чем в фантастический спектакль, который разыгрывался прямо на моих глазах.

Мне исполнился двадцать один год, и матушка решила, что настало время выдать меня замуж. Мой брат Линдон отыскал, к несчастью, какого-то недалекого претендента — кажется, он только что унаследовал семейный бизнес, связанный с... ввозом товаров из каких-то отдаленных мест? Я почти не слушала.

— У женщины твоих лет есть лишь два варианта, — заметила матушка, ставя блюдце с чашкой на маленький столик подле кресла. — Выйти замуж или же найти занятие, в достаточной степени благородное.

— Благородное? — скептически переспросила я. Стоило только бросить взгляд на нашу гостиную с ее облупившейся краской на стенах, с выцветшими занавесками — и нельзя было не восхититься напыщенностью, которую демонстрировала матушка. Брак родителей был мезальянсом, о чем матушка старалась почаще напоминать отцу, дабы он не позабыл.

— А обязательно делать это именно сейчас? — осведомился Линдон, обращаясь к нашей горничной, миссис Барретт, которая чистила каминную решетку от золы.

— Мадам пожелала разжечь огонь, — ответствовала горничная тоном, который не подразумевал и тени уважения. Сколько себя помню, она всегда присматривала за домом и слушалась только матушкиных приказов, а с прочими обращалась так, будто мы не более чем самозванцы.

— Суть в том, что ты должна выйти замуж, — повторил Линдон, ковыляя по комнате и тяжело опираясь на трость.

Он был на восемнадцать лет старше меня, и всю правую сторону тела ему изуродовало шрапнелью во Фландрском сражении. Брат, которого я знала, остался похоронен где-то там, на поле боя, а от ужаса, то и дело проскальзывавшего в его глазах, меня бросало в дрожь. Не хотелось признавать, но я начинала всерьез бояться его.

— Он составит тебе хорошую партию. Пенсии отца матушке едва хватает, чтобы вести хозяйство. Пора наконец оторваться от твоих драгоценных книжек и выйти в реальный мир.

Я еще крепче сжала в руках книгу. Очень редкий том — первое американское издание «Грозового перевала», подарок отца, как и любовь к чтению в целом. Будто талисман, я носила при себе книгу в тканевом переплете, на корешке которой была золотом выгравирована наглая ложь: «От автора „Джейн Эйр“». Мы с отцом совершенно случайно наткнулись на нее, гуляя по блошиному рынку в Кэмдене (о чем, разумеется, не должна была прознать матушка). Позже я узнала, что английский издатель Эмили Бронте намеренно допустил эту ошибку, желая нажиться на коммерческом успехе «Джейн Эйр». Книга была отнюдь не в лучшем состоянии: по краям тканевый переплет потрепался, а на обороте и вовсе щеголял V-образным вырезом; страницы едва не выпадали, потому что нитки, которыми их когда-то прошили, истерлись от времени и пользования. Однако для меня все эти детали, включая запах крепких сигарет, который впитала бумага, были подобны машине времени.

Возможно, тогда-то и упало первое семя в благодатную почву. Я поняла: книга никогда не бывает такой, какой кажется.

Думаю, отец надеялся, что любовь к книгам перерастет в любовь к учебе, но в моем случае она лишь усилила отвращение к урокам. Я жила в мечтах и каждый вечер мчалась домой из школы, чтобы с порога начать упрашивать его почитать мне. Отец работал на государственной службе, был хорошим человеком и любил учиться новому. Он говорил, что книги — это нечто большее, чем просто слова на бумаге, что они, подобно порталам, переносят нас в другие места и другие жизни. Я всей душой полюбила книги и те миры, что скрывались в них, и этой любовью была обязана отцу.

— Если наклонить голову, — сказал он мне как-то раз, — можно услышать, как старые книги шепчут о своих секретах.

Я нашла на полке старинный том в переплете из телячьей кожи со страницами, выцветшими от времени. Поднесла его к уху и крепко зажмурилась, воображая, что вот сейчас-то я услышу все тайны, которые хочет поведать мне автор. Однако этого не случилось; по крайней мере, никаких слов я не уловила.

— Что ты слышишь? — спросил отец.

Я помедлила, позволяя звукам наполнить меня до краев.

— Я слышу... море!

Казалось, будто к уху поднесли раковину, будто страницы перелистывает свежий морской бриз. Отец улыбнулся и потрепал меня по щеке.

— Папа, это они дышат, да? — спросила я тогда.

— Да, — ответил он. — Ты слышишь дыхание историй.

Когда в 1918 году отец умер от испанки, я всю ночь провела подле него, без сна, держа его уже холодную руку и читая вслух его любимую книгу — «Дэвида Копперфильда» Чарльза Диккенса. Глупо, но тогда я воображала, будто слова смогут вернуть его к жизни.

— Я отказываюсь выходить замуж за мужчину, которого никогда в жизни не видела, исключительно для того, чтоб поправить семейные финансы. Сама эта идея абсурдна!

На этих словах миссис Барретт уронила щетку, металл зазвенел о мрамор, а лицо брата исказилось. Он терпеть не мог громких звуков.

— Подите вон!

Колени у бедной женщины были уже немолодые, поэтому она поднялась на ноги только с четвертой попытки, после чего гордо покинула комнату. Не знаю, каким чудом она удержалась и не хлопнула дверью.

Я тем временем продолжала защищаться.

— Если я для вас такая обуза, то это легко решается — я просто уеду и начну жить самостоятельно.

— И куда же, во имя всех святых, ты намерена отправиться? У тебя ведь ни гроша за душой, — прокомментировала матушка. Ей уже минуло шестьдесят, и мое появление на свет она всегда считала «небольшим сюрпризом», что звучит весьма затейливо, если не знать о ее стойком отвращении к любого рода неожиданностям. Меня растили люди много старше меня, и это лишь усиливало мое стремление вырваться на свободу и познать современный мир.

— У меня есть друзья, — упрямо сказала я. — И я могла бы работать!

От этих слов матушка так и ахнула.

— Ах ты неблагодарная дрянь! — рыкнул Линдон.

Я попыталась вскочить со стула, но он мертвой хваткой вцепился мне в запястье.

— Мне больно!

— И будет еще больнее, если не начнешь делать, что говорят!

Я дернула рукой, пытаясь высвободиться, но он держал крепко. В поисках поддержки я оглянулась на матушку, но та внимательно изучала ковер, не поднимая глаз.

— Понятно, — мрачно сказала я. Итак, Линдон теперь хозяин дома, и именно за ним будет последнее слово. — Я... буду.

Однако он все еще не отпускал меня, нависая так близко, что я ощущала его кислое дыхание.

— Я сказала, что сделаю, как ты хочешь! — Наши взгляды пересеклись, и я попыталась отстраниться. — Я встречусь с этим... воздыхателем.

— Ты за него *выйдешь*, — отрезал Линдон и медленно отпустил меня. Я тотчас принялась разглаживать юбку, сунув книгу под мышку.

— Значит, решено, — продолжил он, холодно глядя куда-то сквозь меня. — Я приглашу Остина на ужин, сегодня же вечером. Там и уладим все формальности.

— Да, брат, — согласилась я и удалилась наверх, к себе в комнату.

Порывшись в верхнем ящике туалетного столика, я нашла наконец сигарету, которую стащила когда-то из тайника миссис Барретт на кухне. Открыла окно, подожгла ее и медленно затянулась, будто роковая женщина из кинофильма. Потом села за туалетный столик, а сигарету положила на старую устричную раковину, которую подобрала прошлым летом на пляже. Мы отдыхали тогда с моей лучшей подругой Джейн, и она еще не вышла замуж — какое беззаботное время! Хоть женщины теперь и получили право голоса, но удачный брак все еще принято считать единственной достойной перспективой.

Я тронула место, где кончались волосы, на затылке, не сводя глаз со своего отражения. Матушка едва не лишилась чувств, увидев, что я сотворила со своими длинными локонами. «Я больше не маленькая девочка», — сказала я ей тогда. Но разве можно было в это поверить? Мне нужно стать современной женщиной, научиться рисковать... Но если нет денег, что я могу, кроме как повиноваться старшим? Почему-то снова вспомнились слова отца.

*«Книги подобны порталам...»*

Я бросила взгляд на книжную полку и снова глубоко затянулась сигаретой.

«Что бы сделала Нелли Блай?»

Я часто задавалась этим вопросом. Нелли Блай воплощала бесстрашие — американская журналистка, которая, вдохновившись книгой Жюля Верна, совершила кругосветное путешествие всего за семьдесят два дня, шесть часов и одиннадцать минут. Она говорила, что если внутри горит огонь, если правильно его направить, то можно достичь любой цели. Будь я мужчиной, непременно заявила бы, что до брака намерена устроить гран-тур по Европе. Мне хотелось прикоснуться к другим культурам. Мне всего двадцать один, а я еще ничего не сделала и толком ничего не видела.

Я снова посмотрела на книги. Решение было принято еще прежде, чем дотлела сигарета.

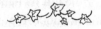

— Сколько вы дадите за них?

Я наблюдала за тем, как мистер Тертон перелистывает мои «Грозовой перевал» и «Собор Парижской Богоматери». Он владел маленькой душной лавкой (которая на деле являла собой просто длинный коридор без окон) и постоянно дымил трубкой. От дыма воздух делался еще более спертым, а глаза у меня слезились.

— Два фунта, и это еще скажите спасибо, что я сегодня щедрый.

— Ох! Мне нужно намного больше.

Мистер Тертон углядел в стопке отцовского «Дэвида Копперфильда» и, не успела я возразить, уже принялся листать его.

— Эту я не продаю, — быстро сказала я. — Она мне... очень дорога.

— А между тем это весьма интересный экземпляр. Так называемое издание для чтения, поскольку именно его Диккенс держал в руках, когда публично зачитывал роман.

Нос картошкой и крошечные глазки придавали книготорговцу сходство с кротом. Он даже понюхал ценную книгу, будто это был редкий трюфель.

— Мне это известно, — ответила я, пытаясь высвободить том из его жадной хватки. Мистер Тертон невозмутимо продолжал, будто уже вовсю продавал его на аукционе.

— Роскошный переплет, чистая телячья кожа. Очаровательное издание: корешок богато украшен и позолочен, как и края страниц, форзацы расписаны акварелями.

— Эту книгу подарил мне отец. Она не продается.

Он глянул на меня поверх очков, будто я тоже была книгой, которую ему предстояло оценить.

— Мисс?..

— Карлайл.

— Мисс Карлайл, это один из наиболее хорошо сохранившихся экземпляров подобного рода, который я когда-либо держал в руках.

— Вы забыли упомянуть иллюстрации Хэблота Брауна, — с гордостью добавила я. — Вот видите, он подписался здесь карандашом? Фитц — это его псевдоним.

— Могу предложить за нее пятнадцать фунтов.

Кажется, весь мир в эту секунду стих, как бывает всегда, когда принимаешь судьбоносное решение. Одна дорога обещала свободу и неизведанный мир. Другая вела прямиком в позолоченную клетку.

— Двадцать фунтов, мистер Тертон, и она ваша.

Он прищурился и сдержанно усмехнулся. Я знала, что он заплатит, а он знал, что я жизнь положу, лишь бы выкупить обратно эту книгу. Когда он отвернулся, я сунула обратно в карман «Грозовой перевал» и покинула ломбард.

Так началась моя карьера книготорговца.

# Глава 2

# Марта

*Дублин, девять месяцев назад...*

Холодным темным вечером, подходя к дому в георгианском стиле из красного кирпича и чувствуя, как капает у меня с куртки, я не планировала оставаться на Халф-Пенни-Лейн. Женщина по телефону звучала не слишком дружелюбно, но мне было некуда идти, а денег осталось мало.

Мое путешествие в Дублин началось неделю назад, на автобусной остановке у края деревни, на другом конце страны. Не знаю, сколько я там просидела, не помню, было ли тепло или холодно, проходил ли кто-нибудь мимо. Все мои чувства притупились, осталось лишь одно непреодолимое желание — уехать прочь. Правым глазом я ничего видела, так что не заметила, как подъехал автобус. Все тело будто онемело, но, когда я сползла по каменной стене, ребра заныли. И даже тогда я не позволила мыслям устремиться в прошлое. Только не это. Даже когда водитель вышел из кабины, чтобы помочь мне занести в автобус чемодан, даже когда он окинул меня таким взглядом, будто я бежала из тюрьмы. Даже тогда я велела себе не вспоминать о прошлом.

— Куда? — коротко спросил он.

«Куда угодно, только подальше отсюда».

— В Дублин, — ответила я.

Может быть, Дублин — это достаточно далеко. Я смотрела, как за окном проплывают деревенские пейзажи. Всей душой я ненавидела эти поля и эти маленькие городишки, в которых из всех достопримечательностей — школа, церковь да дюжина пабов. Эта серость давила на меня.

Должно быть, я задремала, потому что в какой-то момент подскочила от ощущения, что он снова на мне, что я закрываю лицо руками. Я не понимала, как защищаться. Он был слишком быстр. А когда он схватился за кочергу, душа моя ушла в пятки. Конец всему. Конец всем надеждам, которые у меня когда-то были, всем глупым, наивным мечтам. В ту секунду я поняла: в этом мире каждый сам по себе. Никто не придет тебе на помощь. Люди не способны измениться вот так, по щелчку пальцев, они не начнут в один прекрасный день уважать тебя. Нет, они будут копить обиду и злобу и вымещать это на всех подряд.

Я должна была сама спасти себя.

— Только кофе и сэндвич с сыром, пожалуйста, — сказала я официанту, выбирая самое дешевое, что было в меню.

Мне не слишком везло онлайн, так что я взялась искать работу в газете. Всю неделю я жила в хостеле, и денег уже совсем не осталось.

Тогда-то мне и подвернулось это объявление: «Требуется домработница. Жилье гарантируется».

Я позвонила по указанному телефону и уже на следующий день стояла на крыльце величественного дома и стучала в блестящую черную дверь. Мадам Боуден — именно так она велела к себе обращаться — не походила ни на кого из моих прежних знакомых. Она носила боа из перьев и бриллиантовые серьги, словно шагнула прямиком с телеэкрана, из какого-нибудь исторического сериала. Спустя пять минут знакомства она уже потчевала меня историями о том, как выступала в Королевском театре, как танцевала с труппой и играла в старых пьесах, о которых я никогда в жизни не слышала.

— Люди считают меня эксцентричной, ну а я их — скучными, так что, как видите, все относительно. Как, вы сказали, вас зовут?

— Марта, — в третий раз повторила я, спускаясь за ней по лестнице в подвал. Мадам Боуден ходила, опираясь на трость, и, хотя она устроила из этого целый спектакль, двигалась весьма резво. Я предположила, что ей за восемьдесят, однако годы, казалось, не затронули ее. Как истинная актриса, она выбрала роль персонажа, неподвластного времени.

— Последней девушке, которая у меня работала, очень здесь нравилось, — сообщила мадам Боуден тоном, который подразумевал, что и мне надлежит ощущать то же самое.

Было так темно, что я не могла толком ничего разглядеть — только половинчатое окно под потолком, за которым виднелись ноги людей, вышагивающих по улице. Мадам Боуден стукнула тростью по выключателю, и меня окатило светом из яркой лампочки в подвесном светильнике. Поморгав, я увидела односпальную кровать в углу и шкаф у противоположной стены. Рядом со входом располагалось что-то вроде маленькой кухоньки, а дверь следом вела в крошечную ванную комнату с душем. Линолеум на полу загибался у краев, обои были в аналогичном состоянии — и все же я сразу почувствовала себя в безопасности. Мой уголок. Пространство, которое я могу назвать своим. Могу даже закрыть дверь и не бояться, что кто-то вломится.

— Ну? — Мадам Боуден выразительно приподняла бровь.

— Все замечательно, — проговорила я.

— Разумеется. А я что говорила?

— Так... работа моя?

Она прищурилась, оценивая мою растрепанную личность. Оставалось только благодарить бога, что у мадам Боуден, должно быть, весьма посредственное зрение, потому что она, кажется, не заметила, что у меня разбито лицо. А если и заметила, ее это не отпугнуло.

— Полагаю, что да, — наконец согласилась она. — Но не обольщайтесь, я беру вас, так сказать, по дефолту. Никто больше не обращался, представляете? Это беда вашего поколения, вы совершенно не готовы трудиться. Хотите только сидеть в этих ваших «тики-токах» и ждете, что за это вам будут платить...

Она ушла, продолжая бормотать, а я осторожно присела на кровать и вслушалась в скрип пружин. Будто сломанный аккордеон. Правда, это не имело значения, ведь главное, что здесь меня никто не найдет. Я поставила будильник на семь утра. Судя по ее словам, квартирная хозяйка ожидала от меня поутру «изысканную трапезу», то есть завтрак мишленовского уровня из того, что найдется в холодильнике. Что ж, подумаю об этом позже.

Я провалилась в благословенный сон, даже не сняв с себя мокрую одежду и не опустив жалюзи.

Я проснулась и сразу подскочила на кровати. Почему так светло? Где я? Почему звенит будильник? Пробуждающееся сознание отмело вопросы один за другим, и я оглядела свой наряд. Старые джинсы и мешковатый джемпер... Не знаю, как одеваются домработницы, но вряд ли в таком стиле. Я открыла чемодан и достала длинное серое вязаное платье. Я с трудом помнила, как бросила его туда. Должно быть, какая-то часть моего сознания подумала, что надо взять вещи, которые не придется гладить.

Я быстро стянула джемпер и как раз расстегивала молнию на джинсах, когда увидела за окном чьи-то ноги. Кто-то проходил мимо подвала. Я затаилась. И выдохнула, только разглядев коричневые замшевые ботинки со шнуровкой. Не *его* ботинки.

Придерживая джемпер поверх лифчика, я наблюдала, как незнакомец за окном расхаживает взад-вперед, полукругами. Что, черт возьми, он творит? Во мне поднялась волна гнева, и, приложив все силы, я ухитрилась распахнуть окно и высунуться наружу, опершись руками о подоконник.

— Эй, извините!

Нет ответа. Я громко прокашлялась — по-прежнему ноль внимания.

— Я могу вам помочь?

— Сильно сомневаюсь.

Я была удивлена, услышав английский акцент, потому что начала уже думать, что к этим ногам не прилагается никакое тело. Лица полностью я все еще не видела, но в поле зрения то и дело возникали отдельные фрагменты. Так уж я была устроена — сразу начинала считывать людей, хоть это порой и приносило мне много проблем. Этот мужчина казался рассеянным, ищущим, несчастным.

— Что вы здесь делаете? — От безысходности я продолжала вести разговор с его голенями.

— Не думаю, что вас это касается. А что здесь делаете вы?

— Живу! — возмущенно ответила я, жалея, что ввязалась в разговор вместо того, чтобы просто опустить жалюзи. — Так что вы, мистер Любопытный Том, идите куда-нибудь подальше.

Голос немного дрожал. Я определенно не была готова препираться с незнакомцем, но в то же время мне отчаянно хотелось уединения. Его ботинки зашаркали по грязи, и в следующее мгновение он опустился на корточки, а лицо оказалось прямо передо мной. Оно совсем не подходило к его резкому, словно бритва, голосу. Глаза светились теплом (карие? зеленые? ореховые, может быть?), а волосы то и дело падали на лицо, закрывая их. Однако выражение было таким ироничным, словно он готов оспаривать каждое мое слово.

— Вы сказали: «Любопытный Том»? — явно забавляясь, переспросил он. — Вас что, машиной времени зашвырнуло к нам из восьмидесятых?

Не знаю, что мне нравилось меньше: когда меня игнорировали или когда насмехались. При всем этом он раздражающе заразительно улыбался, демонстрируя неидеальные зубы, — должно быть, играл в футбол и получил мячом по лицу, блокируя пенальти. Я невольно улыбнулась в ответ, но тут же приняла серьезный вид.

— Слушайте, если не отвяжетесь, я вызову полицию!

Он поднял руки, признавая поражение.

— Я извиняюсь, я искренне прошу прощения! Меня, кстати, зовут Генри. — И он протянул ладонь для рукопожатия. Я молча пялилась на руку, пока он ее не убрал.

— Честное слово, я не подглядывал за вами. Я... я ищу кое-что.

«Очень правдоподобно», — подумала я.

— И что же вы потеряли?

— Ну... — Он оглядел пустынный участок земли между домом мадам Боуден и соседским и запустил пальцы в свою и без того взъерошенную шевелюру. — Не то чтобы потерял...

Я закатила глаза. Он точно Любопытный Том... или как там сейчас их называют, неважно. Извращенец! Сто процентов. Я уже открыла рот, чтобы заявить это вслух, как он вдруг сказал нечто такое, чего я никак не ожидала:

— Останки! Я ищу останки...

— О господи, здесь кто-то умер? Так и знала! Здесь такая странная атмосфера, я почувствовала сразу, как приехала...

— Ох, нет-нет, боже! Не такие останки. — Он склонил голову, чтобы поймать мой взгляд. — Слушайте, я понимаю, что объясняю путано, но клянусь, ничего дурного в этой истории нет. Просто... трудно вот так рассказать.

Какое-то мгновение мы молчали: он скрючился у стены, а я наполовину высунулась в окно, стоя на табуретке, — и в это мгновение раздался звон колокольчика.

— Это что еще было? — спросил он, пытаясь заглянуть внутрь.

Я оглянулась и увидела старомодный звонок с проводом, уходящим к потолку. Судя по всему, у меня тут намечалась собственная версия «Аббатства Даунтон». Снова повернувшись, я припомнила его имя: Генри.

— Сделаете мне одолжение? Что бы вы ни искали, поищите это где-нибудь в другом месте, — попросила я и решительно захлопнула окно прямо у него перед носом.

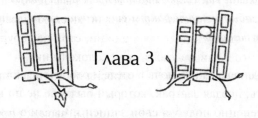

# Глава 3

# Генри

Я сидел, медленно потягивая свою обычную пинту «Гиннесса», в том же пабе, что и вчера, и позавчера. Мне нравилось сидеть у края барной стойки, забившись в угол. Фоном играла *Tainted Love*, и я в такт постукивал носком ботинка по стойке.

*Sometimes I feel I've got to* — ТУМ-ДУМ — *run away, I've got to* — ТУМ-ДУМ.

Параллельно я читал свои вчерашние заметки.

*«Примерно шесть месяцев вашей жизни уйдут на поиски потерянных вещей. Одна страховая компания провела опрос, который показал, что за день среднестатистический человек теряет примерно девять предметов, то есть к шестидесяти годам мы потеряем 200 000 вещей. А если говорить о книгах — сколько книг в мягком переплете, рукописей, набросков было утеряно или позабыто за всю историю человечества? Бесконечно много. А сколько заброшено библиотек! Вот, например, библиотека Дуньхуана на краю пустыни Гоби: тысячу лет никто даже не знал, что она там, пока один даосский монах, выйдя покурить, не обнаружил ее совершенно случайно. Он прислонился к стене древней библиотеки, и та рухнула, явив глазам монаха гору древних свитков высотой почти три метра,*

*содержащую письмена на семнадцати различных языках. Кто*
*знает, какие еще сокровища нам предстоит открыть заново,*
*какие забытые артефакты еще ждут, когда их извлекут*
*на свет божий?»*

Проводя очередную ночь в отеле, который не мог себе позволить, поедая завтрак, который был мне не по карману,
и постепенно подводя свои записи к мысли о *том самом*
книжном магазине, я все думал: а существует ли он вообще?
Все, что у меня было, — письмо от одного из самых успешных
в мире коллекционеров раритетных книг, адресованное
владелице этого книжного, мисс Опалин Грей. Коллекционер
писал о некой утерянной рукописи.

Где же я наткнулся на это необычное письмо? В единственном месте, где возможное могло стать реальным, —
в аукционном зале. Я потратил годы на поиски неизмеримо
большого открытия, которое бы увековечило мое имя в мире
букинистики, и никогда прежде я не подходил к нему так
близко.

Несколько дней назад я должен был улететь в Великобританию.

Я глотнул еще «черной дряни», как называли «Гиннесс»
местные. Мотивация бывает всех форм и размеров, и моя
мотивация оставаться в Ирландии звучала так: я не хотел
выглядеть неудачником. Именно этого все от меня и ждали (включая меня самого). Ведь если никто тебя не воспри-
нимает всерьез, с чего ты сам будешь относиться к себе
серьезно?

Я винил во всем отца и не испытывал по этому поводу
ни малейших угрызений совести. Самое первое воспоминание — с оттенком предательства, когда он велел мне встать
перед всеми и выступить с моим новым игрушечным микро-
фоном. Было Рождество, к нам пришли его приятели. Я спел
пару песен, — не помню уже, что именно, но помню, что он

хохотал, почти рычал, как волк. Он был мертвецки пьян. Гости тоже рассмеялись, и мои щеки так пылали от стыда, что я едва ощущал, как по ногам потекло горячее.

— Он обоссался! — прохрипел отец и от хохота повалился со стула.

Не помню, что было потом; наверное, пришла мама и спасла меня. Однако с того момента все считали меня плаксой, слишком чувствительным. Хуже того, моя сестра Люсинда, не успев вывалиться из материнской утробы, уже была готова к борьбе. Отец уважал ее. Да что там, она немного пугала всех нас. Из-за нее за мной окончательно закрепился статус паршивой овцы.

Пока я не нашел то самое письмо Розенбаха.

Внезапно я превратился в баловня судьбы, внезапно оправдались все часы, просиженные за книгами, весь недополученный мной витамин D. Я так много времени проводил в библиотеках, что люди полагали, будто я работаю там, — и в конце концов я и сам начал думать так же. Самообман достиг критического уровня в момент, когда я принялся рассказывать другим сотрудникам, как нужно выполнять их обязанности. Моя мать, узнав об этом, пришла в ярость.

— Сколько денег я потратила на твое обучение! А ты, паршивец, не сдал ни одного экзамена!

Эти деньги ушли на оплату курсов в Лондонской школе букинистики — по моему мнению, на благое дело. Благодаря им у меня была профессия, пусть даже никто, кроме меня, не считал таковой чрезмерную любовь к редким книгам.

И все же я никогда не пытался быть вроде... Ну, в общем, я не Индиана Джонс. Люсинда как-то сказала, что авантюризма во мне не больше, чем в ведре. Ну и кто теперь ведро, а?

Я рассмеялся: выпивка явно дала мне в голову. Неделями я бродил по Халф-Пенни-Лейн в поисках зацепки, которая хоть как-то намекнула бы на существование искомого книжного магазина. Хоть малейший след, хотя бы тень!.. Но все впустую.

Пока в мою жизнь не ворвалась эта девушка.

Откуда она взялась? На меня смотрели самые пронзительные голубые глаза из всех, когда-либо мной виденных. Я даже попятился: она казалась рассерженной, но спустя мгновение стало понятно, что нет, не рассерженной, а испуганной. Кожа белая-белая, но на круглых щеках проглядывал румянец. Длинная обесцвеченная челка не смогла полностью скрыть неприятный синяк под глазом. Будто ангел, спустившийся с небес в трудный час.

Хотел бы я поговорить с ней еще, но что я мог сказать? Вам не встречался позабытый богом книжный магазинчик? Возможно ли, что ваш дом поглотил его? Не хотите ли поужинать со мной?

Когда она захлопнула окно и отвернулась, все еще прикрывая грудь джемпером, я увидел огромную татуировку во всю спину. Не орнамент даже, а просто строки за строками, мелким шрифтом, будто на свитках Мертвого моря.

Мы толком и не поговорили, но я уже был убежден, что это самая занимательная женщина, которую я когда-либо встречал. К моей глубокой досаде, она не пошла поперек обычаев и, как и большинство женщин, возникавших в моей жизни, с первой минуты невзлюбила меня.

И все же, возможно, ей известно что-то о книжном магазине. Придется заглянуть внутрь себя, откопать там хоть грамм обаяния и переманить ее на свою сторону.

Через два часа я вернулся в гостиницу. Коридор, и без того узкий, казался особенно тесным из-за клаустрофобного рисунка на обоях и портретов в рамках (я насчитал по меньшей мере пять пап римских). Оранжевые цветы, казалось, злобно пялились на меня, а коричневый ковер кружился под ногами.

— Вернулся на чашечку чая, милый?

Нора походила на Хильду Огден, но с самым дублинским из всех дублинских оттенков акцента. Она была из тех людей, которые всякое повидали. Вот и сейчас: стояла, скрестив руки на груди, держа в безвольной ладони сигарету с таким видом, будто ничто не способно удивить ее. Я завидовал таким людям. Если бы прямо сейчас разорвался ядерный снаряд и рядом с нами осыпались бы кирпичи и известка, Нора, наверное, даже не шелохнулась бы. Постояла бы еще немного с сигаретой и с бигудями в волосах, гадая, кто поднял такой шум, а потом продолжила бы как ни в чем не бывало жарить яичницу к чаю.

— Нет, спасибо, Нора. Я перекусил в пабе пирогом и чипсами.

Никто еще не был так озабочен моим питанием. Большинство бесед заканчивались активно выраженным беспокойством относительно моего веса — недостаточного, по мнению Норы.

— Ну слава богу! Глядишь, что и налипнет тебе на ребра. — Она одобрительно покивала. — Утром сделаю тебе настоящий ирландский завтрак.

Это она добавила не терпящим возражений тоном.

Я вежливо покивал и пошел вверх по лестнице, к себе в комнату, к оборчатым занавескам и яркому покрывалу. Однако, несмотря на декор, это место ощущалось как дом. Не мой собственный, конечно, а как дом в концептуальном его смысле. Возможно, именно занавески и покрывало позволяли воображать, будто я знаком с Норой много лет, будто я часть ее семьи. Насколько я мог судить, семья состояла из трех джек-рассел-терьеров и мужа по имени Барри, с которым я так до сих пор и не познакомился.

«Он практически живет там, в сарае», — пояснила она мне в первую ночь, демонстрируя общую ванную комнату насыщенного оливкового цвета. С заднего двора доносились удары молотком по дереву. И снисходительно добавила: «Ах, если б он там еще и ночевал...»

— Кстати, тебе письмо, — сказала Нора, вынимая конверт из кармана передника. — Из городской управы. Кажется, очень официальное... Я не читала, конечно, — поспешно добавила она, что означало, разумеется, она его прочла.

# Глава 4

# Опалин

Когда подняли сходни, а в воздух в прощальном жесте взлетели носовые платки, мое сердце затрепетало от волнения. В почтовом поезде до Дувра я провела холодную бессонную ночь и за это время успела тысячу раз усомниться в мудрости принятого решения бежать во Францию. Я успела только отправить телеграмму Джейн и горько сожалела, что не имею возможности как следует попрощаться с единственным человеком, по которому буду скучать. Неизвестно, что ждет меня впереди, но я остро осознавала, *что* оставляю за спиной. Матушку, несомненно, приведет в ужас мое бегство — не столько потому, что она потеряла дочь, сколько из-за сплетен и дурных толков, которые окружат нашу семью. Я опозорила их обоих, но выхода не было, ведь выбор стоял между их хорошим именем и моим будущим. Я не желала приносить себя в жертву на алтарь семейных ожиданий. Чтобы прокормиться, хватит моего школьного диплома — по крайней мере, так мне казалось, хотя очень скоро я поняла, что куда более суровое образование дает университет жизни.

Я стояла на палубе, у ног ютился чемодан, а глаза мои были устремлены к горизонту. Многие попутчики уже устраивались поудобнее в откидных креслах, не желая подхватить морскую болезнь, — но только не я. Ухватившись за перила, я воображала приключения, которые ждут меня, и не слишком задумывалась о том, как буду выживать в чужой стране.

Краем глаза я заметила движение, секунда — и кто-то уже убегает прочь с моим чемоданом. Я закричала, но порывы ветра поглотили вопль. Вор стремительно удалялся, пока я, спотыкаясь о палубу, пыталась нагнать его. И тут какой-то мужчина пронесся мимо меня, словно молния, бросился вниз по трапу и схватил вора — мальчишку лет двенадцати — за шиворот одной рукой. В другую он взял чемодан и подтащил мальца ко мне, а затем, говоря с очень заметным акцентом, спросил, что бы я хотела, чтоб он сделал с воришкой.

— Я... эм... ну... — Я мямлила, от шока не в силах вымолвить что-то внятное.

— Я доложу о нем капитану корабля, если мадемуазель того пожелает, — заявил мужчина с какой-то драматичной развязностью. Он сразу привлекал к себе внимание: ростом выше ста восьмидесяти, смуглый, с очень выразительными чертами лица. Темные волосы, темные глаза, потемневшая от солнца кожа — словом, он был невероятно привлекательным.

— Мадемуазель? — повторил мужчина, и в глазах его мелькнула легкая улыбка.

— Эм... Да-да, конечно... — Я посмотрела на мальчика, который внезапно стал похож на загнанную дичь. — И что же с ним будет?

Я приняла из рук мужчины свой чемодан. Ответ прозвучал весьма бесстрастно:

— Снимут с корабля и отправят прямиком в тюрьму, я полагаю.

— Ох.

— Решать вам, мадемуазель.

— Что ж, мои вещи у меня, так что, полагаю, ничего страшного не случилось. Ты ведь больше не будешь так поступать, правда? — спросила я у мальчишки, который (я только сейчас заметила это) был бос и носил одежду на два размера меньше. Он яростно потряс головой и, едва мужчина ослабил хватку, рванул прочь, будто в самом деле был каким-то диким зверьком.

— Мадемуазель слишком добра, — прокомментировал мужчина, глядя, как воришка исчезает в толпе. — Позвольте представиться: меня зовут Арман Хассан. — И он слегка поклонился.

Имя звучало экзотично и интригующе, что явно добавляло незнакомцу очков привлекательности. Одежда сидела на нем хорошо, но с какой-то элегантной небрежностью, будто он выглядел бы великолепно в любом наряде. И все же в его глазах мне почудилось нечто опасное, какая-то скрытность, из-за чего ему сложно было верить.

— Мисс Опалин Карлайл, — представилась я, подавая руку и с опозданием сознавая, что только что сообщила совершенно незнакомому человеку свое настоящее имя.

Пора бы уже начать соображать, что я делаю.

— *Enchanté*\*, мадемуазель Карлайл, и позвольте заметить, что у вас очень красивое имя. Надеюсь, у меня будет еще повод произнести его, и не раз.

Он поднес мою руку к губам, и я могла поклясться, что даже сквозь ткань перчаток я ощутила его горячее дыхание. Пришлось быстро отвести взгляд и надеяться, что румянец не слишком меня выдает. Подумать только: не успела отплыть из Англии, а уже очаровалась иностранцем с акцентом, как какая-нибудь неопытная девица. Надо брать себя в руки.

— Что ж, благодарю вас, мистер Хассан, но мне уже пора идти.

---

\* Волшебно (*фр.*). *Здесь и далее — примечания переводчика, если не указано иное.*

Я еще не закончила фразу, как поняла, что на борту корабля у меня не могло быть никаких неотложных дел. Его глаза блеснули: должно быть, он вообразил, сколько нотаций мне прочитали, запрещая вступать в разговоры с незнакомыми мужчинами.

— Если позволите, мадемуазель, дам вам совет. Такой очаровательной девушке следует быть осторожнее в будущем. Представительницы слабого пола, путешествующие по континенту в одиночку, рискуют столкнуться с людьми, весьма... недобросовестными.

Однако ко мне уже вернулось самообладание, я расправила плечи и гордо вздернула подбородок.

— Мистер Хассан. Хотя вы, несомненно, хорошо владеете английским языком, вам недостает знаний об английских женщинах. Мы вполне способны постоять за себя, спасибо.

С этими словами я накинула пальто и зашагала по палубе против ветра, придерживая рукой шляпу, которую чуть не унесло. «Какой самонадеянный тип!» Я фыркнула и твердо решила не поддаваться никаким соблазнам, вне зависимости от обстоятельств.

Отель *Petit Lafayette* на первый взгляд казался весьма элегантным, но, как и с книгами, не стоило судить по обложке. Меня провели к лестнице, которая огибала весь дом со стороны внутреннего дворика, отчего к каждой комнате примыкало некое подобие балкончика — правда, вид с него открывался лишь на унылое серое здание. Настроение упало еще сильнее, когда служащий открыл дверь в мой номер. Мне не доводилось бывать в монастыре, но именно так я представляла себе келью: тесная комнатка без окон и с узкой кроватью.

— Ох, нет-нет! — Я решительно замотала головой.

— *Non?* — переспросил он, не двигаясь с места.

— Нет, это даже не обсуждается! — Ответа не последовало, и я решила объясниться. Проговорила как можно медленнее, чтобы он точно понял: — Это не комната, а монашеская келья! Я бы хотела... *je voudrais une chambre plus grande. Avec une fenêtre!**

Десять минут спустя, уплатив вдвое больше, я открыла дверь в другую комнату — тоже, надо сказать, довольно скромную, а кровать была ненамного шире. Очевидно, мои навыки ведения переговоров стоит отточить. Однако стоило мне открыть длинное окно и выглянуть в него — и я тут же позабыла о том, что была чем-то недовольна.

Передо мной раскинулись крыши Парижа, золотистые в лучах заходящего солнца.

Да, я была в ужасе от того, что натворила. Мечта и ее воплощение нередко вызывают противоречивые реакции... И все же меня переполняла решимость добиться своего. И нет, я не пролью ни одной слезинки!

В мой первый день в Париже стояла ветреная, но солнечная погода. Я крепко сжимала в руках маленькую карту, которую купила у уличного торговца. Город оказался точно таким красивым и вдохновляющим, как я и надеялась: каждая улица, открывавшаяся моим глазам, была очаровательнее предыдущей. Здания из камня с элегантно высокими окнами и серыми, покрытыми жестью крышами в мягком солнечном свете выглядели безукоризненными. Гуляя по набережной де ла Турнель, я наткнулась на ряды книготорговцев (букинистов, как выяснилось позднее). Они продавали самые разные книги на французском и английском, журналы, книги записей и даже старые плакаты и открытки. Я остановилась посмотреть и поразилась тому, что товары они держали

---

* Я бы хотела комнату побольше. С окном! (*фр.*)

в зеленых металлических ящиках, подвешенных прямо на парапет над Сеной. Эти ящики образовывали собой нечто вроде вагонов поезда, который будто бы остановился, распахнув свои двери для читающей публики до наступления темноты.

Я чувствовала себя как на небесах, гуляя по берегу реки, залитой ярким солнцем, затерявшись в мире книг и голосов с иностранным акцентом. Вот тогда-то я и заметила его. «Страшные рассказы» в лазурно-голубом переплете, двухтомник Эдгара Аллана По в переводе Шарля Бодлера. Я открыла первую страницу и узнала, что в руках у меня первое издание, опубликованное Мишелем Леви Фрером в Париже в 1856—1857 годах. Мой отец обожал Эдгара По, мне и самой нравились «Сердце-обличитель» и «Падение дома Ашеров», так что эта находка показалась знаком свыше.

Я осведомилась, сколько стоит двухтомник, и мой ломаный французский немедленно выдал во мне иностранку. Сто франков показались крайне завышенной ценой, и мы долго торговались жестами (торговец выворачивал карманы, показывая, что я обкрадываю его), пока наконец не договорились. Безрассудство охватило меня с головой, потому что я тратила те скромные сбережения, что у меня имелись, — однако теперь у меня было еще одно издание. Когда торговец уже принялся оборачивать книги в коричневую бумагу и обвязывать их бечевкой, я услышала, как кто-то окликает меня по имени.

— Месье Хассан! — удивленно воскликнула я, а он, как и тогда, приложил мою руку к губам. Я немедленно вспыхнула, а книготорговец хмыкнул. Они заговорили о чем-то на таком беглом французском, что я не успевала понимать, однако суть беседы скоро стала ясна.

— Вижу, вы купили моего Бодлера, — сказал месье Хассан с коварной улыбкой.

— Что вы имеете в виду?

— Я попросил приятеля придержать эти книги для меня, однако вижу, он решил продать их вам... правда, за куда бо́льшую цену.

Разумеется, он намекал, что меня обвели вокруг пальца, однако я предпочла проигнорировать скрытый смысл.

— Что ж, значит, это не ваш Бодлер, а мой, — отрезала я, забирая сверток, полная решимости направиться в отель.

— По крайней мере, позвольте мне угостить вас ужином, чтобы поздравить с удачной сделкой, — предложил он, легко нагоняя меня.

— Благодарю, однако с моей стороны было бы неуместно принять приглашение от незнакомого мужчины.

— Ах! — Он сделал вид, что принял это близко к сердцу. — Но ведь мы знакомы! К тому же вы, похоже, совсем одна в Париже...

— Я не одна, — перебила я. — Я остановилась у своей... тети.

— Что ж, понятно. — Месье Хассан покивал, признавая свою неправоту. — *Alors**, если передумаете, мадемуазель Опалин... — Он протянул мне свою визитку. — Будет непросто забыть, как вы меня отвергли, но, к счастью для вас, я человек отходчивый.

Приподняв шляпу, он скрылся в переулке, а я так и стояла, чувствуя, как ярость переполняет меня. Этот человек, этот напыщенный высокомерный мужчина невероятно раздражал, больше того — я начинала ненавидеть его. И все же я не выкинула его визитку в Сену, а вместо этого положила ее в карман.

Вечером я подписала для Джейн одну из открыток, купленных у книготорговцев. Я знала, что она не выдаст меня. Джейн была из тех людей, чей смех слышишь еще до того, как она зайдет в комнату. Она обожала прогулки (матушка

---

*Тогда (*фр.*).

считала, что «леди не подобает так себя вести»), и я ужасно скучала по ней. Пока я писала, расстояние между нами, пусть и ненадолго, но будто бы сокращалось. Я бодрилась, покрывая бумагу предложениями, каждое из которых кончалось восклицательным знаком. *«Париж великолепен!»* Не слишком оригинально, ну и пусть. Я воображала, что если останусь здесь жить, то, возможно, однажды Джейн навестит меня.

Правда, пересчитав оставшиеся деньги, я уже не была так уверена. Нужно поскорее найти какую-нибудь работу. Я решила завтра же отправиться в местную библиотеку и посмотреть, нет ли там подходящей вакансии.

Я начала переодеваться ко сну, и из кармана выпала визитная карточка месье Хассана.

*Armand Hassan*
*ANTIQUAIRE*
*14 Rue Molière*
*Casablanca*
*Maroc*

Итак, месье Хассан оказался торговцем из Марокко. Это объясняло его экзотическую внешность... однако я твердо решила не увлекаться им. В романах, которые я читала, женщины слишком быстро влюблялись в мужчин, подобных ему.

И вновь я почему-то не выбросила его карточку, а убрала в чемодан.

# Глава 5

# Марта

Я не думала, что в какой-то момент стану домработницей у женщины преклонных лет с серьезной манией величия, однако продолжала твердить себе, что это временно, лишь до тех пор, пока я не приду в норму (что бы это ни значило). Через пару дней я привыкла к размеренному ритму жизни в доме. Именно это мне и было нужно, потому что внутренне я все еще пребывала в состоянии шока.

В фильмах люди сбегают из дома, оставляют позади брак, вообще всю прежнюю жизнь — и просто начинают новую. В реальности же ты застываешь, будто утопающий, который зацепился за какую-то скалу. Ты понимаешь, что жива, можешь двигаться и даже говорить, но чего-то все же не хватает.

В общем, я сосредоточилась на работе. По утрам я готовила для мадам Боуден завтрак (вареное яйцо и английские булочки, щедро намазанные джемом), потом убирала со стола, заправляла ее постель и прибиралась в ее комнате, пока она совершала утренний туалет, а потом разжигала камин внизу. Дом был старый и холодный, потому что мадам Боуден отказывалась проводить центральное отопление: трубы испортят декор. У нее на все имелось свое мнение, и, честно признаюсь, меня это ставило в тупик — в основном потому, что я не помнила, чтобы у меня хоть по какому-то поводу было мнение, которое я могла бы назвать своим. Единственным, кто имел право на точку зрения в моем доме, был мой отец. Мама вообще никогда не говорила. Сегодня люди назвали бы ее замкнутой, однако во времена моего детства у деревенских для нее находилась масса других прозвищ.

А мадам Боуден читала вслух газеты и разносила в пух и прах мнение авторов статей, не забывая сообщать о том, что сделала бы она сама, будь она у руля. Я больше помалкивала, только пылесосила ковры и стирала белье. Мадам Боуден нельзя было назвать ни злой, ни дружелюбной, и меня это устраивало. По вечерам я ужинала у себя в комнатке (в основном фасолью и тостами) и гуляла вдоль реки. Офисные работники к этому времени уже расползались по домам, и в городе было тихо. По крайней мере, тише, чем днем.

Казалось, я оттаиваю после затяжной зимы. Каждый день я ощущала, как напряжение понемногу отпускает меня, и когда ходила за продуктами в супермаркет, то даже почти не оглядывалась, чтобы проверить, не следит ли он за мной.

Так продолжалось до того момента, когда Эйлин, то есть мадам Боуден, не решила поддаться «погибели двадцатого века» и не заказала телевизор. Я была на кухне, готовила ей обед (припущенный лосось с беби-картофелем), а когда вынесла поднос в гостиную, то увидела мужчину, входящего в парадную дверь.

Поднос выпал из моих рук, и я застыла.

— Ох, извините, дорогая, я стучал, но дверь была открыта, — сказал он, с трудом втаскивая тяжелую коробку.

Я продолжала молча пялиться на него, уговаривая себя довериться собственным глазам. «Это не он, — мысленно повторяла я. — Это не он». Немного придя в себя, я принялась убираться, но руки у меня тряслись так сильно, что мужчина в конце концов предложил мне помочь. Я же была в таком шоке, что не могла даже посмотреть ему в глаза.

На следующий день мадам Боуден попросила меня протереть пыль в ее кабинете — маленькой комнатке на втором этаже, выходящей окнами на улицу. Кабинет был оклеен прекрасными обоями в цветочек, у окна стоял письменный стол, а стены закрывали стеллажи, полные книг, будто в библиотеке.

— Пришло время для хорошей весенней уборки, — заявила мадам Боуден. Она велела снять с полок все книги до единой и каждую протереть от пыли тряпкой.

— Но не слишком мокрой! — предупредила она и дала сухое полотенце, чтобы стереть остатки влаги с книг.

Казалось, это займет уйму времени, но постепенно я выработала методику. Я снимала все книги с одной полки и раскладывала их на полу, на старой простыне, потом садилась, подкладывая под колени старую подушку, тщательно протирала каждую книгу. Некоторые казались очень старыми и грозили рассыпаться от любого прикосновения. Другие были написаны на языках, которых я не знала. Должно быть, мадам Боуден хорошо образована, с завистью думала я. У меня с книгами не ладилось... Ну ладно, не совсем так. Я нервничала при виде книг всегда, сколько себя помню, будто они таили в себе какую-то угрозу. Я предпочитала разбираться в людях. С ними почему-то было проще, чем с книгами. Моя мама научила меня понимать, что представляет собой человек, даже до того, как он что-то скажет.

Вот, к примеру, мадам Боуден. Я знала, что она боится впасть в маразм, а потому так злится на весь мир. Я знала, что моя мама переживает глубоко внутри такую боль, что у нее не хватает слов выразить ее. И наконец, я знала, что англичанин за окном влюблен в женщину по имени Изабель.

Долгое время мне казалось, что все так умеют, и лишь когда друзья начали злиться из-за того, что мне известны их секреты, я поняла, что это мой уникальный дар. Или проклятие. Впрочем, настоящим проклятием было то, что, влюбившись в будущего мужа, я потеряла способность читать его мысли. Люди говорят, что любовь слепа, и в моем случае это было больше чем просто правдой. Я не знала, что внутри него кроется такая жестокость. Да он и сам, должно быть, об этом не подозревал, иначе я почувствовала бы это, не так ли? Отчего он так переменился? Дело во мне? Я сделала что-то не так?

«Думаешь, ты особенная, а?!» — ехидно орал он.

Так и есть. Я думала, что я особенная, но не из тщеславия, а потому что мне казалось, что в этой жизни мне суждено стать чем-то бо́льшим. Что впереди меня ждет нечто лучшее, ведь во мне есть скрытый потенциал, ведь у меня имеется какое-то предназначение. Мужу это не слишком нравилось — впрочем, как и никому из моих знакомых. И я научилась скрывать эти мысли, я спрятала их так глубоко, что в итоге сама позабыла об их существовании. Теперь мне не казалось, что я заслуживаю лучшего. Разбитое в кровь лицо, развалившийся брак, место домработницы в чужом доме — вот и все, что мне положено. Однако где-то внутри я все еще надеялась, и эта надежда делала меня глубоко несчастной. А значит, мне предстояло отказаться от чего-то — от счастья или от надежды.

# Глава 6

# Генри

— Халф-Пенни-Лейн — это... Как бы это сказать... Ну, в общем, вот она, тут, — сообщил мистер Данн, указывая на участок пустыря между домами № 10 и 12. — Или, вернее сказать, ее тут нету.

Он закашлялся, чтобы скрыть смешок.

Мистер Данн работал в отделе земельного планирования, и после нескольких недель непрерывных телефонных звонков он в конце концов с неохотой согласился вместе со мной посетить искомый объект.

— Да, ее тут нет, — согласился я.

Он, казалось, ждал какого-то продолжения.

— Но вы видели карты, которые я присылал? На картах магазин находится прямо здесь.

— Я видел карту, мистер Филд, но, как я и сообщил по телефону, на данном участке не числится никаких зданий. Кроме вот этого.

Он ткнул пальцем в соседний дом.

— Но это № 12.

— Абсолютно верно. Дома № 11 не существует.

— Ну... пусть сейчас это жилой дом, но ведь это не значит, что раньше он не использовался как магазин? Я имею в виду первый этаж.

Эта мысль мне ужасно понравилась. Я ничего не смыслил в истории градостроения, но ведь наверняка раньше люди торговали прямиком из окон собственных домов.

— Возможно, но это не отменяет того факта, что нет никакого дома № 11. — Мистер Данн окончательно утратил интерес к моему вопросу. — А с жильцами вы пробовали общаться?

— Простите, что вы сказали?

По улице медленно ехала фура, так что нам приходилось перекрикивать грохот, чтобы хоть как-то общаться.

— Они могут знать что-то об истории этого района! — проорал он.

— Могут знать, как исчез целый дом?

Мистер Данн посмотрел так, будто со мной было не все в порядке, и даже отступил на шаг, как от прокаженного.

— Слушайте, это что, какой-то розыгрыш? — Он с тоской посмотрел на часы. — Я уже опоздал на следующую встречу, так что извините, вынужден откланяться.

Он демонстративно пикнул ключом, открывая машину.

— Удачи со всем... этим... — Он указал на пространство между домами.

«Ну понятно. Я сам по себе». Идиот, который притащился в Ирландию в поисках магазина, которого не существует.

Он уже ушел, а я все не мог пошевелиться. Я смотрел на фасад дома № 12, потом на дом № 10 и снова на № 12. Не знаю, долго ли я там стоял, но в какой-то момент дверь дома № 12 распахнулась и появилась она — тот самый падший ангел. Все такая же отрешенная, как и пару дней назад, когда мы общались через окно. Было в ней нечто такое, будто ее душа тоже томилась, искала то, что должно быть прямо тут, в одном шаге от нее, но отсутствовало напрочь.

— Извините! Мисс, не найдется ли у вас для меня минутки?

Она замерла на полпути, повернулась и посмотрела так, будто заставит меня пожалеть, если следующие мои слова не будут стоить ее внимания.

— Что такое?

— Я... ну...

Гениально. Десять из десяти. Она снова зашагала, все так же стремительно.

— Могу я угостить вас чашкой кофе? Я бы рассказал вам все про...

— Спасибо, я сама в состоянии купить себе кофе.

— Слушайте, я не какой-то псих, который...

— Именно так псих и сказал бы!

Я изо всех сил подыскивал слова, которые заставят ее обернуться, и в итоге осталось только прибегнуть к честности.

— Мне нужна ваша помощь!

Она остановилась, опустив голову, и замерла, словно принимала какое-то архисложное решение.

— Тут за углом есть кофейня, — сказала она, указывая на узкую мощеную улочку, начинавшуюся за старой аркой.

Я послушно пошел за ней и попутно представился. Генри. Генри Филд. Именно в таком порядке, будто я был шпионом из МИ-5. Правда, из нее шпион вышел бы куда лучше, потому что своего имени она так и не назвала.

— Получается, вы нашли древнее письмо, в котором упоминается книга, о которой никто никогда не слышал и которую якобы можно найти в магазине, которого не существует.

— Примерно так, — согласился я, отпивая кофе, и пенка осталась на губах, будто усы. Эта честность в каком-то смысле освобождала. Я так долго никому не говорил о находке из страха, что кто-то другой вперед меня найдет утерянную рукопись, но эта девушка, Марта (фамилия так и не прозвучала), не интересовалась моим открытием, да и знаний у нее все равно бы не хватило.

— А вы не думали обратиться к психологу?

— Ха-ха!

Не ожидал, что она начнет шутить, тем более с таким-то серьезным лицом. Макияж скрывал синяки, но она все равно морщилась от боли в рассеченной губе, отхлебывая чай. Я деликатно сделал вид, что ничего не замечаю.

— Я знаю, что магазин существовал, его адрес указан на фирменном бланке, пусть даже городская управа не может найти никаких записей о нем.

— И чем же, по-вашему, я могу помочь? Я живу здесь всего несколько дней, даже города совсем не знаю.

— О, я просто предположил, что... Так дом № 12 принадлежит не вам?

Она фыркнула, но через мгновение снова натянула на себя серьезное выражение лица.

— Мадам Боуден — владелица дома № 12. Я у нее просто работаю.

— Понимаю, ага. Так вы ассистент или что-то в этом роде?

Она помедлила, прежде чем ответить, и я тут же пожалел о своем излишнем любопытстве. Какая разница? Я спросил между делом, чтобы просто не молчать в ответ.

— Я домработница.

— О.

«„О“? А ничего поумнее тебе в голову не пришло?»

— Что ж, спасибо за чай, я пойду, пожалуй.

Она так резко поднялась и направилась к дверям, что я толком не успел среагировать.

— А может, повторим как-нибудь? — крикнул я вслед.

Она не обернулась, только помахала рукой и выскочила на оживленную улицу.

# Глава 7

# Опалин

*Париж, 1921*

С самого утра я заходила во все места, где висели таблички с надписью «требуется работник». Быстро стало понятно, что никто не жаждет нанимать молодую англичанку без каких-либо навыков, с ломаным французским и без опыта работы в торговле. Наивность моего первоначального плана (или, вернее, полное отсутствие оного) повергла меня в панику. Я бесцельно бродила по улицам, надеясь, что судьба подаст мне знак. Шла туда, куда двигалась толпа, пересекла Сену по великолепному мосту Пон-Нёф и подняла глаза к шпилям собора Парижской Богоматери, думая об Эсмеральде и Викторе Гюго. Сунув руку в сумочку, я коснулась двухтомника в переводе Бодлера и даже от этого простого прикосновения чуть успокоилась. Сложно было объяснить, даже себе самой, однако книги дарили мне чувство стабильности, покоя. Казалось: раз эти слова дошли до нас сквозь эпохи, выжили — значит, смогу и я.

Я шла по залитым дождем улицам, ощущая, что вот-вот сдамся, и тут наткнулась на книжный магазин под названием «Шекспир и Компания». Это имя в некотором смысле можно было считать обнадеживающим сигналом. В дверном проеме стояли коробки, а за ними две женщины спорили о том, как разместить товар. Они говорили по-английски, правда, одна — с американским акцентом, а во второй явно угадывалась француженка.

Витрина манила книгами — красочные переплеты из телячьей кожи, гравюры по дереву, интригующие обложки. Меня охватило возбуждение вперемешку с любопытством, как и всегда, когда я проходила мимо книжных магазинов. «Ничего не покупай», — строго велела я себе самой, вытягивая шею, чтобы заглянуть внутрь.

— Вы не могли бы помочь? — спросила та женщина, что была пониже ростом, одетая в твидовый жакет и юбку. Она походила на командира отряда скаутов, которому беспрекословно подчиняешься. Я неловко подхватила с другой стороны большую коробку, которую она держала, и оказалось, что та весит как маленький слон.

— Профессиональные риски, — прокомментировала она.

Ее явно позабавило мое пыхтение.

— Боюсь, у меня для этой работы недостаточно мускулов, — призналась я.

— О, кажется, я улавливаю в вашей речи английский акцент?

Я кивнула и представилась.

— А меня зовут Сильвия. Сильвия Бич. — Она крепко пожала мне руку. — Что ж, вы пришли по верному адресу, у нас солидный выбор романов на английском языке.

— Хотите сказать, это ваш магазин?

Прозвучало довольно глупо, не спорю, но никогда раньше я не слышала, чтобы книжным магазином заправляла женщина.

— И магазин, и все долги, которые к нему прилагаются. — Женщина рассмеялась каким-то лающим, но очень заразительным смехом.

Я поймала себя на том, что тоже улыбаюсь, хотя не очень понимаю, что тут смешного.

— Полагаю, нет шанса, что вы ищете работников? — выпалила я, надеясь, что выгляжу не слишком отчаявшейся.

Мисс Бич прислонилась спиной к коробкам и, судя по лицу, призадумалась.

— Ищу ли я работников? — повторила она.

— А опыт работы в книжном у вас имеется? — спросила другая женщина, появляясь откуда-то из глубины магазина.

— Это мисс Монье, ей принадлежит магазин на другой стороне улицы, — представила коллегу мисс Бич.

В отличие от Сильвии, мисс Монье смотрела на меня с подозрением, и я сразу поняла, что мое бедственное положение от нее не укрылось.

— Не особенно, — призналась я. Они обменялись взглядами. Возможно, они уже сотни раз видели такое — наивная девочка, приехавшая за своей парижской мечтой. — Чтобы заработать на проезд до Парижа, я продала первое издание Диккенса. И вот еще, смотрите. — Я вытащила Бодлера из сумки. — Это я купила у одного из торговцев, что стоят вдоль берега Сены.

Мисс Бич взяла томик, осторожно открыла и пролистала страницу за страницей.

— Важно пересчитать их, — негромко пояснила она. — Чем старше книга, тем больше вероятность, что каких-то страниц будет недоставать.

— В самом деле?

— О да. Период до 1800-х годов принято называть временем ручной печати. Люди тогда нередко вырывали страницы из книг для своих нужд. Однако эта находка в хорошем состоянии, поздравляю вас.

— Спасибо. — Я забрала книгу.

— У вас хорошее чутье на качественные издания, к тому же молодая женщина, способная продать книгу и на эти деньги перебраться на другой континент, явно не обделена талантом торговца. Что вы скажете, если я возьму вас в ученицы и передам свои знания о книгах?

Я открыла рот, чтобы начать многословно благодарить ее, но Сильвия подняла руку.

— Платить буду немного, а работать придется подолгу, но вы многому научитесь и обзаведетесь важными знакомствами.

— О, мисс Бич! — выдохнула я. — Я не из тех, кто не может подобрать слов... Возможно, со мной такое впервые.

— Тем лучше. Терпеть не могу сентиментальные излияния. А теперь можете помочь мне разобрать поставки?

— Что? Начнем прямо сейчас?

— А вы ждете какого-то особого момента, чтобы приступить к работе?

Она звучала очень по-деловому, и от этого ее тона я вскоре стала зависеть сильнее, чем могла вообразить.

Магазин «Шекспир и Компания» очаровал меня. Здесь царил тихий уют, присущий всем книжным магазинам с их стеллажами из темного дерева, слегка осыпавшимися от времени, и с неповторимым запахом кожи и бумаги. Однако Сильвия, которая оказалась всего на несколько лет старше меня, как наседка, собрала вокруг себя богемное семейство художников и писателей. Ее магазин был для них убежищем, библиотекой, литературным клубом, отделением почты, а в будущем, как она надеялась, и издательством. Она подружилась с ирландцем по фамилии Джойс и так увлеклась его творчеством, что намеревалась опубликовать его дебютный роман «Улисс». Дело обещало стать рискованным, потому что столь авангардный роман могли и вовсе запретить.

К тому же он был огромен, а значит, печать обойдется в астрономическую сумму.

В первый день на работе я, должно быть, выглядела как ребенок, которому выдали ключи от магазина игрушек. Мое внимание притягивали книги из всех эпох, на любые темы и в самых разных обложках. Меня интересовало, кому они принадлежали, откуда приехали, как пахнут.

— Если продолжишь бродить по магазину, как покупательница, от тебя не будет никакой пользы, Опалин, — резко заявила Сильвия, и в дальнейшем я прилагала все усилия, чтобы не хвататься за интересные книги и не листать их прямо посреди рабочего дня.

Она была полна решимости обучить меня всему с азов. Сначала я таскала книги туда-сюда, расставляла и параллельно обслуживала клиентов. В более спокойные дни мы протирали от пыли полки и сами тома и Сильвия делилась тонкостями работы книготорговца.

— Старая книга — не обязательно редкая, Опалин. Редкую книгу трудно найти, но в то же время она пользуется большим спросом. Коллекционируют не только издания, но и рукописи, брошюры, гравюры, архивы, даже письма. Письма — особенно. Все, что удовлетворит ненасытное любопытство величайших умов человечества.

Должно быть, на моем лице отразилось сомнение, потому что она на мгновение прервала свое занятие и повернулась ко мне всем телом.

— Не веришь?

— Я просто не понимаю, зачем кому-то понадобилось собирать чужие письма. Как вообще можно быть уверенным, что они подлинные?

— А это правильный вопрос, моя дорогая. Из тебя однажды выйдет недурной сыщик по части литературы... Можешь сказать, кто твой любимый автор? — поинтересовалась мисс Бич.

— Легко. Эмили Бронте.

— Ну что ж, а что ты хотела бы знать о мисс Бронте, кроме того, что она уединенно жила на вересковых пустошах?

На мгновение я задумалась. Вопросов у меня было много, например: влюблялась ли она когда-нибудь? испытала ли счастье или же жила многие годы в печали?

— Ну... Меня всегда терзало то, что я не могу узнать, начала ли она писать второй роман перед смертью. И если да, что с ним случилось?

— Вот видишь. Теперь, когда ты задалась вопросом, можно начать искать ответы.

## Глава 8

# Марта

— Что ж, это было довольно унизительно, — пробормотала я себе под нос, заходя в дом.

— О чем ты?

Мадам Боуден порядком напугала меня неожиданным вопросом. Она стояла в дверях гостиной: сигарета в руке, озорное любопытство в глазах.

— А, ничего такого, извините. Не заметила, что сказала это вслух. — Я начала стягивать куртку.

— Ты прямо покраснела вся, а мне очень скучно, так что давай, рассказывай все по порядку. — Она обхватила меня за плечи и увлекла в гостиную, будто я была гостьей в ее доме.

— Я... просто... В общем, один парень...

— Ах, мужчина! Что же ты молчала?! — Она засмеялась, а глаза так и лучились удовольствием. Она даже подошла к окну и отдернула занавеску, оглядывая улицу. — Ну и где же он?

— Нигде. Он ушел, и это совсем неважно, правда... Вам что-нибудь нужно от меня, прежде чем я пойду готовить ужин?

— Время коктейлей, Марта, а у меня в руке все еще нет бокала, — заявила мадам Боуден с тем шармом светской дамы, который она включала всякий раз, как принимала гостей.

— Сейчас три часа дня.

Я даже не попыталась как-то замаскировать осуждение в голосе.

— Совершенно верно, — невозмутимо подтвердила хозяйка.

Я отправилась на кухню «замешать мартини», что бы это ни значило.

Пока я переставляла бутылки, выискивая что-то отдаленно похожее на мартини, мои мысли обратились к прежней жизни. Родители не пытались со мной связаться. С другой стороны, они понятия не имели, где я, а если бы знали, вряд ли захотели бы возобновить общение. Они стыдились меня. Мама скрещивала руки на груди и переводила взгляд за окно, когда я пыталась поговорить с ней о Шейне. Я решила, что ей стыдно — не потому, что я вышла замуж за грубияна, а потому, что не послушала ее, когда она предостерегала меня связываться с ним. А отец и без того вел себя так, словно меня не существовало, так что вряд ли для него что-то изменилось. Разве что толки и пересуды в пабах... О, это ему едва ли пришлось по душе. При этой мысли я мстительно улыбнулась. Они сами сделали меня такой. Все они.

Я с головой ушла в воспоминания, а очнувшись, с трудом могла сообразить, что собиралась сделать. Мартини не нашлось, так что я просто плеснула немного джина в высокий стакан и бросила туда ломтик лимона. Выпила залпом и повторила, теперь уже для мадам Боуден.

Где-то в глубине дома мадам уже звала меня.

— Иду!

Я поставила стакан на столик возле нее, едва не расплескав напиток.

— Так что же этот мужчина? Привлекательный?

Да.

— Вы совсем не то подумали. Он искал старый книжный магазин, который когда-то был здесь. Не думаю, что у этого парня все в порядке... если вы понимаете, о чем я.

— Книжный магазин? — переспросила она. Глаза казались остекленевшими, вероятно от джина. — Как интересно.

— Разве?

Я взяла со стола пепельницу и вытряхнула содержимое в камин.

— Расскажу тебе небольшую историю, — начала она, закидывая ноги на мягкую скамеечку перед креслом. — В восьмидесятых, когда я была звездой светских вечеринок на Халф-Пенни-Лейн... Ах, какие вечеринки мы закатывали тогда! Я тогда была замужем в третий раз, за Владимиром, русским математиком, и это звучит скучно, но поверь, он был кем угодно, но только не скучным сухарем! Он привозил лучшую водку и икру, и к нам на вечера приходили люди из самых разных слоев общества.

Я взялась за тряпку и принялась усердно стирать несуществующую пыль с каминной полки. Поначалу я не особенно вслушивалась в ее болтовню, но потом заинтересовалась. Возможно, мы обе слегка потеплели друг к другу и, хоть у нас не было ничего общего, осознали, что нам не так уж плохо вдвоем.

— В общем, как-то вечером, в середине лета... или в середине зимы? Ну неважно... Ах нет, точно, стояла зима, потому что тротуар весь был покрыт инеем. Так вот, одна гостья приехала поздно, крайне потрясенная. Отогреваясь у камина, она рассказала, как вышла из такси и зашла в наш дом — так ей казалось! — но обнаружилось, что это вовсе не наш дом, а книжный магазин. Маленький и старомодный, полный очаровательных раритетных книг и еще каких-то безделушек. Она вышла на улицу, обернулась, и — хоп! — магазина там уже не было, а перед носом у нее маячила наша входная дверь. Конечно, мы все решили, что она сидит на чем-то: многие люди в те дни редко когда бывали в здравом уме... Но разве не забавно, что это случилось вновь?

По спине у меня пробежал холодок. Я не любила рассказы о призраках, а это начинало походить на очередную мистическую чушь.

— Ну не то чтобы случилось нечто подобное. Он просто сказал, что ищет книжный магазин.

Что он там болтал? Должно быть, магазин был пристройкой к дому или вроде того. Я встряхнулась и поднялась — пора было готовить ужин мадам Боуден.

Когда Генри попросил о помощи, я на миг увидела в нем себя, такую, какой была раньше, открытую и доверчивую. Наверное, стоит рассказать ему о том, что поведала мне мадам Боуден. Может, это поможет ему в поисках или, по крайней мере, укажет ключ к разгадке. Но в наше время, если помогаешь людям, ты только наживаешь неприятности на свою голову, а в конце не ждет ничего, кроме сожалений. Так что я решила ничего не говорить. И закрывать жалюзи у себя в комнатке.

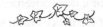

Забавно, как люди жалуются на скуку. Боже, я так мечтала об обычном скучном дне, когда жила с Шейном. Мой день был непредсказуем, потому что непредсказуемо было его настроение. А мне так хотелось, чтобы худшим событием за весь день было то, что ничего особенного не случилось... И вот теперь мои дни стали по-настоящему скучными и однообразными, и я понятия не имела, как ими наслаждаться. По мере того как я осваивалась, рутинные обязанности отнимали все меньше времени, и после обеда я уже порой была предоставлена сама себе.

Мадам Боуден, не знакомая с чувством такта, сделала ряд намеков в отношении того, как мой гардероб «не вдохновляет» ее и вообще «угнетает».

— Будто фирменная одежда невидимки! — Она драматично прикрыла глаза рукой.

Я смотрелась на себя, стоя перед длинным зеркалом в ванной. Джинсы и джемпер. Мне казалось, это нормально... Ну, может, немного старомодно. Я подняла глаза выше, изучая лицо. Синяки зажили и теперь почти не заметны; если не знать, то и не обнаружишь... Картинки из прошлого замелькали в голове, будто поезд на полном ходу: я забилась в угол, прижавшись спиной к кухонным шкафам, и кричу, умоляя его прекратить.

Я уперлась ладонью в стену, чтобы не упасть. Весь фокус в том, чтобы не вспоминать, не позволять страху захватить все твое существо. Смотри в будущее, занимай чем-нибудь руки и голову.

Одежда вдруг напомнила мне о жизни в маленьком городке, полном назойливых, сующих нос не в свое дело соседей и полицейских, которые ничем не помогали. Захотелось сжечь все, что я привезла оттуда. Пришло время.

Я взяла все то немногое, что заработала («Наличными на руки, зачем нам беспокоить налоговую по пустякам?»), и отправилась вниз по О'Коннелл-стрит, в магазин «Пенниз». От стены до стены все там было в джинсе, но хозяйка наверняка выдаст мне классический костюм горничной, если я вздумаю приволочь домой тонну джинсов. Я решила начать с нижнего белья и выбрала хлопчатобумажные бюстгальтер и трусики.

Это было так странно — располагать временем, деньгами и не тратить их ни на чьи желания, кроме собственных. Я была в шаге от того, чтобы начать чувствовать вину. На дворе день в самом разгаре, а я веду себя как... как... свободная женщина?

Кажется, именно от этой мысли пришло то, чего я долго не ощущала, — такое тепло, будто я улыбаюсь где-то глубоко внутри, у самого сердца.

Я зашла в отдел обуви и выбрала пару черных слипонов. Потом заметила какие-то черные брюки-капри и повесила их на плечо, намереваясь померить в раздевалке. Мне удалось отыскать белую блузку вполне профессионального кроя и даже ленту для волос — красную в белый горошек! Переполненная гордостью за новообретенную свободу и свой наметанный глаз, я отбросила всякую осторожность и купила новый рюкзак, мечтая выкинуть на помойку спортивную сумку, с которой таскалась еще со школы. В примерочной я переоделась, запихала старую одежду в старую сумку, отправилась на кассу и прямо там срезала бирки, не снимая вещи, — как в кино! Меня охватил трепет от того, как прямо здесь и сейчас начинается моя новая жизнь.

Старье я запихала в урну на улице и еще немного погуляла по городу: купила кофе навынос и пончик, прошлась по Стивенс-Грин. На улице было хорошо, и я привыкала к этому новому ощущению — будто гора рухнула с плеч. Руки расслабленно болтались вдоль тела, не то что раньше, когда я прижимала их к груди, когда вечно была начеку. Я любовалась лебедями на пруду, которым люди бросали куски хлеба, вслушивалась в шелест голубиных крыльев, когда стая вспорхнула с насеста, испугавшись чего-то. Я будто вышла из комы, и все теперь ощущалось ярче, яснее.

Когда я увидела группу студентов на траве, обсуждавших, как я предположила, нечто очень умное, внутри всколыхнулась и застарелая надежда. Может, на самом деле они обсуждали тусовки, на которые пойдут вечером, — и все-таки это была самая настоящая жизнь, вкуса которой я не ощущала прежде, и этот внутренний голод был почти непреодолимым. По дороге домой я сделала нечто, на что, как я думала, никогда не решусь: зашла в библиотеку. У дверей мужество почти покинуло меня: я осознала, что с детства не бывала в библиотеке, да и та была передвижная. А сейчас передо мной раскинулось большое оживленное здание, отделенное от улицы вращающейся дверью, через которую то и дело входили и выходили люди. Я поймала свое отражение в стекле — эту новую женщину в новой, только что купленной одежде — и сделала глубокий вдох.

Попав внутрь, я растерялась, не до конца уверенная, что надо делать дальше. Кажется, все приходили сюда по делу, потому что посетители сидели, склонившись над книгами. О мой бог, так тихо, и в этой тишине так хорошо слышно, какие все вокруг умные.

Просто ужас.

За стойкой регистрации я заметила пожилую женщину и спросила, нет ли у них чего-нибудь о том, как поступить в университет.

— Образование для взрослых? — уточнила она.

— Да, я думаю.

Без вопросов она поднялась и взяла со стойки позади несколько брошюр.

— Здесь вы найдете всю необходимую информацию.

Вот так просто. Она обратилась к следующему посетителю, а я тихо порадовалась, что получила ровно то, за чем пришла, не привлекая к себе лишнего внимания. И в этот момент я приметила книгу, о которой часто слышала от других, «Нормальные люди» Салли Руни. Хорошее название. Впервые за долгое время я подумала, что, может, книга придется по душе и мне, далекой от нормальности.

Я взяла книгу и уже вознамерилась сунуть ее в рюкзак.

— Прошу-у проще-е-е-е-ения! — тревожно и очень громко протянула библиотекарша.

Я застыла, как будто меня поймали на месте преступления, — и выглядела, должно быть, точно так же.

— Позвольте ваш читательский билет! — так же громко продолжала она, хотя мы стояли в самом тихом здании во всей Ирландии.

Я почувствовала, что краснею, потому что понятия не имела, что делать.

— Читательский билет? — повторила она, протягивая руку.

— Эм... У меня его нет, — пробормотала я, чувствуя, что вот теперь-то все на меня смотрят.

А разве бывает иначе, когда суешься туда, где тебе быть не положено?

— Ну тогда заполните вот этот бланк.

Библиотекарша вздохнула с такой тоской, словно мое появление отбросило ход ее жизни лет на десять назад. Весь язык тела — то, как у нее дернулось запястье, как напряглась шея, — демонстрировал явное разочарование. Я уже догадывалась, что в молодости она была танцовщицей, но потом случилось что-то (травма?), и вот она здесь. И каждую минуту вспоминает об этом, и чувствует обиду, и негодует.

— Я просто не буду ее брать, — предложила я, возвращая книгу на стойку.

Никогда еще я не чувствовала себя такой идиоткой. Я не знала, как взять книгу в библиотеке, — о каком университете тут говорить? И вот, упихивая брошюрки в рюкзак и собираясь уйти, я опять увидела его.

Генри.

# Глава 9

# Генри

— Все в порядке?

Я услышал какой-то шум и очень удивился, увидев Марту, которая с тем же вызывающим выражением лица спорила о чем-то с библиотекаршей. Сам я долго проработал в библиотеках, так что мои симпатии, как правило, были на стороне персонала, но не сегодня.

— Все отлично, спасибо. — Марта так сильно дернула лямку рюкзака, висевшего на плече, что он лопнул и все содержимое высыпалось наружу.

— Позвольте-ка. — Я наклонился, желая помочь.

— Все в порядке, я сама, — шепнула она. И добавила с очень несчастным видом. — Я только сегодня его купила...

Я не знал, чем утешить в такой ситуации.

— Скупой платит дважды, — сообщил я. Чтоб уж наверняка было понятно, что моя любимая олимпийская дисциплина — ляпнуть, не подумав.

Она закатила глаза и стала поднимать личные вещи, пока я собирал ворох разлетевшихся листовок.

— О, думаете поступать в университет? Круто, — сказал я, бегло пролистывая брошюрки.

— Думаете?

— Конечно. Как студент со стажем, полагаю, что... — Я поймал ее взгляд, возвращая брошюры. — А, это был сарказм.

Возможно, на мгновение она даже улыбнулась, но я не успел поймать это мгновение.

— Прошу прощения. Не мое дело. Конечно.

Она тяжко вздохнула.

— Нет, это вы извините. Просто это немного...

— Не могли бы вы вести себя потише? — громким шепотом осведомилась библиотекарша. — Люди здесь пытаются читать!

— Секундочку, подождите, я только вещи соберу. — Я жестом велел ей оставаться на месте, будто Марта была не Мартой, а машиной с хитрым ручным тормозом.

Выйдя на улицу, она немного оттаяла, но все еще бросала на меня настороженные взгляды. Вполне справедливо.

— Итак, все еще ищете вашу утерянную рукопись?

По тону было ясно, что, в отличие от меня, она не видит в моем крестовом походе ничего значительного.

— В общем, да. Я нашел старый каталог, отпечатанный магазином «Опалин» в 1920-х годах. Это в самом деле удивительно, что...

— Опалин? Какое красивое имя.

Я очень глупо обрадовался тому, что она наконец улыбнулась из-за меня.

— Да, весьма необычное, не так ли?

— И что же с ней произошло?

Нырнув в каменную арку, мы попали в какой-то тайный сад, прямо в центре города, с мраморными статуями и фонтаном. Никого, кроме нас, здесь не было.

— Это-то я и пытаюсь выяснить. Надеюсь, ее история поможет понять, что стало с книжным магазином.

И куда подевалась рукопись, ибо меня интересовало именно это. Я бы сделал себе имя, с успехом вернулся в Лондон и продемонстрировал Изабель, что брак со мной — это не «последний отчаянный шаг», как она когда-то выразилась.

Марта достала из своего огромного рюкзака банку кока-колы и сильно надавила пальцем на крышку, чтобы напиток не прыснул во все стороны.

— Не хотите ли присесть на минутку? — предложила она, указывая на аккуратную скамейку рядом с какой-то жалкого вида клумбой. — Я на самом деле совсем не спешу домой. Оказывается, если ты домработница с проживанием, то работаешь круглые сутки и без выходных.

Я был только за. Кажется, первое впечатление, произведенное мной, немного сгладилось. Постепенно я сознавал, почему мне так хочется ее компании, — меня глодало одиночество. Нет, я всю жизнь сознательно отгораживался от людей, но только здесь почему-то чувствовал себя как в изгнании.

— Так откуда эта навязчивая идея?

— О чем вы?

— Ну рукопись.

— О, не думаю, что это можно считать навязчивой идеей.

— Знаете, на днях вы стояли на коленях возле моего окна и вели себя... весьма навязчиво.

— Ну ладно. Может, это самую капельку все же навязчивая идея... Я пишу диссертацию об утерянных манускриптах и о том, почему они нас так привлекают.

— А они привлекают? — уточнила она, сморщив нос и отхлебнув колы.

— Да ладно, неужели вас совсем не завораживает эта мысль? Возьмите, например, Харпер Ли. Ведь все эти годы мы думали, что она написала всего один роман!

Марта покосилась на меня.

— «Убить пересмешника», — подсказал я.

— А, ну конечно, да.

Последовало неловкое молчание, во время которого я размышлял, что эксперт по редким книгам и утраченным рукописям на деле может оказаться весьма унылым собеседником.

— Ну и конечно, как тут не вспомнить второй роман Сильвии Плат «Двойная экспозиция», который таинственно исчез после ее смерти.

— Чей роман?

— А вы не очень любите литературу, да?

Марта снова бросила на меня взгляд, теперь полный злобы и боли. У меня действительно был талант выводить ее из себя.

— Ладно, слушайте, я расскажу вам про Уолтера Бенджамина. Писатель, интеллектуал, гений и к тому же еврей, который жил в Париже в тот период, когда город захватили нацисты. Нужных документов у Бенджамина не нашлось, так что ему пришлось, как и многим другим, рвануть на юг, чтобы беженцем перебраться через Пиренеи в Испанию.

— Как ужасно! — Она повернулась ко мне всем телом.

— Однако в это опасное путешествие он взял с собой нечто громоздкое — тяжелый черный чемодан, в котором хранил рукопись. Случайному попутчику Бенджамин сообщил, что содержимое этого чемодана ему важнее собственной жизни.

Марту мой рассказ увлек так, будто она сама ехала бок о бок с Уолтером Бенджамином.

— И что с ним было дальше?

— Ну... На границе испанские власти сказали, что не пропустят его и что он должен вернуться во Францию. Бенджамин знал, что возвращение — верная смерть от рук нацистов, так что той же ночью он проглотил целый пузырек морфия.

— Господи боже!

— Да уж, просто ужас.

— А что стало с рукописью? Он ее кому-то отдал?

— Зафиксировав самоубийство, полиция тщательно обыскала его жилье, но черный чемодан испарился. Ту рукопись больше никто никогда не видел.

Она покачала головой, кажется с трудом удерживаясь от слез. Как просто подхватила она мою болезнь — неразделенную любовь к тому, что могло бы существовать, если б не превратности судьбы. Помню, я рассказывал Изабель историю про Бенджамина, а она в ответ только заявила, что никогда толком не отдыхала в Испании.

— Получается, что кто-то, вероятно, опубликовал эту книгу, но уже под своим именем?

— Хм. Не могу сказать, какая версия хуже — что рукопись была утеряна навсегда или же что ее кто-то подло присвоил.

Пожалуй, я бы развил эту идею на бумаге, когда вернусь домой.

— Есть много историй, подобных этой: спрятанные книги, позабытые черновики в коробках из-под обуви, романы, которые сожгли члены семьи автора... У старушки-жены Хемингуэя украли портфель с его романом прямо на железнодорожном вокзале в Париже!

«Париж! Париж и потерянное поколение! А возможно ли...»

— Что такое? — Марта прервала ход моих мыслей еще до того, как они успели оформиться.

— О, возможно, что вовсе ничего. Просто история не сохранила никаких следов Опалин Грей, и я думаю, не могла ли она какое-то время жить в Париже.

Она вытащила телефон. Довольно невежливо, по-моему, но, с другой стороны, люди не в состоянии так долго концентрироваться на чем-то одном.

— Это она?

— Что?

Марта сунула мне свой телефон, демонстрируя зернистую черно-белую фотографию на страницах старой газетной вырезки.

— Кто это? Что вы вообще сделали?

— Ну мистер Модный Университет, я погуглила «Опалин», «книги» и «Париж».

Я присмотрелся, отказываясь верить глазам.

— Да это же... Эрнест Хемингуэй!

Она расплылась в улыбке, как чеширский кот, но так и не рискнула посмотреть на меня. Я же впился взглядом в подпись под фотографией: «Сильвия Бич, владелица магазина „Шекспир и Компания"; продавщица Опалин Карлайл». Так вот как она выглядела: молодая, с короткими темными волосами. В руках — книга, женщина наполовину забралась на лестницу, а у ее ног — Хемингуэй.

— Карлайл... О мой бог, это нечто!

— Не за что.

— Боже, да, конечно, спасибо вам, спасибо! — Я хотел было неуклюже обнять ее, но Марта отпрянула — с молчаливым упреком, как мне показалось. — Простите, я просто... Вы понятия не имеете, как много значит ваша находка.

— Думаю, я понимаю, — сказала она, забирая телефон и подхватывая сумку со скамейки. — Как бы там ни было, мне пора.

# Глава 10

# Опалин

*Париж, 1921*

Недели переросли в месяцы, и, сама того не замечая, я начала ощущать Париж домом. Я стала частью маленькой разномастной семьи Сильвии и штатным работником «Шекспира и Компании» (по крайней мере, никто не утверждал обратного). Я сняла комнату в пансионе недалеко от магазина и на выходных гуляла с Арманом, поддавшись в итоге его очарованию. Он показывал мне укромные уголки города, например блошиный рынок Сент-Уэн, где бродяги, собиравшие старье по всему Парижу, сбывали товар. Арман называл их *les pêcheurs de lune*, лунные рыбаки, — и я улыбалась, ведь знала, что уже попалась в его сети и что чем больше бьюсь, тем крепче к нему привязываюсь. Джейн в своих письмах неизменно поощряла меня продолжать роман: «Какой смысл срываться во Францию, если не для того, чтобы завести любовника?»

В одно утро, уже в конце лета, когда в городе воцарилась тишина, потому что все разъехались по деревням, я усердно работала, расставляя по полкам последние поступления. Сильвия в глубине магазина пила чай с американским писателем Эрнестом Хемингуэем, обсуждая литературный вечер, который они собирались провести. Он был невероятно красив и очаровывал всех вокруг своей харизмой, но мне в нем чудилось что-то недоброжелательное. Разумеется, он обожал Сильвию, чье хорошее мнение стоило много больше, чем добротный отзыв от любого критика. И все же — и я не могла объяснить почему, даже сама себе, — мне не нравилось находиться с ним наедине. Как-то раз, стоя на стремянке и расставляя книги по полкам, я заметила, что он пялится на меня снизу.

— В чем дело? — спросила я, одарив его таким взглядом, чтоб он устыдился своего поведения. Не помогло.

— Вам следует быть осторожнее, мисси.

«Мисси», бога ради!

— С чего бы?

— С того, что все писатели по натуре каннибалы.

Не знаю, к чему он клонил, но прозвучало не очень приятно.

— Что вы имеете в виду?

— Будешь так вилять задом — и не заметишь, как окажешься персонажем моей новой книги! — Он ухмыльнулся, откровенно наслаждаясь моим раздражением. Честное слово, писатели могут быть такими эгоистами!

Я принялась медленно спускаться. В это время в магазин вошли Сильвия и какой-то мужчина, видимо репортер. Быстро, точно молния, он достал из футляра фотокамеру, и нас троих ослепило вспышкой.

— Прекрасный снимок, пойдет в следующий выпуск, — пообещал он, и мужчины ушли, обсуждая ссадины на кулаках Хемингуэя, которые он (с его слов) получил, защищая честь Джойса в какой-то пьяной драке.

— Кто это был? — спросила я, опасаясь мелькнуть на страницах популярного издания.

— Журнал «Космополитен», они печатают один из рассказов Эрнеста.

Что ж, я стояла на середине стремянки, наверное даже в кадр не попала, успокоила я себя. Кроме того, вряд ли Линдон выписывает «Космополитен». Не о чем беспокоиться.

Я и сама почти поверила в это.

Я решила нанести Арману неожиданный визит, удивив его, и по дороге в его квартиру прошла мимо «Ле Де Маго» — модного кафе, где часто обедали писатели и художники. Ярко-зеленый тент был натянут прямо над тротуаром, а замысловатый балкон обвивал второй этаж кованым кружевом. Я поймала в окне собственное отражение, а затем увидела человека, похожего на Армана. Остановившись и пригляделись, я поняла, что не ошиблась. Он сидел на кожаной банкетке подле женщины с густыми каштановыми кудрями. Сидел очень близко, и все равно, кажется, шептал ей что-то на ухо — столь интимное, что ему даже пришлось откинуть ее волосы кончиками пальцев. Эта картина ударила по мне, будто молния. Не знаю, почувствовал ли Арман что-то или же это было случайно, но он поднял глаза и увидел, что я смотрю на них. Почему-то мне стало неловко, и я поторопилась уйти. Несколько секунд спустя я услышала, что он, выскочив из кафе, зовет меня по имени, — но не обернулась.

— Опалин, пожалуйста! — воскликнул он, нагоняя меня и хватая за руку.

— Ах, оставьте меня!

— Но вы должны позволить мне объяснить!

Я не хотела слышать никаких объяснений. Он или солжет, или, хуже того, будет вынужден сказать правду, — и я не была уверена, что выдержу.

— Дело в том, что Кристин — моя старая подруга.

Хотелось зажать уши руками, как будто я была ребенком. Ее имя... от этого стало только хуже. Нет, Арман не должен был узнать, что я влюбилась в него так сильно, что это ранило. Я знала, что сердца склонны разбиваться, но это знание никак не подготовило меня к той боли, которую я испытала.

— Арман, прошу, избавьте меня от этого унизительного разговора.

На мгновение тень набежала на его лицо, но потом оно вновь прояснилось.

— Вы правы, да, я унизил вас, и за это прошу прощения. Но вы должны поверить, умоляю: мои чувства к вам глубже, чем все, что я испытывал когда-либо раньше.

— Возможно, вы думаете, что я глупа и неопытна, но я в состоянии распознать нечто банальное! — Я вырвала руку и попыталась уйти.

— Но это правда! — воскликнул он. — Думаете, мужчине легко сознаться в своих чувствах?

Я обернулась и одарила его презрительным взглядом.

— Это... трудно сказать по-английски, — добавил Арман.

— А вы постарайтесь.

— Те чувства, что вы пробуждаете во мне, удивительны... и в то же время страшат меня. Я становлюсь уязвим, а я не привык к такому. Именно поэтому я флиртую с другими женщинами, чтобы доказать себе... что-то. *J'en sais rien*[*].

— В ваших словах нет никакого смысла.

— Да, когда я это говорю, звучит глупо. Но в душе мне казалось, что таким образом я сохраняю контроль над собой.

Я не могла придумать, что ответить. Оправдание звучало так ужасно, что не могло оказаться не чем иным, как правдой.

---

[*] Я не знаю (*фр.*).

— Однако то, что вы видели сейчас... Я как раз говорил ей, что с нашими отношениями должно быть покончено.

Я отвела глаза, пытаясь скрыть свои чувства. В конце концов, у меня была гордость. Может ли статься, что Арман просто говорит то, что я, по его мнению, хочу услышать? Однако сердцу не нужны холодные факты, оно видит надежду в невозможном, видит любовь там, где нет ничего, кроме страсти, оно не склонно к логике. И вот я уже позволила Арману обнять меня и стояла, окаменевшая, в то время как он сыпал комплиментами, уговорами, жаркими убеждениями в том, что я — единственное, что имеет значение для него.

— Пойдемте со мной, прошу, давайте поговорим об этом у меня в квартире.

Конечно, я пошла. В тот момент я была готова поверить его притворству.

Он жил в районе города под названием Монмартр. Мы прошли под сверкающими белыми куполами Сакре-Кёр, взирающими на город сверху, и по мощеной улице вышли на оживленную маленькую площадь Тертр. Виды были как на открытке: элегантные здания с открытыми ставнями возвышаются над ресторанами и кафе, а по периметру развернули торговлю художники. Арман подошел к дому с синей дверью, повернул ключ в замке, и мы поднялись по лестнице на второй этаж.

Мы зашли в квартиру, и, казалось, оба не понимали, что надлежит делать дальше. У широкого окна с видом на площадь приглашающе расположились маленький столик и два стула, и Арман жестом предложил мне сесть.

— Я заварю нам чай.

Вскоре он вернулся, неся серебряный поднос, на котором стоял старинный, тоже серебряный, чайник с витиеватыми узорами на боках и маленькие стеклянные стаканчики, украшенные золотой вязью — по виду арабской. Однако больше всего меня удивил густой мятный аромат.

— Вы когда-нибудь пробовали марокканский чай? — спросил он.

Я покачала головой, глядя, как он снимает с чайника крышку и щедро сыплет туда листья. Потом Арман принялся разливать чай, высоко поднимая чайник над стаканами и стараясь не смеяться слишком открыто над моим изумлением.

— Это традиционный способ наливать чай на Востоке, — просто пояснил он, подавая мне стакан.

Я подула на золотистую поверхность и позволила экзотическому аромату окутать меня.

На площади несколько музыкантов начали играть, звуки гитары и скрипки заполнили паузы в нашей беседе. Я старательно смотрела на все подряд в комнате: шелковый ковер на полу, странные кожаные тапочки с загнутыми носами у двери, маленький деревянный столик с золотой инкрустацией в мавританском стиле. В конце концов пришлось поднять взгляд на Армана, и я поняла, что все это время он неотрывно смотрел на меня. Он забрал стакан из моих рук, поставил на поднос и, взяв меня за руку, заставил подняться. Мы оказались так близко, что я могла ощущать его дыхание. Он склонил голову, и мои губы приоткрылись будто бы сами собой. Его теплый язык скользнул ко мне в рот, и я желала только одного: чтобы это не прекращалось. Мы вжимались друг в друга, мне хотелось стать еще ближе к нему, и если бы...

— Опалин, — выдохнул он, прерывая поток моих мыслей.

— Да?

— Скажи мне, хочешь ли ты остаться или уйти, — Арман тяжело дышал, — потому что, боюсь, у меня не хватит смелости спросить тебя об этом снова.

Все мысли исчезли. Впервые за всю жизнь моя чувственная сторона одержала верх.

— Хочу остаться.

Комната была такой узкой, что в ней едва помещалась его латунная кровать. Тонкая занавеска на окне развевалась от ветра. Темнота скрадывала нас, оставался только свет от низкой оплывающей свечи на углу стола.

Как волновалась я прежде о том, что не буду знать, что делать! Ах, если б только тогда я могла представить, что не существует никакого «знать», что можно жить лишь инстинктами, чувствами. Его тело в свете свечи казалось золотым, а запах пьянил.

— Было больно? — тихо спросил он.

— Совсем немного.

Где-то я читала, что боль — это плата за наслаждение. Я больше не невинна. На мгновение эта мысль поразила меня, а вслед за ней пришло ощущение, что я переступила неведомый порог. Мы очень долго лежали и разговаривали, а потом, в ночи, он проводил меня до дома. Я понадеялась, что смогу незаметно проскользнуть мимо хозяйки пансиона.

Света совсем не было, если не считать мягкого лунного, пробивающегося сквозь высокие окна. Каждый скрип лестницы звучал подобно пушечному выстрелу, и я прикусила губу, молясь, чтобы никто не услышал. Добравшись до комнаты, я заперла дверь, рухнула на кровать и вдруг испугалась, увидев в зеркале на туалетном столике собственное прозрачное отражение. Схватила подушку, заслонилась ею и в эту секунду заметила нечто действительно важное.

Трость брата у двери.

# Глава 11

# Марта

День начался с надраивания унитаза. Мадам Боуден пригласила парочку старых друзей из театра на ужин и потребовала, чтобы дом «сверкал чистотой». В ней ощущалось нечто необычное: хозяйка суетилась и прежде, но сейчас почему-то все ей казалось неправильным. Она вернулась из парикмахерской в мрачном настроении и заявила, что они специально слишком туго накрутили ей локоны, чтобы она выглядела старше, и в итоге засела за туалетный столик, яростно расчесывая шевелюру, превращая кудри в пушистые завитки.

— МАРТА!

Вопль был таким истошным, что я выронила ершик и рванула к ней, предполагая, что найду ее как минимум распростертой на полу спальни.

— Что случилось? — Я никак не могла выровнять дыхание.

Мадам Боуден сидела все там же, за туалетным столиком, в распахнутом шелковом халате и бежевой комбинации. Я не могла оторвать глаз от ее шеи и груди, где кожа вся была сморщена и покрыта пятнами, словно печеная индейка на Рождество. Одна престарелая монахиня из моей школы любила говорить, что свиное ухо не перешьешь в шелковую сумочку, — и только сейчас до меня дошло, что она имела в виду.

— У меня пропала жемчужная серьга! — обвиняющим тоном заявила она.

Я посмотрела на столик, на вываленную груду драгоценностей и снова на хозяйку. Одна серьга была в ухе, в другую такую же она вцепилась узловатыми пальцами.

— Она у вас в руках, мадам, — спокойно ответила я.

— Я вижу, что она у меня в руках, глупая девчонка! Куда подевалась вторая?!

Глубокий вздох. Если б я не нуждалась в деньгах настолько, я бы сказала, куда ей засунуть вторую серьгу.

— У вас в ухе.

Она подняла руку и пощупала мочку.

— В другом.

Я прислонилась к дверному косяку. Что ж, в конце концов, у меня было все время на свете.

Она дотронулась до прохладной жемчужины, и на лице возникло выражение, которое человек, не знакомый с мадам Боуден, назвал бы пристыженным. Однако ее гордость исключала любой намек на стыд.

— Ну, раз уж ты тут, то помоги одеться. И не забудь, что в четыре приедет кейтеринг, их надо встретить и все показать. Ты разложила столовое серебро, проверила все дважды?

И никаких извинений за то, что, по сути, назвала меня воровкой. Впрочем, не то чтобы я их ждала. Я сняла с вешалки платье (усыпанное серебряными блестками так густо, словно прежде его носил Либераче) и наклонилась, чтобы она могла опереться о мое плечо, влезая в платье, будто на лошадь. Руки у мадам Боуден дрожали, и эта дрожь передалась моему телу. Да, она была в здравом уме и остра на язык, но вот тело старую леди подводило. Внезапно я ощутила прилив симпатии к ней. Странно было видеть ее в таком состоянии: казалось, мадам Боуден так непринужденно несет себя миру, и ее нисколько не заботит, что о ней подумают. Ну, может, она просто хорошая актриса, а в остальном — такая же, как все люди. Испуганная.

После препирательств о том, что надеть на вечер мне (мадам Боуден настаивала на самом настоящем наряде горничной), я облачилась в свою новую блузку и черную юбку-карандаш из гардероба хозяйки. Наверное, это была самая унылая вещь у нее в шкафу. Юбка была великовата, так что я позаимствовала еще и широкий лакированный пояс красного цвета, который подходил к моей ленте для волос и так приглянулся мадам Боуден, что она даже разрешила мне открыть дверь гостям. Как и ожидалось, за дверью стояли три кумушки пенсионного возраста, которые немедленно принялись сплетничать и прихорашиваться, как старые курицы. Они едва удостоили меня взглядом и пронеслись в гостиную — вихрь перьев и шума. Я покачала головой и улыбнулась. Мне вспомнились те дни в полумраке собственной кухни, когда изредка удавалось зажарить зайца, пойманного в полях за окном, или фазана, которого подстрелил какой-нибудь фермер. Тогда трудно было вообразить, что где-то есть люди, подобные мадам Боуден, которые веселятся, вкусно едят и нанимают кейтеринг. Это был совсем другой мир.

Я застыла с нелепой улыбкой, будто была не человеком, а какой-то мебелью, вешалкой для одежды. Кто вообще в здравом уме сегодня носит меха?..

Наконец пришло время обслуживать гостей за столом, вот тут и пригодились мои навыки. Быть невидимкой, подавать еду. Впрочем, за столом в самом деле был кое-кто невидимый, потому что место мадам Боуден пустовало. Гостьи ели, сплетничали, смеялись и, казалось, нисколько не беспокоились из-за отсутствия хозяйки.

— А мадам Боуден присоединится к вам до десерта? — неуверенно спросила я.

— Вряд ли, — равнодушно ответила одна из женщин, у которой была такая толстая шея, что ее жемчужное ожерелье задушило бы ее, не сними она его раньше. Они многозначительно переглянулись, а потом снова засмеялись, очень невежливо.

Бывало ли прежде такое, чтоб мадам Боуден не явилась на собственную вечеринку?..

— А тебя она где откопала? — спросила другая гостья в узком черном платье, которое грозило вот-вот сползти с ее тощих плеч. Я замерла, прекратив собирать тарелки со стола, и сжала зубы, чтоб не выдать ответ, который просился сам собой.

*В помойной яме!* Нет, ну что за вопрос, ей-богу!

— Она разместила объявление в газете, что ищет домработницу, и я откликнулась.

— Чудеса, да и только, — прокомментировала третья, явно главная в этом курятнике. — С чего ей понадобилась домработница?

Она развалилась в кресле, как кошка, и курила тонкую сигару.

— Может, мне тоже завести симпатичную деревенскую простушку? Такие не уволятся из-за глупых мечтаний и вообще хорошо знают свое место, — заметила она, словно меня вообще не было в комнате.

Я чуть не выронила поднос. Нет, конечно, я привыкла, что люди смотрят на меня свысока, но она говорила так, будто я дешевая пародия на Золушку.

— Вообще-то я работаю здесь, чтобы оплатить учебу в университете, — с вызовом заявила я.

— Вот как? И что же ты изучаешь? — поинтересовалась леди с жемчугами.

Что изучаю? Проклятие, зачем я только рот открыла! Руки немедленно вспотели, и я решила притвориться, что не расслышала вопроса.

— Когда закончите с ужином и перейдете в гостиную, я принесу бренди.

Меня переполняли гнев и стыд. Эта женщина знала, что я ни на что не гожусь, что не в состоянии добиться чего-то в жизни. Все они знали. Я растратила все шансы, последовательно выбирала неправильное — и вот я здесь, прислуживаю старым кошелкам. Но ничего не поделаешь, теперь это мой дом, и я не могу просто сбежать куда глаза глядят. Хотела бы, но этот стыд, это ощущение, что я всегда буду жертвой, — оно пригвоздило меня к месту, оно всегда будет со мной, как клеймо.

Я оставила их в гостиной — играть в карты и надираться в стельку.

Я спустилась к себе, в маленькую квартирку, стянула одежду и влезла под горячий душ. Потом, закутавшись в полотенце, легла на кровать. Взгляд упал на лежащие на кухонном столе брошюрки из библиотеки. Теперь казалось, что в них нет никакого смысла: какая бы энергия ни переполняла меня в тот момент, она иссякла.

Как же я ненавидела их, этих богатых куриц. Неудивительно, что мадам Боуден так рано ушла к себе. С такими-то друзьями кому вообще нужны враги?

В глубине души я просто хотела, чтобы кто-нибудь обнял меня. Как я скучала по объятиям! Единственный, кто разговаривал со мной по-дружески с момента прибытия в Дублин, не считая хозяйки, — Генри. Он, наверное, и не подозревал, что лишь его одного я могу с натяжкой назвать другом. И даже на него никак нельзя рассчитывать, ведь Генри не живет здесь. Генри уедет сразу же, как найдет свою потерянную рукопись или что там он ищет.

Почему я вообще о нем думаю? Почему-то я ощущала вину за мысли о мужчинах — после всего, что со мной произошло. Однако Генри казался совершенно другим, отличным от Шейна, отличным от вообще любого мужчины из тех, кого я встречала. Было что-то невероятно трогательное в его истории об авторе, который тащил тяжелый чемодан с книгой через границу, в его страсти к спасению утерянного и позабытого.

Тем не менее я отказывалась признать, что он привлекает меня. Да, иногда он смотрел на меня как-то по-особенному своими карими глазами, и от этого перехватывало дыхание. Но, в конце концов, с чего бы ему увлечься такой, как я? Все, что его интересует, — это пропавший книжный магазин, ничего более.

Я повернулась на бок, прижала к себе подушку и вдруг заметила трещины на стене. Они что, всегда там были? Невозможно, я бы заметила раньше... Но три кривые линии разной толщины выползали из-за шкафа и разбегались по голубой стене, как лозы винограда. Я лежала и смотрела на них. Как я могла не видеть этого раньше? Интересно, что же там, за шкафом? Я подошла ближе и провела по трещинам пальцем. Они казались довольно глубокими, словно уже какое-то время росли здесь, в стене. Я попыталась сдвинуть шкаф, но он был во всех смыслах антикварным, а потому весил, наверное, целую тонну.

Внезапно мне почудилось, что кто-то еще дышит в этой комнате. Кто-то, кроме меня. Я резко обернулась, но, разумеется, никого не увидела. Интересно, можно ли слышать места так же, как я слышу мысли людей?

Я вздрогнула. Возможно, я не хотела знать, что здесь происходило.

— Опалин, — едва слышно шепнула я, повернувшись к стене, но, конечно, ничего не случилось.

Господи, как нелепо! Я покачала головой и пошла искать пижаму.

Посреди ночи я проснулась, в голове пылала очередная строка бесконечной истории. Они приходили мне как уведомления о письмах, как шепот в глубине сознания — и объяснить это было невозможно. Я знала лишь, что должна не потерять эти слова, и бумага не казалась надежным средством, так что на следующий день я отправлялась в тату-салон и делала очередную татуировку на спине.

У этой истории не было начала и конца, но каждый раз, когда новая строчка вспыхивала у меня в мозгу, я выбивала слова чернилами на коже — и становилось лучше. Никто не знал об этом, даже Шейн. Это был мой маленький акт неповиновения, нечто очень личное. Я скрывала эту историю от всего мира, но чем дальше, тем больше меня охватывало желание узнать, что она означает и откуда взялась.

Зная, что не засну, я на цыпочках поднялась в столовую, чтобы оценить ущерб от вчерашней вечеринки. Не хотелось, чтобы мадам Боуден отчитывала меня, так что раз уж я не сплю, то вполне могу убраться. Я зашла в комнату, включила свет — и глазам своим не поверила. Там царил идеальный порядок, все стояло на местах. Пришлось спешно пересмотреть свое мнение о подругах мадам Боуден: в конце концов, люди, которые так тщательно убирают за собой, вряд ли могут быть такими уж кошмарными. А ведь я не слышала, как они ушли! Заглянув на кухню, я убедилась, что они вымыли и вытерли насухо тарелки, стаканы и даже ложки.

Казалось, будто вчера вообще ничего не было.

## Глава 12

# Генри

По правде говоря, я подумывал позвонить в дверь, но в чем тогда веселье? Так что, подойдя к подвальному окошку дома № 12 по Халф-Пенни-Лейн, я присел на корточки и постучал в стекло. Последние несколько дней я просматривал онлайн-архивы и старые газеты в поисках упоминаний Опалин Карлайл, но безуспешно. Мне требовался перерыв. По крайней мере, именно такое оправдание я придумал себе, пока ноги несли меня к ее двери (или, точнее, к ее окну).

Через пару минут жалюзи поднялись, и за стеклом появилась очень сердитая и очень усталая Марта.

— Какого черта?.. — рыкнула она, дергая на себя створку окна.

— Рановато, да?

— Сейчас семь утра, так что — да, немного, самую малость рановато!

— Ох, прошу прощения! Я просто подумал... Не хотите составить мне компанию и прогуляться немного?

— Сейчас?..

Ночью, пока я не мог уснуть, это казалось отличной идеей, но теперь великолепный авантюрный флер малость потускнел. Я едва знаю эту девушку — и вот пожалуйста, стучусь к ней в окно поутру.

— Эм... ну... если вы не заняты.

Марта опустила глаза, оценивая, во что одета, потом вскинула глаза и опять опустила, будто производила в уме какие-то очень сложные вычисления.

— Мне нужно приготовить завтрак для мадам Боуден, а потом заняться уборкой, но я смогу выкроить время где-нибудь... ну, скажем, в одиннадцать?

— Отлично! — как-то чересчур громко воскликнул я. Я и позабыл, как это нервирует — спрашивать человека, не хочет ли он провести время с тобой. В юности заводишь друзей помногу и легко, но чем старше становишься, тем сильнее бьет возможный отказ. — Пришлю вам всю инфу в СМС.

Никогда в жизни я не использовал слово «инфа». Не уверен, что оно прозвучало именно так, как должно.

— У вас ведь нет моего телефона.

— Ну же, Марта, это было такое ненавязчивое предложение дать мне номерок. Могли бы и подыграть, знаете ли.

Последовала неловкая пауза, которой она, казалось, наслаждалась.

— Так вы... дадите мне свой телефон?

— Возможно. — Она улыбнулась.

Это что, был флирт? То есть похоже, конечно... Но трудно сказать наверняка, если бóльшую часть времени она словно защищается.

— Давайте. — Она взяла у меня телефон и быстро забила в него заветные цифры. — Все, мне пора идти. — И закрыла окно, вновь опустила жалюзи.

🍂🍂🍂🍂

Это было как в ромкомах, которые любила смотреть моя мать. Большой палец завис над кнопкой «отправить» и так и висел, пока я не вспомнил один лайфхак, которым частенько пользовалась моя сестра. Посчитай от пяти до одного, а потом просто сделай это.

Я легонько прикоснулся к экрану, телефон свистнул — и на сообщении появилась метка об отправке.

*«Буду ждать в „Уголке канцелярии“».*

Мне казалось, такое сообщение таит в себе хоть какую-то загадку и возбуждает любопытство... Так я думал, пока Марта не ответила:

*«Кто это?»*

*«Генри. Который не псих».*

*«А, этот Генри! А где это — „Уголок канцелярии“?»*

*«Вам нужно дойти до перекрестка Колледж-Грин и Тринити-стрит. А там уже увидите».*

Единственное заведение, которое, на мой взгляд, могло составить конкуренцию книжному магазину или библиотеке, — хороший магазин канцтоваров. «Уголок канцелярии» следовало относить к числу мест священных, если мы говорим о столь скромных атрибутах, как письменные принадлежности. На самом видном месте, прямо на углу, стояло это эдвардианское здание, украшенное башней с часами (сообщившими мне, что я явился неприлично рано). Из-за черно-золотых букв на вывеске и стеклянных панелей под мозаику над окнами казалось, что перед вами тихая библиотека. Я собирался подождать Марту снаружи, но силы воли хватило всего на две минуты, потому что на витрине я заметил «Монблан», и, конечно, такую ручку требовалось рассмотреть более пристально.

Я зашел внутрь и немного расслабился, ощутив характерные запахи бумаги, кожи и чернил. За стеклом на витринах, словно драгоценности, красовались ряды ручек «Паркер» и «Кросс» и наконечники для каллиграфического письма. Возле прилавка стояли кожаные портфели, заставившие меня вспомнить о потерянном романе Хемингуэя. Может, его унесли в таком вот портфеле? По крайней мере, так думал каждый слушатель магистерских курсов литературы, прогуливаясь по кампусу с аналогичной сумкой, небрежно перекинутой через плечо.

По магазину слонялись еще несколько посетителей. Я огляделся в поисках своей заветной ручки и увидел в дверях Марту, которая явно чувствовала себя не в своей тарелке.

— О, вы все-таки пришли!

Ну, по крайней мере, я никогда не упускаю шанс подметить очевидный факт.

Она улыбнулась, и дверь за ее спиной медленно закрылась.

— Итак, что мы тут делаем?

— Я так и думал, что вам не чужд экзистенциализм. — Марта покосилась на меня с недоумением. — Это шутка, просто шутка, не надо нервничать!

Господи, ну почему я веду себя как последний придурок? Я будто утратил всякую способность разговаривать по-человечески.

— Я могу вам чем-то помочь, сэр? — раздался голос из-за стойки.

— Да! Да, пожалуйста. На витрине я видел ручку «Монблан»...

— А, «Маленький принц»! — на лету сообразил менеджер. Эта проницательность явно добавляла ему очков в продажах.

— Почему вы привели меня сюда? — спросила Марта, дождавшись, пока менеджер не отойдет настолько, чтобы не слышать нас.

— Тут великолепно, не правда ли? Хотя это не то место... Ну то есть я имею в виду, мы пойдем куда-нибудь после. Конечно.

— Ладно.

Судя по тону, это было что угодно, только не «ладно».

— А вот и она, сэр. Модель из серии «Маленький принц».

Она была прекрасна, даже когда лежала в бордовом фут-
ляре с крошечной золотой звездочкой на застежке.

— Как вы можете видеть, на ручке выгравирована цитата из книги.

— *On ne voit bien qu'avec le coeur*, — прочитал я.

— Вы говорите по-французски? — растерялась Марта.

— Совсем немного. Я провел лето, работая в одном *gite**
на юге Франции.

— Ладно, — повторила она и уставилась в пол, но я успел
заметить, как расширились ее глаза.

— Там сказано, что человек может видеть ясно, только
когда смотрит сердцем.

Я видел, что эта фраза зацепила ее, и совсем не ожидал
этого. То же было и в парке, когда я рассказывал про утерян-
ные рукописи. Марту в самом деле глубоко тронул этот рассказ. Я привык к снисходительным улыбкам и вежливым
кивкам «непрофессионалов», которым пытался поведать
о своей страсти, однако она проявляла искренний интерес.
От гордости хотелось выпятить грудь колесом. Неважно, кто
и что говорит, — Антуан де Сент-Экзюпери звучит впечат-
ляюще на любом языке.

— Завернуть ее вам? — спросил продавец, нарушая ин-
тимность момента.

— Э-э-э, да, давайте. Сколько?

— 799 евро с учетом налогов.

Я невольно сглотнул. Желая произвести впечатление
на девушку и покрасоваться, я загнал себя в угол — по крайней мере, в плане финансов. Как выкрутиться, я не знал,
так что сказал продавцу, что ручка — подарок, который

---

* Коттедж (*фр.*).

я преподнесу себе самому, как только закончу большой проект. Он посмотрел сквозь меня, как опытный торговец, прекрасно знающий, что этот клиент больше не вернется.

— Но знаете, я все-таки не удержусь и куплю один из ваших «молескинов»! — воскликнул я, надеясь этой репликой стереть досадный эпизод из памяти всех присутствующих. Со своей памятью я, увы, ничего поделать не мог.

# Глава 13

# Опалин

*Париж, 1921*

Я сразу же подскочила, принялась судорожно собирать свои вещи и книги, закинула все в чемодан и сбежала вниз по лестнице. Я подумала: главное — добраться до магазина, а уж там Сильвия придумает, как быть. Отмахнулась от предложения мадам Руссо позавтракать, распахнула дверь на улицу — и нос к носу столкнулась с братом, который поджидал меня снаружи. Он был не один.

— А вот и она, — произнес Линдон, покачивая черной тростью, видимо новой. — Как видите, Бингли, она весьма эмоциональна.

Я стояла с распахнутым ртом, как дурочка, пытаясь осознать происходящее. Мой брат был здесь, и он казался торжествующим и расслабленным, а рядом с ним стоял человек по имени Бингли, весьма взволнованный и с большим букетом в руках.

— Ну что же вы застыли? Отдайте ей эти чертовы штуки, пока не завяли!

— Мисс Карлайл, я счастлив наконец познакомиться с вами, — сказал мужчина, протягивая мне букет. Я ничего не ответила, но крепко сжала ручку чемодана, прикидывая, удастся ли мне убежать от них.

— Не волнуйся, сестренка, старый добрый Бингли не держит на тебя зла за то, что в прошлый раз ты ускользнула — как раз когда вы, голубки, должны были обо всем договориться.

Он говорил странно, чересчур мягко и с каким-то очарованием, будто это был вовсе не мой брат, а какой-то самозванец в его шкуре. Я наконец смогла открыть рот:

— Как ты нашел меня?

— А как, по-твоему? Твоя дорогая подруга Джейн увидела тебя на фото в газете, а ее муж с радостью сообщил об этой новости твоим родным, которые бесконечно гордятся тобой.

Должно быть, выражение моего лица стало совсем уж глупым.

— О, перестань, — сказал он, взяв меня под руку и крепко сжимая локоть. — В конце концов, все мы люди светские. Порой до свадьбы неплохо в последний раз расправить крылья. Напоследок, а? Не так ли, Бингли?

— Несомненно, — согласился Бингли, окидывая меня с ног до головы таким взглядом, будто ему подали меня на блюде. Он был высокий и румяный, с крючковатым носом и залысинами, а еще от него пахло бренди, как и от Линдона (что объясняло их поведение). Это было так странно — видеть брата и его приятеля в *моем* Париже! Я даже не заметила, как они повлекли меня в сторону отеля.

— Куда мы идем? Мне нужно на работу.

— «На работу»! Подумать только, Бингли, в наши ряды затесался социалист! — хмыкнул брат. Этот странный веселый тон совсем не шел ему. Будто волк разговаривал с Красной Шапочкой. — Прошу прощения, мне, конечно, следует называть вас лорд Бингли.

Линдон посторонился, пропуская нас обоих в величественное фойе отеля.

— Все это замечательно, но... — начала было я, но Линдон снова перебил меня.

— Шампанское, мы празднуем!

Он жестом подозвал официанта, который как раз подавал кофе какой-то пожилой паре. Наверняка высокомерие Линдона задело служащего, но он никак не показал этого — просто кивнул и организовал нам место за столиком.

— На эту ночь я оплачу моей младшей сестренке отдельный номер, — заявил Линдон, ткнув пальцем в сторону. — Приличия прежде всего. У вас будет вдоволь времени, чтоб получше узнать друг друга, после свадьбы.

Свадьбы?.. Не может же он всерьез предлагать мне выйти замуж за человека, которого я вижу впервые!

Устраивать сцену на людях мне не хотелось, поэтому я подождала, когда он встанет из-за стола, чтобы пойти к консьержу, и тихо проговорила:

— Линдон, ты что, совсем лишился рассудка?

— Все объяснения получишь, когда будем в номере, — коротко ответил брат и чуть ли не силой усадил меня на место.

Оставшись наедине с лордом Бингли, я твердо решила помалкивать. Он спросил, нравится ли мне Париж, а я просто кивнула, растянув губы в подобии улыбки. Вернулся официант, поставил на маленький столик рядом с нами ведерко со льдом и умело открыл бутылку. Разумеется, сначала он налил шампанское Бингли — лорд должен снять пробу! Я внутренне сгорала от нетерпения. «Просто оставь эту чертову бутылку», — думала я. Мне было жизненно необходимо выпить.

Бингли звякнул своим бокалом о мой и произнес какой-то невнятный тост за наше совместное будущее. Я снова улыбнулась, потому что в этот момент подумала: да уж, совместным оно будет ровно столько, сколько времени мне потребуется, чтобы вырваться из лап брата. Линдон все еще разговаривал с консьержем. Мелькнула мысль: а может, напоить обоих и незаметно ускользнуть?

— Ваш брат — славный малый.

— Славный, да уж.

— Вы знаете, что мы вместе служили?

— Вот как.

— Человек исключительных принципов, да-да.

— В самом деле?

— А вы так не думаете, мисс Карлайл... Опалин? Я могу называть вас Опалин, если вы не против.

«Ох, да называйте, как хотите», — думала я, гадая, как долго еще продлится этот фарс. Сильвия наверняка не упустила бы случая высмеять эту вымученную вежливость. Ах, если б только я была американкой!

— Когда сидишь с кем-то бок о бок в окопе, невольно узнаешь о человеке многое. Часто приходится принимать... сложные решения.

Я знала, о чем говорит Бингли. Именно эти сложные решения и стали причиной раздоров между Линдоном и нашим отцом.

— Я знаю, что брат застрелил одного из своих за трусость, — мрачно ответила я, не в силах больше удерживать на лице фальшивую улыбку. Одна мысль об этом вызывала у меня отвращение. Поднять руку на товарища — только за то, что тот поддался страху!

— Одного? — с насмешкой переспросил Бингли. — По крайней мере, в десять раз больше, чем одного!

Звучало так, будто он хвастался этим фактом.

— Видите ли, лидер обязан подавать другим пример.

— Пример?..

— На войне ваш брат заработал себе прозвище. Мы называли его Жнецом. — Он выразительно поднял брови, и я невольно содрогнулась.

Именно в эту секунду у столика снова возник Линдон. В руке он держал ключ от номера.

— Ну что, давай-ка устроим тебя. — Он схватил меня за руку и почти сдернул со стула.

Что ж, пока не представится возможность сбежать, лучше подчиняться. Мы зашли в лифт, служащий захлопнул решетку и нажал кнопку нужного этажа. Все молчали, я уставилась на свои туфли. На чулках виднелась прореха — напоминание о вчерашнем вечере. О, Арман! Сердце сжалось, будто я была самой настоящей героиней любовной драмы, и в то же время меня переполняла усталость. Хотелось только одного: вернуться в уютные стены «Шекспира и Компании», работать бок о бок с Сильвией, составлять каталоги книг и приветствовать покупателей.

— *Troisième étage**, — сообщил служащий, отодвигая решетку.

Мы шли по устланному ковром коридору, по обе стороны которого выстроились высокие растения. Я пыталась собраться с мыслями, но безуспешно.

— Вот и пришли. — Линдон указал на дверь. — Взял тебе номер по соседству с нашим.

Я зашла и от растерянности даже собралась было положить чемодан на кровать, но опомнилась.

— Я не останусь здесь, Линдон!

Он каменным изваянием застыл в дверях, преграждая мне путь.

— Ты будешь делать что тебе говорят, сестренка! — И внезапно с силой толкнул меня, да так, что я врезалась лбом в стену и сползла на пол.

А потом спокойно закрыл дверь и ушел.

Не знаю, сколько времени я пролежала там, на полу, обхватив руками колени. Может, двадцать минут, а может, и два часа.

---

* Третий этаж (*фр.*).

— *Ménage!*\* — крикнул кто-то, постучав в дверь. Сил ответить не было, но стук неумолимо продолжался. — *S'il vous plaît*\*\*.

Я с трудом поднялась и отперла дверь.

— Ради бога, что...

Арман.

Он быстро проскользнул в комнату, схватил мою сумку и пальто.

— Идем, скорее!

— Но откуда?.. как?..

— Позже объясню, *dépêches-toi!*\*\*\* — Он схватил меня за руку и вытащил из номера.

Мы бежали по коридору, но совсем не туда, откуда я пришла, а в противоположном направлении, к запасной лестнице. Думать не было времени — я лишь молилась о том, чтобы нас не поймали. Арман не отпускал моей руки. Спустившись на первый этаж, мы побежали по коридору для обслуги, а потом через кухню, и вслед нам кричали повара. Через неприметную дверь мы вывалились на улицу, в какой-то переулок, пересекли несколько мощеных улиц. Арман петлял не хуже уличного пройдохи: мимо торговцев цветами и фруктами, под мостом, и наконец — на большой бульвар, который уже показался мне знакомым. Значит, наш путь лежал в «Шекспира и Компанию».

— Погоди, постой же! — Я отчаянно задыхалась, воздуха не хватало. — Просто... дай минутку!

Пришлось опереться об уличный фонарь, чтобы не упасть. Арман наконец отпустил мою руку, и от этого тотчас показалось, что я утратила нечто важное. Я смотрела в его лицо, в его карие глаза, на то, как он острым взглядом окидывает

---

\*Уборка! (*фр.*)

\*\*Пожалуйста (*фр.*).

\*\*\*Поторопись! (*фр.*)

улицу в поисках угрозы, — и воспоминания о вчерашней ночи накрыли меня с головой.

— Он знает про книжный магазин, — сказала я. — Там он будет искать меня в первую очередь.

— Сильвия просила привести тебя к ней. У нее есть какой-то план.

— Ты говорил с Сильвией?

— Этим утром я шел к тебе... — Он замялся, потом быстро улыбнулся. — Я не мог дождаться, хотел снова встретиться. Я видел, как эти двое забрали тебя, и проследил за вами.

— Но как же ты догадался, в каком номере меня искать?

— Я не догадывался. — Арман покачал головой. — Просто стучал во все двери подряд.

— Ох! — Его слова ошеломили меня.

— Нам в самом деле стоит поспешить.

Сильвия ждала нас у черного хода. Она быстро и очень крепко обняла меня, а затем вручила ключ.

— У моего друга есть дом под Парижем, недалеко от Тура. Можешь пожить там, пока...

— Вы не понимаете, я должна исчезнуть, я не смогу вернуться, никогда. Когда я бежала от них, то разрушила все планы насчет свадьбы...

— Свадьбы? — растерянно повторил Арман. Я открыла было рот, чтобы объясниться, но оказалось, что у меня совершенно не осталось сил.

— Как дела в Стратфорде-на-Одеоне? — в своей обычной манере поинтересовался мистер Джойс, просовывая голову через дверь. От неожиданности я подпрыгнула — никто из нас не заметил, как он вышел из магазина.

— Нет времени объяснять, Джимми. Опалин немедленно должна уехать из Франции, — коротко сказала Сильвия.

Джойс многозначительно подмигнул Арману, а потом как бы невзначай предложил мне поехать в Дублин.

— Да вы ведь только и делаете, что жалуетесь на свою страну, — возразил Арман.

Это была чистая правда. Много раз мы выслушивали резкие тирады в адрес невежественных ирландцев, которые не смогли по достоинству оценить гения.

— Да, но я писатель! Артист, прошу заметить. Мне положено проклинать родину... А вы, Опалин, — Джойс прислонился к стене и закурил, — думаю, найдете Ирландию вполне сносной.

Я задумалась. По крайней мере, мы с ирландцами говорим на одном языке. Да что там, до недавних событий это и вовсе была часть Британии!

— Знаете, я подумал вот еще что. — Джойс щелкнул пальцами, словно его осенило. — У меня там есть друг, владелец одной антикварной лавки. Мистер Фитцпатрик, он настоящий джентльмен, а в наше время это редкость. Если скажете, что вы от меня, он наверняка даст вам работу, а может, и с жильем подсобит.

— Звучит весьма рискованно, — наконец сказала я.

— Есть другие идеи? — развела руками Сильвия.

На том и порешили. Джойс торопливо написал на бумаге название и адрес магазина, пообещав сейчас же отправить другу телеграмму, чтобы тот встретил меня по приезде. Хотя на самом деле он собирался упросить Сильвию сделать это за него.

Прощание осталось в моей памяти пеленой слез. Казалось, я разваливаюсь на части, и вокруг не будет никого, кто помог бы мне собраться воедино.

— Ну-ну, не стоит так убиваться, — сказала Сильвия, выдавая мне конверт, в котором лежали адрес магазина и моя зарплата. — Ты взрослая женщина, у тебя голова на плечах, две руки, которых хватит на то, чтоб перетаскать гору книг, и ноги, которые донесут тебя куда угодно.

— А что вы будете делать, если сюда заявится мой брат? — спросила я, утирая слезы.

— Как что? Продам ему книгу, разумеется!

Арман отвез меня в порт и оплатил переправу. Мы стояли, дожидаясь очереди, и он снял с шеи цепочку. Золотая подвеска в форме руки ярко сияла в лучах солнца.

— Это называется хамса, — сказал он. — Есть поверье, что он бережет владельца от дурного глаза.

— То есть это что-то вроде амулета?

— *Exactement*[*]. Пока носишь его, будешь в безопасности.

Настало время прощаться.

— Мой адрес у тебя есть, и это лучший способ общаться не только со мной, но и с Сильвией. Твой брат обо мне не знает, а значит, никак не сможет тебя отыскать.

Я кивнула. До этой минуты я даже не сознавала, что плачу, а теперь ощущала, как высыхают слезы на щеках, — быть может, их сушит пронзительный ветер с моря? Арман в последний раз очень тепло и крепко обнял меня. Слов больше не осталось, и он пошел прочь не оглядываясь, а я все смотрела ему вслед, и сердце мое тонуло, будто якорь в бездонном море.

[*] Именно (*фр.*).

# Глава 14

# Марта

Понятия не имею, зачем он привел меня в магазин, полный канцелярских принадлежностей, которые я не могла себе позволить. Ради бога, что такое механический карандаш? Вывеска у входа гласила, что в ассортименте широко представлены механические карандаши, но я не могла просто открыть рот и спросить, что это, потому что не хотела выглядеть идиоткой. Кажется, кто-то однажды сказал, что лучше держать рот на замке и казаться дураком, чем открыть его и окончательно развеять все сомнения в этом... Ну или что-то в этом духе.

У Генри таких проблем, конечно, не было.

— О, старое здание парламента! — восклицал он, указывая на кремового цвета громадину, которая, казалось, прибыла сюда прямиком из Древнего Рима. — Замечательный образец архитектуры. Кажется, палладианский стиль.

Он выдавал что-нибудь в этом духе ни с того ни с сего, будто это совершенно в порядке вещей. Боже, а он ведь даже не местный — и все равно знает больше моего! Я продолжала кивать в знак согласия, абсолютно не представляя, что он несет.

— Куда именно мы направляемся? — спросила я. — Мне нужно вернуться, чтобы...

Хотела было сказать «приготовить ужин ее светлости», но это прозвучало бы чересчур клишированно и блекло в сравнении с восторгами Генри.

— ...Поработать над моим заявлением о поступлении в университет.

— Фантастика! Значит, мы точно идем куда надо.

Приятно было хоть немного отвлечься. Спину все еще припекало из-за татуировки, сделанной накануне, когда я добавила новые строки. Сам процесс набивания тату, когда слова как бы обретали плотность, постоянство, был своего рода освобождением, но после всегда приходила боль.

Мы перешли дорогу. Какие-то ворота, гигантские деревянные двери под аркой, снова двери поменьше... Тут я сообразила, что он ведет меня в Тринити-колледж, и остановилась как вкопанная.

— Я не могу туда пойти!

— С чего вдруг?

— Да потому что... не знаю, разве не нужно где-то регистрироваться или типа того?

Генри все-таки посмотрел на меня как на дурочку.

— Черт возьми, вы правы! А я и не подумал! Боже, а вдруг нас полиция застукает!

И вот мы уже наворачиваем круги по кампусу в попытках все рассмотреть.

— Я никогда не бывала здесь раньше.

Камни, выглаженные веками, создавали впечатление, что я нахожусь в декорациях какого-то исторического фильма.

— Правда? Я просто предположил, что... С тех пор как приехал в Ирландию, бо́льшую часть времени я провожу здесь. Это лучше, чем сидеть в дешевом мотеле.

Подумать только — бродить по университетскому кампусу лишь оттого, что тебе скучно! Нет, мы с Генри точно принадлежали к разным мирам, я всей кожей ощущала это и изо всех сил пыталась игнорировать грызущую меня зависть.

— Ниже по этой улице находится библиотека Глюксмана, центр картографии. Я перерыл ее всю, пытаясь отыскать карту, на которой был бы отмечен тот самый книжный магазин, но так и не смог.

— Здесь есть... центр картографии? — Почему-то это особенно потрясло меня. Библиотека Глюксмана существовала в одной вселенной со мной, в одном городе, а я и понятия не имела. — Это же прямо как в том фильме... как Нарния!

— Вы имеете в виду вымышленную страну из книг Клайва Льюиса?

Итак, теперь я утвердилась в его глазах как полная бестолочь.

— Да-да, конечно, оттуда. Точь-в-точь Нарния, понимаете?

Тут и фонарь даже имелся, что уж там.

— Полагаю, в каком-то смысле вы правы. В библиотеке Глюксмана более полумиллиона карт и атласов. Эдакий маленький подземный лабиринт для тех, кому случится заблудиться в верхнем мире. И все равно я не отыскал там мой книжный...

— Ваш книжный? — Я приподняла бровь.

— Ну... Неважно, сегодня мы не пойдем в поход за картами. Нам сюда.

Генри указал на вывеску с надписью «Келлская книга». Перед нами выстроилась очередь, преимущественно из туристов, все пришли, чтобы посмотреть на старую и, по-видимому, знаменитую книгу. По спине у меня невольно побежали мурашки, потому что больше книг меня пугали лишь по-настоящему древние книги. Кто знает, какое могущество в них таится?.. Конечно, все это были глупости. И все же благодаря Генри я ощутила: что-то внутри меня приоткрылось. И подумала: «Какой будет вред, если я просто немножко посмотрю?»

— Знаю, о чем вы подумали! Кого вообще волнует Новый Завет, а?

Он ошибался. Я думала о первом свидании с Шейном (конечно, эту прогулку с Генри никак нельзя было назвать свиданием). Мы пошли в кино, посмотрели какой-то фильм про гонщика, по пути домой захватили бутылку вина и занялись сексом на его односпальной кровати.

— Я не очень религиозна, — вот что я ответила.

— Не торопитесь с выводами.

Он был так взволнован этой возможностью — увидеть пару страниц древней рукописи, созданной монахами сотни лет назад. Я не понимала этого, и все же мне вроде как нравилось. *Он* мне вроде как нравился. Но в то же время я знала, что его сердце принадлежит иному, что для него эта прогулка — лишь небольшой забавный крюк, экскурсия по литературным изыскам, после которой он вернется к своей реальной жизни. Я стояла с ним бок о бок, ощущая сладость и горечь, и это сбивало с ног — мельком увидеть ту жизнь, которая могла бы быть.

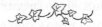

Генри был прав: оказавшись внутри, я позабыла обо всем. Темная комната и столп света, из-за которого страницы книги казались сделанными из сусального золота. Я словно стала свидетелем чего-то важного — того, что находилось за пределами понимания, но отзывалось глубоко в душе.

— Ее написали в 800 году монахи-колумбанцы с острова Айона, что в Шотландии.

Разинув рот, я шла за другими посетителями, разглядывая страницы рукописи под стеклом.

— Как же они сохранились до наших дней? — прошептала я.

Улыбка коснулась уголков его глаз.

— О, теперь вас зацепило, верно?

Вместо ответа я закатила глаза, но он был недалек от истины. Конечно, я видела репродукции «Келлской книги» в учебниках и даже на кухонных полотенцах, но реальность — совсем другое дело. Эти замысловатые рисунки, этот рукописный текст — все влекло и заставляло погрузиться в историю.

— В 1007 году викинги выкрали ее из Келлского аббатства. Они содрали с обложки все золото, а все остальное сочли бесполезной мазней и похоронили под слоем торфа.

Я не могла прекратить думать о людях, которые когда-то создали эту рукопись — целиком на латыни, подумать только. Однако толпа продолжала прибывать, так что мы перешли дальше, в Длинную комнату.

Не знаю, чего я ждала, но от увиденного по коже побежали мурашки. Это было похоже на книжный собор: полукруглые деревянные галереи, от пола до потолка заполненные книгами в кожаных переплетах. Никогда я не видела ничего подобного. Мы шли по центральному проходу, по обе стороны от которого стояли мраморные бюсты философов, чьи имена казались знакомыми (но вряд ли бы я вспомнила, чем конкретно известен хоть кто-то из них). Меня окружало само Знание, и невольно мелькала мысль, что, сколько ни учись, ты не освоишь и тысячной доли того, что сокрыто под этими обложками.

— Впечатляет, не правда ли? — спросил Генри. Я и не заметила, что все это время он пристально наблюдал за мной.

— Зачем на самом деле вы привели меня сюда? — Я резко остановилась и повернулась к нему, не обращая внимания на то, что мешаю другим посетителям.

Он помедлил, сунул руки в карманы и задрал голову, рассматривая, как под самым потолком работают реставраторы в перчатках.

— Я хотел показать вам... — Он посторонился, пропуская группу шумных американских студентов, а потом вдруг шагнул, оказавшись так близко, что я чувствовала его дыхание. — Когда мы с вами встретились там, в библиотеке, я понял: вы желаете быть частью этого мира. Я лишь хотел, чтобы и вы поняли, что это возможно.

Люди, мир вокруг нас — все стихло для меня, я едва замечала окружающую действительность. Никто прежде не видел меня насквозь. Не так, как Генри. А те, кто видел, едва ли сделали бы что-нибудь, чтоб помочь мне. Я не могла найти слов, чтобы ответить, и в горле почему-то пересохло, будто от тоски.

Генри провел рукой ото лба к затылку, откидывая волосы, которые неизменно падали ему на глаза, стоило чуть склонить голову, — вот как сейчас.

— Не хотите пропустить по стаканчику?

Я кивнула и неуверенно улыбнулась. Тогда он отступил и пошел вперед, расчищая путь.

Паб, который Генри нашел в каком-то переулке, выглядел так, будто здесь уже сто лет ничего не менялось. Темное дерево, покрытое слоем лака, выглаженное годами, маленькие угловые кабинки, освещаемые нависающими над столами светильниками. Было тихо и пусто — лишь парочка завсегдатаев, — так что мы заняли уютное место в углу. Здесь даже была маленькая дверца, которую можно закрыть, если захочется полностью уединиться, но мы закрываться не стали. Заказали две пинты «Гиннесса» и два пастушьих пирога.

Снаружи начал накрапывать дождь, капли забили по стеклу, прохожие как по команде достали зонтики. Я поймала себя на давно забытом ощущении тепла и уюта. Как только принесли еду, мы набросились на нее и оба застонали от удовольствия — настолько было вкусно. Понемногу я привыкала быть рядом с Генри, хотя все еще терялась, когда он смотрел мне прямо в глаза.

— И все же, как вы оказались здесь? — спросила я, горя желанием узнать о нем побольше.

Он сделал большой глоток пива, словно выигрывая себе мгновение на подумать.

— В детстве отец часто возил меня на распродажи. Куча авто парковались на старом поле где-то у черта на куличках и открывали багажники. Думаю, отцу просто некуда было девать меня, и выбор был невелик: или распродажа, или паб. Мы приезжали, парковались со всеми и целый день бродили по рядам, рассматривая всякий хлам. Отец называл это охотой за сокровищами, пытался увлечь меня — и правда, порой мы находили нечто совершенно особенное. Он обожал сувениры военного времени, медали и прочее, но я искал лишь книги.

Генри снова взялся за вилку и занялся своим пирогом, но я видела, что затронула нечто очень личное. Не знаю, почему не замечала раньше, — наверное, была ослеплена его, как мне казалось, идеальной жизнью. Да, что-то случилось, и это связано с его отцом, и уже много лет они не разговаривали. Я не хотела давить: иногда, если дать людям немного пространства, они сами расскажут, что у них на душе.

— Должно быть, теперь он очень гордится вами, вы ведь выросли в такого ученого.

Взгляд, который Генри бросил на меня, был полон эмоций, которых я раньше в нем не замечала. Обида и гнев. Он сделал еще один большой глоток, и еще, и выпил до дна, а потом позвал официанта и попросил принести еще пива.

Мы замолчали. Я уткнулась взглядом в свой ужин, доела все до крошки, а потом извинилась и отошла в туалет. Вернувшись, я ощутила, что его настроение изменилось. Генри явно сожалел о том, что вообще заговорил об этом. Хотелось просто дотронуться до его руки и сказать: все в порядке.

Да, я знала, каково это. Люди, которых ты любишь, могут причинять боль, и тут уж ничего не поделаешь.

— В пятнадцать лет я купил потрепанного «Властелина колец» в лавке букиниста. К тому времени я был уже весьма неплохим дилером.

Я фыркнула. В моей вселенной «пятнадцатилетний дилер» означало нечто другое, но, как бы то ни было, я кивнула, чтобы он продолжал, и подтянула к себе вторую кружку. «Властелина колец» я не смотрела, но слышала, что он основан на серии книг.

— Я узнал, как ценятся редкие издания и сколько за них готовы заплатить коллекционеры. Для меня это был удобный источник карманных денег и легкий способ заработать. На рынках и благотворительных распродажах я скупал старые книги, чьи владельцы даже не догадывались об их истинной ценности, а потом перепродавал букинистам и антикварам. В то время я отчаянно нуждался в деньгах, потому что отец начал много пить, и дела дома шли неважно.

Он помолчал, окинув взглядом бар, но я чувствовала, что он хочет продолжать.

— В общем, я принес «Властелина колец» домой, начал листать его и нашел внутри письмо.

Я невольно склонилась поближе, втягиваясь в его мир литературных приключений.

— Датированное 1967 годом, адрес — Оксфорд. А внизу подпись: Дж. Р. Толкин.

— Ого!

— Вот именно — «ого»! Это было небольшое письмо, ответ девочке, которая, должно быть, написала ему, своему кумиру. Я не мог поверить, что оно попало ко мне в руки, не знал, как подтвердить его подлинность. По этой причине я обратился к отцу: возможно, у него есть какой-нибудь знакомый, который может помочь с этим?.. Больше письма я не видел.

— Что случилось?

— Он продал его за пятьсот фунтов.

— Что ж... Это неплохие деньги, верно?

— Поверьте, это письмо стоило в десятки раз больше. К тому же дело было не в деньгах. Я мог вернуть миру нечто утраченное, а отец забрал у меня эту мечту и пропил ее.

Он заморгал, будто стараясь скрыть слезы, заерзал на стуле.

— Мне очень жаль.

— То, что я вам рассказал, — лишь синопсис. Пьянство моего отца подобно сноске к каждой главе моей жизни. Порой мне кажется, я никогда не буду свободен от этого бремени.

Я все-таки решилась: положила руку поверх его ладони. Он натянуто улыбнулся и махнул официанту, чтобы принесли еще пива. Я потеряла счет времени. Мы сидели друг напротив друга, и он открыл мне дверь в свой мир, и это было так приятно — в кои-то веки побыть не в моем собственном. Генри рассказывал про статью, которую писал, об утраченных рукописях.

— Я читаю книгу и понимаю, что это только первый шаг. Я хочу знать о ней все: кто ее написал, когда, где, как и почему. Кто напечатал ее, сколько она стоила, какой путь прошла, кто держал ее в руках с момента первой продажи, кто и почему продал ее в самый первый раз... Нет пределов тому, что мне интересно.

Похоже, он был уже навеселе, потому что речь становилась невнятной, как и выбор темы. Я и сама захмелела, напрочь забыв о мадам Боуден.

— В этом истинное очарование книг, ведь книга — это не просто история в обложке, это целая... история о том, откуда эта... история взялась, кому она принадлежала! Книга — это куда больше, чем просто способ доставки содержимого!

Он отчаянно жестикулировал и замолчал, увидев, что я смеюсь.

— Что ты смеешься? Я чересчур увлекся?

— Нет, просто я никогда не видела, чтобы кто-нибудь так яростно отстаивал... вообще что-либо. Но теперь я понимаю тебя лучше. — Я вдруг осеклась, осознав, что меня беспокоит. — Погоди, но как же сама история? Неужели тебе все равно, о чем книга?

— Конечно нет! Но признаюсь, когда ты коллекционер, книга превращается в артефакт сама по себе. Большинство коллекционеров не читали многие из экспонатов собственных коллекций.

— Это как-то неправильно...

— Сказала девушка, которая не читает книг!

— Это другое! — резко ответила я. Однако Генри не заметил перемены и продолжал игриво подначивать меня:

— Жаль тебя расстраивать, но учеба в университете связана с чтением книг и... — Его улыбка погасла, стоило ему увидеть мое лицо. Я не любила плакать, уж точно не на людях. Глаза жгло, но я отчаянно сдерживалась, сдвинув брови.

— Боже! Марта, прости, я такой тупица!

Я вдруг почувствовала, как жарко и душно в пабе, как много людей в него набилось. Из уютного места он превратился в нечто шумное и неприветливое. Пора было убираться отсюда.

— Который час? Мне нужно идти.

Я начала собираться, и Генри подскочил, как ужаленный.

— Можно тебя проводить?

Я пожала плечами. Какая разница?

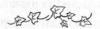

Когда мы вышли на улицу, я почувствовала себя так, будто выпила вдвое больше, чем на самом деле. Вместо теплого уюта — сплошная тошнота и раздражение. Было уже темно, все ехали с работы домой, так что улицу перекрыла пробка, все сигналили и гудели друг другу.

— Сюда. — Генри взял меня за руку и свернул куда-то вбок, на более тихую улочку.

От прикосновения теплой ладони меня накрыло неожиданное ощущение, что я в безопасности, а ведь мне казалось, я никогда больше не почувствую этого. Наверное, следовало отпустить его руку, как только мы завернули за угол, но я не хотела. И он, похоже, тоже.

— Марта, прости, что я задел твои чувства. — Он говорил тихо, почти шепотом, и это ранило меня в самое сердце.

При первой встрече я предположила, что его жизнь идеальна. Но после рассказа про отца... В конце концов я решилась и, глубоко вздохнув, сказала ему то, что не говорила еще никому.

— Мои чувства? Не стоит волноваться. Можно сделать человеку гораздо больнее, поверь мне. Например... сломать два ребра, вывихнуть плечо, отбить почки и выбить четыре зуба.

Генри испуганно вскинул глаза, и я поняла, что, хотя его отец и пил, насилия в их семье не было. Кто не прошел через это сам, тот легко обманывается, заставляет себя поверить, что это в принципе невозможно. Люди смотрят мимо, будто ты невидимый.

— Но это просто переломы, со временем они срастаются. Может, неидеально, но это неважно. Куда хуже тот страх, который не уходит, не заживает. Я боюсь не просто... его, того человека. Я боюсь жить.

— Как... — начал было Генри, но остановился.

Перед нами была маленькая церковь, и он жестом предложил сесть на скамейку сразу за оградой. Я улыбнулась. Подходящее место для откровений. Может, я не грешила, но все-таки была виновата. *Как я могла допустить, чтобы со мной случилось нечто подобное?..*

— Дело в том, что поначалу не осознаёшь, что происходит, а когда понимаешь — уже слишком поздно что-то исправлять. «Всего один раз, — думаешь ты. — Ему так жаль, он сам в ужасе от того, что натворил». Но все повторяется... и в какой-то момент ты уже не помнишь время, когда было иначе.

— Ты не обязана мне ничего говорить, если не хочешь, — тихо сказал Генри.

Я поняла, что он все еще держит меня за руку. Или я его. Я все еще могла видеть, что у него на душе, и знала, что он сохранит мою историю в тайне.

— Все началось на первом курсе в колледже. Я решила, что мне нужно пройти курсы администратора, сняла комнату в доме, где жили еще две девушки. Всю неделю я жила в Голуэе, на выходные приезжала домой. Формально я тогда еще жила с родителями, но на самом деле почти все уик-энды проводила на квартире у Шейна. Думаю, в каком-то смысле я спасалась таким образом от всего, что было... ну... дома. Мы встречались со школы, и тогда нам было хорошо. Да, временами он ревновал, но в этом смысле ничем не отличался от любого другого парня.

Труднее всего было справиться с воспоминаниями. Вот я в Дублине, и вдруг — раз! — снова там, на полу, закрываюсь руками, пытаясь защититься. Это было на самом деле? Или просто кошмар, который я сама себе напридумывала? Никто не выбрался бы из такого живым, так ведь?

Я вспомнила, как однажды две мои соседки пришли домой и обнаружили, что я прячусь в шкафу у себя в комнате. Я выбиралась, сунув руки в карманы, чтобы никто не увидел, как они дрожат. Помню, попыталась свести все к шутке — что-то вроде того, что хотела сделать Шейну сюрприз. Мне было стыдно, и я бы сказала все что угодно, лишь бы подруги ни о чем не догадались. Шейн тогда приехал в Голуэй с ночевкой, и мне не терпелось показать ему город.

Но он ходил угрюмый, высмеивал моих друзей и ревновал ко всем моим однокурсникам мужского пола. «Откуда эти парни знают твое имя? Ты флиртовала с ними?» К вечеру он напился в стельку и орал, что я шлюха, — всю дорогу, пока мы шли домой из паба. К моменту, когда мы добрались до дома, Шейн был уже в ярости. Я крикнула, чтобы он не смел так со мной разговаривать, — и он ударил меня по лицу, открытой ладонью, так сильно, что в ушах зазвенело. Я настолько растерялась, что не могла ничего сказать, и тогда он выдернул у меня из рук ключи и открыл дверь. Никогда не забуду, что он сказал, проходя мимо меня:

— Так будет всегда, пока не научишься отвечать как следует!

Я зашла следом, не сказав ни слова, — я была ошеломлена и еще не хотела разбудить девочек. Легла на кровать рядом с ним, не раздеваясь. Шейн захрапел, как только упал головой в подушку. А я все лежала, потом встала, но не знала, куда идти. Я была в ужасе. В итоге я спряталась в шкафу и не успокоилась, пока не услышала наутро, как он уходит.

Тот первый год в колледже прошел под знаком Шейна и его ревности. Соседки знали, что происходит, потому что видели синяки даже под слоями макияжа. Хуже всего то, что прямо перед экзаменами они убедили меня порвать с ним, что я и сделала. На целых два месяца я обрела свободу, но... У Шейна тогда умер отец, и мне стало жаль его, а он клялся, что изменится, что стыдится того, что ударил меня. Он сказал: «Детка, в то время я был сам не свой», и я поверила, потому что это было правдой. Он не выглядел как тот парень, в которого я когда-то влюбилась. Мы сошлись на том, что им овладел безумный приступ ревности и, конечно, это больше не повторится.

Летом я завалила экзамены и в последний раз вернулась в Голуэй. Помню, как смотрели на меня подруги, когда я рассказала, что снова сошлась с Шейном. Думаю, они ощущали себя преданными, сбитыми с толку. Он ударил меня. Кто в здравом уме вернулся бы к такому парню? Я не могла выносить их осуждения, потому что... потому что в конечном счете они были правы, не так ли? Неважно, что он там обещал, его обещания ничего не стоили, а я была дурой, раз поверила им.

Я настолько с головой ушла в воспоминания, что почти забыла, где я и что я. Подняв голову, я увидела Генри, который смотрел на меня с сочувствием. Слава богу, не с жалостью, этого бы я не вынесла.

— Прости... Не уверена, что я готова.

— Все в порядке, — сказал он и потянулся ко мне, желая обнять, но вдруг замер. — Эм... ты не против объятий?..

Я кивнула. О да. Я очень хотела, чтобы меня обнимали. Я не имела привычки о чем-то просить, но, когда мне предлагали ровно то, что нужно, это было настоящим облегчением.

# Глава 15

# Генри

Я держал ее в объятиях и думал: как мог какой-то жалкий парень причинить ей столько боли, столько ужаса, что ее разрывало на части от одних воспоминаний? Должно быть, именно так она ощущала себя — разбитой, растерзанной. Кусочки пазла, которые больше не подходят друг к другу. Может быть, здесь кроется что-то большее, о чем она не сказала?.. Но ее лицо было бесстрастно, и до этой минуты я не знал иного.

Внезапно в моем кармане зазвонил телефон, и Марта отпрянула. Я попытался на ощупь отключить его.

— Чертова штуковина, — пробормотал я, схватил вибрирующий кусок пластика и тут же выронил его. Мы одновременно наклонились, стукнулись лбами, и Марта наконец подняла его.

— Изабель, — сказала она, протягивая мне трубку.

Я в отупении смотрел на экран, пока телефон не перестал звонить. Изабель. Каким-то образом я совершенно выкинул ее из головы. Будто бы разложил всю свою жизнь в Лондоне, всего себя, по полочкам, а потом провел самый невероятный день здесь, с Мартой. Мы рассказывали друг другу о своем прошлом то, чего раньше никому не говорили, и в этой чужой стране я наконец-то почувствовал себя другим человеком. Казалось, я перестал бежать — по крайней мере, в это мгновение, потому что до сих пор всю свою жизнь я только и делал, что *избегал*. Уходил с головой в книги и молил бога, чтобы никто не заметил огромную дыру внутри меня, там, где должно быть нечто жизненно важное.

Я посмотрел на Марту, и ее уязвимость, ее открытость подталкивала меня сказать что-нибудь, что она хочет услышать, а вовсе не правду. Я мог соврать, что Изабель — просто моя подруга. Однако во взгляде Марты было нечто такое, словно она видела меня насквозь.

— Изабель — моя девушка.

— О.

Повисло молчание, которое я по глупости решил заполнить новыми словами:

— Наверное, я должен сказать: моя невеста. Перед отъездом я сделал ей предложение.

— О, — повторила Марта. — Что ж, поздравляю!

Она улыбнулась с такой натянутой веселостью, что мне стало еще гаже.

Почему я не сказал ей раньше? Стоило бы, еще с самого начала. Должно быть, именно так поступают люди нормальные, порядочные. Мне казалось, Марта смутилась, что, конечно, было излишне, потому что это мне следовало смущаться. Я пытался успокоить себя мыслью, что лгать и не говорить правду — не одно и то же, но сам в это не верил.

Потом она разыграла какой-то феерический спектакль, посмотрев на время на телефоне и сказав, что теперь она уже точно должна идти домой. Одна. Это было кристально ясно. Я облажался.

Я вернулся в мотель и столкнулся с Норой, которая в гостиной смотрела по телевизору викторину. Она оккупировала кресло с деревянными подлокотниками, на одном из которых шатко балансировала пепельница, а на коленях у нее мирно похрапывал один из джек-расселов. Я огляделся в поисках двух других и обнаружил, что они обнюхивают мои ботинки.

Небось, чуют, где я был и каким идиотом выглядел.

— О, ты вернулся, — сказала Нора, хотя я не отчитывался ей, когда уходил. Она просто старалась общаться со всеми жильцами неформально, будто все мы были ее детьми. — Хочешь чашку чая или сэндвич? — Она засунула ноги в шлепанцы.

— Я сам, — отмахнулся я. — Сиди, смотри телевизор.

Она посмотрела на меня так, будто я был как минимум святым. Как мало человеку нужно для счастья! Я сполоснул коричневый заварочный чайник и поставил на поднос чашки, сопроводив их пачкой розового вафельного печенья.

Едва глотнув чая, Нора тут же закурила еще сигарету и наконец обратила на меня все свое внимание.

— Ну, так кто она?

— Извини?

Она даже убавила громкость на телевизоре. Сразу повеяло серьезным разговором.

— У тебя такой вид, знаешь...

— Какой такой вид? — нервно переспросил я, пытаясь выглядеть как-то более нейтрально. Весьма сложная задача, когда не знаешь, что не так с твоим внешним видом.

— Не держи меня за идиотку. — Она стряхнула пепел и приняла более удобную для допроса позу. — Ты задумчивый, немного похож на него. — Нора дернула подбородком на окно, за которым виднелся сарай. Вероятно, ее муж все еще был там. — До пенсии он зарабатывал мойкой окон. Конечно, это вряд ли впечатлит такого, как ты, но, знаешь, всем надо мыть окна время от времени.

Я кивнул. Убийственная логика. Не стоило говорить, что «такой, как я» был вынужден жить на стипендии и студенческие ссуды, потому что отец у него — алкоголик.

— Короче говоря, много лет назад один парень предложил ему партнерство. Больше бизнес, больше рекламы, больше работы... И вот мой муж начал думать на эту тему, и думал-думал, пока не стало слишком поздно. Тот парень нашел какого-то другого партнера, и в итоге они отхватили контракт на мойку окон в доброй половине отелей Дублина.

Именно в этот момент ее муж протопал вниз по лестнице, одетый в жилет и брюки. Он швырнул газету на столик в прихожей.

— В последний раз тебе повторяю, женщина: я боюсь высоты! — заявил он, а потом засунул руки в рукава куртки и вылетел за дверь, хлопнув ею с такой силой, что фотографии пап на стенах в коридоре затряслись самым нечестивым образом. Мы оба сидели и с раскрытыми ртами пялились в прихожую, где он только что стоял.

— Он так и не смирился с тем, что сам все упустил, — заметила Нора, и в голосе у нее проскользнули нотки осуждения. Что же, интересно, удерживало таких людей вместе? Взаимное презрение? Отсутствие альтернативы получше?

— В любом случае, — резюмировала Нора, — от долгих размышлений нет никакой пользы.

«Может, она права», — подумал я, потягивая чай, в то время как громкость на телевизоре снова выросла. О чем, черт возьми, я вообще страдаю? Я приехал сюда, чтобы отыскать рукопись, а вовсе не для того, чтоб влюбляться в другую женщину. Как бы то ни было, общение с Мартой мешало моим исследованиям. Я начал проникаться этой идеей только потому, что в этом случае вина была уже не на мне.

Я попрощался с Норой и поднялся к себе. Открыв ноутбук, я обнаружил, что мне пришло два письма. Первое от Изабель:

*«Возьми трубку!»*

Типичная Изабель. Коротко и по существу. Она была из тех женщин, которые предъявляют высокие требования к себе и к окружающим. Изабель зарабатывала коучингом, и часто ее выступления сопровождались какими-нибудь воодушевляющими лозунгами в стиле «Все или ничего!» или «Только сложности ведут к переменам!». Пугала ли меня ее неуемная энергия? Возможно, но и привлекала тоже. Она была во всем такой, каким следовало стать мне.

Мы познакомились два года назад на свадьбе моей сестры. Изабель была организатором — ее прошлая инкарнация, как она это называла. Казалось, каждые пару лет она пробует себя в совершенно новой области и во всех начинаниях достигает успеха. Я точно знал, что до организации свадеб она работала тренером по йоге и была весьма хороша, как сообщил жених, добавив, что вот он до сих пор может закидывать ноги за голову (слишком много информации, как по мне). Ее уверенность в себе сразила меня, и, когда мы провожали счастливую пару в свадебное путешествие, Изабель ясно дала понять, что, вне зависимости от моих устремлений, она согласна попробовать отношения «на испытательном сроке». Как новую работу.

Она смотрела на меня так, будто решала, стоит ли сорвать помятое яблоко и все-таки откусить кусочек на пробу. В итоге я поймал себя на том, что постоянно пытаюсь убедить ее (да и себя самого), что при правильных условиях могу расцвести, будто я комнатное растение. Я знал, что, если в моей жизни будет кто-то вроде Изабель, все станет... лучше, ярче, масштабнее!

В моей жизни не было таких людей или событий, которыми я мог бы гордиться. Куда там! Меня преследовали воспоминания об отце, о том, как он в слезах убеждал маму принять его обратно. Однако временами я ощущал усталость. Я устал доказывать что-то сам себе. Устал пытаться заставить близкого человека разглядеть во мне нечто, в чем я сам был не вполне уверен.

В общем, я решил отправить в ответ нечто столь же лаконичное:

*«Занят исследованием! Завтра, окей?»*

Затем открыл второй имейл. Это было письмо от лондонского коллеги, который просматривал семейные архивы Карлайлов в поисках каких-либо упоминаний Опалин. Ничего примечательного он не нашел — за исключением того, что после двадцать первого дня рождения она будто бы исчезла с лица земли. А вот про ее брата сохранилось много сведений: он занимал высокий пост в армейских кругах во времена Первой мировой войны. Даже заработал себе мрачное прозвище — Жнец.

Не так уж много, и это ни на шаг не приближает меня к разгадке истории с книжным магазином на Халф-Пенни-Лейн. Или к молодой женщине, которая жила рядом с тем местом в наше время. Той, которая помогла мне узнать настоящую фамилию Опалин. Я не знал почему, но казалось, что Марта — ключ ко всему. Хотя, быть может, я лишь убеждал себя в этом, потому что хотел быть рядом с ней, чего бы это ни стоило.

# Глава 16

# Опалин

*Дублин, 1921*

— Боюсь, мистер Фитцпатрик умер два месяца назад. Мы собирались выставить дом на продажу...

Вот первое, что я услышала по прибытии в Дублин из Корка, после долгого и крайне утомительного путешествия. Я стояла в гостиной дома в георгианском стиле с высокими окнами, выходящими на оживленную улицу.

— Но ведь я проделала весь этот путь, — с отчаянием проговорила я. — Вы получили телеграмму?

Мой собеседник казался несколько озадаченным моим внезапным появлением в его жизни.

— Да, мистер Джойс прислал телеграмму из Парижа. Он упомянул, что вы работали в книжном магазине... «Шекспир», кажется?

— «Шекспир и Компания».

— Простите, я не совсем уверен, почему он предложил, — на мгновение мужчина заколебался, — чтобы кто-то... вроде вас... работал на моего отца.

Я постаралась игнорировать очевидный подтекст.

— Мистер Фитцпатрик был вашим отцом? Мои соболезнования, сэр, — сказала я, пожимая ему руку.

Он поблагодарил меня и на этом, как мне показалось, хотел закончить разговор.

— Могу я осведомиться у вас еще кое о чем?

— Конечно, буду рад помочь.

— Не могли бы вы порекомендовать приличный отель или какой-то пансион, где я могла бы снять комнату по разумной цене?

— Вам негде остановиться? — Он был явно озадачен тем, что человек с моим акцентом и внешностью оказался в столь затруднительном положении. Ситуация действительно необычная: женщина из среднего класса, путешествует одна, не знает, где остановиться, и к тому же у нее мало денег.

— Боюсь, я собиралась в спешке.

Одному богу известно, что он извлек из этого объяснения. Я хотела было добавить, что не нарушала закон, но побоялась, что это лишь усилит его подозрения.

— Ну это не роскошный отель, конечно...

Он снял связку ключей с крючка возле двери и вывел меня на улицу. Мы спустились с крыльца по лесенке.

— В подвале есть небольшая квартирка, — пояснил он, заворачивая направо и останавливаясь у входа в магазин.

Это здание не внушало доверия. Оно было таким узким, будто выросло между двумя соседними домами, как сорняк. Было уже темно, но даже в свете фонарей владелец заметил, как я нахмурилась.

— На самом деле его тут вообще не должно быть, — пояснил он и пробормотал еще что-то относительно разрешения на строительство.

«Как и меня», — подумала я. Все казалось нереальным, я будто смотрела сама на себя со стороны, как зритель, который гадает, что же случится дальше. Переправа в Ирландию заняла весь день и бо́льшую часть ночи. Поскольку пассажирского парома не было, мне пришлось плыть на почтово-товарном судне, которое доставило меня в Корк. Снова на корабле, с маленькой дорожной сумкой — навстречу свободе. Я пыталась поспать на импровизированной кровати, которая на деле представляла собой скамейку, накрытую тонким матрасом, меня рвало в ведро, а потом я рыдала над ним же. Это было совсем не как в тот раз, когда я переправлялась через Ла-Манш. Море неумолимо бушевало. Когда мы причалили в Рослэре, хлынул дождь, а порывистый ветер грозил вырвать у меня из рук сумку. Один из матросов показал мне простенький мотель, где я смогла привести себя в порядок, чтобы затем сесть на поезд до Дублина.

Мэттью Фитцпатрик был мил и очень мало говорил, и я ощущала бесконечную благодарность за это. Сил на светские беседы не осталось. Я устала, проголодалась, я тосковала по дому (по такому дому, какого у меня, надо признать, никогда и не было). Любое проявление доброты могло довести меня до слез, поэтому я искренне обрадовалась, что мистер Фитцпатрик представил дело так, будто в его предложении нет ничего особенного.

Я еще раз окинула взглядом узкий фасад дома. На первом этаже хватило места только для одного выпуклого окошка, которое выступало наружу, на втором — аналогичное окно, но поменьше, а наверху и вовсе ютилось крошечное ромбовидное окошко, сужавшееся кверху, как шляпа волшебника. Вывеска была выполнена в стиле ар-нуво, который так любили в Париже за росчерки и завитушки: *Лавка древностей мистера Фитцпатрика*.

Открываясь, дверь издала странный звук — не то протяжный скрип, не то вздох. Мэттью одарил меня извиняющейся улыбкой, и я подождала на пороге, пока он включит свет. Раздался щелчок — и вот тогда я впервые увидела магазин.

Теплый свет желтого светильника в абажуре. Выложенный клетчатой плиткой пол, который поприветствовал мои стопы. Когда я вошла, мир «Лавки древностей» показался мне перевернутым вверх дном. Темно-зеленые стены создавали впечатление, что ты попал в густой лес, а деревянные полки расползлись по всей комнате, будто ветви. На полках лежали всевозможные вещицы, от мыла и зеркал с ручкой до игрушечных солдатиков и канделябров. Их было столько, что у меня дух захватывало, и все было ярким, богато украшенным, поблескивало в мягком свете золотом и серебром.

— Здесь так красиво, — прошептала я, ничуть не кривя душой. — Я будто попала в сказку.

Он посмотрел на меня как-то странно, и на мгновение показалось, что передо мной маленький мальчик. Изможденный мужчина в шляпе и пальто исчез, будто был не более чем маскировкой.

— Рад, что вы так думаете.

Всего несколько слов, но они были исполнены глубокого смысла. Словно я прошла в его глазах какую-то неожиданную проверку.

— Послушайте... Знаю, вы собирались работать на моего отца, но как насчет того, чтобы самой управлять магазином?

— Кому? Мне? — пискнула я, мгновенно теряя всякую способность производить впечатление.

— Вы могли бы взять его в аренду... на пробный период. Я обдумывал эту идею, но не мог найти человека на место управляющего. До этой минуты.

Я огляделась и невольно ощутила волнение от этой мысли.

— Не уверена, что могу позволить себе арендовать магазин. Мне ведь еще нужно платить за жилье.

— Что ж, так вышло, что квартира входит в стоимость аренды. Пойдемте, я покажу вам. — Он начал спускаться по лестнице.

Я шла следом и смотрела на его затылок, где светлые волосы становились темнее. Ему пришлось пригнуться перед последней ступенькой, чтобы не врезаться головой в балку, а потом мистер Фитцпатрик отступил в сторону, пропуская меня вперед. Он продемонстрировал мне кровать и крошечную кухоньку, быстро рассказал, где что находится, но даже его мягкий певучий акцент не мог скрыть недоумения относительно моего спешного бегства из Парижа. Без сомнения, он счел меня странной, но вместе с тем, похоже, был заинтригован.

Тесные коридоры и крошечная комната сделали наше уединение чересчур интимным, и, не сговариваясь, мы оба решили сократить экскурсию по дому.

— Все идеально. Уверена, здесь есть все, что мне нужно, — сообщила я очень ровным голосом, внутренне надеясь, что скоро мне не придется имитировать эту уверенность.

— Нисколько не сомневаюсь. Я составлю договор аренды.

Когда мы поднимались обратно по узкой деревянной лестнице, поблескивающей от лака, я заметила, что на каждой ступеньке написано слово.

вещи
странные
найти
можно
месте
затерянном
В

— Отец своими руками строил этот дом, так что вам придется привыкнуть к тому, что здесь все немного эксцентрично, — предупредил Мэттью. Нежно и горделиво он положил руку на столбик перил. — Дерево он привез из Италии, раньше эти доски были старой итальянской библиотекой. История в самом деле удивительная. Они с мамой поехали в свадебное путешествие в маленькую горную деревушку и там наткнулись на эту заброшенную библиотеку. Ее должны были снести, а мой отец не такой человек, чтобы позволить векам истории пропасть втуне. Он купил здание, разобрал его на доски и собрал снова, уже в Ирландии.

— Неужто никто из местных не захотел взять себе частичку на память?

— В том все и дело! Местные верили, что в старой библиотеке живут призраки.

— Боже мой!

— Суеверие, не более, — заверил Мэттью.

— Жаль, я не успела познакомиться с вашим отцом. Кажется, он был очень интересным человеком, — сказала я.

Теперь интерьер магазина казался мне головоломкой, сложенной из разных фрагментов.

Мэттью едва заметно улыбнулся.

— Эксцентричный — хорошее слово. Так его описало бы большинство людей.

Судя по выражению лица, воспоминания об отце дарили ему и радость, и боль одновременно.

— Большинству людей недостает воображения, вот и все.

Кажется, эта реплика пришлась ему по душе, и Мэттью решился доверить мне больше.

— Он часто говорил, что хотел бы, чтобы люди открывали дверь в магазин, будто книгу, чтобы они ступали в мир, превосходящий их воображение. — Его кривая улыбка свидетельствовала о том, как сильно ему не хватает отца.

— Мой отец мыслил так же.

— Он тоже был книготорговцем?

Я замотала головой и зажмурилась, чтобы сдержать слезы. Зачем я заговорила о папе? Реальность камнем рухнула на меня: Линдон, Арман, переправа на кошмарном пароме. По правде говоря, мне до сих пор казалось, что меня швыряет, будто лодку в буйном море. Кто я теперь? Я стыдилась ночи, проведенной с Арманом, и все думала, как был бы разочарован отец в своей маленькой девочке. Наверное, я все еще была в шоке. Все старания прошли даром: мои плечи затряслись, и я судорожно всхлипнула.

— Мисс Карлайл... Опалин? Я сказал что-то не то?..

Слова никак не складывались в предложения. Он положил руки мне на плечи, как будто хотел лишь поддержать, но я рухнула в его объятия и разрыдалась. И рыдала долго, очень долго — так мне показалось. Мэттью крепко обнимал меня и, не говоря ни слова, просто впитывал мои горе и боль. Наконец я ощутила, что в ушах уже звенит от всхлипов, а слез не осталось, и поспешила высвободиться из его объятий.

— Пожалуйста, простите, мистер Фитцпатрик! Боюсь, этой выходкой я поставила в неловкое положение и себя, и вас.

Мэттью ничего не ответил, просто достал из кармана носовой платок и протянул мне. Я вытерла глаза и высморкалась, а потом попыталась вернуть ему, но тут наши взгляды пересеклись, и мы оба рассмеялись.

— Извините. Возможно, сначала его следует постирать. — Я снова прыснула. Голова все еще кружилась от этой нежданной интимной сцены.

Сказать было больше нечего, а я чересчур вымоталась, чтобы вообще о чем-то думать. Мэттью благородно повел себя так, будто ничего не произошло.

— Я зайду через пару дней уточнить детали, вы не против?

Я кивнула и проводила его до дверей.

— Спасибо вам, мистер Фитцпатрик, и еще раз приношу извинения за...

— Не стоит. Горе — вечный спутник, я прав?

Он надел шляпу и собрался уходить, но напоследок сказал:

— Учитывая историю этого места, будьте готовы к его... маленьким причудам. — Это прозвучало так, будто речь идет об озорном ребенке.

— Думаю, мы хорошо подходим друг другу, — ответила я, полная намерения продемонстрировать, что меня не так-то легко сбить с пути.

Я отнесла вниз, в подвал, дорожную сумку и повесила в шкаф единственные оставшиеся у меня юбку и блузку. Потом разожгла плиту, вскипятила немного воды в маленьком чайнике и тут осознала, что не купила чая. Придется выйти наружу за провизией. Внезапно тяжесть всего произошедшего и усилия, необходимые, чтобы продолжать двигаться, показались мне непосильной ношей. Я позволила себе рухнуть на кровать и тут же пожалела об этом, потому что пружины изо всех сил впились в ребра.

Что бы ни владело мной в Париже, будь то удача или мужество, но они оставили меня. Возможно, Линдон был прав, и всю дорогу я лишь предавалась детским фантазиям. Возможно, мир устроен иначе, а на меня будут смотреть... в лучшем случае как на кого-то эксцентричного. Я перевернулась на бок. Голый матрас, ничего больше, даже покрывала нет. Его тоже придется купить.

— Никаких слез! — велела я себе, но все было бесполезно. Я уже чувствовала, как они текут по щекам.

Неважно, как сильно я позволяла себе верить, что могу быть такой, как Сильвия или ее подруга Адриана, — все ложь. Они были изгоями, их не заботило, что общество не принимает их. Они жили в мире художников и других свободных личностей, которые сознательно выбрали нонконформизм со всеми его неудобствами, а не комфорт и безопасность устоявшегося порядка вещей. И по правде говоря, они были друг у друга, я же никогда не чувствовала себя такой одинокой, как в ту ночь. Я плакала и плакала, пока не уснула, голодная и укрывшаяся пальто, лишь бы хоть немного согреться.

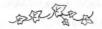

Я проснулась посреди ночи от скрипящего звука. Казалось, будто по стеклу царапает ветка, что было странно, потому что я не помнила никаких деревьев на улице.

Подняв голову, я осознала, что звук доносится сверху, из магазина.

Я щелкнула выключателем, но свет не зажегся. Мистер Фитцпатрик предупреждал, что здание может быть «своенравным»; к счастью, на кухонном столе, где я вечером оставила сумочку, я приметила свечу, так что теперь ощупью направилась туда через всю комнату. Рядом обнаружился маленький коробок спичек, и вскоре вся комната выползла из тени. Я поднялась по лестнице, читая слова, оставленные старшим мистером Фитцпатриком: *«В затерянном месте можно найти странные вещи».*

Определенно, я ощущала себя странной... и к тому же не в своей тарелке. На мгновение я замерла, размышляя, что же буду делать, когда найду источник шума. Что, если это незваный гость? И тут звук повторился — мягкое постукивание, будто ветка на ветру. Я глубоко вдохнула и поднялась в магазин.

Там было тихо, а в воздухе, казалось, пахло предвкушением, будто это место ждало меня. Свет отражался от диковинных вещиц на полках. Я сама чувствовала себя незваной гостьей и не решалась ни к чему прикасаться. На стеклянной витрине, полной карманных часов и подвесок с гравировкой, стояли замысловато украшенные музыкальные шкатулки. В деревянном шкафу с узкими выдвижными ящиками, предназначенными для хранения ботанических иллюстраций, обнаружились старые пуговицы и марки. Я невольно подпрыгнула, когда висящие на стене часы с кукушкой внезапно забили. Три удара. Это напомнило об одной из моих любимых книг детства, написанной миссис Моулсворт, о том, как подружились девушка по имени Гризельда и кукушка из часов.

— «Давным-давно в старом городе на старой улице стоял очень старый дом», — припомнила я вслух первую строчку.

Коллекция русских матрешек, выкрашенных в красный и синий цвета, выжидающе смотрела на меня с одной из полок. Я не удержалась и открыла одну, внутри обнаружилась матрешка поменьше. Я открывала их одну за другой, пока передо мной не выстроились пять кукол, одна меньше другой, и все они умещались в одну большую матрешку. Именно так я себя чувствовала: полностью сформировавшаяся женщина, внутри которой прячется маленькая девочка.

Стук повторился, заставив меня испуганно обернуться. Я в страхе выставила перед собой свечу.

— Кто здесь? — шепнула я, чувствуя себя до крайности нелепо. Может, в открытое окно пробралась кошка?

Я прошла в заднюю часть магазина, откуда доносился шум. Там стоял огромный стеклянный шкаф с книгами, дверцы были распахнуты, а на полу лежал фолиант. Я была босиком, холодный пол жалил ступни, так что я наклонилась, чтобы поднять книгу и быстро поставить на место, и все же бросила на нее беглый взгляд. Сердце замерло. «Дракула» Брэма Стокера с жутким вампиром на обложке.

Я окинула магазин взглядом. Тишина. Поставила книгу на место, повернулась, чтобы уйти, — и в очередной раз подпрыгнула от глухого стука за спиной. Оглянувшись, я увидела, что книга снова лежит на полу.

— Это очень странно, — громко сказала я, стараясь звучать спокойно. Само то, что мне казалось, будто кто-то может слышать меня, уже много говорило о моем душевном равновесии.

Я подобрала книгу и снова заговорила вслух.

— Что ж, думаю, возьму почитать на ночь. — Это прозвучало немного неуверенно, и все-таки я спустилась к себе с книгой и читала, пока не погасла свеча. От испуга и возбуждения я так и не решила, был ли инцидент с книгой предупреждением или же приглашением.

## Глава 17

# Марта

Трещины на стене стали больше; я заметила это, когда сидела за столом у себя в комнате и поедала хлопья (потом следовало пойти наверх и заняться завтраком для мадам Боуден). Я запихивала в себя ложку за ложкой и то и дело поднимала взгляд к темным полосам, которые ползли по стене, будто виноградные лозы. При этом штукатурка не осыпалась, но все же линия роста прослеживалась очень четко. Я медленно подняла руку и коснулась стены, провела пальцами по темнеющему выступу — да, несомненно, не провал, а именно выступ! — и ощутила нечто, похожее на дерево... Да что там, не «похожее», а оно и есть. По стенам подвальной комнаты разрастались ветви дерева.

Надо сказать хозяйке, потому что это явно не к добру. Что, если дом развалится на части?

— О, я бы не волновалась по этому поводу, — отмахнулась мадам Боуден, спустившись, чтобы взглянуть на аномалию. — У старых зданий свои причуды... Знаешь, Марта, я бы не отказалась от круассанов на завтрак. Ты могла бы заскочить во французскую пекарню?

И она развернулась, собираясь уйти. Я застыла на месте, ошеломленная.

— Но это довольно большие... трещины, и их здесь не было, когда я только заехала! — растерянно сказала я. Кажется, хозяйка не осознавала, насколько серьезна ситуация. — Разве не нужно вызвать какого-нибудь строителя или архитектора?

Мадам Боуден задумчиво потрогала трещины кончиками пальцев, так осторожно, будто гладила нежную щечку ребенка.

— Это место всегда было таким странным! — прошептала она, будто бы даже не мне, а про себя. — Ох, Марта, брось переживать! У тебя от этого на лбу будут морщинки.

— Морщинки? — озадаченно повторила я (разумеется, хмурясь только сильнее).

Взгляд мадам Боуден упал на брошюрки на столе.

— Так, значит, ты не оставила свою затею, а? — уточнила она, нацепив на нос очки для чтения, которые носила на жемчужной цепочке на шее, и вглядываясь в бумаги.

— Университет? О, э-э-э... Ну да. Вы бы знали, если б потрудились присутствовать на вашем собственном званом ужине. Почему вы не спустились?

Она посмотрела на меня с раздражением, будто напоминая, что вообще-то это она платит мне зарплату, а еще я живу под ее крышей.

— Терпеть не могу этих женщин.

— Тогда зачем вы пригласили их?

Мадам Боуден прошлась по комнате, накинув на плечи шелковую шаль.

— Может, хотела развлечься немного. Посмотреть, как ты управишься с ужином... И судя по всему, ты держалась весьма неплохо.

Разве?

— Постойте, о чем вы...

— Надеюсь, ты планируешь совмещать учебу с работой здесь? — перебила она.

— О, конечно. Я вообще думала подавать на заочное обучение.

Вот дерьмо! Я не подумала, что нужно согласовать с ней мою призрачную возможность получить образование. Смогу ли я продолжать работать здесь? Будет ли у меня крыша над головой?

Я успокоилась и попыталась окунуться в ее мысли. В большинстве случаев можно предсказать, как поведет себя человек, зная его прошлое, потому что люди не меняются. Почти никогда.

Мадам Боуден все еще пристально смотрела на меня.

— Круассаны, Марта! И свежий кофе. Давай, топ-топ! — И пошла к себе наверх.

— Так когда вы купили этот дом? — Я старалась говорить как можно более небрежно, будто это ничего не значащая болтовня. Мне казалось, если мадам Боуден поймет, что я интересуюсь всерьез, то не расскажет правду.

Возможно, дело было в ее актерских способностях.

— Марта, такие люди, как я, не покупают дома. Мы их получаем.

На то, чтоб не закатить глаза, ушла вся моя сила воли.

— Хорошо-хорошо. Так когда вы получили этот дом?

— Знаешь, трудно сказать. Такое ощущение, что он всегда был моим... По крайней мере, я едва помню времена, когда жила где-то в другом месте.

Я смахнула пыль с фотографий на каминной полке и взяла одну, черно-белую, — похоже, свадебную.

— О, а это было в шестьдесят пятом! — оживилась мадам Боуден, приступая к завтраку, накрытому прямо в гостиной. — Я была чудной невестой, люди сравнивали меня с Грейс Келли. Ты, конечно, не поверишь, но я блондинка от природы.

«Лгунья от природы», — подумала я. Трудно сказать, были ли ее истории правдивы или же только как бы правдой, которую она позаимствовала у кого-то и считала собственной. Я смотрела на фотографию. Женщина в самом деле походила на голливудскую старлетку, вот только совсем не на Грейс Келли. А вот мужчина, высокий брюнет, действительно был красив и вообще казался безмерно счастливым.

— Он был пилотом, — пояснила мадам Боуден, намазывая круассан маслом. — Слишком стар для меня — по крайней мере, так твердила моя мать. Но я влюбилась, как кошка, а он казался таким бравым американцем... В общем, для ирландской девчонки двадцати с чем-то лет он был практически Кларк Гейбл.

Она помолчала, мысленно перебирая воспоминания.

— Он обожал этот маленький странный домик, но по натуре стремился к идеалу. Все время пытался тут что-то исправить... Ты должна понять: у старых домов есть свои причуды. Есть в нашем мире то, что рождено быть ущербным, и в этом-то и кроется истинная красота.

Да, она умела увлечь рассказом. Я знала, что у этих стен есть своя история, и, что бы это ни было, оно случилось задолго до того, как мадам Боуден переехала сюда.

— А что случилось с вашим мужем?.. Извините, если это не мое дело.

— Авиакатастрофа. Мы только год как поженились, когда его самолет рухнул в Гибралтар.

— Ох! Мне так жаль, — пробормотала я.

— Да, было тяжело. Именно тогда я познакомилась с Арчи.

— Арчи?

— Мой второй муж. Врач, родом из Корка.

— Разве вы не говорили, что он был русский?

— Ох, нет, это третий.

— А что случилось с Арчи? — Я понимала, что это совсем не мое дело, но не могла удержаться. Может, когда доживаешь до ее лет, этикет уже не имеет такого значения?

— Бедняга Арчи подхватил малярию, когда работал в Африке.

— Боюсь спросить, что случилось с русским математиком! Умер, раздавленный числами?

— Что за расспросы, Марта? Ты что, планируешь прикончить меня и прибрать к рукам мой дом?

— Честно говоря, мадам Боуден, если кому и стоит переживать по поводу скорой кончины, так это мне.

Секунду она смотрела так, будто собиралась уволить меня за дерзость, а потом расхохоталась. Пожалуй, мне действительно стоит начать общаться с кем-то моего возраста.

Весь день я потратила на генеральную уборку. Я любила такое, но вовсе не потому, что фанатела от чистоты, — просто монотонная и тяжелая работа была единственным способом отвлечься от потока мыслей. Например, таких: я вышла замуж за урода, который бил меня, я спустила жизнь в унитаз, а теперь еще и унизила себя в глазах Генри.

*Да почему меня вообще должно волновать его мнение?*

*В конце концов, не моя вина, что он забыл сообщить о невесте.*

*Я могла заглянуть в его мысли и увидеть, что его сердце уже занято, так почему повела себя так, будто это неожиданность?*

*И с чего мне вообще должно быть дело, есть у него невеста или нет?*

Какой дурой надо быть, чтобы, вырвавшись из брака с парнем, который распускал руки, начать привязываться к другому мужчине? Нет, пора заканчивать. Я просто не в состоянии открыть сердце кому-то снова.

Когда я добралась до подвала к вечеру, то была совершенно вымотана. Едва хватило сил почистить зубы и переодеться ко сну, и вот, откинув одеяло и рухнув на кровать, я увидела это. Вместо тонких темных линий на стене образовалась... книжная полка. На которой стояла одна-единственная книга.

Сама не знаю почему, но я огляделась. Хотелось спросить: эй, вы тоже это видите, да? Было страшно даже подняться с постели, поэтому я просто замерла. Но ничего не происходило, ни звука. Я понятия не имела, откуда взялась полка... и книга... Ну книгу, наверное, положила мадам Боуден, пока я отпаривала старые шторы и отбеливала все в ванной.

Потом любопытство все же одержало верх, и я поднялась, чтобы взглянуть на книгу поближе. На корешке было название — «Затерянное место», но без автора. Я взяла томик и залезла с ним в кровать. На обложке была изображена витрина старой антикварной лавки, по боку шел винтажный узор. Надо признать, выглядело заманчиво.

Я открыла книгу и прочитала первое предложение: «Давным-давно в старом городе на старой улице стоял очень старый дом».

Хозяйке я не рассказывала о своих страхах и о том, что практически покрываюсь сыпью от мысли о необходимости прочитать книгу, а значит, она не в курсе. Я решила попытаться. Вдруг она спросит, понравилось ли мне? Кроме того, я ощущала, что должна в конце концов преодолеть этот барьер, если, конечно, все же хочу снова получать образование. Пришла пора встретить свои страхи лицом к лицу.

# Глава 18

# Генри

Всю дорогу я репетировал, что скажу ей, но стоило постучать в ее окно — и все заготовленные реплики вылетели из головы, будто я был начинающим актером на премьере спектакля.

— Что ты здесь делаешь? — спросила Марта, отворяя окно и каким-то образом ухитряясь вылезти наружу (наверное, встала на стул).

— Осторожно! — Я поставил на землю принесенный кофе. Я бы подал ей руку, но это не понадобилось — для хрупкой женщины Марта была невероятно сильной. В старых джинсах и толстовке, с волосами, небрежно стянутыми в пучок, она выглядела еще более привлекательной, чем в моих мыслях, поэтому я изо всех сил старался не забыть, зачем пришел.

— Я... я не мог просто забыть, как мы расстались, знаешь...

— Все нормально, слушай...

— Нет, это ты послушай, — перебил я ее, полный решимости быть откровенным. Она заслуживала честности после всего, через что прошла. — Я не отреагировал тогда, но то, что ты рассказала... о муже... Хочу сказать, я и представить себе не могу, как тяжело это было. И я просто... Спасибо, что ты доверилась мне.

В ее взгляде мне почудилось облегчение.

— И я должен был рассказать тебе про Изабель. Честно, не знаю, почему не рассказал.

Вообще-то в эту минуту я отлично понимал, почему ни словом не обмолвился об Изабель. С каждой встречей то, что я чувствовал к Марте, росло, и при этом никто из нас не мог ничего поделать с самой ситуацией. Она была уязвима. Я был связан обязательствами перед другой женщиной. Конец истории.

— Я надеюсь, мы сможем быть друзьями, — заключил я, и это прозвучало бестолково, будто цитата из романа Джейн Остин.

Однако это было лучшее, что я мог предложить, — и я говорил от чистого сердца. Дружба Марты значила для меня намного больше, чем я думал, и раз ничему другому не бывать, то я буду рад сохранить хотя бы ее.

— Это что, пончики?

— Что?

Такого ответа я не ожидал. Она села прямо на неровную землю, покрытую клочками травы и сорняков, скрестила ноги и открыла коробку с пончиками, которую я принес, одновременно делая большой глоток кофе.

— Конечно, мы можем быть друзьями, балда ты эдакая! — проборомотала Марта, кусая пончик и пачкая губы в сахарной пудре. Я присел рядом, прислонился спиной к стене. Лучшее место на свете. — Если не считать мадам Боуден, ты единственный, с кем я общаюсь с тех самых пор, как приехала в Дублин.

— О, то есть дело в отсутствии альтернатив? — хмыкнул я, снимая крышку со своего стакана с кофе и зачем-то дуя на жижу, которая и без того уже совершенно остыла.

— Да уж, выбирать не приходится. — Она пожала плечами и чуть усмехнулась.

Шутки ощущались безопасными. Я вгрызался в пончик с заварным кремом и просто радовался тому, что между нами снова забрезжило нечто стабильное. Один бог знает, почему она доверилась мне и почему я так спокойно поведал ей о самых мрачных годах моей жизни. Но, быть может, секрет в том, что вообще не стоит задумываться о таких вещах. И не вешать ярлыки, как бы банально это ни звучало.

— Как твои поиски рукописи?

Я сделал пометку на будущее: если стучишься к Марте в окно, всегда приноси что-нибудь сладенькое. Определенно, пончики привели ее в хорошее расположение духа.

— Так себе. Коллега нашел информацию про брата Опалин, Линдона. Он служил в армии, был вроде генерала во время войны... Это так странно. — Я разломил шоколадный пончик и протянул ей половинку. — Если Опалин была знакома с Хемингуэем и работала на одну из самых известных женщин-книготорговцев Америки, должны ведь были остаться о ней какие-то сведения, так?

Марта взяла паузу, смакуя последний пончик, потом вытерла руки о джинсы и посмотрела мне прямо в глаза.

— Тебя удивляет, что история не сохранила никаких свидетельств о женщине? Что ее вычеркнули и позабыли? Серьезно, Генри, ты точно хорошо учился в университете?

— Ладно, согласен, я сморозил глупость, но ты ведь поняла, что я имел в виду.

— Возможно, дело в том, что ты мужчина и ищешь ее в мире мужчин. Хемингуэй, брат Опалин и еще этот, как его...

— Розенбах.

— Точно, да. Но почему бы тебе не разузнать побольше об этой Сильвии и о книжном магазине, который был в Париже?

И почему я сам не подумал об этом?

— А у тебя неплохо получается.

— Что?

— В тебе есть задатки исследователя. Что ты собиралась изучать в университете?

Ее веселый настрой мигом улетучился, будто гелий из шарика.

— Э-э-э... давай не будем об этом.

Она посмотрела на телефон и заявила, что ей пора возвращаться, но, уже сунув ногу в окно, остановилась на полпути.

— Мадам Боуден рассказывала мне нечто... странное. Это касается твоего книжного магазина.

Я почувствовал, как у меня волосы на руках встали дыбом.

— Хотя нет, слушай, забудь, это бред... Просто смешно, честное слово.

— Сказали «а» — выкладывайте уже и «б», мисс... — Тут я сообразил, что понятия не имею, как фамилия Марты.

— Дело в том, что мадам Боуден склонна все приукрашивать, так что отнесись к этому... в общем, дели все на десять или типа того.

— Да рассказывай уже!

Марта вылезла из окна и поднялась, встав рядом со мной.

— Одна ее знакомая, которая, вероятно, была очень пьяна в тот момент, как-то раз сказала, что увидела книжный магазин на месте дома. И не просто увидела, а даже зашла внутрь.

Я ничего не ответил. Было страшно вымолвить и слово.

— Это было давным-давно, в шестидесятые... Они все тогда сидели на какой-нибудь дури, зуб даю. Но я подумала, ты захочешь знать. В общем, мне правда пора.

Она скользнула в дом и закрыла окно за собой, а я остался стоять. На клочке земли, где должен был стоять книжный магазин. Я медленно ходил туда-сюда, пока ноги не перестали казаться ватными. Я хотел рассказать Марте, но... как она и сказала, это просто бред.

В самую первую ночь в Ирландии, от души перебрав джина с тоником на рейсе *Ryanair*, я прямо от аэропорта взял такси до Халф-Пенни-Лейн. Я ожидал найти книжный магазин — и нашел его. Даже таксист, наверное, видел книжный... Ну я так думаю. Помню, как вышел из машины, расплатился и подошел к двери. В магазине горел свет, и золотистое сияние просачивалось наружу через витражные окна. Внутри было тепло и уютно и пахло, как в книжном, — старыми переплетами и чем-то пряным вроде корицы. Вдоль стен тянулись полки, пестрящие обложками, и у меня аж руки зачесались от желания прикоснуться к ним. Но прежде я хотел поговорить с владельцем: показать письмо Розенбаха, спросить, не знает ли он что-нибудь про ту самую рукопись... Я услышал, как звякнул колокольчик, висящий над дверью, обернулся — и в ту же секунду оказался снаружи, на тротуаре. Я не сделал ни шага, но каким-то образом покинул это место.

Я посмотрел туда, где раньше стоял магазин, но здание будто бы поглотила глухая ночная тьма. Я зачем-то ущипнул себя, наверное, чтоб проверить, что я в самом деле здесь, а магазина, где я только что стоял, нет. Даже покрутился на месте, будто собака, которая гонится за хвостом, будто моя потеря ждала меня где-то за спиной. Но как, ради бога, можно потерять целый книжный магазин?

Единственное логичное объяснение заключалось в том, что я был пьян, очень-очень пьян. Именно это я твердил себе. Пьяные галлюцинации, не более того. Однако я напивался и прежде и никогда еще не воображал целое здание, не говоря уже о том, чтобы войти в него. И вот теперь у меня было подтверждение, что не я один видел этот мираж.

Вопрос в другом: что заставило магазин исчезнуть? И как я могу вернуть его?

# Глава 19

# Опалин

*Дублин, 1922*

Первые несколько недель в «Лавке древностей мистера Фитцпатрика» были отмечены чередой странных происшествий. Казалось, магазин не встретил меня с распростертыми объятиями, однако я была полна решимости показать себя достойной хранительницей его тайн. Я даже отважилась забраться по винтовой лестнице на чердак, где хранилось все, что не уместилось в основном помещении. Наверху обнаружилась крошечная дверца; чтобы пройти в нее, пришлось бы наклонить голову. Я поднажала раз, другой, смогла лишь немного протолкнуть ее внутрь. Тогда я отступила на шаг, взяла разбег — и с третьей попытки преграда пала, а вместе с ней и я рухнула носом в пол.

— Ясно, — громко сказала я. — Вот, значит, как, да?

Я встала и отряхнулась, стараясь не принимать «причуды старого здания» на свой счет. Единственным источником света на чердаке оказалось крошечное круглое окошко, поросшее зеленью. Первым делом мой взгляд упал на граммофон «Викторола», и я сразу решила, что отнесу его вниз.

Чердак походил на старый музей, полный сокровищ, скрытых под пыльными простынями. В дальнем углу, за обломками старой мебели и коробками, ютился телескоп. На полке сбоку обнаружилась пара рабочих брюк, и я критически посмотрела на свою непрактичную юбку, которая вся уже запылилась и местами износилась. Так тому и быть! Я натянула коричневые брюки, которые пришлись впору, и просунула ремень в петли, затянув их на талии. Мистер Фитцпатрик, наверное, был очень строен и к тому же относился к вещам бережно, потому что брюки казались совершенно новыми. Правда, штанины чуть длинноваты, но я подвернула их несколько раз, до уровня каблуков. Увидев себя в напольном зеркале, забавно увешанном боа из перьев, я улыбнулась своему отражению.

— Здравствуйте, мисс Карлайл! — весело сказала я.

Повертелась из стороны в сторону, приподняла волосы и откинула их назад — и в моем образе проявились какие-то мужские нотки. Блузка, заправленная в брюки, выглядела на удивление хорошо, и я невольно пожалела, что нет галстука, — я была бы точь-в-точь как парижская писательница Колетт. Может, мне тоже оставить себе одно только имя, чтобы скрыть истинную личность? Жаль, что девочек редко называют Опалин.

— Здравствуйте, мисс... — Я заметила книгу на полу в пыли. «Портрет Дориана Грея». — Здравствуйте, мисс Грей!

А что, весьма неплохо.

Мне хотелось узнать поближе мир букинистов Дублина, а заодно присмотреть себе что-нибудь, так что я отправилась гулять. Прошлась по горбатому мосту Полпенни, похожему на украшенный лампами хребет кита, и направилась в «Книжный магазин Уэбба» на набережной. Сильвия упоминала его, провожая меня, и я запомнила название только потому, что ясно представила себе паутину*. Улучив минутку, я прислонилась к железным перилам

---

*Web (слово, созвучное с фамилией Webb) — паутина (*англ.*).

и задрала голову, глядя на зеленые купола собора и здание четырех судов. Подо мной была река Лиффи, и ее течение неслось дальше, к зданию ирландской таможни, которое недавно сожгли бойцы ИРА. Джойс, предлагая мне бежать в Ирландию, забыл упомянуть, что в стране в самом разгаре гражданская война. Из огня да в полымя, как говорится.

В мужских брюках и с псевдонимом я чувствовала себя актрисой. Мистер Ханна, впрочем, был из той редкой породы людей, которым нет дела до внешности: он просто выдал мне парочку популярных книг, чтобы я «держала нос по ветру», как он выразился. При знакомстве я упомянула имя Джойса, и это, кажется, стало решающим аргументом. Я быстро просмотрела его коллекцию Диккенса — вдруг среди книг найдется отцовский экземпляр «Дэвида Копперфильда»? Это уже превратилось в привычку, как будто таким образом я не давала оборваться тонкой ниточке, связующей меня с прошлым. Но увы, мое издание было из редких, и я сразу поняла, что у мистера Ханны его нет. «Неважно, — подумала я. — Однажды я найду его».

Вооруженная стопкой новых книг и списком книготорговцев, к которым я могла обращаться, я вернулась на Халф-Пенни-Лейн — уже с новой целью. Я оглядела магазин: его насыщенно-зеленые стены и маленькие светильники от Тиффани, сокровища, которые со смерти мистера Фитцпатрика, казалось, затаили дыхание, ожидая, когда же снова откроются двери для посетителей. Он походил на покои Спящей красавицы, и именно мне выпала честь отыскать заклинание, которое разбудит ее. Я настояла на том, чтобы сохранить все товары, оставшиеся от мистера Фитцпатрика: магазин смотрелся бы пустым, если бы я оставила здесь только одинокий шкаф с моими книгами. Но как будут сочетаться эти две идеи? Я понятия не имела.

Сначала я посмотрела на витрину, на которой ничего не менялось с момента закрытия. Если хочешь заманить посетителей — будь готов подключить воображение. Там стояла заводная карусель, игравшая веселую ярмарочную мелодию, под которую по кругу элегантно бежали лошади. Рядом с каруселью — сундучок, искусно драпированный жемчугом и другой бижутерией, а над ним свисали с потолка разноцветные воздушные шары с подвешенными к ним корзинками. Именно тогда на меня снизошло вдохновение.

В коробке с книгами от мистера Ханны я нашла именно то, что искала: «Удивительный волшебник из страны Оз» Лаймена Фрэнка Баума. Книга идеально сочеталась с воздушными шарами, которые тоже, казалось, таили в себе некоторое волшебство. С помощью безделушек из лавки мистера Фитцпатрика я воссоздала некоторые сцены из книги. Я была так горда собой, что не заметила, как летит время: меня целиком захватила эта игра, я подбирала реквизит к разным книгам. В коробке нашлись несколько книг Беатрис Поттер (дети обожают их!), а на полках в магазине — два маленьких бархатных кролика с бантиками на шеях. Витрина превратилась в сундук с сокровищами, пусть и с некоторым уклоном в сторону более юной аудитории. Неважно, думала я. Пусть дети будут первопроходцами, ведь по зову сердца они способны протащить родителей волоком на другую сторону улицы или на другую сторону лесной чащи, если уж на то пошло. На всякий случай снаружи я поставила небольшой столик с парочкой дешевых подержанных книг, которые легко соблазнят прохожего.

Не хватало только одного: вывески. В канцтоварах нашелся кремового цвета картон и красивая ручка для каллиграфии, только вот письменного стола у меня не было. Впрочем, на его роль подошел маленький приставной столик из ореха, на котором стояла пугающе внушительная коллекция керамических лягушек всех форм и размеров. Это удивляло меня больше всего: никогда не знаешь наверняка, что и для кого будет представлять ценность. Может, это заложено в нас с самого рождения — любовь к каким-то определенным вещам? Может, дело в смутных детских воспоминаниях, почти утраченных, но оставивших неизгладимый след в душе? Что касается меня, то больше всего я любила находить нечто неожиданное, о чем я даже не подозревала, что ищу это.

Я перетащила столик в угол возле окна, чтобы на него падал свет ламп и чтобы было видно весь магазин. Нашлось и крепкое резное кресло — тоже из темного дерева, обитое красной с золотом парчой. Я поймала себя на том, что неосознанно стараюсь обставить все так, как было в «Шекспире и Компании». Воспоминание укололо, отчаянно захотелось поговорить с Сильвией, спросить ее совета... Но я и так знала, что она скажет: «Доверься чутью!» Чутье подсказывало мне, что мечты о печати моего первого каталога редких книг, конечно, хороши, но для начала неплохо бы обзавестись покупателями. Пусть люди узнают, что я открыта к предложениям.

И вот я села за стол, положила перед собой лист картона и, занеся ручку над бумагой, поняла, что так и не придумала название для магазина.

— «Книги Грей»? — проговорила я вслух. Звучало ужасно скучно.— «Заходите и купите парочку серых книг!»[*]

Нет, моя новообретенная фамилия совершенно не подходила. Я обратилась к названиям любимых книг.

— «Грозовые книги»? — Нет, это тоже уныло и совсем никого не привлечет. Мне вспомнилось, что Эмили Бронте писала книги под псевдонимом Эллис Белл. «Книги Белл»? Или, может быть, «Книжный магазин Белль», чтобы добавить немного французского колорита?

---

[*] Grey — серый (англ.).

— Идеально!

Я постаралась вывести новое название так хорошо, как только могла, а под ним написала помельче: «Продажа редких и подержанных книг». Потом поставила картонку на витрину и удовлетворенно кивнула сама себе. Что бы ни случилось, у меня были книги, и в тихом утреннем воздухе мне чудилось их дыхание, терпеливое и ровное. Будто трогаешь клавишу фортепиано, а потом еще долго слышишь отзвук ноты в полной тишине.

Когда над дверью звякнул колокольчик, я подпрыгнула от неожиданности и обернулась, чтобы поприветствовать первого клиента.

— Я бы хотел купить книгу, если вы не против.

Это был Мэттью. На мгновение я покраснела, вспомнив о том, как рыдала в его объятиях. С того самого дня я его не видела, хотя он жил по соседству.

— Что ж, вы обратились по адресу! — чересчур высокопарно ответила я. Он прошелся по магазину, подмечая все, что я изменила, и кивая сам себе. Мэттью был высок, с пронзительными голубыми глазами и светлыми волосами, чуть вьющимися на концах. Он придерживал шляпу двумя пальцами, словно не решался снять ее, что означало бы, что он решил здесь задержаться.

— Какие книги вам по душе? — спросила я, делая вид, что перекладываю какие-то ручки на столе.

— О, в основном научные труды, — сказал он, оборачиваясь, и тут заметил мой наряд. — Это... это что, рабочие брюки отца?

Мои щеки вновь загорелись. Почему-то мне казалось, он не заметит. Не то, что на мне брюки как таковые, разумеется (это заметил бы любой зашедший в магазин), а то, что они принадлежали старшему мистеру Фитцпатрику.

— Я нашла их на чердаке. Надеюсь, вы не возражаете.

— Нисколько, — проговорил Мэттью, все еще пытаясь справиться с изумлением.

— У меня есть кое-какие научные книги, если хотите... — начала было я, но он перебил меня:

— О нет, книга не для меня, а для моего сына Олли.

Информацию из него пришлось вытягивать чуть ли не клещами, но не потому, что Мэттью не хотел делиться ею, а потому, что полагал, будто мне это неинтересно. Было ли мне интересно на самом деле? Мне казалось, это естественно, ведь женщинам полагается задавать вопросы о детях. И все-таки это ощущалось странным, будто я лишь играла роль женщины, как в спектакле, будто были какие-то обязательные реплики, которые требовалось знать. Нет, я, конечно, знала их. Знала, как вести себя, что полагается говорить, — просто не была уверена, что хочу.

— У него весьма живое воображение, — сказал Мэттью, как будто поставил себе цель произнести минимум слов, но вложить в них максимум смысла.

— Вы говорите так, будто это плохо, мистер Фитцпатрик.

— Прошу вас, зовите меня Мэттью.

— Так он читал какие-нибудь книги про страну Оз?

Я подошла к окну и сняла с витрины первую книгу серии.

— О чем это?

— Ну... про великого волшебника, который живет в Изумрудном городе и...

— Нет, не думаю, что это хорошая идея, мисс...

— Опалин. Прошу вас.

— Не думаю, что это удачная идея, Опалин. Его мать хочет, чтобы он в будущем продолжил семейное дело.

На мгновение меня охватила паника: я подумала, что вот-вот снова стану безработной и бездомной.

— Бизнес ее отца. Банковское дело.

— А, понятно, — кивнула я, оглядывая магазин в поисках чего-то, что подойдет будущему банкиру. Ничего не нашлось. От тишины мне стало неуютно, но ее нарушили часы — кукушка объявила час дня, и мы оба невольно подпрыгнули.

— Не хотите чаю?

Не знаю, зачем я предложила. Возможно, была уверена, что он откажется, но Мэттью почему-то сказал «да», удивив нас обоих. Я спустилась к себе и принялась наполнять поднос.

— Итак, дела идут хорошо? — крикнул он сверху. Интересно, его волнует мой бизнес или моя способность вносить арендную плату?

— Неплохо, — ответила я.

— Вижу, вы решили сочетать антикварные безделушки отца с вашими книгами. Весьма умно.

Я выглянула и увидела, что Мэттью разглядывает мою морскую секцию: «Моби Дик» и «Робинзон Крузо» в синем муслиновом море с русалками и крошечными корабликами в бутылках. Там же стоял «Питер Пэн», а подле него — игрушечный крокодильчик, который умел безобидно щелкать челюстями.

— Это потрясающе. — Он наконец отмер и решился сказать что-то. — Магазин как будто стал... больше.

Я вернулась к себе на кухню и открыла кран, но вода не полилась. В трубах что-то булькало и рычало, будто у трубопровода было несварение желудка. Я подождала еще немного, бульканье перешло в звон, затем стихло, но вода так и не полилась. Отступив назад, я уперла руки в бока. В этом не было ни малейшей логики, как и в чердачной двери, которая не открывалась, или в «Дракуле», который упорно падал с полки. Я поднялась по лестнице, держа в руках чайник.

— Вы у меня сегодня только как посетитель или как домовладелец тоже? — Я помахала чайником. — Мне не помешает помощь сантехника.

— Я могу взглянуть, — сказал Мэттью тем тоном, который используют мужчины, подразумевая, что проблема на самом деле незначительная и они легко могут решить ее. Не успела я опомниться, как он уже снял куртку и полез под раковину, вооружившись гаечным ключом. Я даже не представляла, что у него имеется гаечный ключ и уж тем более что он носит его с собой. На языке крутился вопрос, знает ли он, что делает, но вместо этого я спросила, в чем может быть проблема.

— Вероятно, какой-то засор. — Голос был напряженный. — Я быстро все починю, только надо отключить...

Не успел он закончить фразу, как кран слетел с резьбы и вода начала хлестать, будто из гейзера. Я подбежала и заткнула старой тряпкой дыру, где раньше был кран, и сдерживала поток, пока Мэттью не перекрыл воду.

— Возможно, мне все-таки стоило пригласить сантехника, — выдохнул он, поднимаясь с пола и убирая со лба мокрые волосы.

Мы смотрели друг на друга, насквозь мокрые, и я с трудом удерживалась от смеха. Мне это вполне удавалось, пока Мэттью не принялся отжимать края рубашки, — это выглядело так нелепо, что у меня невольно затряслись плечи. Он поднял на меня глаза, и сердитое выражение лица сменилось широкой улыбкой.

— Вам, значит, смешно, да? — поинтересовался он, и я расхохоталась уже в голос.

— И-извините! — Пришлось отвернуться, чтобы хоть как-то успокоиться. Когда я снова посмотрела на Мэттью, он стягивал мокрую рубашку и отжимал ее над раковиной, а сам был в одной майке — тоже насквозь мокрой.

— Может, повесить ее у плиты, чтобы немного просохла?

— Конечно!

Я подбросила в топку дров, развесила рубашку на спинке стула и пододвинула поближе к огню. Мэттью мог бы просто уйти домой, но я без слов понимала, как сложно ему будет объяснить свой внешний вид. Моя одежда тоже промокла, но переодеться, пока он был здесь, я не могла, так что просто накинула на плечи шаль и встала рядом с Мэттью, глядя, как пляшет огонь.

— Я попрошу кого-нибудь зайти и починить все это. Завтра, первым делом.

Голос звучал иначе, ровнее и спокойнее. Я знала, мне не почудилась эта секундная близость, будто на миг он опустил барьеры, а потом снова поднял их. Я должна избавиться от этой глупой тяги. Дело в тоске по дому, дело в одиночестве, вот и все, отсюда и все мои спутанные чувства. Мэттью был добр ко мне, когда я отчаянно нуждалась в утешении, — и все же это было опасно, и я понимала, что должна остановиться.

— Спасибо, мистер Фитцпатрик.

Спустя одно неловкое мгновение он будто услышал какой-то отдаленный зов, схватил все еще влажную рубашку и натянул ее на себя. Я тоже двинулась, изображая деятельность, подняла с пола куртку, протянула ему — и кончики наших пальцев соприкоснулись, когда Мэттью взял ее из моих рук. Я старалась не смотреть ему в глаза, а только прямо — на впадинку внизу шеи, я не думала даже прикасаться к нему, но вдруг поняла, что моя ладонь лежит у него на груди, над сердцем. Он с трудом втянул воздух и резко привлек меня к себе, и наши губы соприкоснулись — сначала неуверенно, а потом со страстью, даже с отчаянием. Он казался одновременно мягким и жаждущим, и осознание того, что я будила в нем такие чувства, кружило мне голову. Мы знали, что это не должно, не может повториться больше никогда, — и ни один из нас не хотел, чтобы это заканчивалось. Не знаю, как долго мы стояли так, сцепившись в объятиях, слившись в поцелуе. Ни слова не прозвучало в тишине. Он то и дело зарывался пальцами мне в волосы, гладил по затылку, а потом снова крепко прижимал к себе. Я не хотела шевелиться, не хотела ни о чем думать, не хотела гадать, что все это значит. Я жаждала близости — и только.

А потом все кончилось так же неожиданно, как и началось. Не знаю, кто отстранился первым, но в какой-то момент мы разомкнули объятия. Мэттью надел куртку, тщательно застегнул ее, и, когда наши взгляды пересеклись, я увидела в его глазах страх.

— Я... прошу прощения.

Надо было что-то ответить, но я не нашла подходящих слов. Открыла только рот, чтобы сказать: «Я...» — и не издала ни звука. Мэттью поднялся по лестнице, потом звякнул колокольчик, оповещая, что он покинул магазин. Я сидела за маленьким кухонным столиком и старалась унять дрожь. Что я делаю? Он женат, у него дети! Я не могла и не хотела быть... такой женщиной. Однако между нами промелькнуло нечто искреннее, и я не знала, получится ли сделать вид, что этого не было.

Тогда, в Париже, я знала, что Арман разобьет мне сердце, но Мэттью... Роман с ним сломает мою принципиальность, а это куда хуже.

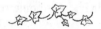

Решение нашлось на следующее утро, когда почтальон принес письмо. Золотой оттиск с обратным адресом привел меня в восторг — Хонресфилдская библиотека. Я писала им с просьбой предоставить доступ к их обширной коллекции рукописей и корреспонденции, особенно того, что касается сестер Бронте. Владельцы, братья Альфред и Уильям Лоу, были промышленниками, которые сами сколотили себе состояние. Они выросли недалеко от дома, где жила семья Бронте, и приобрели некоторые бумаги у местного книготорговца.

Да, я делала первые робкие шаги в роли литературного сыщика, а все из-за Сильвии, которая еще тогда, в «Шекспире и Компании», воспламенила во мне интерес к судьбе второго романа Эмили Бронте. Проблема была только одна: чтобы продолжить расследование, мне придется вернуться в Англию.

Конечно, это рискованно, но еще больший риск — оставаться. Нас с Мэттью должно разделить хотя бы расстояние. И потом: я хочу вложить всю себя в очередные отношения или все-таки сконцентрироваться на работе? Я кивнула сама себе. Работа, книги — вот в чем моя истинная страсть.

Пришлось немного поразмыслить о географии предстоящего путешествия. Хонресфилдская библиотека находится в Рочдейле, а это больше двухсот миль до Лондона, так что вряд ли я встречу кого-то из знакомых. К тому же я припомнила стихотворение Эмили: «Душе неведом страх...» — и, одним словом, все уже было решено.

Наконец-то я чувствовала, что оставляю Опалин Карлайл, неопытную девушку, позади. Мисс Грей — вот женщина, которой я мечтала быть. Я бросила взгляд за окно и увидела, что узоры на витражах изменились и теперь напоминали обширную и холмистую вересковую пустошь, по которой пролегает одинокая тропинка, ведущая к фермерскому дому.

— «Грозовой перевал», — прошептала я сама себе.

# Глава 20

# Марта

Я начала читать книгу по ночам. Было в этих тихих и темных часах нечто священное, особое. Я зажигала пару свечей (хотя мадам Боуден неоднократно предупреждала, чтобы я не смела этого делать) и раскладывала на полу подушки. Это походило на своего рода спиритический сеанс, потому что странные звуки не прекращались, пока я не усаживалась читать. Ветви на стенах уже явно проступали из штукатурки, и я была почти готова увидеть на них листья. Но вместо этого появилась новая книга. «Нормальные люди» Салли Руни, та самая, которую я видела тогда в библиотеке.

Это точно было дело рук мадам Боуден. Не знаю как, но она актриса, а значит, все возможно. Пожалуй, я даже могла счесть это милым — такой причудливый способ склонить меня к чтению. Если б она только знала, что я и сама ношу на теле чужую историю... Как-то утром, когда я намывала пол, в голову пришла очередная фраза. Я знала, что успокоюсь лишь тогда, когда она будет впечатана в кожу. При этом я понятия не имела, что значит эта история, насколько она длинная, кто ее пишет, но самое главное — почему ее слышала именно я? Рассказать об этом кому-либо я не могла: в последний раз, когда я проверяла, люди с большим подозрением относились к тем, кто слышит голоса в голове.

Правда, голосов как таковых не было — слова просто появлялись из ниоткуда.

«Затерянное место» было куда проще для понимания и вообще, казалось, написано для детей, что меня полностью устраивало. В детских книгах не происходит ничего ужасного, а если уж что и случается, то к концу непременно все снова станет хорошо. В «Месте...» речь шла про старую библиотеку в далекой итальянской деревушке. Библиотека стояла в такой глуши, что найти ее могли только те, кто сбился с проторенной дороги и вконец заблудился. Сложенная из дерева, она казалась прекрасной: здесь хранились старинные книги, целые стопки от пола до потолка без какой-либо системы, а ее хранитель был так стар, что никто уже и не помнил времени, когда его не было.

И вот однажды, в конце рабочего дня, когда он запирал ворота, разразилась гроза, и в бедного старика ударила молния. Однако история на этом не закончилась. Заблудшие путники все так же натыкались на заброшенную библиотеку, и, хотя хранителя уже не было в живых, они все равно находили себе книгу, к которой их тянуло, а прочитав ее, понимали, что ход их жизни полностью переменился. Будто сама библиотека ощущала, какая именно книга поможет этой заблудшей душе отыскать истинный путь. Однако местные жители боялись того, чего не могли понять, и захотели уничтожить библиотеку. Они верили, что там полно призраков, что духи томятся в заключении на страницах книг и что если прочитать такую книгу, то дух вырвется наружу. Книги вывезли, и они рассеялись по стране, но, прежде чем успели снести здание, появился некий молодой человек. Он приехал в деревню, чтобы провести там медовый месяц, а в итоге вывез доски, на которые разобрали библиотеку, чтобы из них построить собственный книжный магазин. В Ирландии.

Я знала, что это не просто история. Пока я медленно вчитывалась в строки и перелистывала страницы, часть моего сознания размышляла, что вся моя жизнь — это тщательно продуманная сюжетная линия и что она вот-вот обретет смысл, в этом месте, с этими людьми. С одним конкретным человеком.

Генри... Я чувствовала, что теряю способность читать его мысли, и прекрасно знала, что это значит. Мой разум затуманивался, потому что не мог противостоять одной-единственной эмоции. Тому, что я больше не могла позволить себе испытывать. Любви.

Прежде чем задуть свечу, я прочитала последнюю строку, и именно она заставила меня принять окончательное решение. В книге была молодая женщина, которая однажды пришла в библиотеку, за много миль от своего настоящего дома. Там она прочитала рассказ о девочке, которая оказалась на развилке двух дорог и так сильно боялась выбрать неверную, что так и осталась там, на перепутье, забившись в дупло дерева. Через пару дней к дуплу подошла старая женщина и загадала ей загадку. Она спросила: «Что ты делаешь даже тогда, когда не делаешь ничего?» Ответ был прост — выбор. Решение не делать ничего — это тоже выбор, который мы совершаем.

Я решила не поступать в университет, потому что позволила страху взять надо мной верх. Но я не осознавала, что при этом я все равно делаю выбор, я выбираю оставаться там же, где и раньше. А это пугало еще больше.

Утром я позвонила в приемную комиссию и договорилась о собеседовании, уже через день. Я казалась себе одновременно преисполненной силы, испуганной и взволнованной. Теперь пути назад нет, заверила я себя, а потом выкинула это из головы и подала мадам Боуден завтрак. Как раз в этот момент в дверь кто-то позвонил. Я открыла с непринужденной улыбкой, которая немедленно сползла с лица, стоило мне увидеть, кто стоял за дверью.

Бежать было некуда. К тому же он выглядел как всегда, когда приходил каяться и обещал начать все с чистого листа. В руках он мял букетик цветов, и даже они казались тонкими, безжизненными. Я знала, что будет дальше, — мы столько раз разыгрывали этот спектакль, что я сбилась со счета. Тело придавило тяжестью, как всегда в его присутствии.

— Здоро́во, — сказал он, глядя в пол. Сама невинность, только подумайте.

— Что ты здесь делаешь, Шейн? — Он открыл рот, чтобы заговорить, но я перебила его: — Как ты меня нашел?

— Мой приятель ходил вчера весь день по магазинам с женой. Он тебя заметил.

— Где?

— На Графтон-стрит.

— Но тогда... — Я старалась прикинуть в уме. — Откуда он узнал, что я живу здесь? Твой приятель что... следил за мной? Это был Митч?

Можно было и не спрашивать, я точно знала, что это Митч. Лучший друг Шейна, который без проблем готов выслеживать меня по улицам Дублина.

— Слушай. — Он шагнул, и я немедленно отступила. Кажется, его это даже расстроило, будто он счел мой страх чрезмерной реакцией. — Марта, какая разница, как я тебя нашел?

— Большая. Думаешь, это нормально, что твои громилы следят за мной?

— Господи, Митч никакой не громила!

По улице прошла какая-то пара и настороженно покосилась на нас.

— Можем зайти внутрь? — спросил Шейн. — Слушай, я просто хочу поговорить.

Я не ответила. Хотелось сказать: нет, уходи прочь, никогда не возвращайся, забудь о моем существовании, притворись, что меня никогда не было, — но я не произнесла ни слова. Просто смотрела поверх его плеча на то, что происходит на улице.

— Твоей матери нездоровится.

Я резко повернулась к нему всем телом.

— Вот почему я приехал. Она просит тебя вернуться домой.

— Что с ней? Это серьезно?

— Должно быть, да, раз ее увезли в больницу.

— Господи! — Я невольно потянулась к крестику на груди. Кажется, у меня разом кончился воздух в легких. Голова закружилась, мир утратил черты реального. Здания, улицы, моя жизнь здесь, в Дублине, — все плыло. Шейн взял меня за руку, и я не отшатнулась, потому что это был Шейн. Он знал меня, а я его. Что бы ни случилось между нами, он приехал, искренне желая помочь мне. В его глазах я видела печаль — отголосок того горя, которое накрыло его, когда умер его отец. Он знал, что я чувствую. Он просто хотел помочь.

— Ладно, заходи, — сказала я и пошла по коридору к лестнице в подвал, но, когда обернулась, поняла, что он мнется на пороге. — Я живу в квартире внизу.

— Ух, милое местечко, а? — Он положил цветы на столик в коридоре и шагнул в сторону гостиной.

— Нет, тебе туда нельзя! — Но Шейн уже исчез из поля моего зрения, и, помедлив мгновение, я последовала за ним. Мадам Боуден не было дома, так что я решила, что нестрашно, если мы посидим в гостиной.

— Это был несчастный случай или она заболела? — спросила я.

— Что? О, кажется, рак.

Ноги подкосились, и я рухнула на диван. Это не может быть взаправду. Это какой-то кошмар наяву.

— Почему же она ничего не сказала мне?..

Я не ждала, что он ответит. Я пыталась разобраться в себе самой.

— Как бы она это сделала? Никто не знал, где ты, ты ведь даже записки не оставила. Марта, я так волновался за тебя!

— С чего тебе волноваться?

Этого говорить не стоило. По лицу я видела ясно, что эта реплика разозлила его. Почему-то в голове сама собой возникла картинка: Шейн хватает швабру и бьет, бьет меня снова и снова. Я инстинктивно обхватила себя руками, а он продолжал медленно прохаживаться по комнате.

— Впрочем, ты, кажется, неплохо устроилась. Могу понять, почему тебя не тянет обратно, к своей семье.

— Дело не в этом!

Все перемешалось. Выходило так, что теперь я доказывала, будто все еще люблю его, и все ради того, чтоб сохранить эту напускную вежливость. Однако я не просто не любила Шейна — я всеми фибрами души ненавидела его.

Я встала и направилась к дверям.

— Куда это ты собралась?

— Собирать вещи. В какой она больнице?

— В районной.

Он помедлил всего секунду, прежде чем ответить, но во мне что-то засомневалось в искренности его слов.

— Кто вы?

Властный голос мадам Боуден разрезал воздух как нож. Она стояла в дверях, позади нас. Я не слышала, как она вошла, но в эту минуту хотела обнять ее за столь своевременное появление. В руках старая леди держала трость, но не как опору, а будто оружие, которым готова в любой момент воспользоваться.

— Это еще один твой... *друг?*

«Ох, пожалуйста, только не таким тоном!»

— Эт-то мой муж, мадам Боуден. — Я задрожала от одной мысли, что Шейн навоображает себе невесть что. Конечно, пока она стоит там, в дверях, вряд ли что-то случится, — и все же я не могла быть уверена.

— Муж? Боже, ты полна сюрпризов, девочка!

Мне хотелось только одного: чтоб она заткнулась. От ее слов становилось только хуже. Меня парализовало. Прошлое и настоящее столкнулись в одной гостиной, и казалось, никто не понимал, какой это кошмар. Шейн и мадам Боуден обменивались колкими любезностями, а я молчала, мыслями пребывая где-то в другом месте. Я поймала себя на мысли, что хотела бы, чтобы здесь был Генри.

— Ну что ж, нам пора, — сказал Шейн и, подойдя, взял меня за руку. Ох, я и забыла, каково это. Со стороны выглядит совершенно нормально, потому что никто не видит, как он со всей силы сжимает мою ладонь.

— Куда идете? В какое-нибудь милое местечко? В «Бьюлис» замечательное обеденное меню...

— Нам нужно ехать домой, в Слайго. Мать Марты в больнице, вот я и приехал забрать ее.

Мадам Боуден, кажется, действительно расстроилась, но сложно сказать почему — из сочувствия или потому что ей самой придется готовить себе завтрак. Она и в лучшие времена была непредсказуема: вот она лучится добротой и нежностью, а уже через минуту полна холода и безразличия. Я не надеялась, что она поможет мне сейчас.

— Мне очень жаль, — сказала мадам Боуден, глядя на то, как Шейн стискивает мою ладонь.

— Сначала мне нужно собрать кое-какие вещи. — От боли мой голос дрогнул.

— Нет времени, детка. Вот-вот начнутся пробки, надо поторопиться, чтобы не встрять.

— Я сказала, что мне очень жаль, потому что Марта, скорее всего, не сможет сегодня уехать, — проговорила мадам Боуден. — Боюсь, сегодня вечером предстоит важный ужин, и без нее мне не обойтись. Уверена, завтра с утра она доберется до Слайго без пробок. В конце концов, общественный транспорт — прекрасный способ передвижения.

Мадам Боуден явно наслаждалась тем, как передернуло Шейна.

— Ее мать серьезно больна. Думаю, это поважнее вашего ужина или что там у вас.

Я только переводила взгляд с него на нее и обратно, совершенно не представляя, что делать.

— Если не возражаете, я бы хотела услышать мнение Марты на этот счет, а не ваше.

Мадам Боуден предоставляла мне возможность выдохнуть, успокоиться. Выяснить самой, что же здесь происходит.

— Эм-м-м... Я думаю, что останусь сегодня здесь, Шейн, — пролепетала я, ненавидя себя за мольбу в голосе. Всего пять минут в его обществе — и вот я снова та испуганная девчонка, которая прячется в платяном шкафу. Я ненавидела его за то, что сделал меня такой, но и себя — тоже. Почему, черт возьми, я такая слабая?

Он недоверчиво покачал головой.

— Приятно знать, как ты ценишь семью.

— Это моя работа, Шейн. Я сегодня же позвоню домой и выеду завтра первым утренним автобусом.

— Что ж, вот вам и ответ. — Мадам Боуден сделала шаг, заслоняя меня от Шейна.

— Не звони домой, там наверняка никого не будет, — бросил он напоследок.

Что еще ему оставалось? Шейн в последний раз огляделся, со свистом втянул воздух и смачно сплюнул на пол, а потом ушел, хлопнув напоследок дверью. Я выдохнула и только теперь поняла, что все это время едва могла дышать от страха. Облегчение, что он ушел, портило только то, как стыдно мне было перед мадам Боуден за эту сцену.

— Я все вытру, — быстро сказала я. Полезла в карман фартука за тряпкой и отвернулась, чтобы скрыть слезы.

— Марта Уинтер, это последнее, чем ты займешься! — ледяным тоном произнесла хозяйка. — А начнешь с того, что подробно расскажешь мне, какого черта здесь происходит.

## Глава 21

# Генри

— У меня новая зацепка.

Молчание на другом конце провода сложно поддавалось толкованию.

— Я просто хочу знать, оно и впрямь того стоит? — спросила Изабель. Теперь уже я разочарованно вздохнул. Она понятия не имела, да и с чего бы? Я так мало рассказывал, что она и вовсе потеряла интерес.

— Для меня — да.

— Ну ладно. Полагаю, нет смысла говорить, что я скучаю. Тебе это, кажется, совсем не важно.

— Конечно важно! Я тоже скучаю по тебе, Иззи!

Ну, вот оно. Первая ложь. Или, вернее сказать, первая ложь, которую я осознал с такой кристальной чистотой, будто смотришь на солнце и видишь, как худшие твои черты затмевают его. Я вовсе не собирался говорить людям то, что они хотят от меня услышать, просто я больше не мог с уверенностью сказать, что правда, а что — нет. Или же я точно знал, где кроется истина, но понятия не имел, что с ней делать. Я тянул время, да. Разве это делает меня плохим человеком?

— Звонила твоя мама.

— Что? Моя мама звонила тебе?

— Да, Генри, она ведь станет моей свекровью. Если, конечно, мы когда-нибудь поженимся.

Я сглотнул.

— Она сказала, что твой отец прошел курс в реабилитационном центре.

Не знаю, как долго я молчал в ответ.

— Генри? Ты меня слышишь?

Я прокашлялся. Что-то застряло в горле, будто я пытался подавить нечто в самом себе.

— Да, я тут.

— И что? Ты ничего не скажешь мне?

Это было абсолютно в духе моей матери — передать через кого-то другого то, что она должна была сообщить мне лично. Я ненавидел ее и в то же время жалел. Она всегда пряталась — за кем-то или за чем-то. Может, стыдилась всего, что было. Я, по крайней мере, стыдился.

— А что тут сказать? Что я впечатлен? Он продержится недели две, может три, а потом... стоит поверить, что он на самом деле изменился, как однажды вечером он не придет домой и пропадет из виду на пару лет. Вечно одно и то же.

— Ладно, прости, я не хотела.

Я сжал руку в кулак и впечатался в него лбом. О чем я только думаю? Кому я это говорю?

— Нет, это ты прости. Это все не твои проблемы... я сам поговорю с мамой. И скоро вернусь домой, обещаю.

Двадцать минут я умасливал архивариуса Принстонского университета по телефону. Умасливал в основном за счет своего британского акцента, который, я надеялся, придает мне веса. Однако то ли мои навыки общения сильно заржавели, то ли я просто переоценил их.

— Сэр, мы будем рады видеть вас здесь, в наших читальных залах. Просто запишитесь заранее и...

— Да, я понимаю, но в данный момент это путешествие совершенно нецелесообразно с финансовой точки зрения, — в третий раз повторил я. Как ни хотелось мне в Нью-Йорк, но вряд ли я смогу позволить себе тамошний мотель. — Есть ли какой-то шанс, что вы посмотрите, не обменивалась ли Сильвия Бич письмами с некой Опалин Карлайл?

— То есть вы хотите, чтобы я бросил все, чем занимаюсь на данный момент, и целиком посвятил себя вашему исследованию, верно, мистер Филд?

— Знаете, когда вы так говорите, кажется, что...

— Как я уже сказал, вы можете направить запрос онлайн, как и прочие соискатели, которые хотят ознакомиться с нашими архивами.

— Да, но время! Время, понимаете?

— Очень хорошо понимаю, мистер Филд. Мое время тоже дорого стоит, и я не намерен более тратить его на этот телефонный звонок. До свидания.

Я уставился на телефон.

— Что ж, думаю, все прошло неплохо, — сказал я сам себе и потянулся к бумажнику.

У ворот университета я увидел Марту.

— О, и ты здесь? Здорово, — брякнул я, жалея, что не способен на более оригинальное приветствие. К счастью, она не обратила на это ни малейшего внимания. Ее лицо казалось бледнее обычного, а глаза покраснели. Она плакала?..

— Все в порядке?

— Э-э-э, да. Нормально.

Мы стояли перед входом, и люди то и дело толкали нас.

— Ты собираешься заходить?

Она нервно огляделась, а потом покачала головой.

— Честно говоря, я понятия не имею, что буду делать.

— Ну, давай-ка просто отойдем в сторону. — Я взял ее под руку и направился в тихий уголок во дворе.

— Не знаю, что я тут забыла. Кажется, я передумала, — пробормотала Марта, оглядываясь, будто загнанный зверь.

— Я могу чем-то помочь?

Но она, кажется, даже не слышала меня. Была мыслями где-то далеко, не здесь.

— Я думала, что заболела моя мама. Не могла дозвониться до нее, а отец не разговаривает со мной с тех пор, как... — Она замолчала.

С тех пор, как она ушла от мужа, который ее бил? Что это вообще за родители?..

— Я написала брату, и он сказал, что мама в порядке. Что, должно быть, произошло какое-то недоразумение.

— Это ведь хорошие новости, так?

Я никак не мог взять в толк, почему она так расстроена.

— Как насчет прогулки? Спасешь меня от очередного скучного дня в стенах библиотеки.

Вот это уже откровенное вранье. Я много чего думал про библиотеки, но никак не считал их скучными, — однако люди говорили нечто подобное в таких случаях, и, к моему облегчению, Марта кивнула. Я не знал, куда мы идем, но чувствовал, что ей это неважно. Главное — тишина.

Мы свернули в сторону от большого шоссе и пошли по тихим улочкам, полным маленьких магазинов и кафе. Я отыскал своего рода святой Грааль — лавку букиниста, к которой примыкала чайная под названием «Чай и фолианты». Подождав, пока перед нами не поставят заварник и булочки с джемом, я заговорил снова.

— Мы ведь друзья, верно?

Она уклончиво кивнула, намазывая булочку маслом.

— А друзья могут рассказывать друг другу что угодно, не боясь, что их за это осудят.

— Генри, я...

— Но еще они могут ничего не говорить и все равно быть уверены, что на друга можно положиться. И что их выслушают, если они захотят чем-то поделиться. Короче, я пытаюсь объяснить — хоть, конечно, и очень криво выходит, — что ты можешь сказать мне, что случилось, или не говорить вовсе. Все в твоих руках. Но как бы то ни было, я рядом.

— Пока ты не отыщешь свою рукопись...

— Ну, это...

Эта девушка видела меня насквозь. Мне нечего было предложить ей; даже эта оливковая ветвь дружбы не могла вместить все, что я чувствовал к ней.

— Если честно, я не могу понять этого. Как можно сделать кому-то предложение, а потом сесть в самолет и улететь в другую страну, чтобы искать там что-то, чего, вероятно, даже не существует?

Не совсем то, что я хотел услышать, конечно.

— Ну, знаешь! Не тебе читать мне лекции о том, как надо устраивать личную жизнь! — Я сказал это в запале и тут же пожалел, что не прикусил язык. — О, Марта, я не имел в виду, что...

Она так резко поднялась, что стул противно скрипнул по полу. В глазах горела боль, может даже ненависть, да я и сам себя ненавидел. Что за идиотская реплика! Я побежал за ней вниз по лестнице, негромко, чтобы не привлекать внимание, прося ее остановиться. Проходя через книжный, мы в какой-то момент оказались в небольшой комнатке, где не было посторонних.

— Марта, пожалуйста! Прости меня! Я не подумал, я сказал глупость, это просто сорвалось...

Она смотрела вверх, пытаясь сдержать слезы.

— Неважно, я сама не должна была тебе говорить такое, это было нехорошо.

— Но ты права, — сказал я, подходя к ней. — Я действительно убежал от Изабель. Возможно, на уровне подсознания я искал, как бы ускользнуть от нее... Не знаю. — Я провел рукой по волосам, зачесывая их назад. — Я думал, что хочу жениться на ней, а потом просто психанул.

Книжные полки приглушали звуки внешнего мира. Пряди светлых волос спадали Марте на лицо, а щеки раскраснелись от эмоций. Она закусила губу и прислонилась спиной к шкафу, обдумывая что-то.

— Любовь — страшная штука.

— Наверное, где-нибудь тут есть книга с таким названием.

Марта улыбнулась и посмотрела мне в глаза, будто пытаясь понять что-то важное.

— А ты влюблен?

Простой вопрос, но из ее уст... Я не знал, что ответить. Мог ли я описать, на что это похоже — быть влюбленным? Любил ли я вообще когда-нибудь? Было влечение, потом что-то вроде привычки, комфорта, который сменился ощущением... чего? Неловкости. Как будто я с самого начала выбрал идти дорогой разума и теперь ненавидел каждый шаг, который делал на этом пути. Или как будто я в университете записался на курс, который не по мне, и с каждым днем все сильнее ощущал себя загнанным в ловушку. Я оглядывался назад, на жизнь, которую собирался строить, и понимал, что в этой жизни не было главного — меня.

Она отчаялась дождаться от меня ответа.

— Я начинаю думать, что, может, любовь не должна пугать. Может, я вообще не любила Шейна. Думала, что любила, но это не более чем ловушка, понимаешь? Ты врешь себе, говоришь, что это твоя вина, что это ты сама сделала неправильный выбор. Но если бы я знала, что это не настоящая любовь, то ушла бы от него гораздо раньше.

Марта говорила это, не обращаясь ко мне, но я чувствовал в ее словах правду. Казалось, этот разговор она уже много раз вела сама с собой.

— Я думала, что это и есть любовь — оставаться рядом с кем-то, несмотря ни на что. Ждать, когда же вернется тот, в кого я когда-то влюбилась.

Очень хотелось обнять ее, но я не знал, имею ли на это право.

— Как он посмел причинить тебе столько боли? — прошептал я.

Я смотрел на нее и видел только маленькую девочку, которая хотела, чтоб ее любили. Любили, а не избивали в кровь. Марта смотрела на меня в ответ, совершенно беззащитная, и я не стал спрашивать разрешения — просто протянул руку, коснулся ее щеки, смахнул слезы. Она позволила мне обхватить руками свое лицо и прикрыла глаза, отдаваясь этому ощущению. Не успел я опомниться, как уже обнимал Марту, и ее голова покоилась у меня на плече. Мы не говорили ни слова. Казалось, сами книги оберегают нас, и я лишь надеялся, что этот момент будет длиться вечно. Путаясь пальцами в ее волосах, я гладил ее по затылку.

— Боже, — выдохнул я и сам не понял, что произнес это вслух, пока Марта не отстранилась и не посмотрела на меня снизу вверх.

— Что такое?

Я осторожно искал слова, которые не отпугнут ее и не выставят меня полным идиотом.

— Ты мне так нравишься... очень. И я понятия не имею, что с этим делать.

Серьезное выражение лица медленно сменилось улыбкой, и в конце концов она рассмеялась.

— О, ну спасибо, — проворчал я, все еще не отпуская ее.

— Думаю, ты мне тоже очень нравишься. И я тоже не знаю, что делать.

Вранье. Она прекрасно знала, что делать, потому что медленно потянулась ко мне, глядя в глаза, придвинулась вплотную, и наши губы соприкоснулись.

Нельзя сказать, что в моей голове взорвался фейерверк, это было бы уже чересчур, но все мое тело определенно полыхнуло миллионом крошечных фейерверков. Склонив голову, я целовал ее, и казалось, будто я занимаюсь этим впервые. Все было совершенно новым. Наши губы двигались идеально синхронно, кончики ее пальцев скользили по моей груди, по подбородку, к волосам. Я плотнее прижался к ней и услышал ответный вздох.

Я замер и заговорил, едва узнавая собственный охрипший голос:

— Так нормально?

Она кивнула, а потом снова прижалась губами к моим губам. Не знаю, сколько мы еще целовались — может, двадцать минут или двадцать секунд, — но в какой-то момент в комнату вошел клиент и демонстративно покашлял. Я молча поклялся убить его во сне и, найдя руку Марты, крепко сжал ее.

— Хочешь вернуться или?..

— Сначала мне нужно сделать кое-что! — И она потащила меня к выходу из магазина.

— Куда мы?

— В колледж! У меня осталось всего пять минут, чтобы успеть записаться на курсы!

# Глава 22

# Опалин

*Англия, 1922*

Как и планировалось, моя поездка началась с посещения Музея сестер Бронте. Само то, что я стояла там, где когда-то стояли они, смотрела на вересковые пустоши, вдохновившие Эмили, — одно это глубоко трогало меня. Дом возвышался подобно крепости, серость камней смягчалась большими створчатыми окнами. Я пыталась представить, каково было жить дочерям очень религиозного человека в этом доме, в этих диких и неприветливых местах. Молодые женщины, старые девы (вроде меня), игнорируемые миром мужчин и литературы, вкладывающие душу и страсть в свои произведения и скрывающиеся за мужскими именами — Каррер, Эллис и Эктон Белл. Я стояла там, одетая в брюки мистера Фитцпатрика и длинное пальто, как они, бросая вызов навязанным женщинам правилам поведения. К тому же брюки и пальто служили неплохой маскировкой на случай, если у Линдона и здесь найдутся шпионы.

После смерти Патрика Бронте все, что было в доме, продали с аукциона или раздарили жителям Хоэрта. Обществу Бронте посчастливилось собрать бо́льшую часть экспонатов у себя, их архивы впечатляли. Я нашла стихи Эмили с комментариями старшей сестры, Шарлотты, и ощутила в них нотки ревности одной сестры к другой; впрочем, и любовь там тоже присутствовала. Всем известно, что Шарлотта критически отнеслась к роману младшей сестры. В предисловии к изданию «Грозового перевала» 1850 года (которое наконец установило истинного автора) она написала:

*«Правильно ли, целесообразно ли порождать существ, подобных Хитклиффу, — этого я не знаю; едва ли это так. „Грозовой перевал“ был высечен в мастерских дикой природы при помощи простых инструментов, из простых материалов».*

Шарлотта единственная из трех сестер вышла замуж. Ее муж, Артур Белл Никколс, был викарием, помощником Патрика Бронте, и его не слишком любили в деревне. Я читала, что он унаследовал все ее имущество после ее смерти, которая наступила всего через девять месяцев после свадьбы. Возможно, брак все-таки пришелся Шарлотте не по душе. Потом Артур вернулся на родину, в Ирландию, и женился на двоюродной сестре. Хонресфилдская библиотека приобрела многие рукописи и прочее, что попало в его руки, а потому я надеялась, что у них в архивах наткнусь на какую-нибудь зацепку.

Я решила пообедать в пабе — он был всего в паре минут ходьбы от жилья, которое я арендовала. Я заказала сытный пастуший пирог и села у окна, выпив в качестве аперитива рюмку джина. Хозяин паба оказался весьма осведомлен по части наследия Бронте. Туристы, приезжавшие посмотреть дом знаменитых сестер, приносили ему неплохой доход, так что он считал себя обязанным поведать все, о чем умалчивали кураторы музея. За обедом я читала биографию Шарлотты авторства Элизабет Гаскелл. К сожалению, все, что касалось Эмили, уместилось на одной странице. Однако там упоминалась некая Марта Браун — экономка, работавшая в доме священника. Пока сын хозяина паба убирал со стола, я заказала еще выпивки и спросила, не знает ли он что-нибудь об этой Марте Браун и о ее семье, ведь он сам из местных.

— О да, дочь могильщика. Она так и не вышла замуж, — с отчаянием в голосе проговорил он.

Я сделала еще глоток джина. И почему принято считать, что именно брак — ключ к счастью?

— Так что некому было присмотреть за ней, когда Марта Браун заболела.

Его воображение, должно быть, рисовало совершенно ужасную и безжалостную картину.

— Думаю, она умерла в одиночестве в маленьком доме.

И еще глоток. Мое собственное будущее внезапно представилось мне довольно мрачным.

— В этой книге сказано, что она унаследовала довольно много памятных вещиц, принадлежавших семье Бронте. Как думаете, кому из родственников перешло все это после ее смерти?

— О, мой дядя Джон ходил в школу с одним из ее племянников, так уж получилось.

Я даже захлопала в ладоши от радости. Вот он, след!

— А могу я поговорить с вашим дядей?

— Он умер в прошлом году.

— Ох, мне так жаль слышать это. — Я сложила руки на груди, словно бы в молитве за упокой души.

— Помню, он говорил, что два брата из Браунов держали книжный магазин в Лондоне. Один до сих пор там живет. Может, вам стоит там поспрашивать?

— Как замечательно! А как назывался этот магазин, не помните?

Он посмотрел наверх, припоминая.

— Э-э-э... «Книжный магазин Брауна»?

— Ну конечно. — Я протянула ему пару монет и отправилась домой.

На девять утра у меня была назначена встреча в Хонресфилде. Мистер Лоу уехал по делам, поэтому меня встретила его ассистентка, очень прилежная молодая женщина, мисс Притчетт. Хотя поместье оказалось огромным и не чуралось роскоши, все здесь было обустроено весьма практично. Одно крыло полностью отвели замечательной коллекции британской литературы — там хранились рукописи Роберта Бернса, сэра Вальтера Скотта и Джейн Остин.

— Вы писали, что заинтересованы в коллекции Бронте? — спросила мисс Притчетт, распахивая большие деревянные двери в более скромную комнату. — Думаю, здесь вы отыщете все, что есть. — И протянула мне каталог, а вместе с ним пару мягких белых перчаток. — Мистер Лоу просит, чтобы все посетители надевали их. Нужно позаботиться о том, чтобы бумага как можно дольше сохраняла свои свойства и целостность.

— Разумеется, — согласилась я, обводя взглядом комнату. На полках властвовали артефакты, жаждущие быть найденными. Первые издания «Гордости и предубеждения» и «Нортенгерского аббатства», без сомнения, привлекали внимание, так что я постаралась сосредоточиться на своей цели. С большой осторожностью я сняла с полки первое издание «Грозового перевала» и отнесла его к столу. Здесь было нечто вроде мольберта, куда можно было положить книгу. Оригинальная обложка, ничего не тронуто и не отреставрировано! На первой странице я с интересом нашла подпись. Преподобный Патрик Браун подписал эту книгу, и не кому-то, а Марте Браун — экономке и, как знать, практически члену семьи. Меня переполняли теории и догадки. Что еще ей завещали? Где теперь все это, если не ушло с молотка на аукционе?

Было довольно много коробок, в которых нашлась занимательная, но абсолютно не существенная переписка сестер и Эллен Насси, а также любопытные письма, которые писали друг другу Шарлотта Бронте и ее биограф Элизабет Гаскелл. Потом я нашла нечто еще более интересное: письмо Шарлотты ее издателям, в котором она жаловалась на Томаса Коутли Ньюби — человека, который опубликовал «Грозовой перевал» и «Агнес Грей». Судя по всему, он бесчестно потребовал от сестер заплатить аванс в размере 50 фунтов, а потом попытался воспользоваться путаницей, связанной с их псевдонимами, и утверждал, что все три книги написаны одним человеком. Конечно, это не могло быть правдой, и Шарлотта и Энн даже ездили в Лондон, дабы подтвердить, что их трое и они сестры. Тем не менее Эмили в Лондон не поехала, и, казалось, ей больше нравилось оставаться анонимной. В отличие от сестер, она не искала признания в лондонских литературных кругах, и ее не возмущала жадность Коутли. Возможно, она просто понимала, что он верен своей натуре, как и она своей.

Я нашла еще одно письмо, без адреса, и просмотрела его наискосок, потому что уже была весьма голодна. Однако я увидела нечто такое, от чего потеряла счет времени.

*«Лондон,*
*15 февраля 1848 года*

*Дорогой сэр!*
*Весьма признателен за ваше любезное письмо и с большим удовольствием займусь подготовкой к публикации вашего следующего романа. Не торопитесь завершать его; вы абсолютно правы, что не выносите книгу на всеобщий суд, пока не будете полностью удовлетворены ею, ибо многое сейчас зависит от вашей следующей работы. Будь она лучше первой, вы зарекомендуете себя первоклассным автором, однако, если роман провалится, критики торопливо заключат, что весь ваш талант*

*иссяк на первой книге. Так что я с пониманием отношусь к тому, что вы завершите роман, когда для того придет время.*

*Искренне ваш,*
*Т. К. Ньюби»*

Я сидела там, ошарашенная, и моргала. Буквы расплывались перед глазами. «Вашего следующего романа». Вот оно, неопровержимое доказательство того, что Эмили — или, точнее сказать, Эллис Белл — начала работать над второй рукописью. Исходное «любезное письмо» не сохранилось в архиве, но, судя по всему, она колебалась: стоит ли ускориться с публикацией? Может быть, она уже чувствовала, что нездорова, и боялась не справиться? Или — что более вероятно, — не терпя ни в чем несовершенства, просила дать ей больше времени, чтобы должным образом завершить роман? Голова у меня гудела от волнения.

Я бегло просмотрела каталог в поисках объяснений.

*«Письмо Т. К. Ньюби, найденное в письменном столе Эмили с конвертом, адресованным Эктону Беллу».*

Но письмо не могло предназначаться Энн, ведь ее второй роман на тот момент уже был представлен к публикации! Нет, адресат несомненно Эмили, и речь идет о продолжении «Грозового перевала». Я так и знала!

Я откинулась на спинку стула и посмотрела на сад, раскинувшийся за высокими створчатыми окнами. Если после смерти Эмили Шарлотта уничтожила рукопись, я никогда не найду ее... Я то радовалась, то вновь впадала в уныние.

А потом увидела нечто, чего в жизни бы не предсказала. По дорожке к дому шел человек, которого, как я думала, никогда больше не увижу.

Арман Хассан.

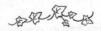

— Ради бога, что ты здесь делаешь? — спросила я, выйдя в коридор и невольно перекрыв дорогу мисс Притчетт.

— Опалин!

Одно мое имя, произнесенное им, — и все нахлынуло снова, будто девятый вал. Париж, его квартира, прикосновение губ к моей коже, запах воска для волос... Это пьянило. Он пристально смотрел мне в глаза до тех пор, пока не отвела взгляд. Я думала, мои чувства к нему остались в прошлом, но вот увидела — и поняла, что все это время просто прятала их от себя самой. Тоска и боль все еще жили внутри и ничуть не ослабели. Он взял мою руку и поцеловал запястье, а потом, не отпуская ее, придвинулся ближе и поцеловал меня в обе щеки.

Мисс Притчетт откашлялась за моей спиной.

— Мистер Хассан, не так ли? — поинтересовалась она. — У меня в гостиной лежат книги, которые вы хотели увидеть.

Я отошла в сторону, чтобы они могли поговорить о делах, но не могла оторвать глаз от Армана. Как всегда, он был одет безупречно: кремовые льняные брюки и темно-синий жакет. Кожа потемнела — без сомнения, он много путешествовал. Волосы сияли, и я изо всех сил сдерживалась, чтобы не подойти и не коснуться их.

— Я приехал оценить кое-какие иллюстрации. Для клиента. Однако завтра днем я отправляюсь на аукцион «Сотбис», можешь присоединиться ко мне, если хочешь.

— «Сотбис»! — воскликнула я взволнованно. Нет, мне нельзя, слишком рискованно ехать в Лондон. Моя улыбка погасла.

— Нет, мне нужно возвращаться в Ирландию.

Арман посмотрел так, будто старался разглядеть отблеск нашего прошлого. Я отвела взгляд.

— Вижу, ты все еще носишь мою подвеску.

Я машинально коснулась золотого кулона. Хамса. Он подарил мне ее, когда я бежала из Парижа. Я невольно улыбнулась.

Конечно, я должна была сказать «нет». Но вместо этого я подумала, что хочу узнать, как дела в Париже, как там Сильвия. Подумала, что он один из немногих, кого я могу назвать другом, что без его помощи я бы наверняка не вырвалась из ловушки брака по расчету и сидела бы сейчас в Лондоне.

— Ну, может, ничего и не случится, — сказала я.

Ох, как я ошибалась.

Арман придержал для меня дверцу блестящей черной машины. Кто-то, возможно, не упустил бы случая отметить, что у него появились деньги, но мне это показалось слишком вульгарным.

— Моя клиентка, — сказал Арман, отвечая на мой невысказанный вопрос. — Она весьма щедра.

«Она». Я посмотрела в окно, скрывая внезапно вспыхнувшую ревность. С той ночи в Париже прошло уже несколько месяцев, с чего бы мне испытывать к нему столь сильные чувства?

— Я так рад видеть тебя, Опалин. Я часто размышлял, как ты и что с тобой.

Однако ни строчки не написал мне. Ну-ну.

— Ты все там же, в Дублине?

— Конечно, — коротко отозвалась я. Куда еще мне податься? Или он думает, я, подобно ему, склонна путешествовать по миру и заводить любовников в каждой стране? Почти всю дорогу я злилась на Армана и поражалась себе самой: с чего вообще я решила поехать с ним?

Мы затормозили на оживленной неопрятной улице: дома времен восемнадцатого столетия, трамваи на одном конце, а на другом — автобусы до Хай Холборн.

— А я-то думала, мы едем на «Сотбис», — удивилась я, посильнее натягивая картуз. С ног до головы я оделась в мужскую одежду, а пальто неплохо скрыло изгибы фигуры.

— Просто небольшая остановка по пути. Думаю, тебе понравится.

— К чему такая таинственность? — Я хмыкнула, будто на самом деле не находила это очаровательным. Арман определенно знал, как увлечь. Женщину, по крайней мере.

Мы стояли возле книжного магазинчика, перед которым, как водится, стояли пыльные тачки с товарами, которые не удавалось сбыть. По соседству находилась лавка старьевщика. Старомодную витрину, сложенную из крошечных стеклянных квадратов, украшала вывеска:

У НАС ЕСТЬ ТОЛЬКО ЭТИ НЕПРИСТОЙНЫЕ КНИГИ. ПОЖАЛУЙСТА, НЕ ТРАТЬТЕ СВОЕ И НАШЕ ВРЕМЯ, РАССПРАШИВАЯ О КАКИХ-ТО ДРУГИХ.

— Ради всего святого, что за...

Я подняла глаза и увидела название странной лавки прямо над дверью. «Книжный магазин „Прогрессив“». Улица Ред Лайон, 68.

— Зайдем? — Арман открыл для меня дверь.

Я понятия не имела, что это за логово пороков, но ощущала, что опыт будет поистине уникальный.

Какой-то нервный молодой человек примерно наших лет стоял на коленях на полу, сунув голову в картонную коробку, и вполголоса ругался. Он явно что-то искал.

— Я так понимаю, вы здесь торгуете произведениями, нарушающими британский закон о непристойных публикациях, — громко сказал Арман, вполне сносно имитируя лондонский выговор.

Молодой человек подскочил и так резво бросился к нам, что я даже отшатнулась (что само по себе было непросто, потому что крошечное помещение едва ли оставляло пространство для маневра).

— Арман Хассан, ах ты сукин сын! — возопил он. Арман расплылся в улыбке, и эти двое принялись обниматься, будто родные братья, которые обрели друг друга после долгих лет разлуки.

— Я так и знал, что это ты! — смеясь, говорил хозяин магазина. В его речи звучал легкий немецкий акцент.

— Герр Лар, позвольте представить вам мою коллегу, мадемуазель Опалин...

— Грей, — поспешно перебила я его. — Мисс Грей. — И протянула руку новому знакомому.

— *Freut mich*\*, — одобрительно сказал он, и я решила счесть это комплиментом. Герр Лар предложил сварить нам кофе, но Арман отказался: до аукциона оставалось не так много времени.

— Вот, у меня здесь твой экземпляр. По цене как договаривались. Сам понимаешь, мне нужна какая-то гарантия на случай возможных юридических... последствий.

— Разумеется, — подтвердил Арман. — Мой клиент весьма заинтересован.

Мне стало безумно любопытно, о чем речь. Когда продавец достал небольшой томик, завернутый в коричневую бумагу, а Арман принялся отсчитывать банкноты, я спросила, можно ли мне взглянуть.

— Почему бы и нет? — пожал плечами Арман.

Мучительно медленно я развернула бумагу и увидела название: «Любовник леди Чаттерлей».

— Да, это Дэвид Лоуренс, — кивнул Арман.

— Он гений от мира литературы, и все же мы вынуждены продавать его книги из-под полы, — сокрушенно согласился герр Лар.

О, я очень хотела иметь эту книгу. Что там, я хотела забрать штук двадцать, но прекрасно понимала, что торговля столь

---

\*Весьма рад (*нем.*).

спорной литературой может привлечь к моему магазинчику нежелательное внимание. Однако я очень хотела хотя бы сама прочитать «Любовника леди Чаттерлей», а потому прямо там, на месте, договорилась с продавцом о цене. Мы ехали на аукцион «Сотбис», а наша запрещенная литература лежала на заднем сиденье авто.

Возбужденная толпа посетителей «Сотбис» пронесла нас по темным коридорам и хлынула в большую аукционную галерею. Арман, взяв меня за руку, скользнул в маленькую угловую нишу, и там мы сели, тесно прижавшись друг к другу. Я вдохнула всей грудью его запах, ощутила жар тела и на одно пьянящее мгновение снова перенеслась в ту ночь. Чтобы отвлечься, я откашлялась и попыталась посчитать, сколько еще людей в комнате.

— Боже, что творится! Интересно, что же выставили на аукцион?

— А ты не видела каталог? Оригинальная рукопись «Алисы в Стране чудес» Льюиса Кэрролла.

— Господи!

Арман попросил у мужчины, сидящего рядом, буклет и протянул его мне.

«Рождественский подарок дорогой девочке в память о летнем дне». В детстве я просто обожала эту книгу. Из буклета я с удивлением узнала, что Чарльз Доджсон, более известный как Льюис Кэрролл, математик из Оксфорда, написал и сопроводил эту книгу иллюстрациями в качестве подарка семье Лидделлов в 1864 году. Легенда гласит, что он придумал сюрреалистичную историю о девочке по имени Алиса, катаясь на лодке с дочерями декана Генри Лидделла. Кэрролл хотел лишь развлечь скучающих спутниц, но в итоге его убедили опубликовать сказку, а остальное уже история.

— Это очаровательно! — Я была в таком восхищении, что напрочь забыла о пылких мыслях, терзавших меня совсем недавно.

— Говорят, итоговая цена лота может перевалить за десять тысяч фунтов.

В толпе Арман заметил невысокую пожилую женщину в черном платье и указал мне на нее, назвав имя: Алиса Лидделл Харгривс. Я изумленно уставилась на него.

— Ты имеешь в виду... Не может быть!

Он кивнул, весьма довольный своей осведомленностью.

— Именно так. Перед тобой настоящая Алиса. Все это время она хранила рукопись, но долги, оставшиеся после смерти ее мужа, оказались сильнее ностальгии.

— Она была замужем за Реджинальдом Харгривсом? Тем самым игроком в крикет?

В лондонском обществе они являли собой весьма примечательную пару. Должно быть, миссис Харгривс было тяжело расставаться с рукописью, однако она сидела перед самой сценой, прямая и гордая.

Торги стартовали вяло, — как всегда, покупатели сначала присматривались друг к другу. В зале разворачивалось нечто вроде партии в покер, и игроки не торопились раскрывать карты.

— Восемь тысяч пятьсот от мужчины, сидящего в нише! — объявил аукционист.

Арман опустил руку.

— А ты не говорил, что намерен торговаться, — шепнула я.

— От имени клиента. — Он качнул головой, сохраняя таинственный вид. Еще один богатый клиент. Они у него множатся, как подснежники по весне, не иначе.

По мере того как росли ставки, всеобщее внимание сосредоточилось на невысоком мужчине в дорогом костюме, источающем неуловимую ауру власти.

— Пятнадцать тысяч фунтов! — объявил он, будто бы намекая, что пора заканчивать балаган. В его речи явственно слышался американский акцент.

— Кто это?

— *Merde!*[*] Это, моя дорогая Опалин, ужас аукционного зала.

Стук молотка решительно оборвал торги, и напряженная тишина взорвалась какофонией голосов. Кто-то был изумлен, но большинство выражало панику от мысли, что британское наследие попало в лапы американцу. Мужчина протирал очки, а некоторые участники торгов подходили, сдержанно поздравляя его.

— В этом году на каждом аукционе, куда ни приходил, он перебивал все ставки, — с завистливым восхищением сообщил Арман. Мы прошли мимо, и они со счастливым обладателем рукописи Кэрролла вежливо кивнули друг другу.

— Мистер Хассан, передайте баронессе, что в следующий раз ей стоит серьезнее отнестись к делу.

Арман явно был зол и очень хотел поскорее уйти.

— А кто ваша спутница? Вы не представите нас друг другу?

— Эйб Розенбах, позвольте представить вам мадемуазель...

— Грей, — напомнила я. — Я занимаюсь книготорговлей в Ирландии.

Мне самой очень понравилось, как солидно это звучит.

— Вот как? Тогда позвольте оставить вам свою визитку. — Мистер Розенбах достал из кармана карточку и протянул мне. — Никогда не знаешь наперед, вдруг наши пути однажды вновь пересекутся?

Он двусмысленно усмехнулся, но я постаралась не обращать на это внимания.

— Поздравляю с приобретением, мистер Розенбах.

— Благодарю, мисс Грей, но для меня это больше, чем очередной экспонат в коллекцию. Очень давно я мечтал

---

[*] Дерьмо! (*фр.*)

заполучить эту рукопись. Видите ли, именно «Алису в Стране чудес» читала мне моя дорогая покойная матушка, когда я тяжело болел ветряной оспой. В бреду мне казалось, что она рассказывает мне о собственном детстве, я думал, что моя мать и есть Алиса... Ее вскоре не стало, и с тех пор я каждый вечер читаю эту книгу.

Его рассказ тронул меня до слез. Даже Арман казался растроганным, но тут...

— Ха! Вот умора! — Розенбах фыркнул, глядя на наши лица. — Никогда не верьте книготорговцу, который пичкает вас сентиментальной чушью! Я должен был завладеть этой книгой, потому что другой такой в мире не существует, — вот и вся история. Пока она моя, ни у кого больше ее нет. Я знавал людей, которые рисковали потерять все, ездили на другой конец мира, бросали друзей, лгали, мошенничали, воровали — и все ради удовольствия завладеть книгой.

— Ах, мистер Розенбах, как вам не стыдно так дурачить нас! — воскликнула я, раздраженная тем, что попалась на удочку.

— Простите, дорогая, не смог устоять. Не считая амурных дел, коллекционирование книг — самое волнительное из доступных нам удовольствий.

— Ну что за хам! — шепнула я Арману, когда мы выходили из зала, но он не ответил.

Арман и Розенбах были из одного теста: ни вины, ни угрызений совести — оба сделали бы все что угодно, лишь бы заполучить желаемое. Это одновременно пугало и завораживало, как если бы я стояла слишком близко к пламени и надеялась, что жар меня не опалит.

# Глава 23

# Марта

— И почему это ты выглядишь как кошка, вдоволь налакавшаяся сметаны? — спросила мадам Боуден, пока я заправляла ее постель. Я ничего не могла с собой поделать: руки были заняты делом, но я продолжала вспоминать, как целовал меня Генри, и невольно улыбалась.

— Наверное, я просто счастлива.

— Чушь! Девушка может так раскраснеться разве что из-за мужчины! Это тот ученый, не так ли?

Из книжного мы поехали к нему, в отель, но оказалось, что у хозяйки день рождения, и на ее сюрприз-вечеринку прикатила куча народу.

— Возможно.

Тогда Генри проводил меня до дома, но я не пригласила его зайти. Между нами все только-только зарождалось, и фиаско с внезапной вечеринкой я решила считать знаком, что нам не стоит торопиться. И все-таки на прощание поцеловала его. Когда я вспоминала тот момент, то улыбалась так, что щеки начинали болеть. Самый романтичный поцелуй в моей жизни. Под уличным фонарем, его руки в карманах моего пальто, мои скользнули ему под свитер, и он медленно выцеловывает дорожку вниз по моей шее к ключицам. Никогда меня не целовали так соблазнительно нежно, будто обещая все, что еще только будет. От воспоминаний в животе порхали бабочки, и я расплывалась, как желе. Нет, нужно сосредоточиться на чем-то обыденном.

— Вам нужно что-нибудь постирать? — спросила я, понимая, что все это время мадам Боуден с озорной ухмылкой смотрела на меня.

Я собрала белье, отнесла его в подсобку рядом с кухней и, сортируя на белое и черное, подумала о матери. Мы жили в доме, полном избалованных мужчин, и всю домашнюю работу делили на двоих. Именно тогда я преуспела в искусстве понимать людей без слов. Ей, правда, это не слишком пришлось по душе: по ее мнению, дочери не полагалось так много знать о жизни матери. Я не спрашивала, почему она так думает, но однажды, уже будучи старше, попыталась вторгнуться в ее личное пространство, однако, в отличие от прочих людей, мама была готова и держалась настороже. Она скрывала от меня что-то, в ответ и у меня возникли свои тайны. Когда в моей жизни появился Шейн, мы с матерью отдалились друг от друга, а потом между нами и вовсе установилось молчание — правда, уже по другой причине. Она говорила, что я совершаю ошибку, что она не доверяет этому парню, но я все игнорировала. Может, я хотела доказать свою правоту, а может, наказать ее (или же себя), но я вышла за него замуж — так резко, будто выруливала на встречку. И винить, кроме себя, мне было некого.

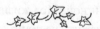

Я разжигала камин в гостиной и заметила какое-то движение за окном. Генри! Я бросилась к входной двери, распахнула ее и только в этот момент поняла, что Генри ни разу еще не заходил в дом традиционным образом: он всегда стучал в мое полуподвальное окошко.

Жаль, что я вспомнила об этом так поздно и не успела среагировать. Сильный удар кулаком в лицо отбросил меня к стене. Шейн. Я увидела, как он скомкал какую-то бумажку, швырнул за порог, а потом захлопнул дверь. Прикоснувшись к лицу, я ощутила влагу. Кровь. Жесткое выражение его лица, плотно сжатые челюсти ясно демонстрировали, что теперь он хозяин положения.

— У тебя что, совсем память отшибло, а, Марта?

— Ч-что?..

— Забыла, что ты замужем, а?

— Я не...

— Я, мать твою, видел тебя, тварь!

— О чем ты говоришь?

— Прошлой ночью! Припоминаешь, а? Обжималась с этим парнем, как последняя шлюха! *Так*, значит, ты мне отплатила, а?

Отплатила за что? От Шейна пахло спиртным, и невозможно было предположить, что он выкинет в следующий момент. Я начала мысленно искать самый безопасный выход: пойти с ним сейчас, покорно принять любое наказание, которое придет ему в голову, и потом попытаться сбежать снова... если получится. Как же так? Как я снова оказалась в этом положении?

Он отпихнул мою ногу, мешавшую ему, и прошелся по коридору. В эту секунду я вдруг ясно увидела будущее, в котором тщательно взвешиваю каждый шаг, каждое движение и слово, выбираю самый безопасный способ существовать бок о бок с этим мужчиной. Моя жизнь свелась бы к выживанию, попыткам пережить насилие.

— Не будь со мной Митча, я прямо там убил бы голыми руками этого урода, с которым ты сосалась!

— Генри?.. О, пожалуйста, скажи, что ты ничего ему не сделал!

Я уже видела, как Шейн из темноты набрасывается на Генри, который возвращается от меня прошлой ночью.

— «Генри»! Что, мать твою, за имя! — Шейн дернул меня за руку, но я не хотела подниматься с пола. — Ты моя жена, Марта! Ты моя!

— Я своя собственная, — сказала я, потому что устала успокаивать его гнев. Какая разница? Что бы я ни сказала, он все равно взбесится еще сильнее. Теперь я ясно видела, что причина никогда не была во мне.

— Не помню, чтобы приглашала вас в мой дом, — внезапно произнес кто-то позади нас.

О боже. Мадам Боуден. Мне хотелось провалиться сквозь землю и умереть, лишь бы она не видела меня в таком виде.

Жертвой.

— Я говорил вам! У ее матери рак, и она хочет, чтоб Марта вернулась домой.

— Ты чертов лжец! — Ко мне вернулся дар речи. — Как ты можешь врать о таких вещах? Даже будь моя мать при смерти, я все равно не вернусь туда!

Это, кажется, поколебало его уверенность в себе, но лишь на секунду.

— Тем не менее сейчас я забираю тебя домой!

— Так она ваша жена или цветок в горшке? — с сарказмом осведомилась мадам Боуден. Вряд ли это хорошая мысль. Из-за нее он прикончит нас обеих.

— Я с тобой никуда не поеду, — пробормотала я, отползая в сторону и прячась за мадам Боуден. Ногам я сейчас не слишком доверяла.

Шейн недоверчиво тряхнул головой.

— Ты неблагодарная сука... Я все тебе отдал! — Он резко подался вперед и вцепился мне в волосы, но я ухватилась за перила.

— Зачем тебе это, Шейн? — крикнула я. — Зачем ты хочешь, чтоб я вернулась? Мы несчастны... Будь у нас все хорошо, ты бы не поднял на меня руку!

Я никогда раньше не спрашивала его об этом — не хватало смелости. Но сейчас голос будто существовал отдельно от тела, и, кажется, это сработало, потому что он прекратил тянуть, хотя все еще стискивал мое запястье.

— Ты меня сама довела, Марта! Сама нарвалась!

Я была виновата во всем, что пошло наперекосяк в его жизни. Никогда он не признавал проблему открыто, и даже сейчас, обвиняя меня, перечислял все подряд. Я повернула голову, но мадам Боуден уже куда-то исчезла из поля моего зрения.

— И ты продолжаешь нарываться...

И тут его что-то толкнуло, да так мощно, что Шейн по инерции качнулся вперед, впечатался в деревянные перила лестницы, ведущей в подвал, проломил их и рухнул вниз. Треск дерева был как серия выстрелов, а за ним последовал глухой удар.

— Что?.. — пробормотала я. В коридоре было темно, и на секунду показалось, что я здесь одна. Тишина ужасала. Я не могла пошевелиться и ничего толком не видела. — Он мертв?

Я сказала это и тут же в страхе прикрыла рот рукой.

Наконец я услышала звук — стук трости мадам Боуден по половицам. Она долго смотрела вниз с лестницы, потом обернулась и спросила, в порядке ли я. Мне казалось, это сон. За окном шумела улица, все кружилось, но я чувствовала — *это* закончилось. Я подошла и осторожно глянула вниз через плечо мадам Боуден. Ниже, еще ниже и еще... Вот он, лежит. Распластался на полу, нога выгнута под неестественным углом, а кожу пробило осколком кости. Мне показалось, что меня сейчас вырвет, и я невольно прижала ладонь к губам. А потом посмотрела ему в глаза. Вроде он ударился и головой тоже... Что-то было не так. Что-то не складывалось.

— Марта, ты не могла бы взять пальто и сходить в магазин?

— Ч-что? О чем вы?

Мадам Боуден казалась пугающе спокойной.

— На ужин я хотела бы стейк. И бутылку французского божоле.

— Вы серьезно? Вы вообще видели, что случилось?

Я снова бросила взгляд на Шейна. Странно, как мы поменялись ролями, — теперь я стояла над его изломанным телом. Я искала что-то в его глазах... узнавание? Проблеск жизни? Ничего.

Меня начала бить дрожь.

— Марта, — позвала мадам Боуден, положив руку на плечо. — Я хочу, чтобы сейчас ты вышла из дома и сделала то, о чем я попросила. К твоему возвращению все наладится.

Я шла по улице, ничего не видя перед собой. Теперь почему-то мне казалось, что ничего этого не происходило. Мне все померещилось, у меня случился нервный срыв... Я сделала в точности то, о чем попросила мадам Боуден. Зашла к мяснику и взяла отличный стейк, а потом купила вино, которое ей нравилось. Все это время в моей голове крутился вопрос: она что, толкнула его?..

Я раз десять прошлась туда-сюда по Халф-Пенни-Лейн, чувствуя, как ручки пакетов впиваются в пальцы. Как я могу вернуться туда? Что имела в виду мадам Боуден, сказав «все наладится»? Она что, вызвала врача или скорую помощь? Но никаких машин к дому не подъезжало. «Я могу просто сбежать, прямо сейчас», — подумала я. Сбежать и никогда не возвращаться... Но как же Генри? Мне нужен хотя бы мой телефон, я должна узнать, в порядке ли он... А телефон остался в доме.

Я открыла дверь своим ключом и зашла. В коридоре горел свет, цветы и вазы стояли на своих местах, а сломанная лестница, как по волшебству, оказалась целой. Я поставила пакеты с покупками на пол и заставила себя взглянуть вниз через перила. Тело Шейна исчезло.

— Боюсь, вчера вечером тело вашего мужа извлекли из реки. — Передо мной стоял детектив, в руках он держал маленький черный блокнот и ручку. — Его мать больше недели назад заявила, что он пропал. Вы с ним виделись в последнее время, миссис Уинтер?

— Нет.

Актриса из меня была никудышная, но спасало непроходящее чувство шока.

— Я правильно понимаю, что вы уже некоторое время не жили вместе?

Я кивнула и закусила губу, чтобы скрыть дрожь.

— Понятно. — Детектив заглянул через мое плечо в коридор. — А могу я спросить, где вы были в прошлый четверг днем?

— Да, э-э-э... Днем по четвергам я хожу по магазинам.

— Кто-нибудь, возможно, видел вас там?

— Конечно. — Я перечислила названия и адреса всех магазинов, где побывала в тот день.

В зеркале я заметила свое отражение. Макияж скрывал следы побоев на лице, но я понятия не имела, насколько его хватит.

— Мне надо позвонить родным... сообщить им, — пролепетала я, и детектив милостиво захлопнул блокнот.

Я плотно закрыла дверь за ним и вернулась в гостиную, где меня ждала мадам Боуден. Прислонившись к косяку, я посмотрела ей прямо в глаза.

— Что вы сделали?

— Я — ничего. Я лишь позаботилась о том, чтобы со всем разобрались как подобает. И советую тебе придержать этот обвинительный тон.

— Но мы нарушили закон! Кажется...

— Какой еще закон? Закон запрещает вынести из подвала тело человека, который бил тебя, и оставить его в другом месте? Я избавила нас обеих от хлопот. И ты не рассыплешься, если скажешь «спасибо».

— А, так вот что случилось с вашими мужьями? — огрызнулась я, сама не понимая, на что или на кого злюсь.

— Ты на эмоциях, — произнесла мадам Боуден, медленно поднимаясь со стула, — так что я притворюсь, что не слышала этого.

И она ушла к себе наверх.

Я рухнула на диван. С того самого дня, когда все случилось, мадам Боуден заботилась обо мне. Она готовила и подбадривала меня, заставляя поесть, даже когда мне казалось, что я не могу запихнуть в себя ни кусочка. Она уверяла, что в том, что случилось с Шейном, нет моей вины. Это был несчастный случай. Она же убедила ничего не говорить полиции — меня начнут подозревать в предумышленном убийстве, если узнают, что у меня был мотив.

— Мы обе были здесь, — говорила она, сжимая мою ладонь. — И обе знаем, что произошло. Это несчастный случай.

— Да, несчастный случай, — эхом откликалась я. — Мы обе были здесь...

# Глава 24

# Генри

Я думал, что никогда уже не выберусь из Хитроу. Путешественники со всех уголков земного шара, казалось, задались целью затормозить меня. А может, это я проявлял куда меньше решительности, чем обычно. В метро я думал об Изабель, о том, что скажу ей при встрече. Казалось, речь шла о какой-то давней приятельнице, а не о женщине, с которой всего несколько недель назад я планировал провести остаток жизни. Как это произошло? Я не мог сказать, но знал, что должен покончить с этими отношениями и сделать это надлежало при личной встрече.

Тот поцелуй с Мартой окончательно разрешил все мои сомнения. Я написал ей письмо с объяснениями и оставил конверт на пороге, возле бутылок с молоком. Было слишком рано, чтобы звонить в дверь, да и я к тому же куда легче изливал чувства на бумаге, чем на словах. Неизвестно, что ждет нас двоих, но я и Изабель совершенно точно не подходим друг другу. Я был в этом абсолютно уверен теперь, ощутив то самое чувство, которое искал всю свою жизнь, но был слишком напуган, чтобы поддаться ему.

По громкой связи объявили, что поезд прибыл на станцию Пимлико, и я бросился к дверям, а потом вверх по лестнице. На улице было тихо, час пик уже миновал, и шум доносился только со стороны детских площадок, где малыши осваивали границы независимости на лесенках и горках. Я тоже осваивал нечто новое: учился доверять своей интуиции.

Вскоре я добрался до Денби-стрит: роскошные дома, балкончики на цокольном этаже; второй и третий — из нежно-желтого, типично лондонского кирпича. Я позвонил в дверь, борясь с внезапно нахлынувшей тошнотой.

В коридоре зажегся свет. Я услышал ее шаги еще до того, как распахнулась дверь.

— Генри!

Изабель крепко прижала меня к себе, и я замер, не зная, как поступить. Вряд ли она захочет обниматься со мной, когда я все скажу.

— Почему не предупредил, что приезжаешь? Я позвала Кэсси и Джеймса выпить по бокальчику, ты же не против?

Она была воплощение красоты, как и всегда. Ухоженная кожа, мягкие каштановые локоны умело собраны в пучок, кремовое атласное платье идеально облегает подтянутую фигуру.

— Э-э-э... Мне нужно с тобой поговорить. Наедине.

Лицо у меня было, наверное, весьма серьезное.

— Что случилось? Все в порядке?

Я так и стоял на пороге. Господи, кажется, я стоял на пороге всю свою жизнь: не решался зайти и уйти тоже не мог, но чувствовал, что должен находиться где-то в другом месте.

Изабель вышла ко мне на улицу и прикрыла дверь.

— Ты же простудишься, — запротестовал я.

— Неважно. У меня такое чувство, что этот разговор не отнимет много времени.

Я посмотрел на нее. Интуиция редко подводила Изабель, в отличие от меня, и вообще она была, вероятно, самой умной женщиной из всех, кого я знал. Зачем, ради бога, подыскивать какие-то «правильные» слова для расставания? Нет таких слов.

— Ты... ты замечательная женщина, но...

— О господи...

— Что?

— Я надеялась услышать что угодно, только не избитое «дело не в тебе, а во мне». Генри, серьезно, это просто унизительно.

— Но это правда! Дело во мне, от меня все проблемы!

— О, я в курсе, поверь. Ну и почему ты со мной расстаешься?

Черт. Вот отчего люди лгут, глядя в лицо любимым. Проще солгать, чем видеть, какую боль ты причиняешь каждым неосторожно брошенным словом.

— Потому что я думал, что знаю, что значит любить. Думал, что мне это... под силу. Ты и я... Нам было хорошо вместе. Мы были партнерами, не отрицаю. Но если быть честным — и я знаю, что ты со мной согласишься, — между нами не было... — Я поднял глаза к небу в поисках вдохновения. — Фейерверков?..

— Ого.

Она стерла со щеки одинокую слезинку.

— Иззи, ты ведь тоже сомневалась насчет нас.

Глупо, но я почему-то думал, что она будет со мной согласна.

— О, не жди, что я облегчу тебе эту ношу, Генри! Знаешь что? Я действительно люблю тебя. Очень сильно люблю, если честно. И мне казалось, что между нами есть... фейерверки.

Я как будто потяжелел на сотню фунтов. Изабель стояла передо мной, стиснув руки на груди. Что я мог сказать, чтобы ей стало лучше?..

— Мне так жаль, Изабель! Правда, очень жаль. Я не хотел сделать тебе больно.

Она не отвечала, даже не смотрела мне в глаза.

— Чувствую себя ужасно, — пробормотал я.

— Ужасно?! Я невеста, которую бросили на пороге дома до того, как мы успели даже выбрать кольца! Черт, это, должно быть, рекорд!

Да, что бы я ни сказал, выходило только хуже.

— Тебе будет лучше без меня.

— Наконец мы хоть в чем-то согласны!

Она шагнула назад в дом и со всей силы хлопнула дверью. Я закрыл лицо руками и поэтому не заметил, как дверь снова открылась.

— Твое барахло! — Изабель впихнула мне в руки черный пакет. — Искренне надеюсь, что она того стоит!

И снова захлопнула дверь.

Когда я доехал домой, было уже поздно. Соседний дом обнесли строительными лесами, и в лучах вечернего солнца он казался заключенным в позолоченную клетку. Я прошел по подъездной дорожке и заметил электровелосипед на том месте, где мама обычно парковала свой старенький «Фольксваген-Гольф». Зашел в дом и поразился, учуяв аромат жареной курицы, от которого у меня мгновенно заурчало в желудке. А ведь после разговора с Изабель казалось, что аппетит покинул меня навечно.

Никогда еще я не ощущал так остро, что совершенно не представляю, кто я такой, — и это что-то да значило для того, кто всю жизнь существовал в тени других людей. Я чувствовал себя опустошенным.

— Генри! — воскликнула мама, выбегая из кухни в коридор. Она крепко обняла меня, и где-то на подсознательном уровне я удивился тому, как она выглядит. Длинная белая рубашка, заляпанная краской, волосы убраны под бандану, хотя раньше мама одевалась куда изящнее и любила носить жемчуг (в основном, чтобы поддерживать иллюзию, что отец еще не пропил все наши деньги).

— Ты выглядишь как-то иначе, — не удержался я.

— Я занялась рисованием с натуры! Энни, наша соседка, ходит на уроки рисования по четвергам, и в какой-то момент...

— Признай, вам просто нравится пялиться на обнаженных молоденьких натурщиков.

Этот ровный голос, без сомнения, принадлежал моей сестре. Она и ее муж Нил спустились со второго этажа, грохоча по лестнице тяжелыми «мартинсами».

— Ох, Люсинда, ну честное слово! — возмутилась мама, закатывая глаза от притворной обиды.

Сестра сильно подводила глаза черным карандашом, смоляные волосы доходили ей до пояса, а челка отстрижена очень ровно. В общем, вид она имела весьма грозный. Толкаясь локтями и мешая друг другу, мы перебрались из прихожей на кухню, и я был искренне рад этой неловкой привычной возне.

— Почему ты не сказал, что возвращаешься? — Мама надела рукавицы и наклонилась, чтобы достать из духовки курицу и печеный картофель. Я накрывал на стол, а Люсинда с Нилом целовались, полностью игнорируя присутствие других людей в комнате.

— Это не было запланировано.

— Решил устроить сюрприз Изабель?

Я помолчал. Пауза заполнилась звоном тарелок и столовых приборов — все лучше, чем любой ответ, который придет мне в голову.

— Эта помолвка была ошибкой, — наконец сказал я и понял, что впервые признал это вслух. — И мы оба знали об этом еще тогда. Нам лучше будет порознь.

Вот так. Не обсуждается, и точка.

Мать на мгновение застыла, в изумлении округлив рот.

— Ох уж эта молодежь, а? — вклинилась Люсинда, спасая положение. Она слегка ткнула меня в плечо.

— Боже, ты такая... беременная, — сказал я, заметив выпирающий живот.

— Да, за последние пару недель она действительно поднабрала, — согласился Нил, за что немедленно отхватил пинок в голень.

— Еще две недели до родов! — трагически простонала Люсинда. Правда, было похоже, что на самом деле ее все устраивает, а страдает по факту только Нил.

За ужином я слушал, как они оживленно обсуждают планы на будущее, и понял, что за время моего короткого отсутствия дома все переменилось. К лучшему. Мать превратилась в какую-то эковоительницу на электровелосипеде, а Люсинда... казалось, она счастлива.

— Ну и как тебе Ирландия? — поинтересовался Нил, поглядывая на меня темными глазами из-под копны волос. — Лу говорила, ты изучаешь какой-то старинный книжный магазин. Звучит очень круто.

Прежде чем ответить, я одним махом допил вино.

— Магазин оказалось не так-то просто отыскать. Но, возможно, я нашел нечто другое, что заинтересовало меня. — Я почувствовал, как губы сами собой расползаются в улыбке.

— И что же? — спросила мама, нарезая торт-мороженое прямо на столешнице. Она любила традиционные десерты.

— Я встретил кое-кого в Ирландии. И намерен вернуться туда, как только смогу вылететь.

Все разом уставились на меня. Я и сам не верил, что сказал это вслух, но только сейчас понял, что именно так и поступлю.

— Ты серьезно готов уехать в другую страну, лишь бы не менять подгузники? — уточнила Люсинда, подбирая челюсть.

— Да, приятель, это немного чересчур, — поддержал ее Нил.

Мама отрезала еще кусок торта. Похоже, она решила, что именно ей предстоит разбираться с этой проблемой.

— Генри, дорогой, я знаю, что ты поздно начал делать некоторые вещи... но нельзя же из-за этого превращаться в какого-то дона Лотарио.

Не выдержав, я расхохотался. Если б она только знала!

— Значит, ты вернулся только для того, чтоб объясниться с Изабель. Понятно... А что насчет папы?

Люсинда всегда защищала его. Каким-то образом ей удавалось пропускать его самые знаменательные пьяные выходки, и к тому же он никогда не срывался на ней, даже в худшие моменты.

— А что с ним?

— Не хочешь навестить его? Он о тебе спрашивал.

— Вы виделись?

— Конечно. — Она кивнула, а потом бросила взгляд в сторону матери.

— Ты тоже, мам?

Но мама покачала головой.

— Нет, у меня теперь своя жизнь, и я должна ставить себя на первое место. Но вы оба взрослые люди и можете сами решать, как быть. Он всегда будет твоим отцом, Генри, а остальное зависит от тебя.

Если б это зависело от меня, он был бы лучшим отцом. Но беда в том, что мои желания ничего не значили. Все зависело только от него.

# Глава 25

# Опалин

*Англия, 1922*

Наутро я проснулась от грохота грузовика, который привез бутылки с молоком. Утренний свет едва пробивался сквозь темно-розовые занавески, но я могла различить линию плеч Армана и темную копну волос на подушке. Он спал крепко, и это остро контрастировало с гнетущими меня сомнениями: в себе, в правильности сделанного выбора, в моих способностях и желаниях... Ах, как хорошо быть всегда уверенным в себе и точно знать свое место в мире!

Став мисс Грей, я спряталась не только от Линдона; я укрылась от всего мира, от стереотипов, которые навязывались женщинам. Я не хотела быть чистой, робкой и пассивной. И вообще мечтала вернуться в Париж, где к заурядности относились неодобрительно, а нарушение общепринятых правил рассматривали как своего рода обряд посвящения.

Спала я плохо; казалось, что вовсе не сомкнула глаз за ночь. Мои мысли все время возвращались к Мэттью. Незадолго до моего отъезда он зашел в магазин и, кажется, был очень смущен тем, что между нами произошло. Наверное, он бы предпочел вообще меня не видеть, но нужно было взять плату за аренду, а вежливость не позволяла ему обойтись чисто деловым визитом, так что Мэттью принялся рассказывать что-то о магазине и о том, как в детстве мечтал стать фокусником.

— Фокусником? — недоверчиво переспросила я. Вместо ответа он извлек у меня из-за уха маленький стеклянный шарик. Я потянулась было, чтобы взять его, но шарик исчез так же мгновенно, как появился.

— Как ты это сделал? — улыбнулась я.

— О, фокусник никогда не раскрывает своих секретов...

Если б я только могла заставить и мои чувства к нему вот так исчезнуть! Я видела его — и день казался более ярким, светлым, солнечным. Но когда Мэттью ушел домой (где его ждала семья!), меня охватила тоска.

— *Mon Opale*, — прошептал Арман, уткнувшись носом мне в шею.

Я позволила обнять себя, прячась от одиночества. Нет, я вовсе не имела намерения возвращаться в его постель, но, полагаю, с той минуты, как мы увиделись в Йоркшире, это было неизбежно. И все же я не могла отделаться от мысли, что в его сердце мне не отведено особого уголка, что я не выше прочих женщин, с которыми он спал. «Что ж, пусть не думает, что я к нему неравнодушна, — тогда и мои чувства не пострадают». Да, глупо было так думать, но говорят ведь, что любовь слепа.

— Я должна идти, — сказала я наконец, нежно поцеловав его в щеку.

— *Mais non, reste*[*].

— Не могу. Мой пароход отплывает сегодня вечером, а до этого еще нужно уладить кое-какие дела.

— Дела?

Он приподнялся на локте, глядя, как я одеваюсь. Боже, как он был великолепен! Адонис! Я невольно отвернулась, чтобы спокойно застегнуть блузку.

---

[*] Нет, останься (*фр.*).

— Книга.

— Я догадался, что книга. Расскажи мне побольше.

Я повернулась и посмотрела на Армана. Да, он был красив и знал, как устроена книготорговля, а еще без него я бы не сбежала из Парижа. И все же там, на «Сотбис», я поняла, что его многое роднит с Эйбом Розенбахом. Безжалостный, целеустремленный, жадный. Но что касается книг... Может, и я ничем от них не отличаюсь. Может, в мире воров имеется честь, но едва ли ее встретишь в рядах книготорговцев.

— Возможно, я могла бы остаться еще ненадолго, — пробормотала я, опускаясь на кровать и позволяя ему снова расстегнуть мою блузку. Одиночество не лучший компаньон. Похоже, чем менее подходящий мужчина оказывался рядом со мной, тем больше он соответствовал моему фатализму. Что-то подсказывало мне, что истинной любви я не дождусь, так к чему беречь себя для нее?

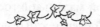

Времени у меня оставалось в самом деле немного. В ушах эхом отдавался стук каблуков по тротуару, а я осматривала дом за домом, желая найти нужный номер. Поиски привели меня в Сохо, в небольшой лабиринт переулков за Риджент-стрит. Я не сказала Арману о том, что расследую загадку второго романа Эмили Бронте. В то утро я приняла решение, которого твердо собиралась придерживаться до конца моих дней: работа — на первом месте. И все же я спросила, не знает ли Арман какого-нибудь торговца или агента, который может рассказать об уже закрывшихся книжных. Проведя весьма интересное утро в Мейфэре, я заполучила адрес «Книжного магазина Брауна».

Теперь здесь располагалась адвокатская контора, но мне сообщили, что бывшие владельцы магазина все так же проживают в квартире на втором этаже. Я довольно долго стучала в дверь, и в конце концов мне открыли. Пожилая женщина, одетая во все черное.

— Миссис Браун? — уточнила я.

— Да. — Она вздернула подбородок, чтобы посмотреть на меня сквозь очки, сползшие на самый кончик носа. — Я вас знаю?

— Нет, мы не знакомы, но я надеялась пообщаться с вашим мужем. Речь пойдет о его книжном магазине и его тетушке Марте Браун.

Женщина печально улыбнулась.

— О, давненько их не заходило, а, Реджинальд?

Рядом с нами никого не было, но я предположила, что Реджинальд наверху, потому что она посмотрела куда-то в небо.

— Кого это — их?

— Поклонников Бронте. Входите, прошу вас.

Приглашение пришлось очень кстати, потому что на улице начало накрапывать. Мы поднялись по лестнице и оказались в симпатичной маленькой гостиной, выходившей окнами на улицу. Все поверхности были устланы кружевными салфетками, но ни одной книги я не заметила. Не лучшее начало. Она жестом предложила мне сесть за круглый столик у камина.

— Мы выпьем чаю, — громко заявила женщина, снова обращаясь куда-то в пространство. Через пару минут появилась мрачного вида девушка, которая принесла на подносе чашки, блюдца и серебряный чайник.

— Спасибо, — поблагодарила я, но ответа так и не прозвучало.

— Не стоит, — печально махнула рукой миссис Браун. — Она злится, потому что мне придется рассчитать ее и переехать к сестре в Корнуолл. Я просто больше не могу позволить себе содержать эту квартиру.

Из вежливости выждав пару минут, я осведомилась, когда же смогу поговорить с мистером Брауном.

— О, моя дорогая, вы припозднились недели на две. Реджинальд скончался, вот в этом самом кресле. — Она указала на искомый предмет мебели в углу. — Потому я и переезжаю.

— О, понимаю, — пробормотала я, жалея, что не догадалась приехать раньше. — Примите мои соболезнования, миссис Браун. Не хочу отнимать у вас время своим глупым расследованием.

Однако она попросила меня задержаться, хотя бы пока не утихнет дождь, который уже превратился из легкой мороси в настоящий ливень.

— К тому же я буду рада поговорить о нашем старом магазине. Когда-то мне очень нравилось работать там.

— Могу я спросить, что стало с книгами? Вы все распродали?

— Все, что вы бы сочли ценным, да. О, в те времена многие мечтали заполучить все, что связано с семейством Бронте... Даже книгу о птицах, которых держали в доме старого проповедника! Знаете, по-моему, всему должен быть предел.

О, если бы она знала! Искатели редких книг не признавали пределов. Все, что имело хотя бы отдаленное отношение к автору и его жизни, возбуждало жадный интерес.

— К тому же, будь у меня хоть что-то, достойное продажи, я была бы рада сбыть это с рук. В моем возрасте, знаете ли, никакие деньги не будут лишними.

Да, одинокой женщине нелегко — это я могла подтвердить по собственному опыту. Я рассказала миссис Браун о моем магазине в Дублине и с удовольствием выслушала комплименты собственной независимости (хотя, пожалуй, это звучало чересчур высокопарно).

— Мне жаль покидать вас, миссис Браун, но я должна. — Я взглянула на часы. Нужно было успеть на поезд до Ливерпуля, чтобы к вечеру добраться до парохода.

— А мне жаль, что вы проделали такой путь в надежде отыскать что-то, а я ничем не смогла вам помочь, — покачала головой миссис Браун, с трудом приподнимаясь, чтобы проводить меня. — Хотя постойте минутку, возможно, у меня все же есть кое-что для вас.

Она удалилась в соседнюю комнату, а потом вернулась с маленькой жестянкой в руках.

— Эта вещица выставлялась у нас в магазине, но мы так и не продали ее. — И протянула жестянку мне.

— Что это?

— Старая шкатулка для шитья. Она принадлежала Шарлотте.

Я с трепетом взяла коробочку и открыла. Трудно было поверить, что я держу в руках нечто столь обыденное, но глубоко личное, что-то, к чему Шарлотта Бронте прикасалась каждый день. Внутри аккуратно лежали несколько катушек темных ниток и вышитая подушечка с иголками.

— По словам моего мужа — а он повторял слова своей тети Марты, — шкатулку подарил Шарлотте ее брат Бренуэлл. Хотя, видит бог, кто же назовет такую мелочь подарком! Но бедолага любил иногда приложиться к бутылке, так что большего ждать от него...

Однако я много читала и знала, что дело было куда серьезнее. В течение всей жизни Бренуэлл боролся с алкогольной и наркотической зависимостью. Я часто задавалась вопросом: может, прототипом наркомана и игрока Хинди Эрншо из «Грозового перевала» был Бренуэлл Бронте, который метался между белой горячкой и попытками протрезветь?

— Два фунта — и она ваша, — сказала миссис Браун.

В любой другой ситуации я захотела бы подтвердить подлинность, но сейчас решила просто поверить. К тому же будет даже забавно, если миссис Браун на самом деле окажется мошенницей, продавшей мне собственную шкатулку для шитья под видом шкатулки Шарлотты Бронте.

Я заплатила два фунта («В мой пенсионный фонд», — сказала она) и направилась домой, в Дублин, где ощущала себя в большей безопасности, оставаясь анонимной. Может, я просто перенервничала, но в Лондоне мне все время казалось, что кто-то наблюдает за мной.

Прошло три месяца. Я не очень-то ждала, что Арман будет мне писать, но каждый визит почтальона оставлял легкое чувство обиды. Утешение я находила в мыслях о магазине: дела шли неплохо, книг становилось все больше, и они все еще умещались на полках. Я подозревала, что объяснение лежит в области сверхъестественного. Может, мистер Фитцпатрик наложил на магазин какое-нибудь заклятие? По ночам, мучимая бессонницей, я готовила себе какао и садилась на пол, завернувшись в одеяло. Дыхание книг, знакомое с детства, успокаивало: мне чудился шепот историй, прячущихся между страниц. Правда, теперь к ним добавлялся и другой звук. Я подходила к стене и, чувствуя себя очень глупо, прикладывала к ней ухо. Казалось, я могу слышать скрип, будто ветви гнутся от ветра. Я улыбалась и часто засыпала прямо так, прижавшись к дереву, а над головой у меня шумело темно-зеленое море.

Когда я проснулась, еще не рассвело; нежный персиковый свет струился в окна. Мне снился очень яркий сон, из тех, которые оставляют после себя чувство незавершенности, будто ты не в состоянии до конца постичь их смысл. Я видела отца: он слушал книги и улыбался. Потом велел и мне тоже прислушаться. Я поднесла книгу к уху и услышала сердцебиение. Сильный удар, а за ним легкий, слабый, и так снова и снова. Понимание пришло ко мне внезапно, будто свалилось с неба. Я положила руку на живот и ощутила толчок.

С тех пор как я вернулась домой, у меня не было месячных, и я списывала все на стресс, на последствия путешествия — одним словом, искала любое объяснение, кроме самого очевидного. Теперь я касалась живота и понимала, в чем действительно было дело. По щеке скатилась слезинка.

— Да уж, будет непросто, — прошептала я, обращаясь не то к себе самой, не то к стенам магазина. Однако я не могла отрицать, что радуюсь. Ребенок... Ребенок! Меня захлестывали противоречивые чувства: страх, возбуждение, тревога, благодарность. Я ощущала, что слишком молода, чтобы стать матерью, но от мысли, что у меня будет семья, захватывало дух.

Я потеряла счет времени, воображая, как сильно все изменится в будущем, и в тот день открылась весьма поздно. Казалось, это начало моей новой жизни. Все было исполнено радости и какого-то потаенного смысла, в каждом покупателе я видела ребенка, которым он был, или родителя, которым он еще станет. Я чувствовала, что все мы связаны в этой вселенной. Когда посетителей не было, я представляла себе, как внутри меня растет жизнь, будто маленький бутон еще не раскрывшегося цветка: нечто красивое, что одним своим присутствием сделает мир ярче.

Лишь с наступлением темноты моя радость немного померкла. В мой радужный мир ворвалась реальность — в образе Мэттью, который пришел забрать арендную плату. Я должна была сказать ему: в конце концов, через месяц-другой он и сам обо всем догадается, а через шесть месяцев здесь и вовсе будет двое жильцов вместо одного.

Тяжесть навалилась на сердце. Боже, что Мэттью подумает обо мне? Хотелось закрыть магазин, защититься его стенами, спрятаться здесь навечно.

# Глава 26

# Марта

Через несколько недель, когда со вскрытием было покончено, тело передали для захоронения. Мы решили, что я должна присутствовать на погребении, чтобы отвести от себя подозрения; впрочем, не «мы», а мадам Боуден. Она так спокойно и уверенно вела себя, что я начала задаваться вопросом, не помогла ли она и кому-то из своих мужей отправиться на тот свет. А еще она весьма дальновидно поступила, обеспечив мне алиби, — это я теперь понимала четко.

— Почему вы делаете это для меня? — спросила я как-то вечером, когда не могла уснуть, хотя очень устала. Стоило мне закрыть глаза, как в голове тут же начинали проноситься неприятные картины недавнего прошлого.

— Делаю что? Я лишь хочу быть уверенной, что справедливость восторжествует.

— Но вы делаете ровно обратное... Все случилось не так.

Я все еще не могла точно сказать, что случилось. Он был так пьян, что потерял равновесие и упал? Я прокручивала сцену в голове раз за разом, и казалось, что Шейна толкнули, но кто? Или... что? Какая-то невидимая сила? А может, мадам Боуден — не та, кем кажется? Я не могла решить, считать ли ее дьяволом в юбке или моим ангелом-хранителем.

Читать ее было сложно: мешало обилие историй. Слишком много на одну жизнь. Она как-то сказала, что актер внутренне перевоплощается в каждого из своих персонажей; как знать, может, их призраки всё еще живут в ее душе.

— Марта, вот что случилось: Шейн заявился сюда пьяным и с дурными намерениями. Он сам виноват в собственной гибели, и это единственная правда, которую тебе стоит помнить.

Она звучала очень убедительно, и каждый раз, когда мне казалось, будто я тону, ее слова становились для меня спасательным кругом. Я не знала, чего ждать на похоронах. Моя семья, родители Шейна... Может, попросить Генри поехать со мной? Нет, это было бы неправильно сразу по ряду причин. К тому же я так и не позвонила ему. Шок от смерти Шейна парализовал меня. Я пыталась написать, но что? Нет, мне надо было увидеться с ним вживую.

Автобус довез меня до Риальто, и я отыскала мотель, куда Генри привез меня в тот вечер. Теперь кажется, будто это было сто лет назад.

— Привет, милая, ищешь комнату, чтобы остановиться?

Дверь открыл невысокий мужчина с прической типа «комбо». Он поставил ногу поперек порога, мешая вырваться наружу неистово лающей собаке.

— Нет, я на самом деле ищу человека, который живет здесь. Генри Филд. Он англичанин, — добавила я, ощущая, что одного имени недостаточно.

— О, Генри, само собой. Его здесь нет, милая, он уехал домой.

— Домой?

— В Англию.

Я отступила на шаг, будто сраженная выстрелом. Эти простые слова никак не укладывались в голове.

— С тобой все в порядке? Ты какая-то бледная... Извини за прямоту.

Я покивала, пытаясь нашарить в сознании хотя бы пару связных мыслей.

— Когда он уехал?

— О, пару дней назад.

— Я... знаете, я...

— Слушай, милая, ты прости, но там по телевизору матч идет. — Он с тоской покосился куда-то в сторону коридора.

— О. Не волнуйтесь.

Дверь захлопнулась прежде, чем я успела сказать что-либо еще. Шок сменился чувством унижения. Я проверила телефон: нет, ничего, ни одного сообщения от него. Совершенно ясно, что после того поцелуя он осознал, что совершил ошибку. Разумеется, без сомнений... Я закрыла лицо руками. Может, он просто пожалел меня? Могла ли это быть жалость, которую я приняла за нечто большее? Наверное, для него те поцелуи даже ничего не значили или же он понял, что не стоило так делать, и не знал, как сказать мне об этом. Дрожащими пальцами я открыла его контакт в телефонной книжке, а потом решительно заблокировала экран и сунула телефон в карман.

Я поплелась обратно по улице. Не думала, что это будет настолько больно. Конечно, я знала, что он не для меня, — но чтобы вот так жестоко, собрать вещи и уехать, не сказав ни слова? Я остановилась и глубоко вздохнула. Нет, я не стану принимать близко к сердцу поступок мужчины. Даже хорошо, что я теперь одна, — значит, никто больше не причинит мне боли.

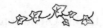

Время текло как-то странно. Я выпадала на целые дни, погружаясь мыслями в прошлое, а потом что-то выталкивало меня в ту реальность, которой я едва могла верить. Если бы я поехала домой просто так, то наверняка встряхнулась бы, — но я приехала на похороны, а это совсем другое дело. Все ощущалось еще менее реальным. Люди и без того думали, что я малость не в себе. Я честно пыталась вести себя как они, но никогда не вписывалась в компанию. Никогда не чувствовала, что здесь мое место.

Мать Шейна после смерти его отца сама управляла семейным супермаркетом и считалась одним из столпов общества. Она всегда хорошо ко мне относилась, хотя и держалась сейчас немного отстраненно. Может, ощущала, что во мне есть нечто особенное, или же знала о том, что представлял собой ее сын. Больше, чем показывала, и уж точно больше, чем я. Возможно, она замечала синяки и хотела, чтоб я помалкивала: подобный скандал разрушил бы ее репутацию и помешал бы бизнесу. Я тоже не хотела портить ей жизнь и к тому же считала себя отчасти виноватой, ведь это я «провоцировала» его. Я смотрела ей в душу и видела только мать, слепо любящую сына.

Мадам Боуден предложила поехать со мной, но я отказалась. Я стыдилась этого маленького городка, как и тех, кто обитал в нем. Мне просто нужно было пережить один день — и все кончится.

Я ехала в черной машине с матерью Шейна.

— Что ж, я надеюсь, работа в Дублине того стоила.

— Извините?

— Что за жена ставит работу выше своего мужа?

Все это время она глядела прямо перед собой, на дорогу, но сейчас устремила взгляд покрасневших глаз на меня.

— Я не ставила.

— О, мой бедный Шейн! Он не пошел бы поперек твоих желаний, нет, конечно! Сказал, что не возражает, что ты уехала на несколько месяцев, но, ох, он так хотел забрать тебя к себе домой!

Он не сказал матери, что я ушла от него. Я глубоко вздохнула. Конечно, не сказал. Как бы он объяснил это? Может, она понятия не имела, что Шейн бьет меня, но, вероятнее всего, она не могла смириться с правдой. *Нет, только не ее сын.*

— Если бы не этот глупый несчастный случай... — Она замолчала, разом проглотив остаток фразы, и прижала к носу платок. — Почему тебя там не было, Марта?

— Я... — Мой голос дрогнул. — Мне жаль.

Она схватила меня за руку и стиснула так крепко, что я была готова вот-вот услышать треск костей.

— Знаю, люди говорят, что это было самоубийство, но я не верю!

Я кивнула и ощутила одновременно вину и огромное облегчение. Нет, никто ни о чем не подозревает.

День пролетел в одно мгновение, как в артхаусном фильме. Дядя Шейна произносит речь в церкви. Открытый гроб. Холодное белое лицо, невинное, как у ребенка. Кладбище и рыдания матери Шейна, когда гроб опускают в землю. Поминки в отеле и его друзья, рассказывающие историю нашего с Шейном знакомства. Любовь с первого взгляда, говорят они. Два моих брата опрокидывают пинту за пинтой, вспоминая, какой он был классный парень. Всегда брался чинить их машины и делал семейную скидку. Всегда платил за выпивку, когда была его очередь.

Будто именно эти качества делали его хорошим человеком.

Я ни разу не заплакала и волновалась, что людям это покажется подозрительным. Однако священник в церкви уверил меня, что все выражают горе по-разному.

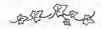

Родители предложили подвезти меня домой. В квартиру, что я делила с человеком, который чуть не убил меня, а сейчас был мертв и сам виновен в своей гибели. Это был несчастный случай, повторяла я, словно мантру. Если скажешь себе что-нибудь много-много раз, то в какой-то момент это станет правдой — по крайней мере, таков был план.

Я повернула ключ в замке, но, переступив порог, поняла, что не могу здесь оставаться. Куда бы я ни посмотрела, везде меня поджидали воспоминания о том, как он угрожал мне, кричал на меня, избивал меня. Я никогда не помнила, что послужило причиной скандала, и, даже когда пыталась проследить до какой-нибудь логичной отправной точки, не находила ее. Его гнев могло вызвать что угодно, и раз за разом я отсекала от себя то, что могло спровоцировать его, пока от меня почти ничего не осталось. Я просто существовала в его мире, на его условиях, стараясь выжить в лучах этой «любви с первого взгляда».

Я повернулась обратно к матери, и та без слов поняла, что я хочу сказать. Мы молча отправились в родительский дом.

Я не спала. Просто лежала в своей детской кровати, гадая, как оказалась в этой точке. К утру, когда за тонкими занавесками забрезжил рассвет, я приняла несколько важных решений. Никогда больше я не вернусь в этот город. Что бы там ни произошло, но мне дали второй шанс, возможность начать все с нуля. Я быстро оделась, на цыпочках прокралась к задней двери и услышала слова, в которые едва могла поверить.

— Я рада, что он мертв, — сказала моя мать.

Я обернулась и увидела, что мама стоит позади меня, в своем старом халате, крепко обхватив себя руками. Это были первые слова, сказанные мне за все это время, произнесенные хриплым полушепотом и подтверждающие то, что я подозревала с самого начала: она заставляла себя молчать. Но почему?..

Наконец-то мы смогли обнять друг друга и дать волю слезам, которые так долго сдерживали.

— Поехали со мной, — в конце концов сказала я.

Но я знала, что она не бросит отца. Он был хорошим человеком, только вот каждый вкладывает в эти слова свой смысл. Мама согласилась лишь с тем, что уехать должна я, чтобы быть свободной, чтобы наслаждаться жизнью. Только этого она всегда и хотела для меня.

— Я должна была защитить тебя.

Она стояла белая как полотно. Только сейчас я начинала понимать, как сильно она винила себя все это время.

— Ты бы не смогла. Он заставил меня отгородиться от всех, заставил чувствовать, будто я сама во всем виновата. Я не могла никому рассказать, мне было так стыдно!

— Ох, доченька, а я думала, что ты стыдишься меня! Именно поэтому и держалась на расстоянии.

Я снова обняла ее, очень крепко. Теперь я ясно видела, что Шейн манипулировал мной, и ни за что я не смогла бы простить ему это. Никогда.

# Глава 27

# Генри

Фелисити Грейс Филд решила появиться на этот свет на две недели раньше срока. Люсинда убедила меня остаться в Лондоне еще на пару дней, пока Нил заканчивает отделку детской. В три ночи я услышал панические вопли под дверью моей спальни: мама кричала на Нила из-за сумки с вещами, Нил стенал, что не может найти ключи от машины, а сестра требовала, чтобы они перестали нагнетать обстановку и провоцировать стресс у ребенка. Я вскочил с кровати и бросился в прихожую. Люсинда стояла босиком в какой-то луже.

— Что происходит? — глупо осведомился я.

— У меня будет ребенок, — не теряя и толики сарказма, ответила Люсинда.

— Типа прямо сейчас?

— Типа да, прямо сейчас, — фыркнула она, копируя мое бестолковое блеяние.

Тут в коридоре появилась мама, у которой в руках были шлепанцы и пальто. Я стоял, глядя, как они пытаются одеть Люсинду, чтобы она могла уже поехать в больницу.

— Генри! — окликнула меня мама. — Либо ты помогаешь, либо перестаешь мешать!

Она послала меня к Нилу — на помощь с поисками ключей от машины. Я повиновался и нашел их на кухонном столе, на виду у всех, в тот самый момент, когда Нил в сотый раз проходил мимо, ничего не замечая.

— Господи Исусе, — сказал Нил. В глазах у него сквозила бесконечная паника. — Не думаю, что я готов.

— Ага. Правда, не уверен, что в данный момент это еще актуально...

— Как, черт подери, мне вести машину? Я даже не вижу толком, все как в тумане! Это вообще нормально?..

За руль сел я. Мама и Нил сидели по обе стороны от Люсинды, надувая щеки и шумно выдыхая сквозь сжатые губы, словно два свихнувшихся иглобрюха. Не уверен, что это очень помогало, но, судя по всему, Люсинда просто радовалась тишине. Все лучше, чем вопли. Я молча поздравил себя с тем, что в сложившейся ситуации продемонстрировал твердость характера, и притормозил возле входа в приемное отделение.

— Ну вот мы и приехали, — сообщил я с таким видом, будто подбросил их в аэропорт, откуда они на две недели улетали в Коста-Рику.

— Это... не... родильное отделение... — пробормотала Люсинда очень тихим угрожающим голосом, а потом издала звук, похожий на мычание коровы. Я надавил на газ, проследовал по указателям «Для беременных» и снова затормозил у дверей. Потом помог вытащить сестру наружу, припарковал машину, а когда вернулся, все уже было кончено.

— Это девочка, — прошептала мама сквозь слезы, и я крепко обнял ее в неровном мерцании фонаря над головой. Я не мог поверить, что мы уезжали из дома вчетвером, а вернемся уже впятером. — Сейчас уже выходит послед.

— Мам, прошу, давай без подробностей.

— Ой, ради бога! — Она легонько хлопнула меня по руке. — Однажды и тебе это предстоит!

Да ну? Я не был уверен, что хочу стать отцом. Не хотелось, чтобы все мои травмы в итоге отразились на ком-то еще.

— Можете заходить! — Нил высунулся в дверь. Поверх одежды на нем был одноразовый халат, будто он сам принимал роды. А еще он плакал.

— Слезы счастья. — Нил развел руками, и я, не удержавшись, обнял его. Было чертовски мило видеть его таким уязвимым.

Вся комната гудела, наполненная чувством, что только что здесь случилось нечто важное. Я увидел сестру: темная челка откинута с мокрого лба, голое тело прикрыто простыней, а на сгибе руки покоится маленькая темная головка.

— Фелисити, познакомься с твоим дядей Генри!

И я сам почему-то расплакался, но это было неважно, потому что заревел и ребенок. Потом заплакали и засмеялись вообще все, а после медсестра велела нам выметаться из палаты, потому что ей нужно показать Лу, как прикладывать Фелисити. Ей теперь будет не до отдыха. Наверное, уже никогда.

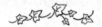

Мы провели ночь в больнице все вместе: никому не хотелось покидать этот маленький пузырь радости, который мы создали. Ну точнее, его создали Нил и Лу. В нашей семье появился новый человек, и все мы были убеждены, что ее жизнь сложится куда лучше наших. Мы станем ей самыми близкими людьми. Уже становимся. Возможно, именно это и имеют в виду, когда говорят о чуде новой жизни: она обладает силой изменить все.

Внезапно меня охватило непреодолимое желание увидеть Марту, рассказать ей обо всем, что произошло. Я хотел, чтобы она была здесь, с моей семьей. Чтобы она разделила это с нами. Я сходил позавтракать и купил еще кое-что для Лу — просто предлог, чтобы позвонить Марте, но в трубке даже не раздалось гудков. Я сказал себе: наверное, она выключила телефон. Это самое простое объяснение. Дожидаясь кофе, я отправил ей несколько сообщений, снабдив их идиотскими смайликами, — вещь настолько для меня нехарактерная, что она могла предположить, будто меня похитили, и я пытаюсь передать тайное послание о том, где меня держат. Однако шло время, а ответа по-прежнему не было, и я начал подозревать недоброе. Я постарался все объяснить в письме, которое оставил на пороге, но, может, она передумала? Может, я слишком навязываюсь? Терзаясь сомнениями, я вернулся в палату и чуть не столкнулся с кем-то на входе.

Какой-то мужчина. Отец.

— Что он здесь делает?

— Генри, все в порядке, — сказала Лу.

Нет, совсем не в порядке, максимально далеко от понятия «в порядке». Однако если ты только что родила нового человека, то имеешь полное право игнорировать чувства окружающих и думать только о себе.

— Я подожду снаружи, — сказал я и вышел, оставив купленную еду в палате.

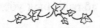

На улице я наворачивал круги возле мест для курения. Зачем она позвала его? Почему захотела, чтобы он был с нами в этот момент? Стоило мне увидеть отца, как все старые обиды вспыхивали в мозгу. «Мой сын не вырастет неженкой», — вот что он сказал, когда я в первый раз упал с велосипеда. А потом отвесил такую затрещину, что я снова рухнул на землю. «Тебе нужно стать жестче». Мне определенно следовало быть жестче с ним, моим отцом. Какой из него получится дед? Я подумал об этом и разозлился пуще прежнего. Наверное, дедушка из него будет образцовый — на этот раз все правильно, без ошибок, ведь все ошибки он уже совершил со мной. Он не прессовал Лу так, как меня, наверное, потому что она девочка. Порой это раздражало меня, но по большей части я радовался, что ей не приходится переживать все это.

Я снова подумал о Марте. Столько лет я скрывал все, что было сломано и искорежено во мне, все, что, казалось, не подлежало восстановлению. Но она увидела меня настоящего — сквозь призму моих слабых попыток быть тем, кто понравится людям, скрыть пустоту внутри, из-за которой я всегда оставался неудачником. Мой отец дал мне только одно — непроходящее чувство собственной неполноценности. Теперь я понимал, что это наследство неизменно передавалось по мужской линии в нашей семье. Всю жизнь мы тратили на то, чтоб выглядеть сильными. Однако это — не более чем строительные леса, костыли, нечто временное. Требовалось исправить что-то внутри меня, но мне это оказалось не под силу. Одна Марта увидела мой внутренний излом и приняла его как должное. Она не требовала совершенства — только честности. Доброты. После всего, через что ей пришлось пройти, она была готова довериться мне. Набраться храбрости и привязаться к кому-то.

Я снова проверил телефон. Ничего. Если я хотел быть с Мартой, сначала я должен был убедиться, что заслуживаю ее.

# Глава 28

# Опалин

*Дублин, 1922*

Приближалось Рождество. Мэттью привез несколько веточек
остролиста, чтобы украсить магазин, и маленькие свертки
с ветчиной, печеньем и тортами. Я знала, что если он поку-
пает что-то домой, то непременно откладывает немного
на мою долю, и от этой доброты щемило сердце. Я была
не в том положении, чтобы отказываться от помощи. Хотя
книги из моего каталога хорошо продавались в Ирландии
и даже в Штатах, с деньгами по-прежнему было туго, и я пыталась откладывать понемногу на будущее.

Стоило Мэттью переступить порог, как витражные окна
немедленно изобразили распускающуюся омелу.

— А ну прекратите! — возмутилась я.

— Прекратить что? — растерялся Мэттью, поднимая
упавшую веточку остролиста.

— О, ничего. — Я немного смутилась. — Ребенок толка-
ется, только и всего.

Он положил остролист на стол и криво улыбнулся мне.

— Помню, когда Мюриэль носила Олли, он по ночам
принимался выполнять весь комплекс гимнастических
упражнений.

На самом деле ребенок не толкался, я сказала это, только чтобы оправдаться, но Мэттью, подойдя ближе, спросил, может ли он тоже послушать. Я очень хотела разделить это с ним, но не могла даже говорить, только кивнула. И стоило ему нежно положить ладонь мне на живот, как малышка немедленно задвигалась.

— А, вот она! — Он улыбнулся. — Это в самом деле чудо.

Он не осудил меня, когда я рассказала о беременности. Даже не спросил, кто отец ребенка и где он, только уточнил: может ли он чем-нибудь помочь?

— А почему ты сам не взялся управлять магазином? — спросила я. — Наверное, в молодости ты об этом мечтал.

Мэттью убрал руку, и мне сразу стало как-то холодно.

— Я вырос. — Он пожал плечами, будто эти два слова все объясняли, и окинул помещение затуманившимся взором. — Кроме того, теперь магазин в надежных руках.

— Не уверена на этот счет, — пробормотала я. Интересно, а он слышал скрип корешков и дыхание книг, как я?

— Мой отец никогда не был богат, Опалин. По крайней мере, не деньгами. И все-таки я помню, что в трудные времена он ничуть не сомневался, что однажды магазин может стать просто библиотекой, и теперь, видя здесь твои книги, я верю, что он был прав. Эти стены не хотели быть лавкой древностей или магазинчиком фокусов. — Он погладил доски. — Все возвращается на круги своя.

Когда он ушел, я включила на «Виктороле» балет Чайковского «Щелкунчик» и достала книгу Гофмана, служившую основой. В библиотеке Йоркшира я нашла сведения, что он был одним из любимых авторов Эмили Бронте. Если правильно помню, она даже читала его роман «Песочный человек» в оригинале, на немецком. Эта простая цепочка мыслей вернула меня к предмету, о котором я не вспоминала с самой поездки. Шкатулка для шитья.

Безделушка, которую я выкупила у миссис Браун, была так безыскусна, что я очень бегло оглядела ее и, подозревая, что никто из семьи Бронте к ней на самом деле не прикасался, закинула ее в нижний ящик бюро.

Я наклонилась и достала ее, выложила перед собой на стол, провела пальцами по крышке, прикрыв глаза, будто таким образом могла сказать, подлинная ли она. Это была даже не шкатулка для шитья, а просто старая жестяная коробка, в какой обычно хранят наличные. Внутри лежали шпульки, иголки, наперстки и нитки. Я перебрала их, выкладывая один предмет за другим, как уже делала в пароходе из Ливерпуля. Может, я пропустила что-то — имя, нацарапанное по металлу, какую-то подсказку... Но нет, ничего.

Я слышала, как вдалеке грохочет гром, и, когда подняла глаза, по стеклу забарабанили крупные капли дождя. Я погладила себя по животу.

— Не волнуйся, малышка, это просто боги резвятся в облаках.

Сама я терпеть не могла грозу, но была полна решимости не передавать свой страх ребенку. К тому же в грозу воздух наполнялся чем-то неуловимым... Каким-то предчувствием волшебства. Будто сейчас может произойти нечто захватывающее.

Я встала, чтобы закрыть ставни, и накинула на плечи шерстяную шаль, потом взяла в руки коробку для шитья, будто пытаясь дотянуться до ее прошлого. Я читала о людях, которые умели прикоснуться к предмету и увидеть его предыдущего владельца. Глупо, конечно. И все-таки я закрыла глаза и, повертев ее в руках, обнаружила кое-что. От волнения я даже не решалась посмотреть, правда ли это, не хотела увидеть, что осязание обмануло меня, и все же вот он — почти невидимый желобок у основания коробки. Наверное, если б кто-нибудь, проходя мимо магазина, заглянул бы, он наверняка заметил бы сходство между мной и охотником за сокровищами у входа в древнеегипетскую гробницу.

Я медленно отодвинула крышку в сторону и вытащила... черную записную книжку размером не больше игральной карты. Я ахнула. Что же это? Как долго она пролежала здесь, в потайном отделении, и кто ее туда положил? Догадки, одна безумнее другой, мелькали у меня в голове, и на какое-то время я застыла, не в силах пошевелиться. Я даже не осознавала, что прижимаю руку к груди, стараясь унять сердцебиение, а голову склонила к столу, будто блокнот мог каким-то образом заговорить со мной.

Я наслаждалась этим восхитительным моментом до тех пор, пока нетерпение не пересилило все прочие чувства. Мое любопытство достигло апогея, и я неуверенно открыла книжку. Она пахла чем-то древесно-сухим, и я сразу же представила себе молодую женщину, которая пишет в нее что-то, сидя у камина. Мне казалось, записи впитали в себя атмосферу места, в котором они создавались.

*«1846*
*Я посвятил всю свою жизнь тому, чтобы вырваться из этого ужасного места, — лишь для того, чтобы его узловатые корни еще сильнее опутали меня, а башни гнетуще нависли над моей головой. Теперь я убежден, что ни один человек, родившийся на земле, не в силах стряхнуть ее со своих ног».*

Я прижала ладони к раскрасневшимся щекам. Оно ли это? То, что я искала все эти годы?

*«Ренвилл-Холл — это призрак, который преследует всех нас из поколения в поколение...»*

Я боялась прикасаться к бумаге из иррационального страха, что она, пережив все эти годы, почему-то рассыплется у меня в руках. Пришлось порыться в ящике в поисках увеличительного стекла, потому что почерк был таким мелким, что я едва могла разобрать его. Я поднесла поближе настольную лампу и склонилась над книжицей. Кое-где чернила размазались по странице, некоторые слова были зачеркнуты, строки теснились пометками на полях. В Хоэрте я видела дневники сестер и была почти уверена, что это рука Эмили, однако мне все равно не хватало подтверждения подлинности. Разве что...

Я заметила ее на полях. Крошечная подпись, всего несколько букв: Э. Дж. Б.

Казалось, внутри у меня что-то вспыхнуло, будто вскипела сама кровь. Ребенок пинался, а в моей голове гудело, звенело в ушах. Это второй роман? Черновой набросок? Меня охватила неистовая легкость, ноги пританцовывали сами собой. Я закрыла глаза и дотронулась кончиками пальцев до лица, стараясь запечатлеть это выражение радости в своей памяти. Сердце билось часто-часто, как птица в клетке, а я читала строку за строкой.

*«После смерти отца и принудительной ликвидации моих долгов перед кредиторами в Лондоне я был вынужден вернуться в поместье в Ирландии... Непроницаемый мрак охватил все отдаленные уголки этой проклятой страны, а неделя сплошных проливных дождей размочила землю и превратила ее в грязь. Голод опустошил земли...»*

Тут текст разобрать уже было нельзя, а со следующего абзаца мысль перескочила.

*«Изгнание в этот ад стало моим наказанием. Я прошел мимо двух огромных колонн и вышел на аллею, ведущую к Ренвилл-Холлу. Обсаженный высокими тисами, он таил в себе особое спокойствие, густо приправленное ужасом. Я помню, как*

во времена моего детства старый слуга рассказывал о призраках и упырях, живущих в лесу близ поместья. Дом четко выделялся на фоне темного неба. Горгульи с серого фасада глядели на меня сквозь послеполуденный туман с непередаваемым ужасом...

Ночью я ужинал в столовой при свечах, поедая весьма сносную тюрбо. Снаружи свирепствовала буря, дождь хлестал по окну, как вдруг сверкнула молния, и за окном я увидел лицо. Я подбежал и отодвинул щеколду. Девушка с огненно-рыжими волосами, промокшая до нитки, одетая в простое белое платье, облепившее ее хрупкую фигурку, будто погребальный саван. Она была смертельно бледна и не сопротивлялась, когда я втащил ее в окно, и мы оба неловко рухнули на пол. Ее кожа казалась прозрачной, будто у вампира, и все-таки в мире божьем не было создания красивее ее.

Раздался яростный лай: старый мастиф отца вбежал в комнату и прижал незнакомку к полу; его глаза горели, а клыки были оскалены.

— Хелсиг!

Послушавшись команды, он замер, но продолжил яростно рычать.

— Кто вы такая? — спросил я. — Вы вторглись в частные владения.

Это замечание, кажется, очень задело ее. Она заговорила со мной на местном языке, и речь была на удивление выразительной и яростной, не оставляющей ни малейших сомнений в том, что́ она хотела сказать, хотя точный смысл слов от меня ускользал. Затем скрестила руки на груди и с надменностью, едва ли оправданной ее положением в обществе, опустилась в кресло у камина.

Ее щеки раскраснелись от огня, и, несмотря на слабость, через какое-то время она погрузилась в мягкий сон. Поначалу я сидел рядом и изучал черты ее лица, пока она спала. Впервые со времени изгнания из Парижа мне до боли захотелось рисовать.

*Любовь к искусству терзала меня, но, не обладая талантом преуспевать, я лишь довел себя до бедственного финансового положения. И все же сейчас я ощущал, будто что-то в моей душе бросает мне вызов, заставляет запечатлеть видимое на листе бумаги. Во сне ее красота казалась первобытно-дикой и могла обернуться как раем, так и адом. Я обезумел в попытках точнее передать сходство. Каждый набросок, казалось, приближал меня к тому, чего мне недоставало все эти годы, проведенные за мольбертом. Я был околдован ею.*

*Обуздывая страсть, я лихорадочно скользил щетиной кисти по льняному холсту. Я решил, что создам шедевр, сколько бы времени это ни заняло, пока не уймется горящее во мне неистовое желание обладать ею. Все тело болело, ночь сменилась утром, а затем наступила вновь — и наконец я отошел на шаг и увидел. На холсте была моя роза, вся как есть. Только теперь я увидел, что она могильно-неподвижна, и, подбежав и дотронувшись до ее лица, не мог поверить ужасной правде. Холодная, как мрамор, она была мертва».*

Я осознала, что изо всех сил сжимаю блузку на груди. Все это взаправду. Я отыскала его. Поначалу я вскочила, не в силах усидеть на месте, но потом остановилась. Может ли это быть правдой? Это в самом деле отрывок романа Эмили? Казалось, сердце вот-вот выскочит из груди. Я прижала ко рту ладони и взволнованно дышала. Это не могло происходить на самом деле! Чтобы я сидела в своем маленьком книжном магазинчике и читала то, что может стать величайшим литературным открытием современности? Я снова прижала руку к груди, пытаясь унять трепет, а потом принялась перечитывать найденные записи.

Это был черновой набросок истории про англо-ирландского землевладельца Эджертона Талбота, который влюбился в девушку из числа арендаторов по имени Роуз. События разворачивались на фоне ирландского картофельного голода.

Земельный агент описывал ее как «злобное изворотливое существо с повадками Сатаны», которая будто бы наложила на его светлость какие-то чары: «Даже в самом ужасном виде она очаровывает!»

Я сама была очарована, воодушевлена, ошеломлена. Я все еще немного боялась прикасаться к бумаге, опасаясь повредить ее.

Что вдохновило Эмили написать такую историю? Ее брат был человеком с душой художника, полной страдания, — может, именно его образ частично сформировал Эджертона? Бренуэлл примерно в эти годы посещал Ливерпуль, который был переполнен ирландцами, бегущими от голода. Наверняка Эмили видела их изображения в «Иллюстрейтед Лондон Ньюс»: голодные пугала в лохмотьях. Некоторые литературоведы записывали в ирландцы и Хитклиффа: «грязный, оборванный черноволосый ребенок», говоривший на какой-то «тарабарщине». Его быстро заклеймили дикарем и демоном.

В моей голове всплыла «Офелия» кисти Милле: натурщица, Элизабет Сиддалл, едва не умерла от болезни, потому что позировала, сидя в холодной ванне. И еще я вспомнила про полотно из романа Оскара Уайльда, которое, казалось, существовало на стыке двух миров, служило своего рода дверью между молодостью и смертью. Мне казалось, что Эджертон в своем помешательстве не мог видеть, что его муза умерла, ровно так же, как английские аристократы не замечали, как страдает Ирландия от голода.

Я проверила даты записей — и да, они совпадали с периодом, когда Эмили, предположительно, отправила письмо своему издателю Коутли. Итак, я совершенно случайно разгадала одну из самых важных литературных тайн двадцатого столетия!

Мне не терпелось поведать о своем открытии всему миру. Я вернулась к столу, сняла телефонную трубку и, подумав, положила ее обратно на аппарат. Такой момент бывает раз в жизни или даже в тысячу жизней. Он был целиком мой, я хотела насладиться им сполна. Так что я принялась копировать наброски романа из записной книжки, как когда-то в детстве, когда выписывала себе целые отрывки из романов, которые мне чем-то понравились. Просто чтобы ощутить, каково это, когда эти слова выходят у тебя из-под пера. К тому же я хотела иметь свой экземпляр, потому что оригинал (как я надеялась) в конце концов попадет в коллекцию какого-нибудь публичного музея. Трудно даже представить, сколько за эту записную книжку дадут на аукционе.

Усилием воли я заставила себя вернуться в настоящее. Пятнадцать страниц миниатюрного блокнота с учетом моего почерка превратились в тридцать. Интересно, а сама Эмили бывала в Ирландии? Да уж, находка вызывала вопросов больше, чем ответов. Возможно, именно поэтому ученые так тщательно анализировали ее творчество, пытались докопаться до сути женщины, которая мыслила так страстно и неистово, пытались постичь эту мужественную писательницу, роман которой обращался к самой глубине человеческих сердец и в то же время — за пределы мира окружающего. Я во всей полноте чувствовала ее присутствие на страницах, будто она сама общалась со мной. Есть в мире то, что нельзя объяснить словами, например Эмили Бронте.

# Глава 29

# Марта

— Но я этого не хочу! Я не хочу иметь с ним ничего общего.

Дело было в письме от ипотечной компании, которое переслала мне мама. Я снова была в Дублине, убиралась в кухонных шкафчиках, а мадам Боуден наблюдала за мной, сидя на высоком табурете и потягивая травяной чай. Каждый раз, делая глоток, она морщилась.

— Но это твой дом.

— Мой дом здесь! — возмутилась я. — Ну то есть пока вы не возражаете...

Она понимающе улыбнулась. Что такое она знала? По лицу читалось: она верила, что я останусь у нее навсегда. Ну что ж, мне бы ее уверенность.

— Мне плевать, что там будет с этой квартирой. Банк может ее оставить себе или спалить дотла. Я никогда не смогу и не буду жить там.

— Дорогая моя, у банка и без того достаточно средств. Почему бы тебе не продать ее?

Я вообще не хотела об этом говорить, не хотела даже думать про Шейна и про то, что с ним случилось.

— Я не знаю... Может быть.

— Возможно, сейчас тебе кажется, что это не имеет значения, но поверь: придет время — и ты пожалеешь, что не взяла то, что принадлежало тебе по праву. Думай об этой квартире как о компенсации.

Последнее прозвучало так, будто это само собой разумелось.

А у меня мурашки пробежали по спине. Ничто не могло компенсировать все, что он сделал со мной, как и ничто не снимет с меня вину за его смерть. Однако — не знаю, хорошо это или плохо, — я все время вспоминала слова мамы: «Я рада, что он мертв». И мне становилось немного легче. Я наконец-то была свободна от Шейна, и мадам Боуден права: я не могла упустить этот шанс.

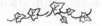

Вечерами было тяжелее всего. Потребность поговорить с Генри была так осязаема, что как-то раз я вышла из дома и гуляла по улицам, пока это не прекратилось. Несмотря на весь произошедший со мной кошмар, я продолжала думать о Генри и о том, как резко он сбежал. Я заблокировала его номер — может быть, рефлекторно, но во многом сработал инстинкт самосохранения. Не хотела слышать, как он объясняется или, хуже того, как он врет. Я больше не могла читать его мысли, и это до смерти пугало. Это как ходить по натянутому канату без страховки: я могла упасть, могла утонуть с головой в любви к нему, и кому, как не мне, знать, насколько это опасно. Я не могла — и не хотела — повторения ситуации с Шейном.

Ноги несли меня туда, где мы бывали с ним, и от этого делалось только хуже. Я обнаружила, что стою возле «Уголка канцелярии» и думаю о том, как он криво улыбался, о том, как звучал его голос, когда он говорил по-французски, о его теплом дыхании у меня на шее. Было поздно, магазин давно закрылся. Я прислонилась лбом к витрине, рассматривая ручки и блокноты.

И тогда это случилось снова: в золотистом свете, исходившем из окна, на меня нахлынули все слова, разом.

Я могла мысленно увидеть их: мелкий аккуратный почерк, будто темные стежки. Слова складывались в строки мрачной истории, и эти строки скользили одна за другой в моем сознании. Я не могла отдышаться, а когда немного пришла в себя, тут же побежала в тату-салон, так быстро, как только могла.

— Слушайте, лучшее, что я могу предложить, это вторник, — сказала мастер. В кресле сидел молодой парень, и на руке у него темнела половина нарисованного тигра.

— Я просто... Я чувствую, что это нужно сделать сейчас. Как можно скорее.

— Кстати, согласен, — поддержал человек-тигр. — Куй железо, пока горячо!

— Точно, — кивнула я, все еще тяжело дыша после бега. — Вот он понимает, видите?

— Ладно, я могу начать, когда закончу с ним, но все равно не успею набить все тату целиком.

Я махнула рукой, показывая, что все в порядке, и схватилась за ручку с бумагой. На случай, если я забуду, хотя, казалось, в этот раз забыть было невозможно: слова запечатлелись в моем мозгу. Какое-то время мастер жужжала иглой, а потом подошла моя очередь. Я задрала свитер, показывая, где хочу расположить строчки. Ей пришлось воспользоваться увеличительным стеклом: я хотела, чтобы слова были такими же мелкими, как в моем сознании.

— Эм, подождите, какая, вы сказали, последняя строчка?

— *«Холодная, как мрамор, она была мертва»*.

— Но она уже здесь!

— Что? Этого быть не может!

Она подвела меня к высокому зеркалу в полный рост и дала еще одно зеркало, поменьше, чтобы я могла рассмотреть себя сзади. На спине не осталось места: вся история уже была выписана у меня на коже.

— Это странно, — пробормотала мастер.

Не странно. Невозможно. И все же вот оно, прямо у меня на спине.

— Классная история, кстати.

Мастер попыталась выйти из этого непонятного положения, полностью проигнорировав шок у меня на лице и сосредоточившись на чем-то реальном. Я попыталась сделать то же самое.

— Да, — еле слышно выдавила я.

— Немного готично, а?

А потом она мягко напомнила, что хотела бы закрыться и что, очевидно, татуировка мне все-таки не требуется.

Я даже не помнила, как добралась до дома. Зашла так тихо, как только могла, и увидела мадам Боуден: она смотрела телевизор (который изначально не собиралась включать вовсе) на такой громкости, что и мертвый бы проснулся. Я спустилась к себе и как будто посмотрела на все новым взглядом. Все казалось ярче и отчетливее. Сняла куртку, повесила на крючок и поняла, что и тело стало каким-то иным. Я чувствовала себя физически сильнее и более расслабленной, будто с меня сняли невидимые оковы. Я посмотрела на свою маленькую аккуратную кровать, на ветви дерева, что росли над ней, образуя арку, на кухоньку с красивой плиткой на стенах, про которую я думала, что это просто голубая плитка, а оказалось, она украшена маленькими цветочками. Я поняла, что мне нравится жить здесь, и теперь ощутила правоту мадам Боуден, которая была уверена, что я никогда не уеду. Как будто я *принадлежала* этому месту. Но отчего так?

Я поставила на плиту кастрюльку с молоком и, добавив туда две ложки «Нутеллы», сделала горячий шоколад, как моя мама когда-то, когда я была еще маленькой. Потом расстелила на полу одеяло, накидала подушек и постаралась успокоиться. Непростая задача, если вспомнить, что у меня на спине была вытатуирована целая законченная история. Откуда она взялась и что означала? Несомненно, это что-то не из нашего времени: слишком старомодный язык. И почему она приходила в голову именно мне? В этот поток мыслей ворвался другой вопрос, на который я отказывалась искать ответ с тех пор, как вернулась в Дублин. Моя мать всегда могла говорить? Если да, то почему же она молчала? Я не могла этого понять. Когда я была маленькой, она утверждала, что в этом кроется особый дар, что так она может лучше слышать самое важное.

Я глотнула горячего шоколада и позволила насыщенному аромату лесного ореха перенести меня в прошлое. Все силы уходили на то, чтобы успокоиться и просто вслушиваться в звуки. К этому времени я уже привыкла слышать скрип и потрескивание ветвей, тянущихся вдоль стен. Но теперь к ним добавилось что-то еще. Вроде тихого дыхания... Вдох-выдох... Может, это я дышу? Или нет? В этом месте было нечто такое, из-за чего мне казалось — совершенно необъяснимо, — что я именно там, где должна быть.

Я снова взялась за «Затерянное место». Роман продолжался историей о человеке, который перевез старую библиотеку из Италии в Ирландию. Денег у него было мало, но он начал строить магазин — своими руками на маленьком клочке земли в конце мощеного переулка. Он был из тех людей, которые верят, что воображение — величайший дар. А его умная жена придерживалась мнения, что любовь — превыше всего, и вместе они построили магазин из грез о таинственной итальянской библиотеке. И вот, как это всегда бывает, вещи, о которых они мечтали, начали сбываться. Сокровища со всего мира потекли рекой в их магазин и теперь стояли на полках, когда-то прогибавшихся под тяжестью книг.

Зданию нравилось место, куда оно попало, хоть оно и не утратило своего стремления наставлять посетителей на путь истинный. Нередко определенные товары падали с полок (что беспокоило мистера Фитцпатрика, особенно зимой, потому что в это время года он активно торговал снежными шарами).

Вскоре у них родился первенец. Мальчик. Мистер Фитцпатрик мечтал о том дне, когда его сын начнет управлять магазином, но этого не случилось. Вместо него хранителем неожиданно стала англичанка, носившая брюки и мужскую стрижку. Она понятия не имела, что стала одной из числа многих специально отобранных людей, которым предстояло охранять этот портал. К счастью, она любила книги и вскоре они с «Лавкой древностей мистера Фитцпатрика» в самом деле поладили.

Англичанка, любительница книг? Книга повествовала об этом самом месте, об Опалин. Генри был прав с самого начала. Что же притянуло его в эти места, что заставило стать частью этой истории? Я подумала о пропавшей рукописи и о женщине, которая, по его словам, когда-то владела книжным магазином, расположенным по соседству. Опалин. Я будто вязала узор по схеме и видела, что узлы стыкуются один с другим, но понятия не имела, как, почему и что получится в итоге.

# Глава 30

# Генри

Он жил в Уэльсе, при каком-то сообществе. Неожиданно было увидеть отца в больнице, но я мог догадаться, что он захочет увидеть внука. Даже он захотел бы. Однако Люсинда не успокаивалась и продолжала рассказывать мне, как сильно он изменился, как на этот раз все по-другому, потому что он делает это для себя. Он дошел до самого дна, и моя мать наконец ушла от него.

— Знаешь, это может пойти тебе на пользу, — сообщила она, покачивая Фелисити, которая крепко вцепилась в указательный палец мамы.

— А ты выглядишь так, будто всю жизнь этим занималась.

— Да уж, у меня прямо какой-то гормональный всплеск. Единение с матерью-землей и все такое. Но ты не волнуйся, я скоро вернусь к своим властным привычкам.

— Не сомневаюсь.

Мы сидели у мамы на диване, пытаясь осознать, что вот вчера мы строили крепости из одеял, а сегодня — уже взрослые. Правда, я все еще чувствовал себя ребенком. Я понятия не имел, что делаю со своей жизнью.

— Просто не думаю, что смогу простить его, — мрачно заметил я, пользуясь редким для нас моментом откровенности.

— Ты и не обязан прощать его, Генри. Это даже не для него, это для тебя, чтобы ты мог двигаться дальше.

— Хочешь сказать, я зациклился на прошлом? Это неправда, я почти не вспоминаю о нем.

— Слушай. Это твой выбор, но я просто хочу сказать: мне это помогло увидеть отца таким, какой он есть сейчас. Это начало процесса... принятия или что-то в этом духе. Так говорит мой психотерапевт.

— Ты... ходишь к психотерапевту?

Я вовсе не собирался звучать так потрясенно.

— И мама тоже.

— Оу.

— Полагаю, нам просто не надо демонстрировать, что мы мачо и со всем справимся самостоятельно.

— Справедливо. Хотя, конечно, меня сейчас впервые назвали мачо.

Она закатила глаза. Да, моя сестра была та еще заноза в заднице, надо отдать ей должное.

— А что там с Изабель?

— Ох... там, знаешь...

— Если честно, я никогда и не думала, что вы друг другу подходите.

— Ой, ну теперь-то легко говорить, конечно.

— Слушай. — Люсинда переложила ребенка с одной руки на другую. — Эта женщина, которую ты встретил в Ирландии. Если хочешь, чтоб у вас все срослось, тебе нужно сбросить багаж прошлого.

— Господи, тебя послушать, так я прям завидный жених! Все. Я полагаю, время этого сеанса сестринской любви и обмена опытом подошло к концу.

В общем, я поехал навестить отца и оказался где-то в Уэльсе, в сельской местности. Мать дала мне адрес: старая полуразрушенная усадьба, которую благотворительные организации превратили в центр для наркоманов и алкоголиков на реабилитации. Если честно, почти идиллия: овощи на приусадебном участке, доска объявлений, где рекламировались самые разные занятия — от медитаций до керамики... Не в таком месте я ожидал найти отца. Может, именно поэтому он выглядел так хорошо, когда сбежал по старой каменной лестнице на лужайку перед домом, чтобы встретить меня. Оплывшие черты лица и нездоровая краснота ушли, и передо мной стоял загорелый мужчина с небольшой козлиной бородкой.

— Генри, сынок! — воскликнул он. Кажется, собирался обнять, но передумал, и мы просто пожали руки. — Рад тебя видеть.

Я долго ехал на поезде, много лет ненавидел его, а еще почти не спал этой ночью, потому что Фелисити плакала, так что сказать ему мне было нечего. По крайней мере, в голову не приходило ничего дружелюбного.

— Это не светский визит, — отрезал я, когда мы двинулись по тропинке, помеченной как «Созерцание реки».

Мое невозмутимое лицо скрывало две противоположные эмоции: облегчение, что у него на самом деле все хорошо, и горечь из-за того, что он столько лет шел к этому. Отец казался счастливым; одновременно хотелось набить ему морду и угостить чашкой чая, чтобы расспросить обо всем подробнее.

— Я скоро возвращаюсь в Ирландию, — сообщил я, будто он был в курсе, что я вообще куда-то уезжал. — Напал на след одной рукописи.

— Помню, ты коллекционировал книги в детстве, — кивнул отец, будто мы просто вспоминали старые добрые времена. Будто теперь, когда у него появилось время и желание, мы могли говорить как никогда раньше.

— Я коллекционировал еще и памятные вещи. Помнишь, я нашел то письмо от Толкина?

Это был удар ниже пояса, но я ничего не мог с собой поделать. Как смеет он вдруг претендовать на роль в моей жизни, которую никогда не играл? Я взглянул на отца и увидел, что он пристыженно опустил голову. Что ж, пусть изображает жертву сколько хочет — я не куплюсь.

Мы остановились на берегу реки и уставились на спокойные воды, медленно плывущие мимо нас. На мелководье я заметил тени каких-то рыбешек. Украдкой покосившись на отца, я увидел нечто искреннее в его лице. Впервые — человека, а не карикатуру, которой он был для меня (а может, и для себя самого). Он казался обиженным, и это чувство мне было хорошо знакомо.

— Я не могу сказать ничего, что бы изменило прошлое.

А вот это что-то новенькое. Прежде он бы пытался давить мне на чувства, умолять, придумывать себе оправдания. Сейчас он звучал как человек, который сознает последствия своих поступков.

— Мне правда жаль, что я не был вам с Люсиндой отцом, в котором вы оба нуждались. Я стыжусь того, как обращался с вами, и во многом именно от этого чувства стыда я и уходил в запой прежде.

— И что же изменилось? — Я продолжал изучать свои ботинки, мечтая, чтоб они унесли меня куда подальше. Однако почему-то никуда не двигался.

— Честно говоря, Генри, я не могу обещать, что на этот раз все сложится иначе. Но мне здесь оказывают помощь. Я впервые действительно вижу, что зависимость — это болезнь, и само осознание этого факта почему-то очень помогает.

Болезнь. Надо признать, я тоже никогда не задумывался об этом. В моих глазах он просто получал удовольствие, а мы расплачивались за то, что он предпочитал выпивку семье.

— Ни один алкоголик не наслаждается выпивкой, — сказал отец, будто бы прочитав мои мысли. — Ты не можешь думать ни о чем другом с той минуты, как открываешь глаза поутру, но алкоголь ощущается как яд.

Впервые я видел в нем некую внутреннюю борьбу. В моих глазах он был монстром, а сейчас вдруг из-под этой оболочки показался человек. Я изо всех сил старался не разрыдаться от мысли обо всем, что мы потеряли, мне хотелось ударить его, чтобы он понял, как больно это было.

— Я не имею никакого права говорить тебе это, и моей заслуги в этом точно нет, но, Генри, сынок, ты вырос замечательным человеком.

Я кивнул, как бы признавая, что он это сказал, но понятия не имел, как реагировать. Оставаться дальше было невыносимо, и я сказал, что мне нужно на поезд.

— Может, ты приедешь ко мне еще когда-нибудь? Вместе с твоей сестрой и Фелисити?

— Может. Я спрошу.

Мы пожали друг другу руки, и отец пожелал мне удачи в поисках рукописи. Простое осознание того, что он слушал меня, что его интересовала моя жизнь, окончательно выбило из колеи. Я как будто впервые встретился со своим настоящим отцом и понял, что тиран, который вырастил меня, был просто фальшивкой, маской, которая извращала все. Передо мной стоял человек, которого я должен был называть папой, — и я едва знал его. Смутно знакомый прохожий. Я уходил от него с ощущением, что моя жизнь — пьеса в два акта, и прямо сейчас зрители неспешно потягивают напитки в вестибюле, дожидаясь окончания антракта.

В миллионный раз я проверил телефон. От Марты по-прежнему ничего не было, однако мне пришел имейл из Принстонского университета. Я кликнул по нему и наискосок просмотрел сопроводительный текст: «...файлы, относящиеся к ее личной жизни... письмо, полученное незадолго до смерти...» Но от двух слов сердце забилось как сумасшедшее. «Опалин Карлайл». Я открыл вложение, которое оказалось сканом выцветшего письма, датированного сентябрем 1963 года.

*«Дорогая Сильвия,*
*как чудесно было увидеть тебя в Дублине в прошлом месяце*
*и убедиться, что ты в добром здравии! Знаю, мистер Джойс*
*был бы в восторге из-за того, что именно тебе доверили честь*
*открывать музей в Мартелло-Тауэр, и сейчас кажется, что*
*жизнь действительно совершила полный круг... Подумать толь-*
*ко, мы обе побывали в тюрьме, хоть и при совершенно разных*
*обстоятельствах! Уверена, ты задала жару этим немцам!»*

Марта была права: все это время я искал совершенно не там. И речь шла не только про Опалин. В несколько кликов я забронировал рейс до Ирландии.

# Глава 31

# Опалин

*Дублин, 1923*

Я договорилась встретиться с мистером Ханной из «Книжного магазина Уэбба» на аукционе «Беннет и сыновья», который проходил в доме № 6 на набережной Аппер Ормонд. Простое здание с ярко-красной дверью, очень светлое благодаря большим окнам в георгианском стиле, выходившим на реку Лиффи.

— Ну как вам первое впечатление? — спросил мистер Ханна, когда молодой человек на входе выдал нам буклеты и мы заняли свои места.

— Не «Сотбис», конечно, — сообщила я тоном королевы Марии. Он подмигнул мне:

— Зато портер намного вкуснее!

Он предложил обойти все аукционные залы — на случай, если в коллекции найдутся какие-нибудь исключительные жемчужины. Я мельком узнала парочку книготорговцев из Лондона и на мгновение задумалась, появится ли здесь Арман. Глупая мысль, конечно. Насколько я знала, он никогда не бывал в Ирландии, и хоть мне не хотелось дурно отзываться о месте, которое я теперь считала своим домом, но трудно было вообразить, что́ в этой стране может привлечь человека вроде Армана с его эклектичными вкусами.

На подиум поднялся высокий мужчина с великолепной седой бородой и поприветствовал всех. Я приметила в буклете кое-что любопытное, и, как назло, этот лот шел первым.

— Лот № 527! Книга по грамматике армянского языка, подаренная лордом Байроном леди Блессингтон на память при расставании в Генуе 2 июня 1823 года!

Ассистентка бородатого мужчины, рыжеволосая девушка, продемонстрировала весьма незаинтересованной публике книгу, держа ее руками в перчатках.

— Она упомянута в ее литературных воспоминаниях, «Беседы лорда Байрона с графиней Блессингтон» 1834 года.

Я огляделась. Похоже, особого интереса никто не проявлял.

— Кто эта леди Блессингтон? — спросила я мистера Ханну, слегка подтолкнув его локтем.

— Я вам не энциклопедия, знаете ли. — Он притворно закатил глаза.

— Ой, не притворяйтесь, вы же и правда знаете все! — польстила я.

— Обычная история, из грязи в князи. Она родилась в Типперэри...

— Так она была ирландкой? — перебила я.

— А что в этом такого?

— Я... не знаю даже...

— Не стоит доверять предположениям, — мудро заметил мистер Ханна, в то время как кто-то из зала предложил за книгу пять фунтов стерлингов. — Короче говоря, она вышла замуж за Чарльза Гардинера, графа Блессингтона, обрела богатство и получила хорошее образование. Писала путевые заметки и романы, была весьма знаменита тем, что устраивала литературный салон у себя дома в Гайд-парке.

Я изумленно уставилась на него. Кто-то повысил ставку до семи фунтов.

— Так почему же я никогда не слышала о ней?

— О, я полагаю, некоторые вещи выходят из моды...

— Женщины, вы хотите сказать. Женщины выходят из моды...

— Могу я услышать восемь фунтов?

Аукционист, неосознанно следуя подсказке мистера Ханны, заговорил о знаменитом доме леди Блессингтон, который затем снесли, а на его месте возвели Альберт-холл.

— Это был один из важных литературных салонов, его часто посещали Диккенс, Теккерей и Дизраэли, — добавил он.

Следующие лоты оказались какой-то мелочевкой: письма и пряди волос, жуткие портреты давно умерших людей, которых я не знала. Рядом со мной сел какой-то мужчина и кивнул мне и мистеру Ханне. Поскольку у него не было буклета, я протянула ему свой. Мой интерес к происходящему почти угас, но тут я услышала имя леди Сидни Морган.

— Представляю вашему вниманию экземпляр самой известной ее работы, «Дикая ирландская девушка», подписанный для газеты «Айриш Пипл».

Я так сильно подалась вперед, что едва не свалилась со стула. Книга была великолепна: красный переплет, название в тисненой золотом рамке, ботанические иллюстрации — летящая к земле ласточка, тянущийся к небу папоротник, бабочка в правом нижнем углу. Я должна заполучить этот лот.

— Страстный национальный роман, — продолжал аукционист, хотя я уже подняла руку (ох уж эта бестактность аукционов!), — одно из программных произведений в дискурсе ирландского национализма. Он вызвал столько толков по всей Ирландии, что английская корона даже повелела установить за леди Морган наблюдение.

Мне было все равно, сколько она стоит, — я хотела эту книгу. Мистер Ханна коснулся моего локтя, пытаясь успокоить, но я не хотела слушать, что он посоветует. К тому же как там говорил один типограф из Бата? Женскую литературу ценят куда меньше мужской...

— Продано за шесть фунтов юной леди в красной шляпке!

— Ха! — Я победно вскинула кулак, наверное, не вполне прилично, но мне было уже все равно.

Мистер Ханна похлопал меня по спине, и я ощутила возбуждение, какого никогда не испытывала. Теперь я понимала, что, должно быть, чувствовал мистер Розенбах на аукционе «Сотбис».

— Поздравляю, мадемуазель, — сказал кто-то совсем рядом, и я дернулась. Обернувшись, я увидела молодого человека, светловолосого и ясноглазого. Сердце понемногу успокаивалось и начинало биться ровнее.

— Спасибо, месье...

— Равель. Говорите по-французски? — спросил он, пожимая мне руку.

— Прямо как композитор, Морис! Да, говорю, совсем немного, — ответила я. — А вы интересуетесь ирландской литературой?

— Весьма. Я пишу об ирландском вампире, — поделился он с такой невинной улыбкой, что я смутилась.

— Боже милостивый! — Я подтолкнула локтем мистера Ханну, вовлекая его в разговор. — Надеюсь, что на самом деле его не существует.

— Значит, собираетесь пожинать лавры Брэма Стокера с ирландским колоритом, — заключил мистер Ханна.

— Кстати, я прочитала. Очень увлекательная книга! — заметила я.

Но француз покачал головой.

— Не только Брэм Стокер, но, пожалуй, Ле Фаню тоже. Однако сегодня я ищу здесь книгу куда старше. Говорят, Стокер вдохновлялся ею.

— Что за книга? Умоляю, скажите нам!

И в этот момент бородатый аукционист привлек наше внимание к мрачного вида фолианту.

— Редкий экземпляр «Мельмота Скитальца» Чарльза Метьюрина!

— А, вот она! — воскликнул француз.

Я разволновалась сильнее, чем если б с нами в комнате в самом деле был вампир. В этом особенность мира книг, мира писателей и созданных ими историй — никогда не знаешь, куда тебя занесет в конечном счете. Я порадовалась, когда молодой человек выиграл свой трофей, и тоже поздравила его.

— Так вы говорите, роман Стокера был вдохновлен этим Метьюрином? Где же вы это раскопали? — спросила я. Аукцион уже закончился, и комната наполнилась скрипом отодвигаемых стульев.

— В библиотеке Марша, это первая публичная библиотека Ирландии... *Mais*\*, что я вам рассказываю! Уверен, вы это и без меня знаете!

Я покачала головой, чувствуя себя очень глупо. Провести столько времени в Дублине и проявлять столь непростительное невежество в отношении национального наследия страны, игнорируя всех, кроме англо-ирландских авторов, чьи произведения были популярны за пределами страны!

— Но фамилия, кажется, не ирландская, верно? — между делом поинтересовалась я у мистера Ханны, снова обращаясь к неиссякаемому источнику знаний.

— Гугеноты, вероятно. Я прав?

— Верно, — согласился француз, и не успела я опомниться, как он пригласил меня посетить с ним вместе библиотеку Марша.

Был прекрасный день, и я порадовалась возможности немного размять ноги. Мистер Ханна оставил нас, сказав, что «это для вас, людей молодых», и мы с новым знакомым увлеклись

---

\* Но (*фр.*).

разговором, в ходе которого перешли на другую сторону Лиффи и вышли на Фишамбл-стрит. Оказалось, что мистер Равель приехал из Парижа и изучал ирландскую литературу в Тринити-колледже. Он впечатлился тем, что я, оказывается, работала в магазине «Шекспир и Компания», и мы оба удивились, что никогда не пересекались раньше.

— Я раньше все время туда ходил! Пил кофе *juste en face!**

— Странная штука жизнь, верно?

— Знаете, мои исследования подтверждают это. Например, недавно я выяснил, что Чарльз Метьюрин приходится двоюродным дедом Оскару Уайльду!

— Вы шутите!

Мы остановились возле роскошного фасада собора Святого Патрика, чьи серые шпили вытянулись к ярко-голубому небу.

— Вовсе не шучу. Его племянница — Джейн Уайльд, мать Оскара. Вы, конечно, читали ее произведения.

— Боюсь, мои академические познания в ирландской литературе не могут сравниться с вашими, мистер Равель, но я нахожу все это чудовищно занимательным.

— Что ж, тогда мне следует предупредить вас, что эти произведения носят явный антианглийский характер.

Я рассмеялась. Мы двинулись вдоль церковной ограды.

— Вряд ли меня это очень оскорбит.

Он остановился у железных ворот и жестом пригласил меня подняться по ступенькам. Если учитывать, что мы стояли перед старейшей публичной библиотекой Ирландии, парадный вход казался весьма скромным. Как и само здание из красного кирпича: оно было по-своему привлекательным, но никаких колоннад или величественных статуй — только табличка с часами работы.

— Внешность обманчива, — сказал мистер Равель, догадываясь, о чем я думаю.

---

* Прямо напротив! (*фр.*)

Когда мы вошли, я ахнула. Ряды книг на красивых полках темного дерева, древние фолианты, шелестящие, как листья на ветру. В каждой нише стояли скамейки, и, казалось, сам воздух насыщен знаниями. Я ошеломленно молчала.

— Пойдемте, покажу вам «клетки», — сказал мистер Равель, и снова его милая улыбка странно сочеталась с пугающими словами. — Метьюрин жил совсем рядом и потому ежедневно часами пропадал здесь, с жадностью поглощая книги шестнадцатого века.

Мы подошли к «клеткам», которые на деле оказались маленькими кабинками с дверцами. Половина двери была из дерева, а другая — из металлической сетки. Кабинки использовались как личное пространство для учебы.

— Хоть библиотека и публичная, но книги на руки не выдают. В свое время библиотекари заметили, что многие из бесценных рукописей крадут, и...

— Поэтому и клетки, да? То есть человека запирают здесь на время, пока он читает?

Мне показалось, что кто-то позвал меня по имени, но я не обернулась.

— *Mon Opale*.

Я застыла, не смея надеяться.

— *Bonjour**, — сказал мистер Равель, обращаясь к кому-то, подошедшему сзади.

Я обернулась и увидела Армана — смуглого, еще более красивого, чем он мне запомнился. Мне хотелось броситься в его объятия, и, не будь рядом мистера Равеля, я бы, вероятно, так и поступила. Вместо этого мы учтиво обнялись и расцеловались в обе щеки, как старые знакомые.

— Мистер Равель, позвольте представить вам моего... коллегу, книготорговца мистера Хассана.

---

*Здравствуйте (*фр.*).

Мужчины пожали друг другу руки, и я в замешательстве замерла, не зная, как повести себя в этой ситуации. Я инстинктивно прижала руку к животу. Отец моего ребенка стоял передо мной, но этикет не позволял мне сказать ни слова на этот счет. А мистер Равель был так добр, так вежлив, не могла же я в самом деле попросить его оставить нас наедине!

— Мистер Равель, прошу прощения, но мне нужно обсудить весьма важный деловой вопрос с мадемуазель...

— Грей! — вмешалась я, возможно громче, чем требовалось. Мужчины уставились на меня.

— Он всегда произносит мою фамилию неправильно, — пробормотала я, чувствуя себя очень глупо.

— Да, конечно. — Мистер Равель почтительно склонил голову, и я ощутила укол вины за то, что просто бросила его здесь.

— Обязательно загляните ко мне в магазин! — сказала я напоследок, надеясь, что он не проигнорирует эту просьбу. Он любезно улыбнулся и оставил нас.

Арман взял меня за руку и потащил к одной из открытых «клеток», впечатал спиной в приставную лестницу, предназначавшуюся для того, чтоб доставать книги с верхних полок. Его рот прижался к моей шее, будто он был самым настоящим вампиром. Ни слова не было сказано: мы слышали лишь наше смешанное дыхание и редкий шелест страниц, доносившийся снаружи.

— Подожди, постой! Погоди! — Я, чуть задыхаясь, прервала поцелуй. — Что ты здесь делаешь?

Он посмотрел на меня и улыбнулся. Глубокие карие глаза осветились лучами послеполуденного солнца, и в них замелькали янтарные искорки. В эту минуту я поняла, что люблю его, безумно, но не уверена, что он когда-нибудь сможет полюбить меня.

— Пришел за книгой, конечно, — ухмыльнулся Арман, стягивая блузку с моего плеча и обнажая верх груди.

Он приехал не ко мне. Арман снова поцеловал меня, и на мгновение я потеряла нить.

— Да нет, я хотела спросить, что ты делаешь в Ирландии? Почему не прислал телеграмму, что приедешь?

Он слегка отступил и присел на стол напротив, где лежали распахнутые старые книги. Взял ручку и принялся вертеть ее в руках. Когда он поднял на меня взгляд, в глазах мелькнуло разочарование, что своим вопросом я испортила момент. Не знаю, наблюдала ли я за ним когда-то прежде столь пристально; с другой стороны, прежде я не носила его ребенка. Неприятная правда тяжелым комом скопилась внизу живота, и отсутствие реакции только утвердило меня в моих мыслях.

— Ты не собирался мне сообщать, да?

Он поднялся, снова натягивая очаровательную маску.

— Ох, все не так, Опалин! Ты и сама понимаешь, каково это, когда работа утягивает тебя куда-то... Я вовсе не планировал приезжать, но один коллекционер запросил очень специфическую рукопись...

Что ж, я услышала достаточно. Оправив блузку, я попыталась открыть дверцу и почувствовала, как его руки обвили меня.

— *Mon Opale*, не надо драмы, прошу. Я ведь здесь, верно? Давай не будем все портить?

Я глубоко вздохнула и развернулась к нему.

— Я должна сказать тебе кое-что, — произнесла я, не вполне уверенная, как собираюсь сделать это.

— Чудесно! Встретимся вечером за ужином, хорошо? Сейчас мне надо заняться работой.

Он выглядел таким довольным собой, и я подумала: мне нравится быть той, кто делает его счастливым.

Возможно, он все-таки захочет быть отцом этому ребенку.

Мы условились, что сначала он зайдет ко мне в магазин, на аперитив. От волнения у меня кружилась голова, я уронила бокал и поцарапала одну из любимых пластинок. Все казалось нереальным. Арман в Ирландии. Я хотела, чтобы он полюбил это место так же, как и я, а потому старалась подготовить все идеально.

Часы с кукушкой пробили восемь, и я услышала, как повернулась дверная ручка, а затем — шаги. Матушка всегда утверждала, что пунктуальность многое говорит о том, каков человек. Я заправила волосы за уши и стала подниматься по лестнице в магазин.

— Опалин?

— Да, *j'arrive!* * — Я так давно не говорила по-французски, что это прозвучало странно, и я немного покраснела. Поднявшись по лестнице, я увидела, что он стоит на пороге, в темном костюме, с влажными от дождя волосами. — Заходи, пожалуйста, — добавила я, хотя он и так зашел.

Я металась по комнате, суетливо устраивала напитки, двигала стулья и оживленно рассказывала о книгах на полке и антикварных безделушках мистера Фитцпатрика. Глупо, наверное, но я хотела, чтоб он гордился тем, чего я достигла. В конце концов Арман взял меня за руку и попросил присесть на секунду. Я постаралась немедленно заполнить возникшую паузу беседой, будто мы были совершенно незнакомыми людьми.

— Так где ты остановился?

— В «Шелбурне».

Разумеется. Все самое лучшее для Армана. Или, лучше сказать, для его работодателей?

— В чем дело? Ты сама не своя.

---

* Я иду! (*фр.*)

Я глубоко вздохнула. Нет, это нельзя было больше откладывать.

— Случилось нечто очень важное, и я... я просто совсем не знаю, как об этом сказать.

— Попробуй словами. — Он улыбнулся, и я ответила тем же, но меня охватило еще большее сомнение. — Знаешь, с тех пор, как мы увиделись там, в Англии, мне казалось, ты что-то скрываешь.

— Правда? Ох, Арман!

Так он уже знал? Может, он все-таки приехал в Ирландию ради меня?

— Знаешь, порой это совершенно очевидно, — с уверенностью сказал он.

— Так ты все знаешь? — Я невольно коснулась живота.

— Конечно! Ты нашла рукопись, которую искала, не так ли? Не нужно быть гением, чтобы понять, почему ты оказалась в Хонресфилде! Это как-то связано с семейством Бронте, не так ли?

Сердце у меня упало, но я продолжала вежливо улыбаться.

— Ох, да, конечно! Ты слишком хорошо знаешь меня.

И продолжала сидеть подле него, застывшая, бестолковая, а Арман улыбался, глядя на меня.

— Ну и?

— Что?

— Разве ты мне ее не покажешь?

«Разве я покажу ее ему?» — подумала я. Да, я умирала от желания рассказать кому-нибудь о своей находке, и вот у меня сидит один из величайших книжных скаутов Европы, один из немногих, кто по-настоящему сможет оценить мой успех. И все же я колебалась. Я поняла в эту минуту, что не доверяла ему еще с тех пор, когда мы только встретились. Сейчас выбор был прост: рассказать ему о ребенке или о рукописи. Чем я готова рискнуть?

Я выбрала рукопись.

— Подожди секунду.

Я достала из стола шкатулку для шитья и настояла на том, чтобы мы оба надели перчатки. Он изучал записную книжку, а я рассказывала, как нашла миссис Браун в Лондоне, как решила купить на память какую-нибудь вещицу и как обнаружила рукопись романа Эмили. Арман не знал, но я пристально следила за его реакцией: она была для меня сейчас важнее всего.

— *Non, mais c'est incroyable!*[*]

— Знаю, — согласилась я, придвигаясь к нему и наслаждаясь минутной близостью. — Я изучила письма всех трех сестер в Хонресфилде и уверена, что это почерк Эмили.

— *Bien joué, ma belle*[**], — пробормотал он, целуя меня в губы, и мне почудилось, будто возношусь к облакам. Никогда еще я не была так счастлива. Я скажу ему. Сейчас.

— Арман...

— Ты должна позволить мне помочь тебе с этим, — сказал Арман, перебивая меня.

— Что?

— Я обращусь к парочке хороших коллекционеров, а еще у меня есть контакты в аукционных домах. Боже мой, с чего начать, даже не знаю! — Он рассмеялся, крайне взволнованный. Я осторожно забрала у него записную книжку и шкатулку для шитья.

— В этом нет необходимости, Арман. Я сама со всем справлюсь.

Он озадаченно посмотрел на меня.

— Я тоже знаю некоторых людей из мира редких книг. — Я хотела сказать это просто, но получилось довольно резко.

---

[*] Нет, ну это потрясающе! (*фр.*)

[**] Ты молодец, красавица моя (*фр.*).

— Но эта находка имеет огромное значение, *mon Opale*. Мы должны продать ее как можно дороже, чтобы навсегда увековечить наши имена.

Удивительно, как быстро он перешел на «мы» и «наши». Неуловимый Арман внезапно обнаружил нечто очень легкое прямо у себя под носом! Я поднялась, положила шкатулку в ящик стола, заперла и убрала ключ в карман брюк. Наконец-то я поняла, каково это — когда удача благоволит тебе.

— Спасибо, Арман, но, как видишь, я уже некоторое время веду успешный бизнес. Я нашла эту рукопись и сама приму решение, как с ней поступить. Кроме того, я не уверена, что будет хорошо, если она окажется в частной коллекции, — такой объект должен храниться в музее.

— Ой, пожалуйста, не надо сравнивать твою антикварную лавку с реальным миром букинистики! Опалин, пойми меня правильно, я не хотел это говорить, но раз ты настаиваешь... Ни один серьезный коллекционер не станет иметь дело с женщиной. Они никогда не поверят, что рукопись настоящая, если об этом скажешь ты. А кто поверит, тот постарается сбить цену.

Ну вот, теперь Арман показал себя во всей красе. Итак, он не считал, что я гожусь в книготорговцы или в скауты, потому что я женщина.

— Я полагала, мы с тобой равны.

Он встал, подошел ко мне и попытался взять за руки, но я отстранилась.

— Ну перестань, это просто нелепо.

— Нелепо?

— Я не ставлю под сомнение твои способности, просто придерживаюсь фактов. В таком уж мире мы живем, Опалин.

— И ты не хочешь, чтобы он менялся, верно? Тебя полностью устраивает положение вещей! Ведь ты можешь воспользоваться моим успехом и выдать его за собственный!

Я уже не выдержала и кричала на него. Внезапно он стал мне неприятен — этот мужчина, которого я обожала с момента первой встречи, хотя всегда подозревала, что он просто использует меня.

— Почему ты вызволил меня из отеля в тот день? Я никак не могу понять, зачем ты из кожи лез, чтобы помочь мне.

— О чем ты?

— Не думаю, что ты когда-нибудь делал что-то для другого человека, если в этом не было твоей выгоды.

Арман смотрел на меня так, как будто вот-вот ударит, и эта новая женщина во мне (которой я еще не вполне стала, но была на пути) гордо задрала подбородок. Глаза у него горели огнем, по челюсти ходили желваки.

— Может, ты подумал, что я тебе еще пригожусь? Еще один полезный контакт, верно?

Я впервые видела, каким неуверенным он был под этой глянцевой оболочкой.

— В глубине души ты уверен, что не можешь достичь чего-то самостоятельно, не так ли? Вот почему ты так стараешься очаровать всех вокруг: чтобы люди делились с тобой тайнами, а ты мог красть их секреты и превращать в собственные достижения?

— *Ferme ta gueule, salope!**

С разговорным французским у меня были проблемы, но слово «шлюха» я поняла совершенно точно. Арман развернулся на каблуках и вышел из магазина, явно не намереваясь когда-либо возвращаться сюда.

_____
* Закрой рот, шлюха! (*фр.*)

# Глава 32

# Марта

Я проснулась перед рассветом. Всю ночь я ворочалась, и, казалось, весь дом тоже. И вот в утреннем полумраке что-то привлекло мое внимание. Потолок. Я потянулась, чтобы включить прикроватную лампу, и посмотрела наверх. Там, откуда раньше свисала люстра, теперь росли корни. Пучок крошечных усиков выползал из потолка, подобно светильнику, и некоторое время я пялилась на них, удивляясь замысловатой красоте. Каждый корень ветвился на корешки поменьше, а они расползались на еще более тонкие усики, и у каждого была важная роль. Казалось, они искали в воздухе нечто ценное, что могло бы напитать их. Я хотела было протянуть руку и дотронуться до корней... но тут зазвонил будильник, и я подскочила в кровати.

— Мне кажется, меня вот-вот стошнит, — мрачно сказала я, расчесывая мадам Боуден, которая царственно восседала у себя за туалетным столиком.

В комнате стоял полумрак, потому что она не хотела открывать шторы и впускать в дом холодное серое утро. Мне предстоял первый день в качестве слушательницы курсов

Тринити-колледжа (вечерние занятия по литературе), и я порядком трусила.

— Попробуй пожевать сухие тосты.

— Это, кажется, советуют делать при беременности, да?

— Боже милостивый, успокой меня, ты ведь не беременна?

— Конечно, нет!

Я украдкой посмотрела на ее отражение в зеркале. Странно, как сильно меняет людей солнечный свет и как искажаются черты лица в полумраке.

— Марта, поверь мне на слово: если ты ничего не боишься — значит, по правде сказать, ты и не живешь.

Не уверена, что хотела услышать столь странную ободряющую речь, но, как бы то ни было, именно ее я и получила. Я поджала губы, одарила мадам Боуден мрачным взглядом и поспешила вниз, чтобы поджарить тосты для нас обеих.

Я была измотана и полна сомнений. Что, если я буду выглядеть жалко, потому что ничего не знаю? Мне стоит завести друзей или же просидеть в одиночестве весь семестр? Что, если то? Что, если это? Если, если... Мыслей было слишком много, и вчерашнее ощущение переполняющих меня сил почти испарилось. Почему я вечно делаю два шага вперед и три назад? В прихожей я схватила куртку, сдернула с крючка новый рюкзак и замерла как вкопанная возле того места, где Шейн перелетел через перила. Я протянула руку и коснулась деревянного столбика, твердого и прохладного. Попыталась глубоко дышать животом, как рекомендовала какой-то инструктор по йоге с «Ютуба» (кажется, это помогало при тревоге). Посчитала про себя: раз... два... три...

Дом тихо скрипнул, и я на мгновение закрыла глаза. Перед глазами возникла картинка: колыбель, которую мягко раскачивают, как на ветвях. Я вспомнила то, что сказала мадам Боуден: если ничего не боишься — значит, не живешь. До этой минуты мне не приходило в голову ассоциировать страх с чем-то хорошим, но, возможно, есть разные виды страха.

— Не попробуешь — не узнаешь.

Я открыла глаза. Она снова взялась за старое и тихо подкрадывалась ко мне, пока я не вижу.

— Что?

— Я говорю, такими темпами ты опоздаешь на автобус. Кыш!

Я не двигалась, умоляюще глядя на нее.

— А что, если у меня не получится? Вдруг все остальные умнее меня?

— Не припоминаю, чтобы ты хоть сколько-то сомневалась в своих умениях, когда начинала здесь работать. А ты, поверь, поначалу была просто ниже плинтуса.

— Спасибо. Вы очень помогли, — язвительно отозвалась я. Мадам Боуден поджала губы и тяжело вздохнула.

— Скажи-ка, та книга, которую ты читаешь на кухне, когда думаешь, что я не вижу...

— «Нормальные люди»?

— Да, она. Тебе она нравится?

Я подумала минутку. Не совсем тот вопрос, которого я ждала. Не знаю, нравилось ли мне, но я не могла оторваться. Коннелл и Марианна казались мне настоящими, я вовлеклась в их жизнь.

— Она хорошая, потому что я как будто муха на стене: вижу все, что происходит с ними, наблюдаю за их жизнью. А еще мне нравится, что Коннелл поступает в Тринити, хотя он простой парень из деревни.

— То есть ты чувствуешь близость с персонажем?

— Точно! Но Марианна бесит. Почему она позволяет людям так обращаться с собой?

— Может, она думает, что заслужила такое обращение.

Понимание накрыло меня, как тяжелая холодная волна. Даже я не могла постичь, как можно ощущать себя настолько нелюбимой, чтобы соглашаться терпеть жестокость. Читать о Марианне было неприятно, но в то же время я ощущала себя не такой одинокой. Если это могло случиться с ней, такой богатой и умной, — значит, могло вообще с кем угодно.

— Я думаю, в молодости легко спутать любовь с чем-то другим. Само название книги намекает, что мы нормализуем дурное поведение. Или полагаем, что самое главное — быть «нормальным», и поэтому скрываем все ужасное, что с нами происходит. Но кто вообще на самом деле может считаться нормальным?

— Поздравляю! Ты только что сформулировала свой первый критический отзыв на книгу. А теперь марш, и чтоб я больше не слышала этих глупостей!

Я спустилась с крыльца дома № 12 по Халф-Пенни-Лейн и оглянулась. Я все еще видела ее в окне гостиной, но отражение будто бы угасало — как всегда, когда я пыталась прочесть ее мысли, словно свет скрывает ее, а не обнажает. Как негатив фотографии. Мадам Боуден не походила ни на кого из людей, которых я знала, и, возможно, это было не так уж плохо.

## Глава 33

# Генри

Когда я вышел из автобуса на О'Коннел-стрит, воздух ощущался каким-то другим. Говорят, нельзя дважды войти в одну и ту же реку — может, это работает и со странами? Улицы казались оживленными, полными целеустремленных людей. Таких, как я.

Поднимаясь по ступенькам дома № 12, я улучил минутку, чтобы оправить пиджак, и сжал в руке конверт с письмом, которое распечатал. Мне не терпелось рассказать об Опалин, о Сильвии и о книге. Я постучал в дверь — настойчиво, хоть и не слишком уверенно.

— Ой!

— Ну, знаете, это вы постучали, — заметила мадам Боуден. — Но я могу закрыть дверь, и мы притворимся, что этого никогда не было.

— Нет, извините, я просто...

— Просто что?

— Я ожидал увидеть Марту, вот и все.

— Ожидали? То есть вы уехали, не сказав ни слова, но ждали, что девушка будет послушно дожидаться вас, утирая платочком слезы?

— Нет, конечно! — Я не на шутку заволновался.

— Что ж, тогда разворачивайтесь и убирайтесь туда, откуда пришли. Нам с вами не о чем больше говорить.

— Погодите! Я оставил записку, она что, так и не получила ее? — Меня охватила паника. — Марта ведь все еще живет здесь, да?..

Пожилая леди вздохнула и закатила глаза, как будто я был щенком, который испачкал ей ковер.

— Ладно. Думаю, вы можете зайти, раз уж пришли.

Она отступила на шаг, и я прошел в прихожую, все еще раздраженный... ну всем, честно сказать. Все шло совсем не так, как я планировал.

— Если хотите чаю, то, боюсь, вам придется организовать его себе самостоятельно. — Она устроилась на кремовом диване, по бокам от которого стояли вазы с цветами. — Хотя, конечно, всегда можно перейти сразу к бренди.

Она кивнула на столик с бутылками у камина, и я послушно разлил по бокалам янтарный напиток.

— Так почему вы вернулись?

— Подождите, вы знаете, кто я?

— Ой, бросьте, что толку играть в эти игры? Марта рассказывала о вас. Вы ученый, ищете тот книжный магазин. Я не была уверена, что в вас так подкупило ее, но теперь, — она поправила очки, — замечаю некое мальчишеское очарование. Ваша невеста тоже находит его привлекательным, мистер Филд?

Боже, она действительно рассказала этой женщине все.

— Интересно, мужчины вроде вас понимают, какую боль причиняют, когда врываются в чужую жизнь и так же неожиданно исчезают? Нет, вряд ли. Это умственное упражнение требует наличия некоторого... интеллекта.

Оказалось, от меня не требуется поддерживать диалог. Я просто молча наблюдал, как моего персонажа уничтожает женщина, с которой я только что познакомился, — и что самое ужасное, она была поразительно точна в своих выводах. Если не считать одного.

— Я люблю ее.

— С чего вы взяли?

— Прошу прощения?

— Что вас привлекает в Марте? То, как вы чувствуете себя рядом с ней? Она подкрепляет ваше, — она опустила глаза, — вялое эго? В этом все дело? Вам нравится, что у вас в кармане не одна, а целых две женщины? Я знаю вашу породу, мистер Филд, и позвольте заверить: моя Марта стоит десяти таких, как вы.

— Нет, я... В общем, я объяснял это в письме. Когда мы поцеловались, в тот вечер я понял, что должен порвать с Изабель, но такое нельзя сделать по телефону. Мне нужно было как можно скорее попасть в Лондон, чтобы объясниться с ней.

Я оправдывался перед незнакомым, по сути, человеком и оттого чувствовал себя очень нелепо. Но она заботилась о Марте, а значит, у нас было нечто общее.

— С тех пор я пытался дозвониться, но Марта, наверное, отключила телефон. И моя сестра... Словом, она неожиданно родила, и поэтому я задержался, но вернулся, как только смог.

Казалось, она целую вечность обдумывала мои слова, а потом заговорила снова:

— Многое случилось с тех пор. Не уверена, что Марта все еще хочет видеть вас.

— Прошу вас, мадам Боуден! Вы правы, я никогда не знал, что это значит на самом деле — любить и быть любимым. Не хочу валить все на прошлое, но факт в том, что оно есть у всех, и мы таскаем его за собой, как улитка раковину, и оно мешает нам быть с теми, в ком мы на самом деле нуждаемся. Марта — самый храбрый человек из всех, кого я знаю, и она вдохновила меня собраться с силами и прислушаться к собственному сердцу. Я люблю ее не только за то, как чувствую себя рядом с ней! Когда она появилась в моей жизни, это было словно вспышка света. Все внезапно обрело смысл. И мне кажется, для нее тоже. Внутри каждого из нас есть что-то хорошее и что-то изломанное, но бывает, что встречаешь человека, который дает тебе понять: это нормально... И ты думаешь: господи, что я сделал, чтобы заслужить это? Я всю жизнь искал нечто важное, а оно все это время было внутри, и Марта смогла разглядеть это. Я не идеален, но знаю, что хочу провести остаток жизни, делая ее счастливой. Так что будь я проклят, если сдамся без борьбы!

Она громко сглотнула.

Меня почти трясло от убежденности, с которой я говорил в этот момент. Впервые правда шла от сердца и звучала так ясно и звонко, словно колокол.

Помолчав, мадам Боуден подняла бокал и с ухмылкой чокнулась с моим.

— Полагаю, вы можете сделать ее счастливой.

— Спасибо. Я знаю, Марта все еще замужем, но...

И тут ее лицо стало таким, что мой бокал завис в воздухе.

— Наверное, вам лучше присесть.

# Глава 34

# Опалин

*Дублин, 1923*

Секреты — это прекрасно, но вымышленное имя, тайная беременность, неопубликованная рукопись и запретные чувства сделали мою жизнь очень одинокой и сложной. Изоляцию усугублял постоянный фоновый страх, что появится Линдон, который отнимет у меня все. Мне казалось, что, окутанная дымкой этих тайн, я живу лишь наполовину. Перечитывая рукопись Эмили — что вошло у меня в привычку, — я размышляла о том, как все это несправедливо. Это самый удивительный момент в моей жизни, а я не могу рассказать об этом ни одной живой душе. Возможно, я бы доверилась мистеру Ханне, но, как знать, вдруг он случайно проболтается кому-то не тому?

Именно одиночество побудило меня совершить нечто весьма необдуманное. Как-то раз я схватила листок бумаги и написала торопливое письмо Сильвии в Париж. Мне не хотелось, как мы договаривались, переправлять его через Армана, и это было так чудесно — рассказывать ей обо всем, что произошло со мной. «Я буду мамой!» — добавила я в самом конце, перед подписью, зная, что это не будет для Сильвии так волнительно, как моя находка. Я попросила ответить как можно скорее и оставила в письме свой номер телефона, а потом запечатала конверт и отложила в сторону, собираясь занести на почту, когда представится возможность. Даже простое осознание того, что в какой-то момент Сильвия разделит со мной этот новый мир, придало мне сил. Я вернулась к рутине, а принятие решения о том, как действовать дальше, оставила на потом.

День выдался напряженный, и я обнаружила, что устала куда больше обычного. В магазин заглянули студенты, искавшие книги писательницы-новатора Вирджинии Вулф. Когда я наклонилась, чтобы достать с нижней полки «Ночь и день», то ощутила слабость.

Воздух был густой и влажный, но, только когда я собралась закрывать магазин, с неба посыпались крупные капли дождя, превращая серую пешеходную дорожку за окном в черную. Я расставляла книги по местам и наводила порядок на полках, когда услышала звон колокольчика. С удивлением я увидела в дверях мистера Равеля. Его пальто потемнело от влаги.

— Мистер Равель, какой приятный сюрприз!

Я в самом деле обрадовалась, хоть и пожалела на мгновение, что это не Арман. Несмотря на его слова, я все еще надеялась, что он объявится, скажет, что совершил большую ошибку и что хочет быть со мной. Однако передо мной стоял очаровательный человек, и я была полна решимости доказать, что двигаюсь вперед.

Мы расцеловались, и он прямо спросил, нормально ли то, что он зашел вот так, без предупреждения.

— Ну конечно, все в порядке, — отмахнулась я. — Если бы люди не заходили ко мне в магазин без предупреждения, у меня бы вообще не было клиентов.

Я пригласила его внутрь. Мистер Равель осмотрел магазин, а потом с многозначительным видом повернулся ко мне.

— Мадемуазель Грей, ваш магазин — будто сундук с сокровищами.

Обычно я отмахивалась от комплиментов, потому что они ничего не значили, и все же в тот момент это было важно — услышать эти слова именно от него. Я сказала, что приготовлю чай, и оставила его разглядывать товары на полках.

Поднимаясь по лестнице с подносом, я окликнула его.

— На самом деле вы зашли как нельзя кстати, мистер Равель! Я бы хотела сообщить вам нечто очень интересное.

Я подумала, не выпить ли нам шампанского вместо чая, и поднялась, чтобы спросить, что он думает по этому поводу, однако обнаружила, что дверь на улицу распахнута, льет дождь, а мистера Равеля и след простыл. Я поставила поднос на стол и выглянула наружу, но на улице его тоже не оказалось. Закрыв дверь, я озадаченно качнула головой. Потом посмотрела на стол. Сердце пропустило несколько ударов, а потом сразу пустилось вскачь. Письмо! Исчезло письмо, адресованное Сильвии! Я посмотрела на полу на всякий случай, но его нигде не было. Часто дыша, я прижала руку ко рту. Что я там писала?.. Книга. Ребенок.

Кто такой этот мистер Равель? Неужели теперь никому нельзя довериться? Неужели любой встречный может оказаться агентом моего брата?

Нужно убираться отсюда, и как можно скорее.

Странно, как совершенно несущественные разговоры внезапно обретают оттенок судьбоносных. Я с удовольствием переписывалась с Мэйбл Харпер, журналисткой, которая вела в газете колонку и рассказывала о своей жизни и о том, как они с мужем путешествуют. Так уж получилось, что ее мужем оказался не кто иной, как Лэтроп Колгейт Харпер — преуспевающий торговец редкими книгами, специалист по средневековым рукописям. Мэйбл не раз звала меня в Нью-Йорк, предлагала посетить печально известный Книжный ряд. И вот теперь, когда появились деньги, я решила не терять времени даром.

Я поехала в туристическое агентство на Д'Ольер-стрит и как раз успела до закрытия. Забронировала билет на рейс «Уайт Стар Лайн» из Кова в Нью-Йорк через два дня. Утром я отправлюсь в Корк, переночую там, а потом сяду на пароход до Америки. Когда я подписывала чек, руки у меня дрожали, и мужчина за стойкой спросил, все ли в порядке. Я заметила в окне свое лицо — бледное, затравленное. На сей раз я не стала игнорировать чутье. Линдон нашел меня. Может, он все это время перехватывал мои письма. В конце концов, можно ли верить, что Арман сохранил мою тайну? Он не был предан мне.

Я вышла из офиса туристической компании и направилась прямиком в банк.

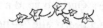

— Что случилось? — спросил Мэттью, махнув секретарше и проводя меня к себе в кабинет. Я была так тронута его заботой обо мне и о ребенке, что невольно ощутила, как меня снова тянет к нему. Его доброта сильно отличала его от других мужчин, которых я знала. И все же я не могла больше поддаваться слабости в надежде, что это спасет меня, — нет, я должна была спасаться самостоятельно.

— Я хочу оставить тебе кое-что на хранение. — Я достала шкатулку для шитья, в потайном отделении которой лежала записная книжка Эмили.

— Что это?

Возможно, ему лучше было оставаться в неведении, но я не удержалась. Выровняв дыхание, я заговорила так медленно, как только могла.

— У меня не очень много времени, но я верю, что отыскала, — судорожный вздох, — второй роман Эмили Бронте.
Не роман даже, а черновик. По крайней мере, часть его.

Я стояла, натянутая, как струна, ожидая, когда до него
дойдет, но Мэттью молчал.

— Ты меня услышал?

— Да, но я думал, что она написала всего один роман,
«Грозовой перевал».

Я вздохнула. Как же трудно иметь дело с людьми не из мира
книготорговли!

— Верно, Мэттью, именно так все и считают. Однако
я уверена, что в руки мне попало доказательство, что она
писала второй роман. Это открытие может в корне изменить
литературу!

Он наконец начал постепенно понимать.

— Боже, Опалин, это же великолепно!

— В точку! — Я энергично закивала. — Ты первый, кому
я доверила этот секрет. Однако дело в том, что...

— Почему ты отдаешь его мне? — перебил меня Мэттью.

— Я на время уеду и не могу оставить столь ценную вещь
в магазине.

— О, понятно.

Он выглядел обеспокоенным и, без сомнения, многое
понял по моему лицу.

— Только тебе я могу довериться.

— Ты вся дрожишь, — пробормотал он, взяв мою руку
в свои.

— Это просто от холода, вот и все.

Я должна была уйти. У Мэттью своя семья, которую нужно беречь, а я вот-вот обзаведусь собственной. Я высвобо-
дила руку и проговорила с самой очаровательной улыбкой,
на какую была способна:

— Я скоро вернусь и заберу его, но до тех пор пусть
он хранится у тебя. — И скорее выбежала из его офиса,

сдерживая слезы. В ту минуту я чувствовала немыслимое одиночество, но ощущала, что должна оставаться сильной.

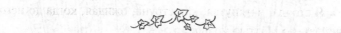

Я вернулась домой, и теперь все казалось неправильным. Книги молчали, будто бы затаив дыхание. Я с трудом спустилась к себе в квартиру, не понимая, в чем дело: это лестница стала у́же или я располнела? Казалось, здание сжимается вокруг меня. Нужно поспать, я очень устала. Но нужно и собрать вещи...

Я решила, что прилягу на минутку, только чтоб перевести дух, и незаметно для себя задремала, напевая что-то ребенку.

Проснулась я от яркого света, бьющего мне прямо в лицо.

# Глава 35

# Марта

Первое февраля. День святой Бригитты. Я хотела выбраться из стен дома, уехать куда-то за пределы Дублина. Единственное, чего мне не хватало в городе, — бескрайнего неба сельской местности. Но еще больше я скучала по штормам, которые налетали с Атлантики на западное побережье и глушили голоса у меня в голове. Правда, день был не очень подходящий для того, чтобы сидеть на пляже. Воздух сковало морозом, и поутру на окнах обнаружился иней, но мою решимость это не сломило. Я прихватила термос с горячим шоколадом и поехала на станцию Дарт, где на набережной Сэнди-Коув расположился небольшой песчаный пляж в форме подковы.

Когда я проходила мимо башни Мартелло, солнце уже поднималось, заливая все вокруг розовым светом. Было красиво и в то же время очень холодно. К счастью, без ветра, так что поверхность воды казалась гладкой, будто по ней можно было ходить. Когда-то, еще девчонкой, я любила плавать в море, но перестала, выйдя замуж за Шейна. Как и многие другие аспекты моей жизни, эта любовь исчезла, будто не имела значения. Будто не имела значения я сама.

На пляже обнаружилось еще несколько человек, которым пришла в голову идея встретить первый день весны крещенским купанием в море (весна наступала по кельтскому календарю, знаменуя переход от одного времени года к другому). Я постояла, глядя, как одни купающиеся решительно устремляются в воду, пока другие заходят медленно, по шажочку. Я не могла решить, что лучше. Конечно, шока от холода все равно не избежать. Может, лучше сразу покончить с неприятной частью и скорее перейти к восторгу от победы над собой и над природой? Вот почему люди делают это, подумала я. Они хотят доказать что-то себе самим, вогнать себя в такой дискомфорт, чтобы ощутить собственные силы... ну или что-то в этом духе.

Теперь, когда Шейна не стало, я должна была почувствовать себя сильнее, но нет. Внутри меня царила пустота, онемение, чувство вины. Мне не казалось, что добро восторжествовало над злом, тут вообще не осталось победителей — только травмированные люди, собирающие себя по осколкам. Я, вероятно, никогда не узнаю, почему Шейн появился в моей жизни, почему именно мне было суждено пережить этот опыт. Я часто задавалась вопросом, не сделала ли я сама что-то не так? Не заслужила ли это? Однако автор книги «Затерянное место» верил, что всякая трудность — это ключ к обретению более глубокого понимания жизни, и только от тебя самого зависит, откроешь ли ты этим ключом свое будущее или же запрешь дверь навсегда.

Я глубоко вздохнула и посмотрела на горизонт. Верхушки серых облаков отливали персиковым цветом, а ледяная вода походила на ртуть, если не считать золотой полоски, сверкавшей на солнце. Я не хотела запирать дверь в будущее. Я хотела открыть ее.

Я расстегнула пальто, скинула ботинки один за другим и продолжила раздеваться, словно загипнотизированная, а потом решительно зашагала в воду. Ни на секунду я не заколебалась, шла и шла, еле слышно пища от неверия. Неужели действительно так холодно?.. Я в самом деле это делаю?.. Я что, и дальше собираюсь идти?.. Когда вода дошла до пояса, я думала, что завоплю, как банши, но этот крик застрял внутри и превратился все в тот же слабый писк.

Наконец настал момент, когда я погрузилась в воду целиком, продолжая неистово рассекать волны руками и бултыхать ногами. Я не останавливалась, пока кровь не застучала в ушах. К этому моменту мое желание умереть немного рассеялось.

— Вау! — крикнула я, заметив неподалеку на воде какого-то мужчину.

— Ага, слегка прохладно, — подмигнул он.

— Ну разве что самую малость!

Я плавала, глядя на бухту, наполнявшуюся людьми. Один человек в особенности привлек мое внимание: он все откидывал волосы с лица и топтался на месте, пытаясь согреться. Ни секунды не колеблясь, я поплыла к берегу, вышла к нему из воды — и угодила прямиком в объятия Генри. Он расстегнул молнию на куртке и притянул меня к себе, укутывая. Впервые я ощутила, что нахожусь ровно там, где хочу быть. Я подняла голову и, не открывая глаз, нашла его губы своими. Теплое прикосновение было таким мягким и так манило, что я почти забыла о том, что мы на общественном пляже. Я просто хотела быть с ним в этот самый момент.

— У тебя губы соленые, — пробормотал он.

Я просто улыбнулась и прикоснулась к его подбородку, пробежалась пальцами по щетине и ямочкам на щеках, будто рисуя контуры моего нового дома. Потом снова поцеловала, а когда открыла глаза, поняла, что идет снег.

— Я никогда раньше не смотрела, стоя на пляже, как падает снег, — сообщила я, вдруг ощутив, как кругом на самом деле холодно. — Так красиво.

— Красиво, — согласился Генри, не сводя с меня глаз.

Он обернул меня полотенцем, и я неловко стащила с себя мокрый купальник, а потом влезла обратно в одежду.

Я чувствовала, что он украдкой подсматривает, но Генри так ничего и не сказал.

— Как ты узнал, где я?

— Мадам Боуден сказала, что ты поехала в башню Джойса.

— Джойса?

Генри указал на круглую башню позади нас, камни которой от снега окрасились серым.

— Я как раз хотел тебе рассказать. Сильвия Бич была здесь. Внутри этой башни — музей, и она приезжала на открытие. Здесь она встретилась с Опалин.

Он говорил так взволнованно, что это разбивало мне сердце. Так вот, значит, почему он вернулся? Из-за Опалин и этой проклятой рукописи?..

Я отступила на шаг и недоверчиво покачала головой. Как глупо было думать, что он вернулся ради меня! Я сунула полотенце в сумку и помчалась вверх по каменным ступеням, чтобы запрыгнуть в поезд, который только-только подъехал к станции. Генри не успел нагнать меня. Поезд уже тронулся, а он кричал что-то и размахивал руками, но я не могла разобрать слов. Хотя и без того прекрасно знала, каково это — быть отвергнутой.

# Глава 36

# Генри

Я ужасно напился.

Мне снилась Изабель. Она за что-то сердилась на меня и все кричала и кричала, чтобы я проснулся, но я не хотел. Потом вдруг в ее речи прорезался дублинский акцент.

— Дорогой, ты в порядке? — спросила меня какая-то женщина.

Она стояла на коленях передо мной, а значит, я валялся на земле. Я смотрел на нее широко распахнутыми глазами. Нет, это был не сон. Я не узнавал ее. У нее были темные волосы и пуховик, и это показалось мне странным. Я что, упал в обморок? На заднем фоне прорезался шум машин. Я лежал на улице, на куче мусора.

— Где я? — пробормотал я.

— Слава богу! Вызвать тебе скорую?

— Что? Нет, не надо, зачем?!

Я попытался встать, но стоило только пошевелиться, как голову пронзила резкая боль, где-то над правым глазом. Я прикоснулся ко лбу пальцами и, ощутив влагу, понял, что у меня идет кровь.

— Кажется, ему здорово досталось, да, Мари?

Супер. Я собрал вокруг целую толпу зрителей. Я пытался понять, как оказался здесь, но память зияла провалами. Почему мне так плохо?..

Я с трудом сел, опираясь на ступеньки.

— Да от него выпивкой разит! — услышал я женский голос. — Как на пивоварне!

О господи. Воспоминания начали понемногу возвращаться ко мне. Паб. Виски. Парни, которые пришли праздновать мальчишник. Пари, что они смогут меня перепить. Снова виски. Песни. Кажется, я... э-э-э... распевал «Молли Малоун», стоя на стуле? О боги... Потом курил с кем-то на улице. Потом какие-то еще люди, которые посчитали, что этот «кто-то» задолжал им денег. Я объясняю, что только встретил этого парня... Удар по лицу. На меня вываливают мусорное ведро. И снова, и опять.

— Спасибо, дамы. Думаю, мне просто нужна минутка, чтобы прийти в себя и сориентироваться, — простонал я, вставая, но все еще цепляясь за перила. Меня качало, свет резал по глазам.

— Ты уверен, дорогой?

Я вообще ни в чем не был уверен. Когда я вернулся к себе в мотель, муж Норы, Барри, рассказал, что заходила Марта, которая искала меня. Он проинформировал ее, что я запаковал вещички и отправился домой, в Англию. Вот идиот! Ах, будь там его жена, она бы непременно сказала Марте, что я намерен вернуться. И вот теперь она не хочет иметь со мной ничего общего. Я всю жизнь вывернул наизнанку, а она не желает видеть меня.

Я сделал пару неуверенных шагов, морщась от каждого движения. Потом поднял глаза и узрел дорожный знак. Халф-Пенни-Лейн. Я стоял перед ее домом и не знал, что делать. Не мог же я заявиться к ней в таком виде! К тому же она совершенно ясно дала понять, что чувствует.

Все случилось само собой. Она распахнула шторы в окне на первом этаже, скользнула взглядом по улице и, не веря свои глазам, наклонилась, чтобы присмотреться. Прижала ладонь к губам. Я попытался помахать в ответ (здоровой рукой), Марта исчезла из окна и появилась снова — уже в дверях.

— Господи помилуй, что произошло?

— Эм... кажется, мы с кем-то о чем-то поспорили.

Марта посмотрела на меня с жалостью, и в данных обстоятельствах я был готов принять даже это. Она пригласила меня в дом, провела к себе вниз, усадила на стул на кухне и принялась рыться в шкафу в поисках аптечки.

— Как ты здесь оказался?

— Честно говоря, понятия не имею. Возможно, я был слегка пьян.

Она налила в миску теплой воды, разложила на столе вату, баночку странно пахнущей мази и пластыри. Пока она занималась моими ранами, никто из нас не произнес ни слова. Я просто прикрыл глаза и разрешил себе хоть на пару минут вообразить, что все хорошо. Что я ей все еще небезразличен, что у нас есть шанс.

— Ну что, доктор, я буду жить? — робко поинтересовался я, когда она принялась убираться. Это была настоящая пытка — видеть ее гибкую фигуру в простых легинсах и футболке, вспоминать, как я обнимал ее там, на пляже. До боли хотелось обнять ее снова.

Она мягко улыбнулась.

— Думаю, да.

— Спасибо тебе вот за это все.

— Ничего сложного. У меня... хватало практики.

Я не знал, что сказать по поводу смерти ее мужа или о том, что происходило между нами. Так что сделал то, что нам, Филдам, удается лучше всего — сменил тему.

— Знаешь, еще до твоего появления я часами стоял там. — Я кивнул за окно, где едва виднелся голый земельный участок. — Думал, может, отыщу что-то. Фрагмент фундамента здания, которое было здесь когда-то... знаешь, как круги на полях, которые проявляются в засуху. Не знаю. Я был абсолютно уверен: что-нибудь да найдется.

— Интересно, с людьми тоже так? — рассеянно сказала она в пространство. Я недоуменно качнул головой. — Я имею в виду, можно ли так же увидеть очертания тех, кем они были когда-то раньше?

— Ого, вот ты о чем... Не знаю. Надеюсь, что да.

Я взял ее за руку, и какое-то мгновение Марта колебалась, но потом все же отняла ее.

— Прости, Генри, я не могу.

— Если бы только ты прочитала мое письмо... Если бы этот идиот из гостиницы сказал тебе, что я собираюсь вернуться...

— Теперь уже неважно. Мадам Боуден объяснила мне насчет твоего письма, но дело вовсе не в нем. Я просто... я не могу рисковать провалиться в... это. — Она очертила рукой пространство между нами. — Я должна отыскать свои круги на полях, понимаешь?

Я улыбнулся. Только она могла так очаровательно разбить мне сердце. Я должен был уважать ее желания, потому что, видит бог, ее муж ими пренебрегал. И все же я не мог заставить себя просто встать и уйти, оставив ее.

— Знаешь, я верю, что ты отыщешь свою рукопись, — с какой-то странной грустью в голосе добавила Марта. — Ты ведь расскажешь мне, когда это случится, правда?

— Конечно. — Тут я вспомнил, что в кармане у меня все еще лежит распечатанный скан письма Опалин. — Вообще-то я хотел показать тебе вот это.

Я торопливо рассказал о своих запросах в Принстон, о том, что углубился в архивы Сильвии Бич, следуя ее подсказке.

— Так что это твоя находка. — Я вручил Марте бумагу.

Она перечитала вслух последний абзац:

— «Еще раз спасибо, что забрала экземпляры моей книги. После стольких лет, когда я трепетно наполняла ассортиментом полки „Шекспира и Компании“, забавно думать, что моя книга окажется в числе товаров. Может, однажды мы встретимся...» Так она написала книгу?

— Похоже на то. Но вопрос в другом: что с ней случилось?

# Глава 37

# Опалин

*Дублин, 1923*

Мы уже несколько часов тряслись по незнакомым дорогам, машину подкидывало на ухабах. Я обхватила живот, инстинктивно желая уберечь ребенка. Брат вытащил меня из постели во тьму, и, хотя я знала, что происходит, и даже давно ждала, что так будет, сейчас я будто смотрела на все со стороны. Словно это не я, а какая-то другая женщина.

— Куда мы едем? — в очередной раз спросила я, и Линдон, как и прежде, проигнорировал мой вопрос. — Ты везешь меня к матушке?

Я предположила, что, обнаружив меня в положении, он потащил меня домой, чтобы там официально изгнать из семьи.

— Если ты не заметил, у меня бизнес, который нуждается в управлении. Разве человек, который следил за мной, не рассказал тебе об этом? Этот мистер Равель, который выкрал мое письмо. Я не могу просто бросить магазин без присмотра и уплыть в Англию.

— Мы едем не в Англию.

Его спокойствие обескураживало меня куда сильнее. Я ожидала гнева. С заднего сиденья я видела только руки в кожаных перчатках, сжимающие руль, и частично — лицо. Казалось, темнота скрадывает худшие его черты. До этой секунды мне казалось, мы движемся на юг, чтобы там сесть на паром, но теперь, сосредоточившись на дорожных знаках, я поняла, что машина едет на запад.

— Куда ты меня везешь? Линдон, немедленно останови машину и выпусти меня!

Он не издал ни звука.

— Линдон! — Я схватила его за руку.

Он среагировал быстрее, чем я ожидала. Боль от удара локтем в лицо была такой сильной, что я захлебнулась криком и зажала нос, стараясь остановить кровь. Салфетки у меня не нашлось, так что пришлось воспользоваться рукавом.

— Мы почти на месте, — ровным голосом сообщил Линдон, будто мы разговаривали о чем-то незначительном.

Я замолчала, не доверяя голосу и не желая, чтобы он дрожал. Не хотелось, чтоб Линдон подумал, будто я боюсь его. За окном мелькали унылые пейзажи: голые деревья, пожухлая трава на обочинах. Потом замаячили два каменных столба и железные ворота; человек, распахнувший их, казалось, вышел откуда-то из-за деревьев. Машина прогрохотала по сетке для крупного рогатого скота, ускорилась на подъездной дорожке — и вот мы уже прибыли к серому прямоугольному зданию. Оно походило на монастырь, слева даже притулилась маленькая церковь. У входа стояли две черные машины, и Линдон припарковался рядом.

Он вышел наружу и открыл мне дверцу. Я даже не шевельнулась. Помедлив мгновение, он схватил меня за руку и вытащил силой. У дверей нас дожидалась женщина в форме медсестры, и я бросила взгляд на Линдона. Я слышала, что в Ирландии есть так называемые дома матери и ребенка, где незамужние женщины из известных семей тайно рожали детей. Чаще всего ребенка после родов забирала и усыновляла какая-нибудь респектабельная пара. Я дернулась, пытаясь высвободиться из хватки Линдона, но медсестра, увидев это, перехватила вторую мою руку.

— Нет! Нет!!! — закричала я. Больше ничего в голове не было, только это первобытное желание вырваться.

Меня затолкали в какую-то комнату. За огромным письменным столом красного дерева сидел мужчина. Он показался мне дружелюбным, и я сразу начала умолять его.

— Прошу вас, вы должны мне поверить! Я состоятельная женщина, у меня есть бизнес, и отец моего ребенка оставил мне достойное содержание, — быстро заговорила я. — Мой брат привез меня сюда против моей воли!

— Опалин, хватит этого фарса, прошу тебя. Доктор, ребенок был зачат вне брака, и этот муж, о котором она твердит, — чистейшей воды выдумка.

Я изумленно замолчала. Мужчина поднялся из-за стола и вежливо пожал мне руку.

— Пожалуйста, мисс Карлайл, присядьте, отдохните немного. Полли, вы не принесете мистеру и мисс Карлайл чаю? Они, должно быть, устали с дороги.

Медсестра куда-то ушла, а Линдон опустился на один из стульев с прямой спинкой. Хотела бы я убежать, вот только шанса не представилось — двое мужчин преградили мне дорогу. Пришлось тоже сесть.

— Ваш брат сообщил, что в последнее время вы неважно себя чувствуете. Как будто вы немного не в себе, согласны?

— Это ложь! Я уже несколько лет не видела брата, и он лезет в мои дела только из злобы и от зависти.

— Как видите, доктор, она все еще страдает от этих галлюцинаций, — грустно сообщил Линдон. — Я сознавал, что уже какое-то время она не способна сама управляться с делами, так что решил немедленно взять управление магазином на себя.

Я вспыхнула и резко повернулась к нему.

— Ты прочитал в письме про рукопись и понял, что она будет дорого стоить? Вот почему ты объявился! Тебе плевать на ребенка! Какой же ты злобный, завистливый и мелочный! — И я снова обратилась к доктору: — Он хочет разрушить все, ради чего я трудилась, хочет уничтожить мою репутацию и наложить лапу на то, что принадлежит мне по праву!

Я говорила так быстро и горячо, что в уголке рта даже выступила слюна. Я должна заставить этого человека понять, что представляет собой Линдон!

Мужчины обменялись понимающими взглядами.

— Подождите, а кто вы вообще? Что это за место?

— Меня зовут доктор Линч, а это — клиника для душевнобольных округа Коннахт.

Мне показалось, я ослышалась.

— Что... Я не понимаю... Линдон?

Брат смотрел прямо перед собой. Доктор Линч же склонился вперед, уперся в стол локтями и, переплетя пальцы, опустил на них подбородок.

— Ваш брат привез вас сюда, потому что беспокоится о вашем здоровье, Опалин. Похоже, вы страдаете от того, что мы называем психозом беременных. Женщина в таком состоянии может представлять угрозу для себя и окружающих, понимаете?

— В машине по дороге сюда она попыталась наброситься на меня, — кротко подтвердил Линдон.

— Ах ты лживый ублюдок! — закричала я, вскакивая, но медсестра с силой обхватила меня руками и усадила обратно в кресло.

— Пожалуйста, постарайтесь успокоиться, Опалин.

Я попыталась высвободиться, но без толку: медсестра держала меня крепко, как в тисках. Я дышала коротко и прерывисто, как загнанное животное. В эту минуту все стало ясно: Линдон предвидел мою реакцию. Мой гнев послужит одной лишь цели — я буду выглядеть так, будто со мной на самом деле что-то не так. Разгневанный мужчина воспринимается как человек вспыльчивый и властный. Разгневанная женщина — как ненормальная, которая потеряла над собой контроль. Я внутренне поклялась себе самой молчать и сосредоточилась на том, чтобы дышать ровнее.

— Похоже, ваша сестра действительно страдает от некой разновидности мании преследования, как вы и писали.

Ну вот и все. Они уже разговаривали так, будто меня не было в комнате. Что бы я ни сказала или ни сделала, это лишь будет свидетельствовать в пользу версии о моем ухудшающемся психическом состоянии. От отчаяния я уронила голову на грудь, а тело обмякло, будто меня разом покинули все силы.

— Вы должны понять, доктор Линч: мы не можем допустить, чтобы этот скандал просочился в прессу. Опалин и ее... образ жизни уже долгое время являются источником переживаний моей матери, но этого, — Линдон указал на мой живот, — она не перенесет.

— Я понимаю. Свойственная нынешнему веку утрата нравственных ориентиров стала причиной многих бед.

Как мог доктор спорить? Перед ним стоял мой брат, герой войны. Он заверил Линдона, что пребывание в клинике исправит те черты моего характера, которые они оба полагали неприемлемыми.

— Вам надо только подписать вот эту форму и выделить оговоренные средства на содержание вашей сестры и надлежащий уход за ней.

Огромным усилием воли я успокоила дыхание и ушла внутрь себя, в какую-то первобытную часть сознания. Сегодня спасения ждать не стоит, несомненно. Но в ближайшие дни я направлю все свои навыки убеждения, весь свой интеллект на то, что убедить этого врача, что мне здесь не место.

Тогда я еще не знала, что половина женщин, запертых в стенах этой клиники, в свое время проделывали это бесполезное упражнение. Мне следовало бы догадаться: никто из присутствующих не собирался прислушиваться к женщине. Ее считали диковинкой, чем-то, что необходимо изучать, а не пытаться понять. Досадной помехой, которую следует контролировать.

Медсестра вывела меня из кабинета, крепко держа за руку, и мы пошли куда-то по коридору. Стоило чуть отдалиться от мест, куда допускались посетители, и эстетика интерьера резко переменилась. Меня поразило отсутствие любых признаков жизни: голые стены, выкрашенные в кошмарный зеленый цвет, тошнотворный запах отбеливателя. Меня отвели в мою комнату, хотя ее смело можно было назвать тюремной камерой. Две кровати с железными рамами (стало быть, я в заключении не одна; это хорошо или плохо?) — и больше ничего там не было. Окно находилось так высоко, что для того, чтоб выглянуть в него, мне пришлось бы встать на кровать. К тому же вид перекрывала решетка: вероятно, на тот случай, если мне в голову придет мысль о побеге.

— Мне нужно в туалет.

— Под кроватью есть тазик, — коротко ответила медсестра, все еще не отпустившая мою руку. Я не возражала: по правде говоря, если б она не держала меня, я едва ли могла бы стоять. Меня затошнило, и я попросила воды.

— Тут тебе не отель. — Видимо, ее раздражало мое крайне дерзкое поведение. — Услышишь звонок к ужину — и пойдешь в холл с остальными.

Сказав это, она наконец отпустила меня, бесцеремонно втолкнула в комнату и захлопнула дверь. Я услышала, как провернулся ключ, и сползла по стене, совершенно обессиленная.

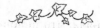

Ту ночь я провела на полу: казалось, если лягу на кровать, то будто бы смирюсь со своей судьбой. Должно быть, в какой-то момент я задремала, измучившись, потому что из сна меня выдернули крики и стоны других заключенных... Должна ли я сказать «пациенток»? Это имело значение? Мне здесь не место, я обязана вырваться на свободу. Но где найти силы бежать из-под такой охраны, когда ты еще и беременна? Нет, невозможно. Я снова и снова шептала имя Мэттью. Он обязательно найдет меня, он придет за мной. Неважно как. Я знала, что это случится. Я не могла оставаться здесь.

— Утром будет лучше, — сказала я, обращаясь к ребенку. Только вот сейчас я в это не верила.

# Глава 38

# Марта

Адвокаты прислали договор на подпись. Квартиру продали быстро, и после выплаты налогов и агентских сборов у меня осталось двадцать тысяч евро. Рынок недвижимости охватил очередной бум, и, по словам агента, я решила продать квартиру в самый подходящий момент. Я же видела цифры на бумаге, но не могла поверить, что это в самом деле мое, что эти деньги лежат у меня на счету. Теперь я могла позволить себе настоящее образование, а не вечерние курсы.

Правда, я не знала, хочу ли. Если всю жизнь сидишь с паршивой раздачей, то, когда приходят сильные карты, не знаешь, как реагировать. Мне требовалось больше времени, чтоб принять решение, и на это время я хотела оставаться в единственном месте, где чувствовала себя в безопасности после Шейна: на Халф-Пенни-Лейн.

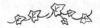

Мадам Боуден сидела в саду, и я принесла ей чай туда. В последнее время она казалась самой себе несколько бледной, а потому решила, что свежий воздух пойдет ей на пользу.

— Ты хорошо играешь в карты?

Я мысленно застонала, когда она, будто по волшебству, выудила из кармана колоду.

— Только в «снап».

— Ваше поколение понятия не имеет, как коротать время. Только и делаете, что пялитесь в свои чертовы телефоны.

Она была права: я часто сидела в телефоне. С тех пор как сказала Генри, что не могу быть с ним, я все время перечитывала нашу переписку. А когда сообщения кончались, вспоминала о том, как мы целовались. Радостно было просто думать, что он вернулся. Без него жизнь казалась скучной, и это ничего, я ведь привыкла к скуке, я провела с ней много лет. Но правда в том, что, ощутив вкус волшебства, трудно снова довольствоваться обыденностью.

— Давай-ка сыграем в «двадцать пять», это довольно просто, — предложила мадам Боуден, сдала по пять карт и перевернула верхнюю карту в колоде. — Вот, видишь? Сейчас козыри — черви.

— Хорошо, — согласилась я. Когда черви не были козырями?

Время неспешно тянулось, солнечные лучи перебегали по саду, подсвечивая растения, названий которых я не знала, а я ни на шаг не приблизилась к пониманию правил игры. Я просто верила ей на слово, и оказалось, что перетасовка и перекладывание карт действуют успокаивающе. Постепенно я позволила мыслям обратиться к тому, о чем обычно старалась не думать.

— Боже, как же было мерзко возвращаться туда! — сказала я, припомнив похороны Шейна и выкладывая на стол туза.

— Смотри-ка, ты выиграла!

— Правда?.. — Я взглянула на карты и ощутила прилив оптимизма. Мадам Боуден записала счет на бумажке. — Я всегда чувствовала, что выделяюсь, что чужая там, — продолжила я, тасуя колоду. — То есть меня все там считали немного странной. И меня, и маму... Другие дети думали, что мы ведьмы, потому что мы могли общаться без слов. И им совсем не нравилось, что я могу читать их.

— Читать? В каком это смысле?

Я прикусила язык. Как можно так глупо проговориться? Все дело в этой дурацкой игре, она меня отвлекла. Мадам Боуден смотрела на меня настороженно. Наверняка она специально все это затеяла, чтобы я разболталась.

— Это своего рода внутреннее чутье.

— Интуиция, ты хочешь сказать? — Она жестом велела мне сдавать.

— Да, вроде того.

— Хм. И ты можешь прочитать меня?

Я заколебалась. С первой встречи я решила, что знаю о мадам Боуден все, что необходимо. Я хотела только одного — безопасности, и ощущала, что она не причинит мне вреда. Однако этот вопрос заставил меня сомневаться: может, все это время она скрывала что-то? Прятала у всех на виду?

— Вы проверяете меня. Хоть я и не могу сказать, что это за проверка.

— Ну! Чтоб понять это, мысли читать не надо! Что еще?

Что я могла сказать без страха задеть ее чувства?

— Давай уже! Я не сахарная, не растаю.

Я недоуменно моргнула. Мне показалось или она только что без слов поняла, о чем я думаю?

— Вы очень стары. Старше, чем кажетесь. Вы боитесь, что о вас забудут. Вы ждете, пока кто-нибудь появится, верно? Человек, который сможет позаботиться о...

— Ну довольно, хватит.

Она сложила руки на коленях и пристально смотрела, как черный дрозд плещется в маленькой купальне для птиц.

— Видите? Людям не нравится, когда говоришь о них что-то такое, чего не должен знать.

Мадам Боуден тяжело вздохнула и склонила голову.

— Я недооценила тебя. Больше я такой ошибки не совершу.

Я предположила, что это комплимент, и кивнула.

— Это не так уж плохо — выделяться, — заметила она, возвращаясь к основной теме разговора.

— Да ну? Мне кажется, жить куда легче, если умеешь приспособиться.

— Боже упаси, Марта! Конформизм — это смертный приговор! Нет, моя дорогая, нужно прежде всего принять в себе то, что выделяет тебя из толпы. Они ненавидят, когда так делаешь. Таков неизменный адский цикл: винить детей за то, какие они есть, потому что тебя винили за это твои родители, а их — их собственные родители. Если ты такая, какая ты есть, никому не причиняешь вреда своим существованием, то с чего должна меняться?

— Не знаю. Я об этом никогда не думала. Я только чувствую, что постоянно злюсь на себя. Я никогда не буду достаточно хороша для них, так к чему пытаться?

— Достаточно хороша для кого? Для людей, которые сами загнали себя в ловушку своей унылой жизни? Конечно, ты понимаешь, что на самом деле они просто хотят, чтобы ты страдала вместе с ними, чтобы им было чуть менее одиноко. Будь осторожна, Марта. Если продолжишь попытки смотреть на все глазами сытых буржуа, то утратишь способность видеть собственную ценность!

Той ночью, приняв душ, я вновь стояла перед зеркалом, смотрела на слова, вытатуированные на спине, и думала о том, что сказала мадам Боуден. Я поняла это сразу, как только поселилась на Халф-Пенни-Лейн, но упорно отрицала. Я чувствовала, что частички этого здания проникают мне под кожу, наполняют мою голову мыслями о том будущем, о котором раньше я бы и мечтать не смела. И вот, увидев письмо Сильвии Бич, я поняла, что книга, о которой пишет Опалин, — та самая, которая попала мне в руки. Все это как-то связано с мадам Боуден?.. Столько вопросов, но единственный, с кем можно обсудить их, — это Генри. Могли ли мы снова стать просто друзьями? От этой мысли меня охватила тоска, но другого выхода я не видела. Я не могла рисковать вновь утратить себя. Не теперь, когда я так упорно возвожу новую жизнь по кирпичикам.

Лежа в кровати, я читала книгу из списка литературы, «Доводы рассудка» Джейн Остин, и тут заметила, что на полке появилось еще несколько книг. Буквы на корешках в свете лампы казались почти золотыми. «Дорогой читатель» Кэти Рентценбринк, «Пойди поставь сторожа» Харпер Ли и «Цветы на чердаке» Вирджинии Клео Эндрюс. Господи! Мадам Боуден в самом деле полагает, что я все это осилю? Я взглянула на страницу раскрытой передо мной книги. Нет, нельзя отвлекаться, к следующему занятию мне нужно прочитать это. Однако любопытство продолжало терзать меня, так что я снова подняла взгляд и только теперь поняла, что некоторые слова на корешках выделяются ярче, чем остальные.

*дорогой читатель*
*пойди*
*на чердак*

Я, затаив дыхание, прижала к груди «Доводы рассудка». Это было по-настоящему жутко. Часы показывали одну минуту первого. Я еще раз посмотрела на книги, и теперь они опять выглядели абсолютно безобидно и нормально, никаких отдельных ярких слов. Никакого тайного послания. Нужно просто игнорировать этот секундный обман зрения. Я устала, не более того.

Но что там насчет интуиции, как назвала это мадам Боуден? Может, проблема и заключается в том, что я всю жизнь игнорировала ее?

Я сунула ноги в кроссовки, накинула старый кардиган, служивший мне халатом. Включать свет в холле не хотелось (мадам Боуден очень чутко спала), так что я все-таки чуть не навернулась наверху лестницы и отшибла палец. Я тихо вскрикнула — не столько от боли, сколько досадуя на себя саму. Вообразила, что книги говорят с ней, вы только гляньте!

Наивно? Но у меня на спине татуировка, половину которой я никогда не наносила.

Я дошла до маленькой дверцы, ведущей на чердак. Потолок нависал так низко, что приходилось нагибаться. Я толкала, тянула, но дверь упорно не поддавалась. Безуспешно я шарила по пыльному верхнему косяку в поисках ключа. Нет, все бессмысленно. В такой темноте я ничего не добьюсь. Я осторожно спустилась по лестнице и уже миновала дверь в спальню мадам Боуден, как она окликнула меня.

— Марта, это ты?

— Да, просто...

Черт, что ей сказать?

— У меня в туалете засел паук, так что я воспользовалась тем, что наверху. Извините.

Молчание затянулось, и я уже направилась вниз к себе, как в спину меня нагнал смешок:

— Ты кошмарно плохо врешь, Марта!

## Глава 39

# Генри

— Мистер Филд? Вы еще там?

Я накрыл голову подушкой и как следует проорался, прежде чем снова приложить к уху телефонную трубку.

— Мне просто нужно еще немного времени, вот и все. Вы ведь получили наброски, верно?

— Да-да, и они очень многообещающие, но... — Деррик, завкафедрой, был человеком весьма порядочным, а потому старался донести до меня мысль как можно мягче. Проблема в том, что я не желал с ним соглашаться.

— Проблема в том, что у вас нет ни одного весомого доказательства, Генри.

Он был прав, и я знал это. Древнее письмо, в котором обсуждается *возможность* выхода второго романа Бронте, — не более чем слухи. Ничего весомого.

— Простите, Генри, но они отозвали финансирование вашего проекта.

— Что?

— Слушайте, я пытался отстоять вашу точку зрения, но вы ведь не впервые уже бросаетесь в погоню за призраками, а?

Замечательно, еще и унизил меня напоследок. Я поблагодарил его за этот звонок и за то, что Деррик сообщил мне дурные вести лично, а не по имейлу. А потом еще немного поорал, уткнувшись в подушку.

Многие годы я искал зацепки, которые привели бы меня к той самой утерянной рукописи. К рукописи, которая сделает мне имя. Да, я находил истинных авторов коротких рассказов или эссе, изданных под псевдонимами, натыкался на весьма любопытные фрагменты переписки между значимыми деятелями от мира литературы. Я перерыл тонну текстов, которые подняли со дна истории специалисты по редким книгам, но сам до сих пор не сделал большого открытия. Это был мой шанс, я чувствовал это. Однако я отвлекся на эмоции — и вот результат. Марта ясно дала понять, чего она хочет, и я — если желаю спасти остатки собственной карьеры — должен на сто процентов отдаться поиску рукописи.

Я достал ноутбук и сел на кровати. Музыка в жанре транс всегда помогала мне сосредоточиться; нечто в ее ритме, в ее звучании оставляло ощущение, что я двигаюсь (даже если на самом деле я сидел на месте). Я был намерен докопаться до правды так или иначе. Я уже связался с Музеем Розенбаха, и они подтвердили подлинность письма, даже наняли графолога (параллельно кормя меня какими-то отговорками). В любом случае, будь рукопись у Розенбаха, об этом уже знал бы весь мир. Нет, мне надлежало вернуться к поискам Опалин и выяснить, что с ней случилось и почему она утверждала, что завладела черновиком второго романа Эмили Бронте.

В дверь постучали, и я решил, что, если не издам ни звука, Нора поверит, что меня нет.

— Я отсюда чую запах алкоголя, — сообщила она из-за двери.

Я поднялся с кровати, открыл дверь и увидел, что она стоит на пороге, а на подносе у нее чашка чая и поджаренный тост с беконом.

— Ты удивительная женщина, ты знаешь? — Я забрал у нее поднос и занес в комнату.

— Что, во имя всех святых, сталось с твоим лицом?

— Ах это!

Я уже и забыл. Лицо не имело значения в свете того, что моя карьера рушится, а сердце разбито вдребезги.

— Ты... ты в порядке, Генри?

— Лучше не бывает.

— Просто я волнуюсь за тебя.

Когда незнакомый человек беспокоится, в порядке ли ты, тут в самом деле есть о чем подумать. Мне надо было взять себя в руки, и как можно скорее. Я заверил ее, что все скоро наладится, и, прикончив сэндвич, вернулся к ноутбуку, чтобы вновь закопаться в историю семейства Карлайл. Отец — госслужащий, женился на богатой наследнице рода. Оба ребенка получили хорошее образование. Много информации о продвижении Линдона по службе. Сведения о жизни Опалин носили обрывочный характер, а потом и вовсе прекращались, если не считать небольшую заметку о свадьбе Джейн Барридж и лорда Финли, где Опалин Карлайл выступила в роли подружки невесты. Как ни больно было думать о Марте, но я припомнил ее слова об Опалин и о женщинах, окружавших ее. Наверняка они с этой Джейн были подругами.

Я глотнул чая и сделал музыку погромче, а потом принялся искать информацию о леди Джейн. Это приносило мне истинное удовольствие: читать о людях, которые давно умерли и о которых все уже позабыли. Как будто тот факт, что я проливал немного света на их судьбы, каким-то образом на миг воскрешал их из мертвых. Именно это чувство вдохновило меня заняться поиском редких книг: возможность погружаться в жизни людей, которые ходили по этой земле до нас, которые, как и мы, о чем-то волновались и чему-то радовались, которые жили в удивительные моменты истории, совершенно не сознавая их значимости. Я складывал части целого, и мой разум немного успокаивался. Может, мне было приятно сознавать, что моя собственная жизнь — лишь одна страница в великой книге истории человеческих устремлений, а значит, я не обязан быть кем-то исключительным. Эта мысль утешала, пока какому-нибудь из моих коллег не присваивали очередную стипендию, пока кто-то другой не издавал бестселлер о малоизвестных коллекционерах прошлого и их находках. Я был проклят самым неистребимым из всех человеческих желаний — желанием оставить свой след.

Я провел много часов, изучая свидетельства рождения и смерти, перебирая заметки о благотворительных акциях и общественных мероприятиях, и наткнулся в итоге на письмо редактору одной ирландской газеты, датированное 1930 годом.

*«Дорогой сэр!*

*Я пишу с глубоким отчаянием, поскольку мои просьбы по этому вопросу, обращенные ко всем и каждому, остались без внимания. Я хочу, чтобы вы всерьез озаботились плачевным состоянием психиатрических лечебниц по всей стране. Женщин, которые пребывают в уме не менее здравом, чем вы или я, насильно помещают в эти лечебницы, не проводя никакого обследования, их содержат в кошмарных условиях, кои не соответствуют никаким стандартам и унижают человеческое достоинство. Мою добрую подругу удерживают против воли в таком учреждении, принадлежащем округу Коннахт, и, хотя я написала огромное количество обращений в государственные органы, мне не дозволили привезти туда независимого специалиста для осмотра. Необходимо тщательное расследование в отношении деятельности подобных заведений, и как можно скорее.*

*Искренне ваша,*
*леди Джейн Финли»*

Как странно, что английская леди пишет подобное письмо, да еще и редактору ирландской газеты. Зачем бы ей это делать? Она не упоминала имя своей подруги, но я сделал стойку. В письме Сильвии Бич Опалин упоминает, что обе они были в заключении. Может, ее против воли поместили в сумасшедший дом? Надо поднять записи, чтобы выяснить, сколько таких лечебниц было в то время в Ирландии и где конкретно они находились.

Мне нужен был кофе. Точнее, мне нужна была Марта, но придется обойтись одним кофе.

# Глава 40

# Опалин

Несколько драгоценных секунд, прежде чем открыть глаза, я не помнила, где нахожусь. Разум твердил, что я дома, в постели, но тело знало, что это ложь. Я замерзла, и грубое одеяло, в которое я куталась, мне не принадлежало. Я открыла глаза — и ужасная правда обрела реальные черты. Это не дурной сон, нет. Я в тюрьме, и меня упек сюда мой брат.

Я услышала тяжелый стук каблуков по коридору, словно промаршировала маленькая армия. Дверь с грохотом распахнулась.

— Шесть часов, пора вставать, — объявила медсестра, не глядя на меня. Она открыла окно, и в комнату хлынул ледяной воздух.

Разумом я понимала, что бесполезно отстаивать свою правоту в ее глазах, но все же не могла не молить ее о свободе.

— Пожалуйста, мне нужно поговорить с доктором Линчем. Произошла огромная ошибка, вы должны отпустить меня!

У медсестры были черные грязные волосы, разделенные посередине строгим пробором, и темные глаза, казавшиеся одновременно пронзительными и абсолютно пустыми. Она полностью проигнорировала меня, как будто ни слова не слышала.

— Иди в холл, завтрак ждет.

— Да, но...

— Поговоришь с ассистентом, доктором Хьюзом. Позже сможешь обсудить с ним все.

Она вручила мне кошмарного вида платье из серой фланели и велела переодеться. Потом забрала мою одежду и унесла ее куда-то. Меня подвели к умывальнику, где прочие пациентки растирали лица ледяной водой. Они не показались мне сумасшедшими, скорее усталыми и испуганными.

Медсестра — я узнала, что ее зовут Патриция, — подгоняла нас, будто скот, заставляя всех идти в помещение, которое, я предполагала, служило столовой. Здесь был длинный деревянный стол со скамьями по обе стороны, а на столе стояли эмалированные чашки с каким-то бульоном и корзинка с черствым хлебом. Мне показалось, что пациентов примерно человек шестьдесят. В дальнем конце зала стоял еще один стол, поменьше, а за ним сидели с десяток женщин, страдающих, кажется, умственной отсталостью. За ними наблюдали сразу две медсестры. Я села и попыталась запихнуть в себя пару ложек бульона, но стоило ему попасть в рот, как меня чуть не стошнило. Горло отказывалось совершать глотательные движения. Я хотела размочить в бульоне хлеб, но тут какая-то пожилая женщина схватила меня за руку.

— Не ешь, он отравлен!

Кусок хлеба выпал у меня из руки, и женщина безжалостно расхохоталась. Я не могла понять, сумасшедшая она или просто жестокая.

— Оставь ее в покое, Агата.

Я огляделась, пытаясь понять, кто сказал это, и удивилась. Это была молодая женщина лет двадцати, но звучала она властно, совсем не по годам. Я кивнула в знак благодарности. Учитывая состояние одежды и душевное состояние моих соседок, вынужденных пребывать в этом ужасном месте, трудно было предположить, сколько им на самом деле лет.

— Меня зовут Мэри. — Она говорила с мягкостью, которую я не ожидала услышать. — Как ты попала сюда?

— Мой брат...

Я поняла, что не могу закончить предложение: боялась разрыдаться прямо здесь. Впрочем, какая-то седая женщина на другом конце стола тоже плакала, а та, что сидела рядом со мной, бессвязно бормотала что-то себе под нос.

— Выходим во двор! — Крик медсестры возвестил об окончании завтрака, и всем выдали поношенные шали, чтобы мы могли выйти во двор (закрытый, разумеется). Стояла середина зимы, так что было очень холодно. Вдобавок ко всему двор с трех сторон закрывали стены, только северная сторона была открытой, а значит — никакого солнца. От этой мысли мне стало так тяжело, будто на сердце навесили якорь. Все это чересчур. Я застыла, в то время как другие пациентки засуетились.

— Построиться!

Я проигнорировала приказ. Я была слишком слаба, чтобы двигаться.

— Карлайл, возьми кого-нибудь в пару и марш во двор!

Я не привыкла, чтоб мне отдавали приказы. Я отказывалась подчиняться.

— Сколько тебе повторять?! — К моему изумлению, эту реплику медсестра сопроводила пощечиной. Внезапно моя слабость обернулась яростью. Я собиралась ответить ударом на удар, как вдруг кто-то схватил меня под руку и потащил вперед.

— Лучше делать, как они говорят, — тихо шепнули мне на ухо.

Я посмотрела налево и увидела, что рядом со мной шагает Мэри, та самая женщина, которая заступилась за меня во время завтрака.

— Меня не должно здесь быть, — сказала я.

— Думаешь, хоть кто-то из этих бедных женщин заслуживает быть здесь?

Я покачала головой, но, честно говоря, в эту секунду мне было плевать на остальных. Эти женщины с их лишенными нормальности лицами пугали меня. Я плотнее укуталась в шаль. От холода я так дрожала, что зубы стучали, и я заметила, что у некоторых моих товарок посинели губы. Это было бесчеловечно.

— Карлайл, подойди.

Я так давно не пользовалась своей настоящей фамилией, что в первую минуту даже не поняла, что медсестра Патриция обращается именно ко мне. Слава богу, подумала я. Они поняли, что совершили ошибку, и теперь собираются выпустить меня. Я отняла руку у Мэри и поблагодарила ее за доброту — с полной уверенностью, что это последний раз, когда мы видимся.

Медсестра отвела меня обратно в здание, завела в какую-то комнату, где меня взвесили, измерили рост, а потом другая медсестра быстро постригла мне ногти.

— Зачем вы это делаете? — спросила я.

— Ты пойдешь на прием к доктору Хьюзу.

Я сказала себе, что это совершенно естественно. Конечно, им нужно осмотреть меня, прежде чем отпустить. Формальность, не более. Конечно же.

После беглого осмотра меня отвели в другую комнату, где сидел человек в белом халате. Он представился как доктор Хьюз. Итак, вот он, мой шанс высказаться в свою защиту, — но я поняла, что не знаю, с чего начать.

— Представьтесь, — сказал он, открывая папку кремового цвета и приготовившись записывать.

— Я... меня зовут Опалин Гр... то есть я хотела сказать...

— Не слишком многообещающее начало.

Он еще ухитряется шутить, когда я в столь отчаянном положении! Это вывело меня из себя.

— Меня зовут Опалин Карлайл, но я жила под псевдонимом Опалин Грей, чтобы мой жестокий помешанный брат не смог меня отыскать.

Вот так. Ясно, связно, кратко. Пусть этот человек увидит, что я в здравом уме.

— Где вы живете?

— В Дублине. У меня небольшой магазин на Халф-Пенни-Лейн.

Он поднял бровь.

— И вы беременны?

— Да.

— Со сколькими мужчинами вы вступали в интимную связь?

— Прошу прощения?..

— Сколько у вас было половых партнеров, мисс Карлайл?

Ярость вспыхнула, подобно огню, и я сделала несколько глубоких вдохов-выдохов. Он провоцирует меня, хочет увидеть, как я буду реагировать.

— Всего один, — холодно ответила я.

— Ваш брат утверждает, что вы вели непристойный образ жизни, это так?

Я не знала, что ответить на это, так что промолчала.

— Вы страдаете от зрительных галлюцинаций?

— Увы, не в эту минуту.

Он с таким презрением взглянул на меня, что я прикусила язык и зареклась ехидничать.

— Слышите голоса?

— Нет, доктор, я не слышу никаких голосов. Вы же видите, со мной все в порядке. Мой брат организовал весь этот фарс. Он в бешенстве, потому что я воспротивилась его воле и не вышла замуж за человека, которого едва знала. Он так наказывает меня, понимаете?

В комнате воцарилась тишина, нарушаемая лишь скрипом его ручки по бумаге. Я думала о том, куда унесли мою одежду и ходит ли отсюда автобус до Дублина.

— На сегодня достаточно. Сестра! — На его зов в кабинет вошла Патриция.

— Теперь я могу ехать домой?

— О, боюсь, пройдет довольно много времени, прежде чем вы будете готовы вернуться в социум, мисс Карлайл. Если этот день вообще когда-нибудь настанет.

Его слова звучали как реплика из какой-нибудь пьесы. Такое мог сказать актер со сцены, но никак не реальный человек.

— Вы же не серьезно? На чем основано ваше медицинское заключение? На том, что вы спросили, страдаю ли я от галлюцинаций?.. Доктор Хьюз, вы ведь видите: я так же нормальна, как и вы сами.

— Ваш брат...

— К черту моего брата! Неужели его слово стоит дороже, чем мое?

Он ничего не сказал — просто молча надел колпачок на ручку, как бы показывая, что больше ничего писать не будет. Я получила свой ответ.

Я уперлась ладонями в стол, разделявший нас.

— Он лжет вам! Я могу доказать. В мои руки попала очень ценная рукопись, и он хочет выкрасть ее, разве вы не понимаете?

Доктор кивнул медсестре, и та поволокла меня из кабинета.

— Ну же, Карлайл! Тебе же лучше, если не будешь сопротивляться, — прошипела она.

— Проводите любые тесты! Я докажу, что не сумасшедшая!

— О, я думаю, мы и так уже всё поняли на этот счет, мисс Карлайл.

— Нет! Пожалуйста! Где доктор Линч? Дайте мне поговорить с ним! — Голос срывался, и мои бессмысленные крики эхом разносились по коридорам. Другая медсестра как раз заводила пациента в кабинет к врачу, и Патриция окликнула ее, между делом сказав, что я позабуду обо всем через час. Они действительно считали меня сумасшедшей, и мои протесты лишь подкрепляли их в этом убеждении.

Меня затащили обратно в мою грязную конуру, и я забилась в угол, где проплакала, наверное, несколько часов. Уже стемнело, когда я подняла взгляд и увидела, что на второй кровати сидит женщина. Как долго она тут?

— Лучше утри слезы, проку от них мало.

— Мэри?

Я поднялась с пола — задача весьма непростая, если учесть мой живот, — и присела на кровать рядом с ней.

— Почему ты здесь? — спросила я, впервые рассматривая ее как следует.

Растрепанные волосы, торчащие во все стороны, темные и глубокие глаза, нежный детский ротик и не по годам размеренная речь.

— Истерия. По крайней мере, так они сказали.

Это слово могло значить вообще что угодно.

— И в чем же она... хм... проявляется? — Я вдруг осознала, что буду делить комнату с этой женщиной.

— Я становилась чересчур эмоциональной, когда отец бил меня.

— Боже милостивый.

Мэри чуть улыбнулась, будто юмор был единственным, что у нее еще осталось.

— Я забеременела и сказала ему, что это сделал священник из нашей церкви, но отец не поверил. Он обозвал меня грязной шлюхой. Ему не хотелось, чтоб я маячила у него перед глазами, так что он заявил врачам, что у меня «демоническая лихорадка». Что я сама наносила себе увечья.

Я спрятала лицо в ладони. Как мы оказались в этой точке? Я бежала из дома, вдохновленная суфражистками, этими современными женщинами, готовыми бороться за равенство и свободу, за собственное счастье. Но один росчерк пера — и вот мы взаперти. Проблемные женщины, одержимые неподходящими идеями.

— Как давно ты здесь? Ты выглядишь очень молодо.

— Я попала сюда три года назад. Сейчас мне двадцать два.

Слезы полились сами собой. Все казалось совершенно безнадежным, но Мэри крепко сжала мою руку.

— Ты должна быть сильной ради ребенка, — сказала она. Потом встала, разделась и легла на вторую кровать.

Я лежала на тонком матрасе и через решетку за окном смотрела на луну. Мэри права. Мне нужно позаботиться об этом маленьком чуде, растущем внутри. Есть мерзкую еду, дышать свежим воздухом, быть настолько здоровой, насколько это вообще возможно. Если по-другому сейчас не получится, я возьму все, что есть, — ради нее. Нельзя позволять себе волноваться, это может навредить малышке. Когда придет время рожать, меня отвезут в больницу, и там у меня появится шанс на спасение.

Прошло еще две недели, и каждый день походил на предыдущий. Сложно даже вообразить, как медленно тянутся дни, когда нечего делать, говорить или думать. Единственное, что было примечательного в моем существовании, — это холод. Когда я говорила что-нибудь, то могла видеть собственное дыхание. Как-то раз во время завтрака у одной пожилой женщины случился припадок, она дрожала, билась в конвульсиях от холода и почти упала со скамейки.

— Пусть-ка грохнется на землю, это послужит ей уроком, — сказала Патриция.

Все медсестры были одеты в пальто, и, хотя каждая клетка моего тела приказывала мне молчать, я должна была что-то сделать.

— Разве вы не видите, что этот холод убивает ее? Неужели нельзя дать ей что-нибудь еще из одежды, чтобы было потеплее?

— У нее такая же одежда, как у всех.

На этом дискуссия была закончена. Когда принесли горячий чай, я пододвинула свою чашку женщине. Не такая уж большая потеря — чай был водянистый и на вкус отдавал медью.

В тот день привезли новенькую, и нам нашлось чем заняться. Мы приветствовали ее как могли, и теперь я поняла, почему все проявили ко мне такой жадный интерес, когда я только попала сюда. Нас мучила отупляющая сознание скука. Я надеялась, что ее история подтвердит мою правоту, что она очередная невинная жертва. Но ее речь была бессвязной, и вскоре ее увезли «на лечение», что бы это ни значило.

Кто-то сказал, что ее привезли прямиком из здания суда, а судили ее за то, что она утопила собственное дитя. Она верила, что это подменыш, что ее настоящего ребенка унесли фейри. От этой истории мне стало дурно. Не ровен час, я сама сойду с ума, если не выберусь отсюда. Люди думают, что худшее в заключении — это мысль о том, что ты заперт в четырех стенах, но есть и нечто иное. Хотя некоторые из женщин казались просто тревожными или подавленными, другие в самом деле страдали от разного рода физических и психических отклонений. Меня считали одной из них, и это сильно отражалось на том, во что верила я сама.

И вот настала ночь моего побега. Боли в животе были такими сильными, что я поняла: это схватки. Потом отошли воды, и все окончательно подтвердилось. Я попросила Мэри позвать медсестру, и соседка колотила в дверь и кричала, но очень долго никто не отзывался. Роды начались ранним утром (как это часто бывает), и на дежурстве была только одна пожилая монахиня. Она заявила, что я симулирую боли и что она не станет будить бедного доктора ради избалованного английского отребья вроде меня.

— Хватит кривляться! — потребовала она сквозь решетчатое окошко в двери.

— Мне не нужен доктор, мне нужно в больницу!

Мысль о том, что я вырвусь из этих стен, так возбудила меня, что я почти не замечала боли.

— Ах вот как, в больницу? А кошка на той неделе принесла хороший приплод без всяких больниц и со всем прекрасно управилась сама!

Больше она ничего не сказала, и я услышала только удаляющиеся шаги.

— Они ведь не бросят меня здесь, правда? — спросила я у Мэри, которая сидела в изголовье кровати и растирала мне спину.

— Не волнуйся, — успокоила она.

Снова началась схватка, и я застонала, изо всех вцепившись в одеяло. Так прошел остаток ночи; должно быть, в перерывах между схватками я даже ухитрялась немного подремать. Мэри все время была со мной, и, когда я спрашивала, она просила меня не волноваться. В итоге я не на шутку разволновалась и оставила все надежды на лучшее. В шесть утра зашла Патриция и, увидев, в каком я состоянии, ушла за врачом.

— Пожалуйста! — молила я, позабыв о всякой гордости. Боль была такой сильной, что я не могла выпить ни глотка воды. — Пожалуйста, отвезите меня в больницу!

— Вот еще что выдумала, ехать в больницу, чтоб рожать! Может, у вас в Англии так и делают, но не здесь. Роды — самая естественная вещь в мире, — заявила медсестра, задирая мою ночную рубашку и засовывая холодную руку мне между ног.

— Убери руки! — Я плюнула в нее, а Патриция в ответ ударила меня по лицу.

Не знаю, что бы случилось, если бы не появился доктор Хьюз. Он немедленно взял на себя руководство, послал медсестру за полотенцами, велел принести таз с водой. Схватки длились два часа, меня разрывало на части, я больше не знала, чьи руки прикасаются ко мне, и это не имело никакого значения. Они кричали, чтоб я тужилась, — и я тужилась. Кто-то обтирал мое горящее лицо холодной фланелью. Я звала маму, хоть и знала, что она не придет. Я молила Армана спасти меня. А потом был новый толчок, но на этот раз как-то иначе. Давление ослабло. Вокруг зашептались, и, открыв глаза, я увидела медсестру, которая уносит какой-то сверток.

— Где моя малышка? Куда вы уносите ее? — Я не знала, слышит ли меня кто-то. Голос был слаб, я охрипла от крика. — Мой ребенок! Пожалуйста, верните мою девочку!

Я слышала мужской голос, но смысл слов ускользал от меня. Пуповина обвилась вокруг шеи... она задохнулась... вытащили уже посиневшую... Я плохо помню, что было после. Вероятно, я в самом деле начала сходить с ума.

# Глава 41

# Марта

— Как изменилась традиционная риторика, свойственная творчеству Джейн Остин, с появлением этого романа, опубликованного незадолго до ее смерти?

Преподаватель сидел на краю стола, болтая ногой и держа в руке «Доводы рассудка». Отвечать вызвалась молодая американка с первого ряда, которая знала абсолютно все про каждую книгу, которую мы изучали. Я подумала, что ей, кажется, нравится преподаватель (впрочем, он этого не замечал).

— Брак и положение в обществе все еще являются ключевыми факторами, — сказала она. — Энн судит о людях по их характеру, а не по положению, но все равно поддается снобизму леди Расселл и отклоняет предложение руки и сердца капитана Уэнтворта.

— Отличное резюме, — прокомментировал Логан, ссутулившийся где-то на задних рядах. — Избавляет меня от необходимости читать это.

Я улыбнулась ему. Логан был из людей моего типа, хотя странно, что он записался на вечерние курсы по литературе и при этом не испытывал желания читать то, что мы проходим.

— Согласен, Джейн Остин не для всех. Однако ее книги до сих пор популярны, потому что темы, которые она поднимала в те времена, все еще актуальны. Любовь. Верность в браке. Гордость. Общественное давление, которому мы вынуждены подчиниться. Вы можете думать, что вольны делать любой выбор, однако на деле разрываетесь между желаниями сердца, доводами рассудка и тем, каким хочет видеть вас остальной мир.

Он был прав. Столько лет прошло, а ничего не изменилось.

— Я думаю, — сказала Беверли, медсестра стоматологии, сидящая рядом со мной, — главная тема романа в том, что можно получить в любви второй шанс.

Я старалась больше не читать людей, это ощущалось не очень честным, но порой делала это не задумываясь. Человек, которого она любила, погиб в автокатастрофе, и с тех пор она так никого и не встретила. Ради нее я хотела надеяться, что Джейн Остин права.

— Верно, Беверли. На Энн давят «доводы рассудка», ее убеждают отказаться от счастья, потому что у Уэнтворта нет перспектив. Однако она не может двигаться дальше и горько сожалеет о своем решении. В конце концов Энн признает, что годы разлуки заставили ее еще больше ценить любовь, когда Уэнтворт возвращается к ней.

Занятие уже закончилось, когда преподаватель подошел ко мне и поинтересовался, не думала ли я об учебе на дневном отделении.

— Если судить по письменным работам, вы идеальный кандидат, — пояснил он, — хотя мне бы хотелось, чтоб вы были активнее на семинарах. Думаю, вам бы это пошло на пользу.

Мне все еще трудно было высказываться вслух, хотя страх перед чтением исчез. С тех пор как татуировка у меня на спине завершилась, эти чары пали. Книги больше не пугали меня, теперь истории казались приглашениями, а не предупредительными знаками. Мне будто дали ключ от прежде запертой двери.

— Вот кое-какие материалы, которые помогут вам при поступлении.

Я послушно взяла буклеты и положила в сумку, ощущая, что живу совершенно другой жизнью. Жизнью человека, которому доступно все, чего он пожелает. Возможно, вторые шансы в самом деле существовали.

Мне никогда не надоедало гулять по территории Тринити, и после каждого занятия я ощущала, что меня переполняет гордость.

— Ты должна обещать, что не будешь одной из таких студентов, которые в каждый разговор ухитряются ввернуть упоминание, что они учились в Тринити, — хмыкнул Логан, застегивая пальто. Он работал шеф-поваром, но в глубине души мечтал писать комиксы.

— О, я уже такая.

Интересно, как бы у меня это получилось, если я ни с кем не общаюсь, кроме мадам Боуден и однокурсников.

— Я сам подумываю о поступлении, — сказал он.

— Серьезно?

— Ой, вот только не надо так удивляться!

Я смотрела на него и видела мальчика, который вырос, читая комиксы и мечтая написать собственный. Однако подростковый роман привел к беременности, и в итоге он начал работать помощником на кухне, чтобы было чем платить за квартиру. Теперь Логан дослужился до шеф-повара в ресторане одного из лучших дублинских отелей, но его сердце по-прежнему принадлежало комиксам.

— Остин тебе не по вкусу, да? — поинтересовалась я.

— Я больше люблю графические романы.

— А я даже не знала, что такие существуют...

Он смотрел на меня глазами человека, смертельно раненного, у которого осталось сил лишь на то, чтоб сделать последний вздох и прохрипеть, что ты зря пристрелил его.

— Боже мой, ты никогда не слышала про «Мауса»? Роман Арта Шпигельмана?

Я покачала головой.

— Марта, ты меня убиваешь! А как насчет «Стеклянного города»? Ты ведь фанатка Бронте, не так ли?

Я рассмеялась и мысленно отметила, что надо бы посмотреть, есть ли эти книги в библиотеке. Когда мы завернули за угол, я увидела знакомую фигуру. Он весело болтал по телефону и не глядел на меня, но почему-то вдруг обернулся в мою сторону. Генри.

Я неловко помахала рукой. Он поднял глаза и натянуто улыбнулся. «Как дела?» — одними губами спросил он, и я подняла большой палец вверх.

Генри показал на телефон, и я жестом попросила его не отвлекаться, тем более что мне все равно нужно было идти. Вот и все. Он зашел в здание, а Логан тем временем рассказывал мне о персонаже, которого придумал, — какой-то повар-супергерой, который борется с преступностью или вроде того.

Я чувствовала, что все тело охватил холод. Казалось, никаких «нас» больше нет, мы ничего не значим друг для друга. Я не могла припомнить точную цитату из «Доводов рассудка», но было как-то так: «Теперь они были как чужие; нет, даже хуже, чем чужие, потому что они были лишены возможности сблизиться. Им грозило вечное отчуждение».

# Глава 42

# Генри

— Так вы придете? — повторила мадам Боуден.

— Извините, а откуда у вас мой номер?

— Из телефона Марты, само собой. Она пригласила еще парочку приятелей из колледжа...

Я даже не знал, что у нее день рождения. Во многом Марта оставалась для меня загадкой. Она возвела вокруг своей личности такие высокие стены, что те редкие моменты, когда мы оказывались по-настоящему близки, обретали для меня еще большее значение.

— Не уверен, что она захочет меня там видеть, — ответил я, глядя в окно на мужа Норы, который возился в саду. Я все еще не простил его за то, что он сказал Марте, будто я уехал навсегда. Было легче винить его, чем признать, что, может, она просто не захотела быть с кем-то вроде меня.

На день рождения она меня, конечно, не приглашала, и я не понимал, с чего мадам Боуден решила вдруг вмешаться.

— Вздор! Она захочет видеть своих друзей в такой день! У нее выдался ужасный год, не находите? Я думаю, можно на один вечер спуститься с неба на землю, отложить в сторону свои комплексы и съесть кусок торта. Ох, мужчины, ну право слово!

Вынеся такой обвинительный вердикт целой половине человечества, она повесила трубку.

Погода стояла очень мягкая для этого времени года, я прогуливался вдоль канала и смотрел на золотую дорожку нарциссов, протянувшуюся тонкой нитью к сердцу города. Я начал воспринимать Дублин как дом, еще недавно я планировал переехать сюда.

От этой мысли я немного смутился: когда смотришь назад на то, что делал ради любви, все кажется глупым. Грандиозные планы, основанные только на чувствах, — которые не более чем химические реакции в организме, — при свете дня ощущались бессмысленными. Однако нельзя отрицать, что те несколько недель, проведенные с Мартой, были самыми живыми и яркими. До встречи с ней я брел по жизни как во сне, принимал решения, которых от меня ждали... Но кто скажет, что теперь я живу правильнее?

Я вспомнил, как уже перед отъездом Люсинда сказала мне: «Неважно, правильные решения или нет, главное — ты их принимаешь, и они тащат тебя по жизни дальше». Правда, вместо слова «жизнь» она сказала «путешествие», но я списал это на затянувшуюся фазу воссоединения с матерью-землей и прочую послеродовую чепуху.

Я никогда не был силен в выборе подарков. Меня неизменно охватывала паника, а следом за ней — понимание, что я ничего не знаю о человеке, которому должен что-то преподнести. По этой причине я старался покупать людям книги, с ними не ошибешься... Хотя нет, это нельзя считать на сто процентов правдой. Как-то я купил отцу книгу о борьбе с зависимостью, а он использовал страницы на растопку камина.

Однако на этот раз я точно знал, что буду дарить.

— Завернуть в подарочную упаковку? — спросила продавщица. Я покивал, достал из бумажника дебетовую карту и вставил ее в терминал.

— Ой, можете еще раз? Иногда оплата почему-то не проходит.

Я повторил все то же самое. Снова отказ.

— А вообще, знаете, я бы предпочел расплатиться кредиткой, — заявил я, будто речь шла о моем собственном выборе. Мне стало понятно, что университет оперативно перекрыл мое финансирование. Однако глядя, как коробку оборачивают в черную с золотыми завитками бумагу, я понимал, что ограбил бы банк (выражаясь фигурально), чтобы подарить это Марте.

Я подъехал к ее дому в районе восьми и, как всегда, осмотрелся — просто на всякий случай. «На какой такой случай, Генри? Что волшебный книжный магазин появится снова и внутри тебя будет ждать твоя рукопись?» Я поднял глаза к небу и покачал головой.

— Жалкий фантазер, — пробормотал я себе под нос, поднимаясь по ступенькам крыльца.

Я замер на полпути, заметив фигуру в окне. Это была Марта в сапфирово-синем вечернем платье с глубоким вырезом на спине, обнажавшим большую татуировку. Светлые волосы она заплела в косу и обернула вокруг головы наподобие короны.

У меня подкосились ноги. Бессмысленно. Сколько бы я ни убеждал себя, стоило только ее увидеть — и чувства вспыхнули вновь. Я заметил возле нее того парня, с которым уже видел ее в Тринити; кажется, он рассказывал ей какой-то бородатый анекдот. Он выглядел куда старше нее, лысеющий, но, должно быть, в нем было нечто такое, что отсутствовало у меня.

— Может, стабильность? — поинтересовался кто-то, явно услышав мои мысли. Я поднял глаза и увидел в дверях мадам Боуден. В одной руке она держала трость, а в другой — сигарету.

— Как давно вы тут стоите?

— Вы собираетесь заходить, мистер Филд? — вместо ответа спросила она.

— На самом деле я не смогу, — сообщил я. — Только сейчас понял, что у меня назначена встреча. Может, вы передадите это Марте от меня?

Я протянул ей подарок.

— Прошу прощения?.. Вы, кажется, спутали меня с курьером! Я хозяйка в этом доме, а вы, если вы, конечно, джентльмен, зайдете и сами отдадите это Марте!

Я тяжело вздохнул. Ох уж эта женщина.

Дом выглядел великолепно, весь украшенный огоньками. Из гостиной доносился звон бокалов и болтовня. Я помедлил, ожидая, что мадам Боуден пойдет впереди меня, но она повела себя совершенно нетипично и скрылась из виду. Я прошел через распахнутые входные двери и прежде всего увидел стол: множество закусок и большой торт, покрытый глазурью. Если судить по еде, надо полагать, Марта в самом деле завоевала сердце старой леди. Но чье сердце она еще не завоевала?

Я поздоровался с парой человек и медленно двинулся в сторону именинницы. Каждый шаг давался с усилием. Она подняла голову и одарила меня тем самым взглядом, который я запомнил с первой нашей встречи, когда она высунулась в полуподвальное окошко. Правда, сейчас на ней было элегантное платье, но это лишь усиливало эффект.

— С днем рождения, Марта! — сказал я. Она оставила приятелей общаться друг с другом, приблизилась ко мне, положила руку на запястье и, наклонившись, поцеловала в щеку.

— О, Генри!

Да, именно такой реакции ждешь, когда непрошеным врываешься на вечеринку. «О, Генри».

— Я так рада, что ты пришел, — добавила она, неловко обнимая меня. Ну, может, дело во мне, и объятия со мной в любом случае получились бы неловкими. Кто будет судить, в конце концов?

— Я тоже, — светски заметил я, будто еще пару часов назад и не думал, пропустить ли вечеринку. — Ты замечательно выглядишь.

Она поправила прическу.

— Спасибо. Мадам Боуден настояла, чтоб я надела одно из ее старых платьев. Правда, пришлось ушивать его у портного... — Она сказала это с ноткой изумления в голосе, будто не могла поверить, что кто-то готов ради нее на такие хлопоты.

Я смотрел, как переливаются складки на ее шелковой юбке. Душераздирающе. Мне надо было убираться, и как можно скорее.

— Слушай... — начал было я, но тут кто-то включил музыку.

— Танец с именинницей! — воскликнула одна из ее подруг и подтолкнула Марту ко мне.

Мы оба разом запротестовали.

— Ой, может, не надо...

— Да я даже не умею!

Однако другим гостям идея понравилась, и вокруг нас образовался круг из людей.

— Это моя песня, — немного застенчиво шепнула Марта.

Я прислушивался к неровным фортепианным нотам и пытался узнать мелодию.

— Это Том Уэйтс. Мама назвала меня в честь этой песни.

Как можно было отказать ей?

— Ну что ж, раз твоя песня... — Я обнял ее за талию и взял руку в свою.

Мы не разговаривали, просто медленно двигались под песню — наверное, самую печальную из всех, которые я когда-либо слышал. Ужасно танцевать на людях, но танцевать на публике с женщиной, которая только недавно бросила тебя... Это был, наверное, самый мучительно неловкий момент моей жизни. И все же что-то происходило между нами, какое-то неведомое волшебство. Мы смотрели друг другу глаза в глаза и не могли сдержать улыбки. Гости слегка расступились, чтобы освободить нам место, но с тем же успехом они могли и вовсе исчезнуть. Я видел только ее, в моих объятиях, такую радостную. Неожиданно оказалось, что я умею танцевать: может, благодаря ее вечернему платью или мягкому свету свечей, но я ощущал себя Фредом Астером. Хотя, если б кто-нибудь снимал на видео, я наверняка решил бы, что двигаюсь как монстр Франкенштейна. Песня звенела, летела куда-то, и мелодия нарастала...

«Марта... Марта, я люблю тебя, как ты можешь не понимать этого?»

Невыносимо. Я отпустил ее и отступил на шаг.

— Извини, мне пора.

Я пытался уйти с достоинством, насколько это вообще возможно. Потянул вниз ручку входной двери, но она не поддалась.

— Ох, да ради бога... — Я изо всех сил дернул ее на себя.

— Генри!

Я обернулся и увидел Марту. В ее глазах было столько жалости! Последнее, чего мне хотелось. Я совершенно беззащитен перед ней. Оставалось только притворяться.

— Ты была права. Насчет нас, я имею в виду... Все равно ничего бы не вышло.

— О.

Я не мог ничего прочитать по ее лицу. Хотелось поскорее убраться из дома. Я снова задергал ручку, но дверь по-прежнему не поддавалась.

— Уже уходите? — поинтересовалась мадам Боуден.

Боже, эта женщина вездесуща!

— Все нормально, — коротко ответила ей Марта. — Спасибо, что пришел, правда.

Я кивнул, сунув руки в карманы, и нащупал коробочку.

— Я забыл отдать тебе подарок.

Она разорвала упаковку, и ее глаза расширились.

— Ты, должно быть, шутишь! — Марта прижала руку к груди.

— Что там? — спросила старая леди, нашаривая очки.

— Это ручка «Монблан».

*«Ясно видеть можно только сердцем».*

— Генри, я не могу ее принять! Это же ужасно дорого!

Я улыбнулся вместо ответа и понадеялся, что она знает, как много значит для меня. Куда больше, чем какая-то ручка.

— Я подумал, когда ты поступишь в университет, тебе надо будет чем-то писать.

Она достала ручку и прижала к груди.

— Она прекрасна, спасибо!

— А теперь мне действительно пора идти, — сказал я слегка дрогнувшим голосом. — Но у вас, кажется, дверь заклинило...

Мадам Боуден протянула руку и легко распахнула ее.

— Доброй ночи, Генри, — сказала она и подмигнула мне.

# Глава 43

# Опалин

*Клиника для душевнобольных округа Коннахт, 1923*

Не знаю, сколько я пролежала на той кровати, было ли мне холодно или тепло, крутились ли вокруг меня какие-то люди. Все чувства притупились, осталось только одно желание — подержать мою девочку.

— Да с чего ты захотела нянчить мертвого ребенка? — огрызнулась медсестра. Вероятно, уже не в первый раз.

У меня не было сил отвечать ей или плакать. Я могла только надеяться, что сама скоро умру и это закончится. Мэри принесла мне еды, но я не притронулась к ней. Потом кто-то открыл окно, чтобы в комнате стало холодно, сдернул с меня одеяло — я все равно не пошевелилась. Меня подняли и отнесли в ванную, смыли засохшую кровь с моих бедер. Мне было все равно, что кто-то видит меня обнаженной или дотрагивается до меня. Я мечтала умереть и воссоединиться с моей малышкой.

Потом настала ночь, и я с криком проснулась от кошмара: Линдон, захлестнувший удавкой горло моему ребенку.

— Что такое? — Рядом с кроватью стояла Мэри и гладила меня по лбу. Я вцепилась в ее руку.

— Я не могу... не могу жить...

— Ты должна.

— Ты не понимаешь, — пробормотала я, отворачиваясь.

— Понимаю! Отец бил меня и бил, пока ребенка не стало, но чувство вины... — Она осеклась. — Вот почему он засунул меня сюда. Не мог смириться с тем, что совершил, так что выбрал винить во всем меня. И запер здесь.

Я повернулась и посмотрела на нее. Было темно, но в лице Мэри просвечивало некое благородство, милосердие, которого я не могла вообразить в столь ужасных обстоятельствах.

— О, Мэри, мне так жаль...

— Мне не нужна твоя жалость, Опалин. Мне нужна ты сама, чтобы я могла выжить. Мы обе нужны друг другу, если собираемся когда-нибудь вырваться отсюда.

Она казалась такой сильной, такой независимой, что я никогда не подумала бы, что она вообще нуждается в ком-то другом.

— Просто позволь мне помочь тебе сейчас. Ты переживешь это и станешь еще сильнее.

— Но какой в этом смысл? — спросила я, приподнимаясь на локтях. — Что за будущее нас ждет?

— Я не знаю. Все, что я могу, — надеяться, и в тот день, когда ты появилась здесь, я почувствовала, что мои молитвы были услышаны.

Я горько рассмеялась.

— Я бы советовала тебе возложить свои надежды на кого-нибудь другого. Кто угодно из местных женщин послужит для тебя бо́льшим вдохновением, чем я.

— Сейчас ты думаешь так, но...

Я села так резко, что мы почти столкнулись лбами.

— Я всегда буду думать так.

Однако наутро Мэри упрямо принесла мне тарелку овсянки. Я знала, как она рискует: выносить еду из столовой категорически запрещалось, наказание — одиночное заключение. Я ничего не сказала, просто села на кровати и начала есть. Позже она ухитрилась пронести еще кусок хлеба (правда, без масла) и эмалированную чашку с чаем. На следующее утро я дошла до столовой сама, опираясь на плечо Мэри.

— Ты умеешь шить? — спросила она.

Я видела, что Мэри чинила для других поношенную одежду. Она была единственной пациенткой, кому доверяли иглу.

— Когда-то, еще до клиники, я была портнихой. Мама научила меня. Тебе тоже надо чем-то занять себя, Опалин.

— Я могу попробовать, — согласилась я, не пришившая ни разу в жизни даже пуговицы.

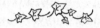

*«Дорогая Джейн,*
*я оказалась в ситуации, в которую сама с трудом могу поверить, а потому не знаю, в каких словах описать ее тебе, моей самой близкой подруге. Честно говоря, воспоминания о нашем общем детстве сейчас кажутся сном. Однако у меня мало времени, придется ужаться в словах. Я в психиатрической лечебнице. Уверяю тебя, что я совершенно здорова и пребываю в здравом уме. За всем стоит Линдон; уверена, остальное ты сама понимаешь. А еще я родила ребенка. Она не выжила. Пожалуйста, помоги, если сможешь.*

*Твоя подруга*
*Опалин»*

Прошел год. Надежда на спасение превратилась в несбыточную мечту, о которой я почти не вспоминала. Мэри все меньше говорила, зато от тревоги начала много кашлять по ночам и почти не спала, так что я сидела рядом, укутав ее своим одеялом.

— Расскажи, как ты жила, — попросила она однажды, — до того, как попала сюда.

Как я жила раньше... Я не знала, как поведать историю, которая теперь даже не казалась моей собственной. Было страшно, что, если начну рассказывать, еще сильнее отдалюсь от своего прошлого.

— Я продавала книги.

Воцарилось молчание. Мы обе пробовали на вкус реальность этих слов.

— Я никогда не читала книг, — тихо сказала Мэри.

Я порадовалась, что темнота скрывает выражение моего лица, — наверняка в нем смешались шок и жалость, а Мэри не захотела бы ни того ни другого. Ее нагнал очередной приступ кашля, затяжной, минут на пять. Хриплое дыхание подтверждало мои подозрения: грипп. К болезни добавлялись беспрерывный холод, изношенные тряпки вместо нормальной одежды и диета из каши и водянистого супа, так что я всерьез опасалась за ее здоровье.

— Можешь рассказать мне какую-нибудь историю? Из твоих книг?

В ту минуту я сделала бы что угодно, лишь бы утешить ее, и поэтому принялась пересказывать ей второй роман Эмили Бронте. Перед глазами стоял мелкий убористый почерк. Я помнила историю почти слово в слово, потому что читала ее не так, как остальные книги. Я была единственной, кто видел ее с тех пор, как записную книжку спрятали в шкатулку для шитья, так что слова впечатались мне в душу.

Слова успокаивали Мэри, и, как ребенок, она каждый вечер просила рассказывать одно и то же, снова и снова. Меж тем ей становилось все хуже.

# Глава 44

# Марта

Я закрыла книгу и почувствовала, как стены комнаты успо-
каиваются вокруг меня. На обложке был изображен магазин
мистера Фитцпатрика. Я провела кончиками пальцев по на-
званию, выгравированному золотом.

— «Затерянное место», — прошептала я. Теперь у меня
не осталось сомнений, что роман написала Опалин Карлайл.
Я почти закончила читать и пыталась растянуть удовольствие,
как плитку шоколада в детстве. Ощущение тоже было горько-
сладким, потому что единственный, с кем я могла разделить
это удовольствие, вероятно, ненавидел меня. Генри.

Я сидела в библиотеке Тринити вместе с Логаном. Подразумевалось, что мы будем писать эссе по «Доводам рассудка», но он листал новые рецепты в соцсетях, а я использовала это как отговорку.

— В чем дело? Ты какая-то дерганая с самого дня рождения, — заметил Логан. Он шептал очень громко, и другим
посетителям это не очень нравилось.

— Ничего такого, — чересчур небрежно сказала я. —
Просто мне нужна помощь кое с чем, а единственный, кого
я могу попросить...

— Ш-ш-ш!

Я придвинулась поближе к Логану.

— Понимаешь, есть один парень...

— Разве не всегда так? — Он улыбнулся.

— Не в этом дело. Я просто... Я не могу сейчас позволить себе серьезные отношения, так что мы прекратили все до того, как это зашло далеко, но теперь...

Логан подвинулся еще ближе.

— Ты, Марта, попала в классические ситуативные отношения. Поверь, их стоит избегать, как чумы. Никогда не знаешь, чего ожидать.

Он был прав. Я танцевала с Генри на вечеринке, и это было ошеломительно прекрасно. Я чувствовала себя принцессой: в чудном доме, одетой в волшебное платье, порхающей в объятиях принца. Он был очаровательным и забавным, меня манили его манеры мрачного ученого. За годы брака я познала боль от ушибов и сломанных костей, я носила на сердце множество шрамов, но ни разу оно не разбивалось так болезненно, как в тот момент, когда он подарил мне ручку «Маленький принц».

— Просто мы оба были вовлечены в своего рода... исследование, и сейчас мне вроде как необходимы его познания и опыт.

— Хочешь мой совет? Обрисуй границы на старте, дай ему понять, что вы просто друзья, и...

— Ш-ш-ш!

Просто друзья. Конечно. Это я могу. Главное, чтоб Генри не узнал, как часто я проверяю его страницу в соцсетях, — и совершенно напрасно, потому что он редко что-то публиковал. На последней фотографии была его новорожденная племянница. Увидев фото, я улыбнулась, но тут же расстроилась, потому что знала, что никогда не стану частью его жизни.

Логан был прав. В конце концов, Генри не пришел бы ко мне на день рождения, если б не хотел остаться друзьями. Между нами в самом деле ничего не переменилось с той поры: он все так же намеревался вернуться домой, в Англию, когда найдет пропавшую рукопись, но до той поры книжный магазин и Опалин притягивали нас обоих будто магнитом. Словно какие-то силы решили, что наши судьбы переплетаются, хоть нам вовсе и не обязательно быть парой.

— Ты прав. — Я закрыла ноутбук и засунула его в рюкзак. — В конце концов, на дворе двадцать первый век.

Будто это хоть что-то значит.

— Погоди секунду. — Логан протянул руку и снял у меня с макушки ярко-зеленый лист.

— О, спасибо. — Я как следует прочесала волосы на случай, если там осталось что-то еще.

— Весна витает прямо в воздухе, — заметил Логан.

В моей подвальной квартирке она ощущалась тоже. Ствол начал отделяться от стены под потолком, и ветви нависали над моей кроватью, образуя нечто вроде балдахина. Почки набухали и прорастали. Я теперь уже не думала о том, что надо рассказать про это странное дерево мадам Боуден: оно мне нравилось, и я не хотела, чтоб его кто-нибудь срубил. Возле букинистического магазина на столике с бесплатными книгами я нашла одну интересную, про скрытую жизнь деревьев, и взяла ее. Потому что это дерево, кажется, пряталось от чего-то у меня в подвале. И потому что именно так я теперь и поступала: брала книги по наитию.

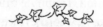

Слова Логана подбадривали меня всю дорогу до мотеля Генри, но, уже стоя возле дверей, я начала колебаться. Кого я обманываю? Конечно, он все еще нравится мне и сразу поймет это. Это глупая затея. Может, я сама могу узнать побольше об Опалин и мне для этого вовсе не требуется человек с опытом и знаниями?

Я гоняла все эти мысли в голове и уговаривала себя не звонить в дверь. Но тут в окне показались две маленькие собачки. Увидев меня, они принялись яростно лаять.

— Тише! — зашипела я, почему-то подняв руки, как будто они были вооружены. В следующее мгновение входная дверь распахнулась.

— Привет, милая! Боюсь, сегодня у нас нет свободных комнат, — сообщила усталая женщина. Глубоко затянувшись сигаретой, она велела собакам замолчать, не то они не получат угощения, — и, как ни странно, это сработало.

— Нет, мне не нужна комната. Я хотела узнать, дома ли Генри, но, наверное, нет, так что я просто... — Я отступила на шаг, к тротуару.

— ГЕНРИ! К ТЕБЕ ГОСТИ!

Ее вопль прорезал тишину, как сирена. После чего, мило улыбнувшись, женщина предложила мне зайти.

И что мне оставалось?

Я сидела на маленьком стуле, он был обит бархатом и соединялся с таким же маленьким письменным столом, а на столе стоял городской телефон. Генри спустился по лестнице; сначала показались его коричневые ботинки, а затем и весь он — озадаченный, как и следовало ожидать.

— Привет, — сказала я, зачем-то помахав рукой, хотя он стоял прямо передо мной. Генри не ответил на мое приветствие, и это было даже немного странно. Я почувствовала, что зря сюда заявилась.

— Теперь понятно, почему ты так быстро вернулся из Лондона, — сказала хозяйка, подмигнув мне.

Генри наклонил голову и потер затылок ладонью.

— Не хочешь подняться ко мне в комнату? — спросил он.

— Ну-ну, милый, ты знаешь правила! — захихикала хозяйка. Мне хотелось провалиться сквозь землю, но вместо этого я поднялась, изобретая предлог, чтоб уйти.

— Знаешь, наверное, это можно было решить и в переписке, так что я напишу тебе на имейл. Попозже. Извини, что побеспокоила.

Я уже стояла на пороге, когда меня нагнали его слова:

— Я на самом деле и сам собирался уходить...

Мы шли по улице, обмениваясь светскими замечаниями о погоде, и сошлись на том, что глобальное потепление — это просто кошмар. Странно, как быстро тебя иногда швыряет от ощущения, что этому человеку можно доверить самое сокровенное, к беседе двух незнакомцев на автобусной остановке.

— Я не хотела тебя беспокоить... ну, знаешь, учитывая все... Но я разговаривала с моим другом Логаном, и он сказал, что, знаешь, на дворе двадцать первый век и люди могут просто дружить...

Господи, это было максимально неловко. Как будто мне лет пять.

— Логан? Тот парень, которого я видел на вечеринке?

— Ага! Мы на самом деле хорошо общаемся. Вместе посещаем курсы.

Несмотря ни на что, последняя фраза звучала по-настоящему круто.

— Я рад за тебя, правда. Здорово видеть, что у тебя все налаживается. — Генри остановился и пнул воображаемый камешек. — Дело в том, что я сейчас должен сосредоточиться на своей работе.

— Об этом я и пришла поговорить. Об Опалин.

— Что?

— То письмо Сильвии, которое ты мне показывал. Она пишет о книге, и я думаю, что, возможно, у меня есть эта книга.

— Что?..

— И я почти уверена, что именно Опалин написала ее.

— Погоди! Что?.. Как?!

— Я не знаю. Не могу всего объяснить. Уверена, это не та рукопись, которую ты ищешь, так что я сомневалась, стоит ли говорить тебе...

— Нет-нет! Я рад! Прости, если веду себя...

Он замолчал.

— Все нормально. Я тоже чувствую, как это странно. Но, может, у нас получится быть... ну, знаешь... друзьями?

Я стояла перед ним, уязвимая и открытая, и Генри долго молчал, а когда разомкнул губы, сказал нечто совсем неожиданное:

— Черт. Я опоздаю на автобус.

# Глава 45

# Генри

Это была ужасная идея. Я понятия не имел, что буду делать, когда доберусь до церкви Святой Агнессы, притом что мне предстояла важная встреча. Моя спутница не сказала ни слова: она с удовольствием поглощала чипсы с самым мерзким на свете запахом, которым уже насквозь пропитался весь автобус.

Я посмотрел за окно на проплывающие мимо холмы. День был ослепительно яркий, все переливалось. Кто-то однажды сказал, что Ирландия была бы прекрасной страной, если б только можно было натянуть над ней крышу. Звучало весьма правдиво. Мы ехали на запад, и автобус только что покинул какой-то крошечный городишко, где Марта купила дурно пахнущие чипсы. Я остановил свой выбор на банке апельсиновой газировки, о чем уже жалел, потому что теперь мне хотелось в туалет.

— Знаешь, там, может, и нет ничего. Тебе стоит снизить ожидания. Обычно в таких случаях информация не прыгает тебе в руки сама, как по волшебству.

Я был раздражен и не очень хорошо скрывал это.

Теперь я хотел лишь одного: отыскать рукопись. Я сказал себе, что, если не найду ее, значит, все было напрасно. Моя карьера пойдет ко дну, но что еще хуже — пострадает моя репутация. Я поставил все на карту, имея на руках лишь письмо от Эйба Розенбаха, подлинность которого до сих пор даже не подтвердил как полагается. Но разве все книги об известных коллекционерах книг (вроде американок Ростенберг и Стерн или синайских сестричек) не указывали на необходимость доверять инстинктам? Внутреннему чутью?

— Не переживай, Генри. В чем меня нельзя обвинить, так это в завышенных ожиданиях.

Я улыбнулся.

— Я узнал цитату.

— Да, мы проходили эту книгу на курсах.

Она слегка покраснела, и я с трудом удержался от того, чтобы убрать челку, упавшую ей на глаза. Надо было как-то отвлечься.

— Ты что-нибудь знаешь об этом месте? — спросил я.

— Про клинику? Не особенно. Но ведь в этом и заключается идея, да? Такие места должны быть скрыты от посторонних глаз.

— И заодно скрывать от посторонних глаз женщин. Очень удобно.

Марта всем телом повернулась ко мне, как будто хотела, чтоб я продолжал. Что ж, если я сосредоточусь на цели наших поисков, эта поездка станет куда проще.

— Я изучал истории других женщин, которых насильно увозили в психиатрические клиники. Ты знала, что дочь Джеймса Джойса, Лючию, поместили в такую клинику в 1932 году?

Она покачала головой.

— Мужчина мог упечь родственницу в психушку по разным причинам, но про Лючию писали, что у нее диагностировали шизофрению. Кажется, в какой-то момент ее лечащим врачом был сам Карл Юнг.

— И как долго ее там держали?

— До самой смерти. Почти пятьдесят лет.

— Боже!

Мы помолчали какое-то время. Наше расследование обретало чересчур реальные черты.

— Она была танцовщицей. Ну, знаешь, до того как ее поместили в клинику... Жила в Париже. В некоторых книгах пишут, что она стала неуравновешенной после разрыва с Беккетом, но, полагаю, правды мы никогда не узнаем. Ее племянник сжег все ее письма.

Что насчет Опалин, ее постигла та же участь? Возможно, и это останется для меня тайной.

— Пара исследователей даже рискнула предположить, что Лючия написала роман, но его так и не нашли.

— А что, если роман не хотел быть найденным?

— Конечно, хотел! С чего бы ему не хотеть?.. Ну то есть если предположить, что у неодушевленных предметов имеется своя воля, что само по себе слегка отдает безумием.

Она нахмурилась, глядя в окно, а когда обернулась, показалась мне по-настоящему раздраженной.

— Это все, что тебя волнует? Прославиться?

— Нет, речь идет о большем. Мы можем расширить наше знание истории, обнаружить сокровища, что были утрачены, изучить их... Это наше культурное наследие. Оно принадлежит нам по праву.

— Но по какому праву ты решаешь, что будет найдено, а что навсегда останется утраченным?

— О чем ты?

Я не мог взять в толк, с чего Марта вдруг накинулась на меня, почему мы спорим. Она знала, чем я занимаюсь. В конце концов, это она захотела поехать со мной.

— Неважно, — сказала она наконец.

— Нет, важно! Ведь ты сама нашла книгу, которую, по твоему мнению, написала Опалин.

— Я не находила. Мне ее... подарили.

Я косо взглянул на нее.

— Не хочу об этом.

Да, я тоже не хотел. Я только поэтому согласился, чтоб она сопровождала меня, — очень уж хотелось увидеть эту книгу. Оставалось лишь гадать, почему Марта отправилась со мной в путешествие. Разговор явно затух, так что я сделал то, что делает любой человек, которому предстоит долгая поездка на автобусе: притворился спящим, чтобы не смотреть на нее.

— Генри.

Мне было бы легче, если б она не произносила мое имя с этим удивительным ирландским акцентом.

— Что?

— Мы на месте.

Автобус, пыхтя и дребезжа, остановился у того, что здесь считалось автобусной остановкой: крутой обочины со статуей Девы Марии, берегущей незнамо что в этой глуши. Двигатель жалобно взревел, и автобус поехал дальше, окатив нас облаком пыли.

— Это здесь? — спросил я, напрягая зрение, чтобы рассмотреть переулок за коваными железными воротами.

— Похоже на то. — Марта указала на маленькую табличку с надписью. Церковь Святой Агаты.

— Знаешь, а у тебя отлично получается.

Она бросила на меня испепеляющий взгляд. Надо перестать вести себя как придурок. Может, я просто ревную? Кто такой вообще этот Логан?

Я заставил себя думать о настоящем моменте. Вдоль переулка сплошной стеной стояли разросшиеся сосны. Мы прошли по извилистой подъездной дорожке, и из-за угла выглянуло здание: темно-серая глыба, вросшая в землю. Если б не решетки на окнах, я бы принял его за монастырь строгих правил.

Я замер.

— Что такое? — встревожилась Марта.

— Это просто так... реально.

Я никогда ранее не ощущал подобного: будто что-то очень тяжелое навалилось на грудь. Одно дело читать обо всем на бумаге, но оказаться в таком месте взаправду... Я надеялся, что ошибаюсь, что Опалин не держали в этих стенах долгие годы. Марта положила руку мне на плечо, желая поддержать, и я немного пришел в себя.

Снаружи висело три дверных звонка, и ни один, похоже, не работал. Я нажал на все кнопки и приготовился ждать.

— Ты подумал о том, что скажешь им?

— Я собирался просто спросить, не жила ли здесь женщина по имени Опалин Карлайл.

Марта покачала головой, давая понять, что так я ничего не добьюсь.

— Ты не очень хорошо представляешь себе ирландских католиков, да?

— Что ты хочешь сказать?

— Что в местах, подобных этому, люди неохотно делятся информацией.

Я решительно постучал в дверь. Прошло несколько минут, но нам так никто и не открыл.

— Что ж! — Я хлопнул в ладоши. Этот сигнал я понимал на всех языках. — Поехали домой.

— Но мы проделали такой путь!

— Да, а теперь поедем обратно, — согласился я. — Когда ближайший автобус до Дублина, ты не посмотрела?

— Нельзя уезжать просто так! Что с тобой такое?

— Это просто... очередная погоня за призраками. Я ни на шаг не продвинусь в поисках рукописи, верно? Некоторые всю жизнь преследуют глупые мечты, но я не могу себе этого позволить.

Нет смысла стоять и спорить. Я принял решение и не обязан ничего ей объяснять.

Я зашагал назад к подъездной дорожке, предполагая, что рано или поздно Марта нагонит меня.

— Чем я могу помочь?

Дверь наконец распахнулась. За ней стояла пожилая женщина и говорила с нами таким тоном, что было ясно: последнее, чего она хочет, — помогать нам с чем бы то ни было. Я заметил короткие тугие кудри и белую медсестринскую форму. Трудно винить ее за то, что она злилась, — в таком месте я бы тоже злился.

Я бросился назад, к дверям.

— Да, я хотел узнать, проживала ли здесь когда-либо женщина по имени Опалин Карлайл?

— Вам назначено?

Никаких приветствий. Только открытая враждебность.

— Нет, но...

— Вы должны записаться заранее, если хотите назначить встречу.

Она попыталась закрыть дверь, но я просунул в щель ботинок.

— Извините, что вы делаете?

Я понятия не имел. Столько раз видел такой трюк по телевизору, но совершенно не представлял, как вести себя дальше. Я пробормотал что-то бессвязное и хотел уже убрать ногу, но не мог пошевелить ею.

— Мы из департамента здравоохранения. Проводим выборочную проверку, — заявила Марта.

Я не мог даже посмотреть на нее. Один взгляд — и я сразу нас выдам. Что она творит?

— Мне не сообщали, — подозрительно нахмурилась женщина.

— Потому что это выборочная проверка.

Что это за женщина стоит рядом со мной? Я совсем не знал ее. С ее слов получалось, что она тайный проверяющий из департамента здравоохранения, и это звучало весьма убедительно.

Женщина переступила с ноги на ногу. Теперь она рассердилась еще больше.

— Мне нужно увидеть ваши документы.

— Мистер Филд, покажите ей ваше удостоверение, — сказала Марта.

Это она мне? Откуда я возьму ей документы, подтверждающие, что я из департамента здравоохранения? Я наконец посмотрел на нее, пытаясь мысленно транслировать сообщение вроде «какого черта ты творишь». Марта сделала большие глаза: покажи ей хоть что-нибудь, давай!

В общем, я продемонстрировал женщине карточку, выданную университетом, где говорилось, что я специалист по редким рукописям.

— Очень хорошо, доктор Филд, — сказала она, пуская нас обоих внутрь. — Надеюсь, это не займет много времени. Мы закрываемся в четыре.

Доктор? Это единственное, что она увидела на карточке? Не то, что я кандидат наук?

Место казалось пугающе тихим. Изнутри все выглядело так, будто здание медленно рушится и никто не трудится ничего в нем чинить. Стены, выкрашенные в болезненно-зеленый цвет, облупились, повсюду были пятна от сырости. Вокруг окон чернела плесень, линолеум загибался у краев. Пахло чем-то мерзко-токсичным вроде ядреной смеси отбеливателя и вареной капусты. Старый неухоженный дом, как и его жильцы, надо полагать.

— Нам нужно просто проверить кое-какие документы, не так ли, доктор Филд?

— Эм... да. — Я прочистил горло. — Дело в законе о свободе информации. Нужно увидеть, в каком состоянии находятся записи о предыдущих постояльцах этого заведения.

Женщина пристально взглянула на меня.

— О. Разве вы не собираетесь осматривать палаты?

— Палаты? У вас все еще содержатся... — Я осекся, чтобы не сказать «заключенные».

— В другой раз, — подхватила Марта. — Не хотим вас задерживать, а министр торопит нас закончить с проверкой до того, как новый закон вступит в силу.

— Новый закон? — Похоже, женщина купилась на болтовню Марты.

— Его вынесут на рассмотрение в палату представителей в следующем году.

Марта открылась мне с совершенно новой стороны. Я пораженно наблюдал, как уверенно и невозмутимо она лжет, и даже почти забыл, зачем мы здесь.

Нас провели в узкий кабинет на втором этаже. На полу лежал тонкий коричневый ковер, над головой мерцали лампы. Вдоль стен выстроились ряды серо-стальных картотечных шкафов.

— Административными вопросами обычно занимается Шэрон, но... — Женщина опять посмотрела на часы, приготовившись оправдываться.

— Не волнуйтесь, мисс...

— Миссис Хьюз.

— Миссис Хьюз, это не займет много времени, — заверил я. — А пока нельзя ли нам выпить чаю?

— Нет.

Она вышла из комнаты, и мы с Мартой подождали, пока ее шаги не стихнут вдалеке.

— Это что, черт подери, было, Анжела Лэнсбери?* — громко прошептал я.

— Не знаю! Просто... так получилось.

— Поверить не могу, что это сработало.

---

*Англо-американская актриса, сыгравшая главную роль в детективном сериале «Она написала убийство» (1984–1996). *Прим. ред.*

— Я тоже.

Собственный успех, кажется, вскружил ей голову. Мы не знали, куда выплеснуть этот восторг, поэтому в конце концов просто «дали пять».

— Ладно, давай искать что хотели.

Времени у нас было в обрез, а задача — сложнее некуда. Документы о постояльцах сортировали по году поступления, но затем начинался хаос: в каких-то ящиках папки ранжировали по фамилии врача, в других — по фамилии пациента. Мы договорились зайти с противоположных концов комнаты. Я искал по дате — с середины 1920-х и так далее — а Марта по фамилии Карлайл. Мы толком не разговаривали, кроме парочки моих восторженных «все еще не могу поверить, что ты провернула такое». Меня приятно удивило, как сильно она хочет помочь мне. Хотя, возможно, было чересчур самонадеянно думать, что причина во мне.

Если Марта сказала правду и ей в руки действительно попала книга Опалин, то между ними двумя тоже существует какая-то связь. В автобусе я сказал ей: не нужно иметь докторскую степень, чтобы совершить значимый прорыв в науке. С ее удачей Марта наверняка обнаружит рукопись раньше меня.

Эта мысль ударила меня под дых. Я поднял глаза и уставился на то, как она кончиками пальцев перебирает папки. Неужели все это время она дурила меня? Использовала?

— Генри, ты что застыл?

— А?

— У нас мало времени!

— Верно, да. Извини.

Я выдвинул очередной ящик и пробежался по папкам. Нет, недостаточно давние. Мы вот-вот должны были пересечься на середине комнаты, как я услышал чьи-то стремительные шаги в коридоре.

— Черт!

— Задержи ее, — велела Марта.

Я ни о чем не задумывался, просто сделал так, как она сказала: встал в дверях, мешая женщине зайти внутрь.

— Я связалась с департаментом здравоохранения, и там никогда не слышали ни про какого доктора Филда. И вообще они сказали, что никаких проверок не присылали. Так кто вы и что здесь делаете?

— Я бы сказал вам, миссис Хьюз, но тогда придется вас убить.

— Что?!

Господи, что я несу...

— Скрытая камера, — улыбнулась Марта, появляясь у меня за спиной. — Видите, она спрятана у меня в сумке. — Она ткнула пальцем в какой-то значок на своем рюкзаке.

— Я не понимаю...

— Кадры выйдут что надо, правда, Генри?

— Да-да, безусловно, — подтвердил я. — Спасибо, что приняли участие!

— Но я...

— С вами скоро свяжутся. Конечно, нам потребуется ваше согласие, чтобы использовать отснятый материал в шоу, но мы платим двести евро, так что вы просто обдумайте это, ладно?

Марта схватила меня за руку, и мы помчались вниз по лестнице. Мы бежали до самой автобусной остановки, так что еще минут десять я стоял, упираясь руками в колени и пытаясь отдышаться. Марта никак не могла перестать смеяться.

— Серьезно, тебе бы на сцене выступать! Откуда такой талант к импровизации?

— Не знаю, может, нахваталась от мадам Боуден?

Подъехал все тот же автобус, и мы сели обратно на те же места.

— Что ж, это было незабываемо. Жаль, что ничего не нашли, — бросил я.

— А вот тут ты ошибаешься.

Она вытащила из рюкзака папку и протянула мне, отчего я немедленно утратил дар речи.

# Глава 46

# Опалин

*Клиника для душевнобольных округа Коннахт, 1941*

За стенами бушевала война — по крайней мере, так нам говорили. Приходилось верить на слово, потому что в приюте Святой Агнес все еще царил мертвенный покой. Это место, точно вакуум, вытягивало жизнь из тех несчастных, что попали внутрь. Еды не хватало; мы питались недозрелыми овощами, которые в сухой земле не могли напитаться живительной влагой. С годами меня все больше охватывало оцепенение; не знаю как, но оно разъедало меня изнутри, будто ржавчина. Кожа шелушилась, и я расчесывала ранки до крови, просто чтобы почувствовать хоть что-то. Однажды настал момент, когда я не ощущала уже ничего.

Нас становилось все меньше. Стремление переделать женщин на свой лад несколько притупилось в мужчинах с тех пор, как один безумец начал реформировать Германию. Война заставила всех усомниться в своем статус-кво. Мне казалось, что она нужна в первую очередь мужчинам, чтобы найти смысл в том, что у них уже имеется, почувствовать, как на грани потери всего замрет сердце, — конечно, только затем, чтобы после очнуться и отойти от края пропасти. Но к чему все это?

Благодаря урокам Мэри я превратилась в профессиональную швею, и это занятие придавало моим унылым дням хоть какое-то подобие порядка. Я принялась вышивать на юбке «Историю Ренвилл-Холла» Эмили Бронте: сначала просто чтобы развлечь себя, но со временем это начало помогать помнить, что у меня действительно была какая-то жизнь до этих стен. Некоторые абзацы я припоминала слово в слово, но сознавала, что вряд ли смогу пересказать так всю рукопись. Пальцы болели оттого, что я старалась делать стежки как можно мельче.

*«Я посвятил всю свою жизнь тому, чтобы вырваться из этого ужасного места, — лишь для того, чтобы его узловатые корни еще сильнее опутали меня, а башни гнетуще нависли над моей головой».*

Остались только две медсестры, и я считала, что это на две больше нужного. Единственной, кто чего-то стоил в этом месте, была девушка по имени Дейзи, которая считала, что усердным трудом в стенах приюта мы добьемся чего-то в жизни. Благословенное дитя! Она была воплощенная невинность, хоть и не чуждая трудностей. Я находила ее самой красивой девушкой в моем мире, а она в ответ никогда не заставляла меня вспоминать, что я отвратительная женщина, которую следует бояться. Она говорила, что ей нравится в церкви Святой Агнес, потому что здесь тише, чем дома, где жили еще четыре брата. Ненависть к братьям нас роднила.

Как-то утром я услышала в коридоре крики, смех и торопливые шаги. Дейзи вбежала в мою комнату. Я лежала на кровати ничком, мыслей в голове не было — по крайней мере, я отказывалась считать эти обрывки мыслями. Меня терзали образы из прошлой жизни, видения, которые могли оказаться реальностью или выдумкой. *Был ли у меня ребенок?..*

— У меня для тебя письмо! — заявила Дейзи таким тоном, будто это было самое чудесное событие в ее жизни. Она оставила конверт и убежала, подпрыгивая, как маленький ягненок. Я приподнялась на подушке и выглянула за окно сквозь решетку. Мороз изрисовал стекло красивыми узорами.

Письмо у меня в руках. От Джейн, конечно. Дорогая Джейн, она не бросила меня! Хотя я редко отвечала на ее письма — если вообще отвечала, — она не собиралась отрекаться от нашей дружбы.

Я пробежала письмо глазами: почему-то теперь я читала так — вверх-вниз, а не из стороны в сторону. *Твоя мать скончалась*. Моей матери больше нет, повторила я себе. Теперь я сирота. Нет детей, нет матери, мир на грани военной катастрофы.

Я заморгала и неожиданно для себя очнулась.

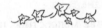

За все годы моего заключения мать ни разу не навестила меня и не написала. Я прощала ее, понимая, какое влияние Линдон имеет на ее жизнь: даже если почему-то она не поверила его версии событий, вряд ли решилась бы открыто бросить ему вызов. Но все-таки она была моей матерью. Почему она отвернулась от меня, в то время как Джейн — нет? Я ее единственная дочь. Почему она не помогла? Только она могла переубедить брата. Как же так, неужели она не любила меня настолько, чтобы рискнуть всем?

Вероятно, эти мысли никогда не прекратят мучить меня. Я действительно была близка с отцом, а мать никогда не демонстрировала, что привязана ко мне. Но я предполагала, что какая-то любовь там все же должна быть. Что ж, видимо, недостаточно сильная.

Направляясь в кабинет доктора Линча, держа в голове цель, которой у меня уже давно не было, я по крайней мере могла поблагодарить мать за то, что у меня появился повод выбраться из этих стен. Конечно, они не откажут мне в просьбе присутствовать на похоронах собственной матери. Как только я вернусь в Великобританию, то смогу с помощью Джейн договориться об освобождении.

Я терпеливо сидела на жестком деревянном стуле напротив доктора Линча, утопающего в кожаном кресле за столом орехового дерева. Он спустил очки на кончик носа и аккуратно чистил ножом яблоко с таким видом, будто меня здесь не было. Медсестра вышла, чтобы разобраться с кем-то, кто дальше по коридору орал: «Чертовы убийцы!» — к чему у меня уже давно выработался иммунитет. Наконец, удовлетворенный тем, что смог снять кожуру одним витком, доктор Линч поднял глаза и слегка удивился, увидев меня.

— Мисс Карлайл, у вас не назначено приемов до следующего месяца.

У него была манера изъясняться, от которой собеседник чувствовал себя полным идиотом. Неважно, что говорил доктор, — подразумевалось, что у меня интеллекта не больше, чем у котлеты на его тарелке. Я терпела это. До сегодняшнего дня.

— Я здесь не ради осмотра.

Я сказала, что только что узнала о смерти матери и хотела бы присутствовать на ее похоронах.

— А, да. Мои соболезнования. Мистер Карлайл сообщал нам... наверное, недели две назад. Вашу мать уже похоронили, так что у вас нет причин покидать приют Святой Агнес.

— Я... я...

Сбитая с толку, я полезла в карман и вытащила письмо Джейн. Верно, оно было написано больше недели назад.

— Почему вы не сообщили мне?

— Разве вам не сказали? Я велел сестре Патриции передать вам информацию.

Я смотрела на письмо, слова расплывались перед глазами. От ярости у меня задрожали руки. Дело было не в моей матери, а в моем последнем шансе спастись из этого места. Я больше не могла выносить это. Вскочив, я схватила со стола нож и прижала его к шее.

— Во имя всех святых, что вы творите? — прошипел он, сделав попытку подняться.

— Не двигайся, а то я покончу с собой, клянусь! — заорала я. Он замер и поднял руки, показывая, что сдается. — И не смей звать медсестру!

Доктор Линч покивал и, все так же демонстрируя мне открытые ладони, опустился обратно в кресло.

— Видите ли, доктор Линч, мне теперь все равно, буду я жить или же умру.

Я и сама удивилась тому, что не лукавила. Я с удовольствием покончила бы со всем этим. Приют Святой Агнес походил на чистилище, только без надежды на искупление. И все же где-то внутри меня жил человек, жаждущий свободы, так что следующие слова, сорвавшиеся с моих губ, прозвучали так, будто я давно готовила эту реплику.

— Но я думаю, что вам не все равно.

— Конечно, не все равно, Опалин, опустите нож...

— Да, вам не все равно, потому что, пока я жива, мой брат продолжает платить вам. Это ведь так, доктор Линч?

— Его деньги идут на ваше содержание...

Я прижала нож к коже.

— Хватит, доктор, здесь только мы двое. Вы держите нас впроголодь, одеваете в рванье, а уж о холоде и говорить не приходится. Бо́льшая часть денег оседает у вас в карманах, не так ли?

— Ваши намеки возмущают меня...

— Ой, да заткнись, ЗАТКНИСЬ УЖЕ! — вскричала я. Стоя перед ним, в рваном грязном платье, растрепанная, с мешками под глазами, я никогда не ощущала такой ясности ума. Он был напуган, я видела это. — Если меня не станет, вам не видать больше денег Линдона.

Доктор Линч казался встревоженным. Его взгляд обеспокоенно шарил по комнате, и я знала, что времени, чтоб его переубедить, у меня не очень много.

— Мы можем помочь друг другу, доктор. Если вы отпустите меня, прямо сейчас, Линдон ни о чем не узнает. Выплаты будут продолжаться. Вы никогда не услышите обо мне больше. Я сменю имя и уеду в Европу, у меня там друзья.

Я видела, что он раздумывает.

— Никто ни о чем не узнает.

Он утер лицо рукой, закусил губу, потом посмотрел на фотографию жены и детей в рамке на столе. Потом снова на меня. Я вздернула подбородок, показывая, что не блефую.

— Если откажетесь, я прямо сейчас перережу себе горло и истеку кровью прямо на этом ковре. Вы останетесь ни с чем.

Получилось! Он всерьез обдумывал мои слова. Свобода была так мучительно близко, что я внезапно поняла: теперь я не смогу с такой легкостью воплотить свою угрозу. И все-таки я не опускала его.

— Ох, да какая теперь разница? — сказал доктор Линч, обращаясь сам к себе. Он медленно поднялся и открыл дверь на другом конце комнаты. Мы прошли по короткому коридору, который кончался еще одной дверью, ведущей на задний двор. Вероятно, именно им сотрудники пользовались, чтобы входить и выходить, потому что двор вел прямо к дороге, а не на длинную подъездную аллею. Я посмотрела на доктора.

— Если ваш брат узнает...

— Не узнает, — дрожащим голосом проговорила я.

— Тогда убирайтесь вон.

Я поняла, что он с самого начала знал, что я здорова, что не было никаких причин держать меня здесь. Все ложь. Меня переполняли ярость и облегчение, я все еще сжимала в руке нож и мечтала перерезать глотку этому мерзавцу. Я даже представила кровь на стенах. Физически я была слабее, но гнев придал бы мне сил...

Он сделал шаг назад, все еще держа руки на виду. Я не могла поверить, что наконец свободна, и все же бросила нож и побежала со всех ног.

# Глава 47

# Марта

— Ты приехала!

Я бросилась в ее объятия. Мама никогда не выходила из дома, даже в магазин, так что я никак не ожидала увидеть ее на Халф-Пенни-Лейн.

— Ты в порядке? Что случилось?

— Я снова могу говорить, — медленно, но очень твердо сказала она. И принялась утирать слезы, текущие по моим щекам.

— Это слезы счастья, — оправдываясь, пробормотала я.

— Мне давно следовало заговорить, ох, Марта! О, моя драгоценная девочка!

— Я в порядке, мама, правда.

— Я знаю, дорогая. Ты выросла такой независимой, я так горжусь тобой! Я хотела приехать и сказать тебе об этом, пусть уже и поздно.

— Никогда не поздно, — заявила мадам Боуден, появляясь у меня за спиной. У нее был особый талант вмешиваться в разговоры других людей. — Не хотите зайти?

Было в новинку пить чай с мамой на большой кухне в доме. Мадам Боуден любезно предложила нам расположиться там, а не в моей тесной квартирке, и, к счастью, оставила нас наедине. Я думала, что она не удержится от любопытства, но, похоже, ей было свойственно некоторое чувство такта — по крайней мере, в тех случаях, когда это выгодно ей самой. Я весело рассказывала маме про Тринити, про новых друзей и про мой внезапный интерес к литературе.

— Ты здесь выстроила прекрасную жизнь, — сказала мама, взяв меня за руку.

— Я правда счастлива, мам. Я живу здесь с мадам Боуден, и это не совсем то будущее, которое я рисовала себе, но оно неплохое. Думаю, мы друг другу подходим.

— Судя по твоим рассказам, она твой ангел-хранитель.

Возможно, я описала бы мадам Боуден как-то иначе... Я налила нам еще чаю. Все те годы, что мы были дома, отец и братья лишали нас кислорода, но вот теперь мы обе наконец могли дышать полной грудью. Только когда что-то уходит, начинаешь понимать, как много места оно занимало.

— Я хочу сказать тебе кое-что, Марта.

— Ты уходишь от папы?

Она внимательно посмотрела на меня.

— Я бы солгала, если б сказала, что эта мысль не приходила мне в голову, но нет. Твой отец... не идеален. Но на него можно положиться, и, хоть в нем есть черты, которые я хотела бы изменить, он дал мне дом, где я чувствую себя в безопасности.

Я никогда не слышала, чтоб она отзывалась так про отца прежде. Хоть я считала иначе, но могла понять ее и уважала ее мнение.

— Тогда в чем дело?

— Это не что-то серьезное... Я хочу сказать, мои слова ничего не изменят, по крайней мере, для тебя сейчас. Но могут помочь понять прошлое. Мое прошлое.

Она покрутила чашку на блюдце, подбирая слова. Странно было слышать ее голос после стольких лет молчаливого общения.

— После Шейна я начала понимать, что мы никогда не оставляем прошлое за спиной. Оно продолжает жить рядом с нами, день за днем. Дело не только в генах, которые мы наследуем; я думаю, из поколения в поколение переходит и что-то еще. Может быть, воспоминания.

Я видела, что ей больно говорить, и придвинулась поближе. Воздух в кухне наполнился ожиданием, будто тоже жаждал услышать ее слова.

— Мою мать удочерили в младенчестве.

Такого я совершенно не ожидала. Мне казалось, я знаю историю нашей семьи, так как я могла упустить столь важный факт?

— Почему ты мне раньше не говорила?

— Полагаю, не думала, что это важно... К тому же матери всегда стараются защитить своих дочерей. Моя мама оберегала меня, но дедушка и бабушка были... недобрыми людьми. Я не понимаю, как им вообще разрешили удочерить ребенка. Ты ведь знаешь, что твоя бабушка умерла от пневмонии, когда мне было три года?

Я кивнула.

— Да, так мы всем говорили. Но на самом деле она поехала в Дублин в попытке отыскать свою родную мать. Я не знаю всех подробностей, отец рассказал мне об этом перед самой смертью. На дворе стояли шестидесятые, и мама рассказала ему, что когда родила дочь — то есть меня, — то сама отчаянно захотела найти свою настоящую мать. Не знаю, с чего она взяла, что отыщет ее в Дублине, но этого не случилось. Произошел несчастный случай, она упала с платформы на пути, и поезд переехал ее.

— О господи, мама! Мне так жаль.

Она кивнула с таким видом, будто просто хотела поделиться этой историей.

— Мои бабушка и дедушка, Клохесси, вырастили меня. С большой неохотой. У моего отца была работа, и в те времена не полагалось, чтоб мужчина сидел дома с ребенком. Так что они забрали меня к себе и каждый день старались напомнить о том, какую жертву принесли ради меня. Именно тогда я перестала разговаривать.

Я сжала ее ладонь.

— Это ничего не меняет, но на самом деле меняет все, правда? — спросила мама. Я кивнула, вытирая слезы.

— Ты когда-нибудь пыталась отыскать их? Настоящих родителей твоей мамы?

— Нет, но я много раз думала об этом. Бабушка и дедушка не хотели обсуждать это. Прямо они не признавались, но у меня сложилось впечатление, что удочерение было не вполне законным.

— А может, стоит попробовать сейчас?

— Слишком поздно. — Мама покачала головой. — Но я хотела, чтоб ты знала, потому что это твоя история в той же степени, как и моя.

Мы просидели на кухне несколько часов, разговаривая, выпили еще несколько чашек чая и приговорили коробку печенья. Только когда за окнами стемнело, я поняла, что должна готовить ужин.

— Ты останешься? — спросила я.

— Нет, мне нужно ехать, чтобы успеть на последний поезд.

Мама надела пальто, мы поднялись в прихожую, а потом она вдруг обернулась и посмотрела мне в глаза.

— Я должна была каждый день говорить тебе, какая ты замечательная. Мне иногда кажется, что меня как будто... не было с тобой по-настоящему, понимаешь? Как будто я просто делала, что должна, но не больше. Так всегда бывает, если закрываешь на замок какую-то часть себя. Как бы то ни было, я хочу, чтобы ты знала, Марта, ты всегда была замечательной, просто люди вокруг, поглощенные своими проблемами, не могли этого разглядеть.

Мы крепко обнимались, стоя у тех самых перил, которые сломал при падении Шейн. Я плакала, да что там — рыдала в ее объятиях. Мама обнимала меня, и все плохие воспоминания понемногу уходили. Деревянная лестница поскрипывала, как ветви дерева, и я слышала тихий шелест.

— Похоже, этот старый дом пытается нам что-то сказать, — весело, будто рассказывая ребенку сказку, заявила мама.

— Похоже на то. — Я улыбнулась, вытирая слезы рукавом. — Иногда мне и самой так кажется. Может, в следующий раз ты приедешь и останешься подольше?

— Мне бы этого очень хотелось, — сказала мама. Уже выйдя на улицу и стоя на тротуаре, она обернулась и вновь помахала мне.

— А еще я с нетерпением жду встречи с мадам Боуден!

Я махнула ей в ответ и только потом поняла, как странно прозвучали ее слова. Ведь она уже видела мадам Боуден.

# Глава 48

# Генри

— Ты в курсе, что у тебя из потолка растет здоровенный корень дерева?

— Ага.

— И про ветку под потолком?

— Да.

— Отлично, значит, не я один это вижу.

Я решил зайти на Халф-Пенни-Лейн, № 12 как обычно, через окно подвала, но стекло оказалось разбито проросшей через него огромной веткой. В общем, парадная дверь показалась наилучшим вариантом. Я помахал папкой с документами Опалин, давая понять, что у меня имеется веская причина для визита.

— Мадам Боуден у парикмахера, — сообщила Марта, и я обрадовался. Пожалуй, старая леди бывает чересчур шумной, пусть даже она болеет за меня.

— Я думаю, дом пытается мне что-то сказать, — поделилась Марта, срывая листик с одной из веток, которые образовывали дугу над кроватью. Кажется, ее это нисколько не смущало.

— Точно. Он пытается сказать нечто очень важное: что фундамент под угрозой... Тебе стоит озаботиться этим. Серьезно.

Марта только отмахнулась и поставила чайник. Я подошел поближе, рассматривая дерево.

— Это ты сделала?

— Что?

Фраза, вырезанная на коре. *«То, что ты ищешь, ищет тебя»*. Марта приблизилась и склонилась над моим плечом.

— Нет.

Я обернулся и увидел ее лицо. Она выглядела как-то иначе, будто тени, которые прежде сквозили в каждой черте, теперь сменились ослепительным светом. Марта казалась счастливой, несмотря на дикую историю с деревом. А может, именно из-за нее.

— Что такое? — спросила она.

— Ничего. Ты хорошо выглядишь, вот и все.

Она улыбнулась и склонила голову набок. Казалось, наступил момент, когда один из нас должен сказать хоть что-то, но мы оба не могли даже начать облекать чувства в слова.

— Чаю?

Я кивнул.

Она поставила две кружки на маленький столик, а рядом — коробку печенья, которую достала с верхней полки.

— Так что ты выяснил?

— Гораздо больше, чем ожидал. — Я наугад вытащил лист бумаги из папки. — Теперь Опалин обрела плоть и кровь, теперь я вижу человека сквозь вехи истории. На самом деле именно благодаря тебе я решил изменить угол обзора в своей статье.

Она казалась довольной и в то же время смущенной. Я протянул письмо, и она начала читать вслух.

*«Дорогая Джейн,*

*надеюсь, это письмо дойдет до тебя. Девушка, которая работает здесь, обещает тайком отправить его, но никогда нельзя быть уверенной в чем-либо в месте, подобном этому. Снег* идет уже целых пять дней. В том, как невесомо и беззвучно падают снежинки, есть что-то успокаивающее. Время от времени легкий ветерок поднимает снежную пыль, и она кружится под стенами. Снегу удается улизнуть... и как я мечтаю о том же! Моя единственная подруга из местных, Мэри, умерла. Этим утром я проснулась и обнаружила ее безжизненное тело в постели. Она умерла от холода. Он пробирает до костей, так сильно, что я не могу вспомнить, каково чувствовать себя иначе... Ты писала, что надеешься, что присланные тобой перчатки и шаль согреют меня. О, дорогая моя Джейн! Если б ты только знала, что все ценное здесь забирают еще до того, как оно коснется рук заключенных...

Завтра приедет врач. Я думаю. В последнее время мысли как в тумане. Я буду снова просить разрешения встретиться с братом. Буду просить освободить меня, потому что я не сумасшедшая, но боюсь, если останусь здесь, то однажды действительно сойду с ума. Крики по ночам невыносимы. Почему Линдон не отвечает на мои письма?

Меня не удивляет, что местные врачи отказали тебе в просьбе привезти специалиста из Лондона. Независимое обследование доказало бы, что меня поместили сюда незаконно, что я вменяема. Хотя, боюсь, мне недолго осталось... Я потеряла ребенка, а теперь и Мэри, а это место так переполнено невыразимым ужасом! Я предпочла бы, чтоб и здравый смысл покинул меня. Если попытка бежать физически потерпит крах, я должна придумать способ убежать хотя бы в мыслях. Отделить себя от этого кошмара. Пожалуйста, не пиши мне больше, живи своей жизнью. Не думай о своей подруге. Ее больше нет.

Опалин»

— Черт возьми, это ужасно. Я никогда не думала, что... — Марта внезапно замолчала.

— Знаю. Теперь все это ощущается до крайности реальным.

Я положил письмо в папку и обмакнул печенье в чай. Со вчерашнего обеда я не съел ни крошки и к тому же не спал всю ночь, просматривая документы из папки и делая заметки. Черт! Я слишком сильно размочил печенье, и оно осталось в чае. Я раздосадованно втянул воздух сквозь зубы.

— Я сделаю тебе еще. — Марта встала, чтобы опять налить воды в чайник. — Не была уверена, что увижу тебя снова.

— Почему?

Она пожала плечами, но я не удовлетворился этим ответом.

— Просто... ты заполучил то, что хотел. Документы Опалин.

Вау, я в самом деле умею произвести впечатление. Она так правда думает? Что меня волнует только рукопись? Я открыл рот, собираясь возразить, но передумал. Какая разница? Надо перестать думать, что между нами может быть нечто большее. Мы просто друзья.

— Ну ты же не думала, что я просто уеду, не увидев ее книгу?

Марта понимающе закатила глаза. Книга лежала на кровати, и, когда Марта встала, чтобы дать мне ее, я машинально взял ее за руку. Она остановилась и посмотрела на меня сверху вниз.

— Знаешь, дело было не только в рукописи. Не для меня.

Я разжал пальцы, но Марта не тронулась с места. Уголки ее губ приподнялись в легкой улыбке.

— Спасибо, — сказала она почти шепотом, а потом принесла мне книгу. Я не ожидал увидеть столь изысканное издание. Я насмотрелся на редкие книги, но редко ахал при виде их, однако эта заставила меня раскрыть рот в изумлении. Тканевый переплет глубокого темно-синего цвета и выделяющееся на его фоне золотистое название.

— «Затерянное место», — прочитал я вслух. На обложке красовался старый книжный магазин, и я знал, что это тот самый магазин, в который я случайно зашел, когда впервые приехал на Халф-Пенни-Лейн. Мне не привиделось в пьяном бреду. Он и вправду существовал. Я был совершенно раздавлен этим знанием, и в носу защипало от едва сдерживаемых слез.

— Где ты нашла ее? — Пришлось прокашляться перед тем, как что-то сказать.

— Она... как бы сама нашла меня. Истории порой приходят ко мне сами собой. Как та, что у меня на спине.

Ее татуировка. Я хотел спросить, о чем речь, но Марта опередила меня, поинтересовавшись, что еще я нашел в личном деле Опалин. Я был рад отвлечься от воспоминаний о том, как увидел ее татуировку, как мы танцевали, как я держал ее в объятиях... нет, это слишком.

— О да. Там было множество неотправленных писем Опалин. Никакой логики: вероятно, какие-то ей удавалось передать наружу, а другие попадали в руки медперсонала. Признаюсь, читать их было нелегко. Не знаю, как она выжила, но уверен в этом: она ведь написала то письмо Сильвии, уже после приюта!

— И эту книгу, — добавила Марта.

Даже если рукопись Бронте никогда не отыщется, у меня было уже достаточно материала для интересной статьи. Многообещающая леди из числа известных книготорговцев Ирландии оказалась в заключении, стоило ее брату сказать слово. Казалось, не имело значения, насколько умна, талантлива или независима женщина, — она все равно считалась собственностью мужчины, с которой он мог поступать, как ему заблагорассудится.

— Боюсь, мне пора возвращаться в библиотеку, — быстро сказал я, поднимаясь и натягивая куртку.

Марта помедлила секунду, прежде чем ответить. Она хотела, чтобы я остался? Нет, я не собирался спрашивать об этом и выставлять себя полным дураком.

— Можно мне взять книгу? Я пытаюсь закончить статью, над которой работал. Надеюсь, мне все же вернут финансирование, хотя бы частично.

Она колебалась, так что я предложил обмен. Личное дело Опалин за книгу.

— Там, кстати, внутри есть фотография. Хочешь увидеть?

Марта энергично кивнула. Было приятно видеть, как сильно она вовлечена в судьбу этой женщины, которую никогда не знала. Фотография была из самых обычных: несколько женщин выстроились в ряд перед обеденным столом, руки сжаты на груди, никто не улыбается. Может, фото сделали как подтверждение для членов их семей, которые платили за содержание? Подписи на обороте не нашлось. Марта склонилась над снимком, а потом спросила, нет ли у меня увеличительного стекла.

— Эй, я всегда такого размера, — пошутил я, но она не обратила внимания. — Что ты там увидела?

— Может, и ничего.

— Слушай, нельзя такое говорить, а потом просто сливаться!

Марта прищурилась и снова поднесла фотографию к глазам.

— Дело в ее юбке. Мне кажется, на ней что-то написано.

— Трудно сказать, — заметил я, разглядывая зернистое черно-белое изображение. Взглянув на Марту, я понял, что она переменилась в лице.

— Выглядишь так, будто привидение увидела.

— А? Нет, ничего такого... Просто поняла, сколько уже времени. Мадам Боуден вот-вот вернется.

И с этими словами она почти вытолкала меня за дверь. Я снова стоял на Халф-Пенни-Лейн, гадая, что же я упустил.

# Глава 49

# Опалин

*Дублин, 1941*

— *Guten Abend, Fräulein*[*].

Я не знала, что ответить и почему он говорит по-немецки, так что просто сильнее завернулась в обрывок шали, будто это могло защитить меня. Мне казалось, я услышала что-то, и спустилась с чердака проверить, в чем дело.

Сбежав из приюта Святой Агнес, я вернулась на Халф-Пенни-Лейн и с облегчением обнаружила, что магазин все еще на месте. Все казалось сном и в то же время очень знакомым. Подобно мисс Хэвишем из романа Диккенса, магазин застыл во времени в тот момент, когда меня увезли. Входная дверь раскрылась от моего прикосновения, а медная дверная ручка на ощупь казалась мордочкой давно потерявшегося домашнего любимца. Все обветшало, бо́льшая часть моих вещей пропала. Окна магазина были заколочены досками. Я затащила матрас на чердак — в подвале было слишком холодно — и выпила воды из-под крана.

Восторг от обретения свободы сменился огромной усталостью, и я ничего не могла с собой поделать. Много дней

---

[*] Добрый вечер, фройляйн (*нем.*).

я ни с кем не разговаривала, но вот теперь столкнулась с другим человеком лицом к лицу.

Он полез в карман, достал пачку сигарет и закурил, а потом протянул мне, будто это было совершенно естественно. Будто я не дрожала от страха. Он ничего не сказал, просто прислонился к стене, неторопливо и непринужденно. Высокий мужчина с зачесанными назад русыми волосами и ярко-голубыми глазами. Только теперь я поняла, что он одет в армейскую форму: мундир защитного цвета с вышитым на груди орлом.

— Как вы здесь оказались? — спросила я, не слишком доверяя голосу. Я редко говорила, а потому охрипла.

— Через окно в подвале. Оно не заперто.

Когда я проверяла, все было заперто. Либо он лжет, либо...

— Кто вы?

— Йозеф Вольф. *Zu Ihren Diensten*[*].

— Боюсь, я не говорю по-немецки. — Я покачала головой.

— Вы здесь одна.

Это звучало не как вопрос. Я не ответила. Где-то за стенами, на улице, текла своим чередом жизнь, пока мы стояли друг напротив друга, стараясь определить, кто перед нами: друг или враг?

— Что бы вы ни искали, здесь вы этого не найдете.

Я была вся как натянутая струна. Он кивнул, словно находя эту ситуацию совершенно обыденной, окинул взглядом магазин, потом меня. Что такого он увидел?

— Я прихожу сюда иногда, чтобы почитать.

Он кивнул в сторону небольшой стопки книг, которые все еще оставались на книжной полке. Моих книг.

— Это мой дом. Вы не имеете никакого права быть здесь.

Истощенная годами, проведенными впроголодь, с выпадающими волосами, в старых лохмотьях, я вовсе не чувствовала себя вправе отдавать кому-то приказы.

---

[*] К вашим услугам (*нем.*).

— Я хочу, чтоб вы ушли.

Он кивнул сам себе, будто приняв какое-то внутреннее решение, затем открыл входную дверь. Я подбежала и заперла ее за ним. Когда шум мотоцикла стих вдалеке, я наконец-то выдохнула.

Я медленно поднялась по лестнице, нащупывая путь в темноте. Ноги угрожали подломиться под весом моего тела. С облегчением я рухнула на матрас на полу и попыталась выровнять дыхание, прислушиваясь к давно забытому, но такому знакомому и успокаивающему звуку. Книги, окружающие меня. Возможно, мне просто почудилось, но я слышала тихий шелест ветра и мягкие хлопки, будто за окном падал снег. В полумраке я увидела книгу. «Маленькие женщины». Я закрыла глаза и перенеслась в Конкорд, к Джо Марч и ее семейству, и по коже разлилось тепло. Слова, будто волшебное заклинание, укрыли меня и протянули ниточку к той, кем я была раньше, до всего этого кошмара.

Следующим вечером кто-то постучал в дверь. Я проигнорировала это, но стук продолжался. Никто не знал, что я здесь. От голода и усталости я ослабла, но смогла подтянуть себя к чердачному окошку и выглянуть на улицу. Перед домом стоял мотоцикл, а у дверей — Йозеф Вольф, немецкий солдат, и в руках у него была, кажется, большая сосновая ветка и какие-то пакеты. Он притопывал ногами, пытаясь согреться. Заметить меня он не мог, потому что было темно, зато я отчетливо видела его: легкую щетину на подбородке, глаза, пристально осматривающие улицу.

Я помедлила, а потом спустилась и открыла дверь.

— Вы не должны быть одна. *Es ist Heiligabend.* Канун Рождества.

Он зашел внутрь, поставил на пол пакеты и гигантскую ветку, потом снова вышел на улицу. Я наблюдала, как он взял еще какую-то коробку, занес ее внутрь и закрыл за собой дверь. Присев на корточки, Йозеф открыл коробку, достал оттуда свечи и зажег их. Он огляделся в поисках места, куда их можно было бы поставить, и я жестом указала на лестницу. Я была слишком уставшей и голодной, чтобы спорить. Потом Йозеф раскрыл один из пакетов, в котором обнаружилась еда — хлеб, сыр, мясо. Я подскочила, выхватила буханку у него из рук, принялась отламывать кусочки и пихать в рот. Я походила на дикое животное: глаза вытаращены, челюсти быстро пережевывают пищу. Сидя на ступеньке, все еще завернутая в одеяло, я смотрела, как он достает из пакетов все остальное. Бутылку вина. Яблоки.

Никто из нас не произнес ни слова. Он побродил по магазину, отыскал пустой ящик, который перевернул вверх дном, и присел на него возле плиты. Потом разломал ветку об колено на мелкие прутики и, используя для розжига какие-то старые бумаги, развел огонь. Свежее дерево горело не слишком хорошо, но мне сразу стало теплее, а сосновый аромат был сладким и успокаивающим.

Йозеф тоже ел, но не слишком много. Он снял с яблока кожуру и отдал мне мякоть, потом откупорил бутылку и протянул мне. Не знаю, сколько прошло времени, прежде чем я заговорила.

— Как вы попали в эту страну?

Он поднял глаза и посмотрел на меня из-под светлых прядей.

— Я военнопленный. — Это прозвучало с таким пафосом, будто он заявил, что в его жилах течет королевская кровь. — Ирландское правительство весьма любезно приняло на себя хлопоты по содержанию нас в лагере в Килдэре.

— Но если вы пленный...

— То почему не в тюрьме? Дело в том, что нам разрешено покидать лагерь в течение дня. Я заканчиваю учебу в Тринити-колледже.

— Вы шутите. — Я хотела рассмеяться, но мышцы отвыкли совершать это действие.

— Ирландия придерживается нейтралитета. Мы для них не более чем досадное неудобство.

Я съела еще немного сыра и налила себе вина. Кажется, Йозеф обрадовался, что я приняла от него помощь.

— Я не знала, что сегодня канун Рождества, — призналась я.

Он тихо сидел, вырезая что-то из куска дерева, и не поднимал глаз. Это было странно: делить с кем-то еду, сидеть бок о бок, но вовсе не чувствовать необходимость вести беседу. Я прислонилась спиной к стене и впервые с тех пор, как приехала, окинула взглядом свой старый магазин. Что здесь творилось все эти годы? Где Мэттью? Что мне теперь делать? Я ощутила, что от еды и тепла меня потянуло в сон.

Я быстро и глубоко уснула. Мне снился отец, который брал меня, маленькую девочку, на рождественскую мессу. «Тихая ночь» звенела под сводами церкви.

Я вздрогнула и проснулась. Кто-то проигрывал пластинку на граммофоне. Я обеспокоенно огляделась и обнаружила, что Йозеф все еще здесь и «Викторола» у его ног крутит песню из моего сна. Он прислонился спиной к стене, глядя куда-то в пространство, и от неведомых мне воспоминаний его лицо смягчилось. Может, он тоже думал о том, как был маленьким. Потом Йозеф начал петь, почти неслышно: *«Stille Nacht, heilige Nacht»*. Ничего красивее я в жизни не слышала. Его низкий прерывающийся голос переполняла нежность, и мне казалось, я вот-вот расплачусь.

Потом мелодия стихла, и осталось только потрескивание пластинки.

— Счастливого Рождества, — проговорила я, и он вынырнул из своих мыслей, распахнул глаза и одарил меня улыбкой.

— *Frohe Weihnachten*[*].

Потом встал, коротко поклонился и развернулся, намереваясь уйти. И вдруг, не поворачиваясь, сказал:

— Туман.

— Что?

— Вы спросили, как я здесь оказался. Всему виной туман. И проблемы с двигателем.

Он вернулся, снова сел и закурил.

— Мы вылетели из Бордо. Это было в прошлом году, в конце лета. Экипаж из шестерых человек на «Конкорде». Погодная разведка.

Все это время, пока я прозябала за окнами, забранными решеткой, в мире шла война.

— Нам пришлось совершить вынужденную посадку на южном побережье. Там-то нас и взяли полицейские. Отвезли в лагерь для интернированных... и вот, с тех пор я живу там.

— Понятно.

— Это не так уж плохо. Как видите, нам предоставляют много свободы.

— Вы воевали на стороне этого безумца Гитлера?

Он выдохнул дым и горько хмыкнул.

— Думаете, у нас был выбор?

Я покачала головой: нет, я ничего не могла сказать на этот счет. Вспомнился Линдон и слухи о том, что он расстреливал солдат за трусость.

— Полагаю, всех немцев призвали в армию.

— Я не немец.

---

[*] Счастливого Рождества (*нем.*).

По улице проехала какая-то машина, и свет фар ослепил меня. Я поднялась на ноги.

— Вероятно, мне пора возвращаться, — коротко сказал Йозеф. Потом поклонился и добавил, прежде чем открыть дверь: — Я австриец. Доброго вечера, фройляйн.

В течение следующих нескольких недель герр Вольф оставлял в подвале маленькие свертки с едой и дровами. Я никогда не видела, как он приходит и уходит, — только обнаруживала очередную посылку, завернутую в коричневую бумагу, к которой прилагался чистый лист бумаги с большой буквой W. Он даже принес мне поношенную, но пригодную одежду, — не знаю, где ему удалось ее раздобыть.

По мере того как ко мне возвращались силы, росло и мое желание вернуть себе прежнюю жизнь. Ту, что Линдон пытался отнять у меня. Но на это требовались деньги, а единственное, что у меня было и стоило каких-то денег, — рукопись Бронте. В итоге я совершила нечто опрометчивое и написала Эйбу Розенбаху. Я рассказала о своей находке и о том, что у меня нет сомнений, что это черновик второго романа Эмили. Эйб был одним из самых влиятельных людей в книжном мире и, вероятно, самым богатым. Он пошел бы на риск.

Я со всей тщательностью составляла письмо, обрисовывая ему открывающиеся перспективы, а попутно набиралась смелости исполнить вторую часть плана: отыскать Мэттью и мою рукопись.

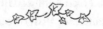

— Я могу вам чем-то помочь?

— Да, я... я хочу поговорить с мистером Фитцпатриком. С Мэттью Фитцпатриком.

— Боюсь, мистер Фитцпатрик здесь больше не работает. Возможно, кто-то еще сможет помочь вам?

Я нервно потерла руки и сунула их поглубже в карманы. Мэттью — единственный, кто был со мной с того самого момента, как я приехала в Дублин. Мысль о нем наполняла меня ощущением, что все складывается как надо. И вот одна фраза — и все вокруг снова обрело неправильные черты.

— Мадам? Что я могу сделать для вас?

— Где он? Я хочу сказать: когда он уволился?

— Я не могу разглашать личную информацию.

Мой единственный друг из прошлого исчез, но что насчет рукописи? Нет, я должна верить, что Мэттью сохранил ее. Ради меня.

— Я отдавала ему на хранение нечто ценное и теперь хотела бы забрать эту вещь.

— Сожалею... Наверное, не стоит вам это говорить, но, впрочем, теперь уже все равно. Мистер Фитцпатрик, Мэттью, погиб около года назад.

Я едва могла говорить.

— Н-но... это невозможно! — Нет, все неправильно, все должно быть не так. Она, должно быть, говорит о ком-то другом. — Это какая-то ошибка...

— Немцы тогда только начинали бомбить Лондон.

— Нет, этого не может быть. Мэттью не солдат, он не служил в армии...

— Мне жаль. Я знаю, в это трудно поверить. Он навещал семью и просто оказался не в том месте и не в то время.

В этом не было никакого смысла. Он погиб год назад, а я даже не знала... Годы, проведенные в приюте Святой Агнес, лишили меня всего, что я любила и знала.

— Если вы назовете свое имя, я проверю записи. Может, он оставил какие-то указания, — предложила девушка, уже мягче, видя мое искреннее горе.

— Эм... Да. Опалин Карлайл. Или, может быть, Опалин Грей, я не знаю.

Она проверила все, но безрезультатно. Никаких записей не сохранилось. Где бы Мэттью ни спрятал мою рукопись, он позаботился о том, чтобы не оставлять бумажный след. Как я и хотела, он сохранил мою тайну, но в тот момент никто из нас не представлял, чем это в итоге обернется. Теперь я потеряла всякую возможность вернуть черновик романа, и в эту минуту мне было уже все равно.

Йозеф снова зашел ко мне и теперь помогал распаковать то немногое, что сохранилось на чердаке. Я нашла кое-что из своих вещей, пару коробок с книгами и старую механическую шкатулку из коллекции мистера Фитцпатрика. Она была сломана.

— Нет ничего печальнее, чем птица, которая больше не поет, — сказала я и отложила шкатулку в сторону. Подняв глаза, я увидела, что Йозеф пристально смотрит на меня.

— Вы должны снова открыть магазин.

Кажется, даже деревянные полки жалобно заскрипели. С таким же успехом он мог предложить мне слетать на Луну.

— Невозможно.

— Почему?

Мужчины, у них все так просто! Просто делай что заблагорассудится, и точка.

— Во-первых, никто не должен знать, что я здесь. В моей тюрьме было куда хуже, чем в вашей, и если кто-то узнает... Сама мысль о том, что меня вернут обратно...

Я сама не заметила, что дрожу. Йозеф отложил в сторону то, чем занимался, и, подойдя, обнял меня. Это потрясло меня, но в то же время было приятно снова прикоснуться к живому человеку. Чувствовать его тепло и доброту. Он первым разомкнул объятия.

— Извините.

— Ничего.

Спустя мгновение мы оба улыбнулись.

— Так жаль, — продолжил он, открывая новую коробку с книгами. — Должно быть, это был замечательный магазин.

— Он и правда был замечательный.

Я закрыла глаза и попыталась вспомнить, как выглядело это место когда-то. Мне хотелось снова ощутить присутствие посетителей, которые находили здесь что-то ценное, даже не имея понятия, что ищут это. Могу ли я снова открыть магазин? Могу ли позволить себе не открывать его? У меня не было рукописи на продажу, а значит — никакой возможности обеспечить себя. Я не могу вечно жить, полагаясь на доброту Йозефа. Он спас мне жизнь. Возможно, он прав. Какой смысл в свободе, если душой ты остаешься взаперти?

— Я должна быть очень осторожна, — сказала я, и его широкая улыбка вселила в меня надежду.

Магазин открылся тихо, без фанфар. Я просто перестала запирать дверь, и люди начали заходить внутрь. На вырученные деньги я пополняла запасы и набивала кладовые. Теперь я могла даже позволить себе какие-то предметы первой необходимости, казавшиеся роскошью: мыло, нижнее белье, новую пару обуви. Я начала видеть свет в конце туннеля и пресекала страхи, терзавшие меня. Пока Линдон верит, что я в приюте Святой Агнес, а доктор Линч продолжает получать деньги, они не побеспокоят меня. Мало-помалу я приходила в себя. Побитая, но не сломленная, а это куда больше, чем выпадает некоторым.

Уверенность приходит незаметно. Я все больше полагалась на Йозефа, на его спокойствие и надежность. Он ни о чем не просил меня, и порой я не понимала, почему он приходит сюда каждый день, не спрашивая о событиях прошлого и не строя планов на будущее. Возможно, он просто был из тех, кто не выбрасывает сломанные вещи. Я осознала это в тот день, когда он заявился с самыми крошечными на свете инструментами, завернутыми в мешковину.

— Где ты это взял?

— У одного мастера-часовщика, что живет неподалеку.

Он сообщил это так спокойно, будто все было очевидно. Военнопленный может бродить по городу, одалживать инструменты у часовщика и чинить старинную музыкальную шкатулку для женщины, которая недавно сбежала из сумасшедшего дома. Я захихикала, и Йозефа это немного озадачило, но он не спросил, в чем дело. Он вообще никогда ни о чем не спрашивал, только работал.

— Ты знаешь, что делаешь? — уточнила я. Я собиралась выйти в город и купить продуктов, раз уж у меня появились деньги.

— В Зальцбурге я чинил орга́ны.

Я качнула головой, не в силах усвоить эту новую информацию.

— В каком смысле?

— Для церкви. — Йозеф осторожно отвинтил крышку позолоченной коробки.

— Ты ремонтировал церковные органы? — повторила я, и он кивнул, не глядя на меня.

— В детстве, на пару с отцом. Потом изучал механику в Геттингенском университете. Мне нравится чинить вещи. — И он широко улыбнулся.

Как такой человек вообще оказался среди солдат вермахта, совершивших аварийную посадку в Ирландии? Впервые я задалась вопросом, возможно ли, что он убил кого-то. Ведь до плена Йозеф служил в оккупированной Франции... Я наблюдала за тем, как он пристально рассматривает механизм шкатулки, как извлекает маленькую птичку. У него были гладкие руки, кончавшиеся длинными пальцами с чистыми, аккуратно подстриженными ногтями. Светлые волосы сильно отросли и, поскольку он не укладывал их, падали на глаза, и он то и дело встряхивал головой, чтобы откинуть их. Он выглядел совершенно по-домашнему. Неизвестно откуда он притащил два старых деревянных стула и стол. У Йозефа был талант доставать нужные ему вещи. Ничего лишнего, только самое необходимое.

Сегодня я рассмеялась, хотя он совсем не собирался смешить меня. На самом деле казалось, что ровно так он и жил: не имея такой цели, он делал этот мир лучше.

*Дублин, 1944*

— Меня возвращают на родину.

Йозеф застыл в дверях, с ног до головы облаченный в армейскую форму.

— Когда?

— Сейчас.

Его голос был ровным, лишенным эмоций. Я кивнула, будто соглашаясь, что так все и должно быть. Несомненно, какая-то часть меня ожидала, что это произойдет. Ничто не вечно, и мы оба понимали, как шатко его положение здесь. И все же здесь мы создали свой мир, куда не проникало ничто снаружи, куда не задували ветра перемен. Я держала в руках книгу, которая постоянно падала, куда бы я ни поставила ее и как бы плотно ни зажала между соседними. «Граф Монте-Кристо» Александра Дюма. Я вцепилась в эту несчастную книгу, пытаясь устоять перед шквалом обрушившихся на меня новостей.

— Тебя кто-нибудь ждет там, в Австрии?

Я никогда не спрашивала. До этой минуты я не хотела знать ответ, но теперь пришло время взглянуть правде в глаза. Возможно, так мне будет легче отпустить его.

— Мой отец. Больше никого нет.

Он посмотрел на меня, и в его глазах я увидела, что скрывалось за этими простыми словами. Я подбежала, обвила руками его шею и уткнулась лицом ему в грудь. Мы впервые так прикоснулись друг к другу, и это касание должно было ощущаться незнакомым, но нет. Казалось, это единственное место, где я хочу быть. Он помедлил секунду, но обнял меня, и я почувствовала теплое дыхание на своей шее. Отстранившись, я снова посмотрела на него. Он не отвел взгляда, и в его глазах прятался весь мой мир.

— *Mein Liebling**, — прошептал Йозеф.

Все это время мы держались на расстоянии друг от друга. Внезапно я поняла, что это было — по крайней мере, с моей стороны — исключительно из-за страха потерять еще одного человека, которого я полюблю. Я обманывала себя, считая, что если не позволю себе сблизиться с Йозефом, то не буду скучать по нему, если он исчезнет из моей жизни. Какая глупость! Романтическая близость — лишь одна струна на скрипке, инструмент же все еще способен играть музыку.

Он взял мои руки в свои, повернул ладонями вверх, поднес к лицу, к щекам. Потом поцеловал каждую. Печаль все еще таилась в уголках его рта, как и прежде, но было там нечто новое. Уязвимость, которую он не позволял мне увидеть прежде.

Казалось, время застыло и его никогда не заберут у меня. Я подняла голову и позволила губам замереть рядом с его губами. Я чувствовала его дыхание, видела, как он сомкнул веки, а потом прижалась ко рту, поцеловала уголки губ, которые приподнимались в улыбке, когда он думал, что я его не вижу. Он прижал меня к себе, и я больше не сдерживалась. Целиком растворилась в нем. Мы были одним

---

*Моя любимая (*нем.*).

целым, и я знала, что встретила родственную душу. Возможно, одного этого было достаточно: знать, что он где-то там, что он живет, дышит, существует.

Я не могла смотреть, как он уезжает. Только когда рев мотоцикла стих, я повернулась и посмотрела на улицу. Снова абсолютно пустую.

# Глава 50

# Марта

*«Ты дочитала книгу до конца?»*

Я поморгала, глядя на сообщение от Генри на телефоне. Солнце еще даже не взошло. Он что, всю ночь читал?

Обошлась коротким ответом:

*«Нет».*

Ну конечно, я пролистала до конца. Все ведь так делают, правда? Однако понять финал истории трудно, если не знаешь деталей. «Затерянное место» рассказывало о здании, которого, возможно, никогда не существовало, и о потенциальном хранителе, который, скорее всего, был вымышленным персонажем. Единственное, о чем в романе не упоминалось, но что Генри так отчаянно хотел найти, — рукопись.

— Рукопись, — прошептала я, обращаясь сама к себе. Листья на дереве замерцали от моих слов. Я вытянула руку над головой и коснулась ствола, который уже давно стал мне родным. Как я могу рассказать об этом Генри, когда даже себе самой объяснить не в состоянии?

Мы договорились позже пересечься лично. Еще один горько-сладкий разговор, когда я буду притворяться, что не влюблена в него. Я громко застонала и поднялась. Нужно приготовить завтрак мадам Боуден. На кухне я дала волю раздражению, стуча кастрюлями и блюдцами, а потом принесла тарелку, полную сосисок и яичницы, и поставила ее на обеденный стол. В конце концов я решила, что расскажу ей про книгу Опалин и документы, которые мы выкрали из приюта. Я была рада, что Генри дал их мне, хотя приятным чтением это не назовешь. Опалин потеряла дочь и много лет провела взаперти в столь ужасном месте. Наверняка она захотела отомстить брату. Я бы точно хотела. Я подумала про Шейна и тот несчастный случай. Мадам Боуден тогда даже не дрогнула.

Что-то не давало мне покоя, а еще я не понимала, почему она до сих пор не спустилась к завтраку. Каждое утро именно она будила меня своими резкими окриками и бесконечными требованиями. Вдруг с ней что-то случилось? Я поднималась в гостиную и уговаривала себя, что это глупо, что хозяйке просто захотелось подольше поваляться в кровати, — и сама не верила в это. Постучав в дверь ее спальни, я зашла и, когда глаза привыкли к полумраку, увидела, что кровать застелена. Самой мадам Боуден нигде не было.

— Мадам Боуден? — позвала я. — Вы здесь?

Дверь в ванную была слегка приоткрыта, но и там никого не обнаружилось.

— Мадам Боуден! — крикнула я, выйдя на лестничную площадку, но в доме царила такая тишина, что стало ясно: я здесь одна.

Я спустилась. Ни записки, ничего такого. Конечно, у нее не было мобильного телефона, так что позвонить ей я не могла. Мадам Боуден не желала, чтоб телефонные компании отслеживали ее ежедневные перемещения. Я не знала, что делать, и все утро бродила по комнатам, каждые пару минут выглядывая на улицу.

— У тебя есть телефоны ее друзей, которым можно позвонить? — спросила мама. Я так сильно волновалась, что захотела поговорить хоть с кем-то.

— Не могу припомнить никаких имен. И записной книжки нету! — Только теперь я осознала, как мало знаю об этой женщине. — Мне надо вызвать полицию, да? Вдруг она куда-нибудь забрела и не помнит, как пришла туда?

— А она раньше была забывчивой? — спросила мама.

— Ну... нет. Но ты же видела ее, когда приезжала, она очень старая.

— Я ее не видела.

Это была странная, дикая реплика. Необъяснимая ни с какой точки зрения.

— О чем ты говоришь? Конечно, вы виделись. Когда ты приезжала пару дней назад, я вас пред ставила.

Моя мама помолчала, а потом снова заговорила.

— Ее ведь не было, когда я приезжала, ты не помнишь?

Меня пробрала дрожь. Что, черт возьми, происходит?!

От звонка в дверь я чуть не подпрыгнула.

— Может, это она! — крикнула я в трубку и побежала открывать.

Однако это был Генри.

— Заходи уж, — пробормотала я и сказала маме, что перезвоню ей.

Генри казался обеспокоенным и взволнованным. Мы заговорили почти одновременно.

— Я выяснил кое-что...

— Мадам Боуден пропала!

— Пропала?! — Его глаза распахнулись от изумления.

— Я пошла разбудить ее к завтраку, а у нее постель застелена, как будто там никто не ночевал.

— А-а-а, — пренебрежительно отозвался он. Я взбесилась.

— Что ты вообще хотел?

Если честно, я не хотела, чтобы это прозвучало так резко.

— Неважно. Как-нибудь потом расскажу. — Он полез в нагрудный карман пальто, достал «Затерянное место» и положил на столик в коридоре. — Я пришел вернуть твою книгу.

Однако, сделав это, Генри почему-то не уходил и мялся, стоя в прихожей.

— Ты очень беспокоишься, да?

Я пожала плечами. Да, мадам Боуден стала для меня почти членом семьи.

— Мне нужно занять себя чем-нибудь, — наконец ответила я и вытащила из заднего кармана пару резиновых перчаток. Как будто я какой-нибудь супергерой-уборщик. — Извини, я не хотела грубить.

Я ждала, что Генри уйдет, но он почему-то принялся стягивать с себя куртку.

— Ну и что будем делать?

— В каком смысле?

— Ну не оставлю же я тебя одну. У тебя еще есть такие? — Он указал на мои перчатки.

Я вытащила все столовое серебро и разложила его на кухонном столе. Генри начал чистить с одного конца стола, а я — с другого. Каждые пятнадцать минут я поглядывала на часы, и мое беспокойство росло. Мы почти не разговаривали, только один раз, когда Генри предложил заварить мне чай. Я даже не заметила, как он поставил возле меня чашку, нечаянно смахнула ее локтем, и от звука бьющегося о кафельный пол фарфора мне захотелось закричать. Пусть он убирается к черту и оставит меня разбираться со всем самостоятельно! Его присутствие лишь напоминало обо всем, чего у меня быть не могло. Я поднялась, чтобы принести веник и совок.

— Все в порядке, давай я уберу, — предложил Генри.

— Я быстрее управлюсь, — огрызнулась я. Он отступил назад, подняв руки в знак примирения.

Я направила весь свой гнев на пролитый чай и осколки фарфора и, конечно же, порезалась. Следующее, что я помню, — как Генри склонился надо мной.

— Давай я все же помогу, — попросил он, пытаясь взять меня за руку.

— Все в порядке.

Он опустился на пол рядом со мной.

— Знаешь, порой можно подпустить людей ближе. Тебе не обязательно со всем справляться в одиночку.

Едва ли он был вправе давать мне советы о том, как решать проблемы с доверием, — этот мужчина, который бежал от любых отношений как от огня. Я поднялась, нашла коробку с пластырем и снова села на пол.

— Ты можешь со мной поговорить, ты в курсе? Мы ведь друзья.

Генри прислонился спиной к холодильнику.

— Я ненавижу эту работу.

— Вовсе нет.

— Правда ненавижу. Не знаю, зачем я вообще сюда приехала. И еще ненавижу курсы в колледже и вообще все, что напоминает мне о том, как много я упустила... — Я отчаянно пыталась отлепить защитную ленту от пластыря, а мысли пульсировали в голове. — Стоит мне решить, что я со всем разобралась, как жизнь снова встает с ног на голову. И я ведь даже не знаю, что все это значит! Почему эта книга появилась в моей комнате, почему она как будто бы разговаривает со мной... Как получилось, что Шейн умер в этом доме — как будто случайно, но совершенно необъяснимо?.. А потом еще моя мама начала разговаривать, но только затем, чтоб сказать мне, что ее мать удочерили, и поэтому все совсем не так, как я думала. А теперь еще и мадам Боуден... Я знаю, что, по-твоему, я чересчур остро реагирую, но это все неправильно! Ненормально!

Мои руки дрожали. Я бросила пластырь на пол и сдалась.

— Но знаешь, что я больше всего ненавижу? — Я посмотрела на Генри, который просто стоял там, позволяя мне выплескивать на него этот беспорядочный поток мыслей. — Мне невыносимо тяжело, потому что я должна бороться с тем, чего хочу, потому что боюсь, что мне снова будет больно!

Мы молчали целую минуту, и я почти пожалела, что сказала все это вслух.

— Чего же ты хочешь?

Я посмотрела на него со слезами на глазах.

— Тебя.

Мы столкнулись с такой жадностью, будто на кону были наши жизни. Он подхватил меня на руки и поцеловал, и ничто больше не было тайной. Вся моя жизнь сосредоточилась в этом моменте. Я будто настраивала линзу микроскопа, чтобы отыскать то, что важнее всего: любовь.

# Глава 51

# Генри

Мы лежали на маленькой односпальной кровати Марты, соприкасаясь всей кожей. Стена, разделявшая нас, рухнула, когда она сказала последние слова своей проникновенной тирады там, на кухне. Будто это было заклинание. Правда освобождает, так говорят. И вот теперь мы лежали, обнаженные, и я понимал, что она моя судьба. Один очень глупый, кажущийся бессмысленным, трудный, одинокий и дерзкий шаг, который я совершил в своей прошлой жизни, привел меня сюда, на Халф-Пенни-Лейн.

— Ты в порядке?

Она повернула голову, и я притянул ее еще ближе. Сердце как будто увеличилось раз в десять. Мне казалось, что если придется, то я могу поднять машину одной левой. Проверять, наверное, не стоило, но чувство от этого никуда не исчезало.

— Есть кое-что, чего я тебе не говорил, — сказал я.

— О боже, ты ведь не помолвлен с кем-то еще?

— Очень смешно. Если не будешь осторожна, я через минуту сделаю тебе предложение.

— Если ты не будешь осторожен, я могу и согласиться.

— Кажется, мы только что поженились?

Она хрипло рассмеялась прямо мне в ухо, и я нашел это до странности сексуальным.

— Думаю, мне стоит на какое-то время забыть о слове «брак», ты не против?

— Только за.

Она положила голову мне на грудь, ожидая услышать то, чего я ей никогда не говорил. Все нормально, ничего не случилось.

— Я был в книжном магазине.

— В каком?

— В том самом. Который по соседству.

Она тряхнула головой, пытаясь осмыслить, что я только что сказал.

— Он существует, Марта. Или, по крайней мере, какое-то время существовал. В ту ночь, когда я приехал в Ирландию.

— Ты его видел?

Я кивнул.

— А почему не сказал мне?

— Сама как думаешь? — Я скорчил рожу. — Ты и без того считала меня странным.

— Неправда! — Марта рассмеялась. — Я решила, что ты извращенец.

— Ну вот видишь. Я не хотел, чтоб ты думала, что я извращенец и чудик, потому что тогда у меня не было бы ни малейшего шанса завоевать тебя.

— Хочешь сказать, что я понравилась тебе с самого начала?

— А ты напрашиваешься на комплимент?

Она перевернулась, притворяясь, что хочет встать, и я потянул ее назад, на себя. Желание обладать ею было острым и пронзало все тело.

— Думаю, я понял это в ту самую минуту, как увидел тебя.

Она нежно поцеловала меня и запустила пальцы мне в волосы. Это было похоже на сон, и я не хотел просыпаться.

Я много раз уходил из этого дома, зная, что она никогда не будет моей, так что не мог поверить, что все это реально.

— Погоди секунду, — сказала Марта, отрываясь от моих губ и приподнимаясь на локтях. — Как ты думаешь, почему магазин выбрал показаться именно тебе?

— Не уверен, что он меня выбирал...

Трудно мыслить рационально, когда лежишь голый в постели с женщиной. К тому же долгое время я считал это не более чем пьяной галлюцинацией.

Марта села и завернулась в простыню. Ладно, похоже, нас ждет перерыв.

— Эта книга. «Затерянное место». Я лишь предположила, что мадам Боуден положила ее здесь.

— Ага, и дерево тоже она посадила.

Марта скорчила гримасу, и я решил завязывать с сарказмом.

— Говорю же тебе, это бессмысленно, даже отдает безумием.

— Безумнее, чем увидеть магазин, которого не существует?

Она посмотрела на меня, склонив голову набок, будто оценивая.

— Рукопись. Она для тебя действительно важна, да?

Она все еще сомневалась в том, что мной двигало? Я начал было оправдываться, но Марта перебила меня.

— Нет, знаю, я не о том. Но ты ведь хотел доказать что-то, верно?

Внезапно в ее устах это показалось поверхностным. Я пытался заслужить одобрение других людей, гонялся за достижениями, которые на самом деле нельзя было считать таковыми. Я ничего не написал — просто наткнулся на что-то чужое и пытался обрести смысл в погоне за второсортной славой. Может, я все неправильно понимал? Может, стоит попытаться уважать самого себя, а не ждать, пока меня начнут уважать другие.

— Найти рукопись было бы... — я сделал паузу, подыскивая подходящее слово, — грандиозно. Но раскрытие правды про Опалин, ее книжный магазин и — последнее, но не менее важное — то, что я встретил идеального партнера, ту, от смеха которой мое сердце начинает биться чаще... В общем, почему-то это оказалось больше, чем просто найти рукопись.

— Мы партнеры?

— Я хотел бы.

— Хорошо.

И она повернулась ко мне спиной.

— Эм... а что мы делаем? Это какой-то брачный ритуал? Мне тоже надо повернуться спиной к тебе?

Марта снова рассмеялась.

— Смотри на слова, Генри!

Ее татуировка, ну конечно. Я наклонился поближе, но не смог разобрать надпись.

— Черт!

— Что?

— Очень мелко, мне, наверное, нужны очки.

Она наклонилась к прикроватной тумбочке и выудила оттуда лупу. Я постарался не чувствовать себя стареющей черепахой. Итак, что там говорится?..

*«Ренвилл-Холл — это призрак, который преследует всех нас из поколения в поколение. Он сокрушает на своем пути все мечты и устремления. Эта земля проклята, как и все родившиеся на ней дети. Я рожден во тьме, и никакое искупление не одарит меня спасительным светом, который я искал в ней, моей дорогой Розалин. Тьма будет царить в этих местах вплоть до моего последнего вздоха, и после него тоже».*

Не знаю, что я ожидал найти с той самой минуты, как увидел, что у Марты есть татуировка, но точно не это.

— Ты можешь рассмотреть дату?

С помощью увеличительного стекла я нашел цифры. 1846.

— Что это значит? — спросил я.

Марта повернулась и посмотрела на меня большими и очень серьезными глазами.

— Я никому никогда не рассказывала об этом. И никогда не понимала по-настоящему, то есть я имею в виду, я не понимала, почему это происходит, пока не увидела ту фотографию Опалин.

Она взяла с тумбочки телефон и вывела на экран снимок. Старая фотография Опалин, которую мы нашли в приюте Святой Агнес.

— Что я должен здесь увидеть? — спросил я.

— Ее юбка, посмотри.

Я приблизил изображение и заметил то, что упустил ранее. Мелкие стежки, идущие по всей юбке.

— Это слова, — сказала Марта, и мозги у меня медленно заработали. — Целая история. Та же, что у меня на коже. Она вышила ее на юбке.

— Что за...

Я вновь взглянул на ее спину и увидел инициалы в самом конце. Э. Дж. Б.

Кажется, у меня волосы встали дыбом.

— Генри, я думаю, это рукопись Эмили Бронте.

# Глава 52

# Опалин

*Лондон, 1946*

Вдохновленная «Графом Монте-Кристо», я потратила месяцы на поиск информации и наткнулась на статью в газете про одного солдата. Его родственники считали, что его несправедливо казнили за трусость. Они упомянули подразделение, и именно там служил мой брат. Итак, у меня появилась зацепка, оставалось лишь следовать за ней.

Я нашла изобличающие документы военного трибунала с двух судебных процессов, проходивших в Ипре, где пятьдесят человек приговорили к смертной казни через расстрел (или попросту убили — смотря какой точки зрения придерживаться). Всего за несколько дней до подписания мира, прекрасно сознавая, что немцы вот-вот сдадутся, мой брат приказал расстрелять еще двоих солдат. Я отнесла бумаги мистеру Тернеру, журналисту из «Таймс», и он согласился подхватить расследование.

Из протокола судебного разбирательства стало ясно, что солдат контузило. По словам Линдона, контузия была прискорбной слабостью, которая в достойных подразделениях попросту отсутствовала. «Недостаточно доказательств для вынесения обвинительного приговора», — резюмировал он, однако рекомендовал казнить солдата, дабы донести послание до батальона, который накануне понес большие потери. Никто не писал о том, что их сгубило именно тактическое решение генерала. Одним из солдат был ирландец по имени Фрэнк О'Дауд: его расстреляли за то, что он отказался надеть фуражку, потому что она промокла насквозь от непрерывных дождей. Врач накачал его препаратами, чтобы О'Дауд смог пережить последние часы в камере смертников. Мистеру Тернеру удалось связаться с медиком, который подтвердил, что О'Дауд был из числа добровольцев. «Эти люди в упор не видели храбрецов, даже когда те стояли прямо перед ними», — мрачно заключил медик. Он же подтвердил, что, когда расстрельная команда опустила ружья, мой брат сам пустил ирландцу пулю в голову.

Я провела ночь в отеле «Грейт Вестерн Рояль» в Паддингтоне. В отличие от большей части Лондона, война почти не затронула его, разве что крыши немного пострадали во время налетов. Было странно возвращаться домой. Я больше не ощущала себя частью общества, люди казались мне странными, какими-то другими. Война так много отняла у них, и я должна была сочувствовать им, однако для меня война выглядела совсем иначе. За ланчем я встретилась с мистером Тернером, и он вручил мне копию статьи, которая должна была уйти в печать на следующий день.

Прочитав статью, я признала, что она очень сильная. Мистер Тернер был исключительным журналистом: он изобразил моего брата не как пантомиму или монстра, способного на ужасное зло, нет, — он выбрал реальный образ. Человека, который предпочел жестокость порядочности. Неведомым образом это делало Линдона более ответственным за все его преступления.

— Теперь пути назад нет, — сказал мистер Тернер и, приподняв шляпу, растворился в толпе.

— Есть одна старая поговорка: прежде чем пойти дорогой мести, вырой две могилы.

Этот низкий, полный мудрости голос, без сомнения, принадлежал моей старой подруге.

— Джейн! — Я расплакалась и крепко обняла ее. Перед приездом я писала ей и спрашивала, не может ли она встретиться со мной в вестибюле отеля.

— Это был Конфуций, — добавила она. Почему-то она опасалась, что задуманное каким-то образом погубит меня. — Ты уверена, что хочешь пройти через это?

— Я должна поведать свою историю. Только так я верну себе власть.

Теперь я понимала, что у меня и родственников тех погибших солдат есть нечто общее. Мне было стыдно, и потому я молчала. Стыдно за то, что случилось со мной, за то, что я «позволила» этому случиться. Я стыдилась от мысли о том, что люди будут смотреть на меня как на ущербную, и этот стыд загонял меня в ловушку. Не считая Йозефа, я изолировалась от всего мира. Была ли я готова вернуться? Может, и нет, но разве человек чувствует себя по-настоящему готовым к чему-то? Все, что я знала, — довольно мне страдать в молчании. Пусть хотя бы боль от того, что я говорю обо всем вслух, придаст мне мужества.

— Мир должен узнать, каков Линдон Карлайл на самом деле. Я предложила свой вариант истории: офицер Карлайл, Жнец, который запер собственную сестру в приюте для умалишенных.

— О боже! И редактор напечатает? — спросила Джейн.

— У них там в «Таймс» своего рода круговая порука. Очевидно, того, что Линдон сотворил со мной, недостаточно.

— Но это абсурд!

— Мистер Тернер придерживается мнения, что любой намек на умственную слабость запятнает мою репутацию и отвлечет внимание от реальной истории. Так он сказал.

— Возможно, он прав. — Джейн закусила губу. — Линдон вполне мог бы использовать это в своих интересах.

— Вероятно, да. В общем, это последняя жертва во имя торжества правосудия.

Итак, все пришло в движение, пути назад не было. Боялась ли я? Да, конечно. Однако теперь, когда все разрослось за пределы моей личной истории, я чувствовала, что действую от имени всех тех, кто так и не добился справедливой мести за то, что мой брат сотворил с ними. Мне казалось, я восстанавливаю доброе имя Карлайлов; наверное, этого хотел бы отец. Время пришло. Я должна была встретиться с ним лицом к лицу.

Едва стемнело, я отправилась к дому, который когда-то считала своим. Воздух был неподвижен и тих, я слышала только звук собственных шагов и биение крови в ушах. Я подошла к парадным воротам. Каким маленьким все теперь казалось!

Я постучала в дверь и, пока ждала, представляла себя высоким деревом с крепкими корнями. Я расслабила плечи и всю энергию сосредоточила в центре живота. Вот где горел огонь — огонь ярости, который потребуется мне сейчас.

Дверь открыла женщина.

— К мистеру Карлайлу, — прямо сказала я.

— Он вас ожидает?

— Если нет, то он полный идиот.

Женщина выглядела озадаченной, но послушно ушла передавать сообщение. Я не стала дожидаться, пока меня пригласят в мой собственный дом: закрыла за собой дверь и последовала в гостиную, стуча каблуками по паркету.

— Извините, мадам, но вам придется подождать в холле.

— Я и так ждала достаточно. — Я с легкостью протиснулась мимо нее.

Линдон ужинал за столом и чуть не подавился супом, увидев меня.

— Какого дьявола...

— Удивлен, что видишь меня, братец?

Он не произнес больше ни слова. Линдон ненавидел представать в невыгодном свете. Теперь он будет молчать, попытается разведать обстановку, чтобы спланировать контратаку. Я не была готова к тому, что он так постарел и теперь выглядит намного старше своих лет. Он казался хрупким, с кожей тонкой, как бумага, и красной у шрамов, а еще явно страдал от артрита — руки скручивались, будто сами по себе, — и почти полностью облысел.

— Гадаешь, почему я здесь, а не у себя в келье в приюте Святой Агнес?

Линдон промокнул уголок рта салфеткой и отложил ее в сторону. Женщина, открывшая дверь, все еще вилась вокруг меня, как муха, пока он не прогнал ее движением руки.

— «Как она это сделала?» — наверное, думаешь ты. И что там насчет доктора Линча? Он ведь по-прежнему дерет с тебя плату каждый месяц, не так ли?

Он прищурился и поднялся из-за стола. Несмотря на физическую слабость, в нем все еще ощущалась офицерская выправка и привычка командовать, и мне потребовалась вся моя воля, чтобы не отступить.

— Как смеешь ты показываться здесь?

Линдон застыл так близко ко мне, что я почти чувствовала его дыхание на своей коже.

— Я тебя больше не боюсь. Что еще ты можешь мне сделать?

— Хочешь выяснить это?

Я выдержала его взгляд. Хотелось ударить его, но у меня в арсенале было нечто большее, чем насилие.

— Хотел стереть меня с лица земли? Ту маленькую девочку, любимицу отца? Что ж, позволь поздравить тебя: той девочки больше нет. Женщина перед тобой — совсем другой человек, она склонна к уничтожению. Конкретно сейчас — к уничтожению тебя и всего, что тебе дорого.

— Эта речь должна запугать меня? Потому что, уверяю, это не так.

Я кружила вокруг него, как львица вокруг добычи.

— Через несколько часов весь мир узнает, что ты сделал. Даже сейчас, пока мы говорим, чернила пропитывают бумагу.

— Какую бумагу? О чем ты говоришь, женщина?

— «Таймс». Они очень интересовались твоим прошлым, а особенно твоим прозвищем, Жнец.

В его лице промелькнуло беспокойство.

— Что ж, бумага все стерпит, даже ложь. А ты выставишь себя недалекой дурой, которой самое место в сумасшедшем доме.

— О да, тут ты прав. Несправедливо, но я знала, что одной моей истории будет недостаточно, чтобы уничтожить твою репутацию. Запятнать — да, возможно, но я стремлюсь вовсе не к этому. Нет, Линдон, утренние газеты расскажут о том, что ты творил на поле боя, и о людях, которых убил якобы за трусость. Бо́льшая часть записей была уничтожена, но я собрала достаточно доказательств твоей подлости. Ты станешь изгоем в глазах всех, кто знает тебя лично, и врагом для остальных.

Его глаза на мгновение расширились.

— Все это жалкие оправдания мужчин, которые не заслуживали даже носить форму. Они запятнали позором честь своей семьи и страны.

— У меня есть доказательства того, что люди, которых ты расстрелял, не были дезертирами. Нашлись и свидетели, подтверждающие, что ты хладнокровно убил их. Их семьи заслуживают справедливости.

— Я обеспечил им эту справедливость! — Его голос загрохотал, как пушечный выстрел, отдаваясь у меня в грудной клетке.

— Ого. Все ровно так, как я и подозревала. Ты на самом деле безумец.

Все мы были для него не более чем фигурами на шахматной доске. Несущественными, теми, кого можно передвигать куда угодно, если пожелаешь.

— Что ж, рыбак рыбака... К тому же они были просто призывниками, а не настоящими солдатами.

Я знала, что он провоцирует меня.

— А некоторые — просто мальчишками. Ты знал об этом? Да, может, они и запаниковали перед лицом смерти, но не собирались дезертировать.

— О, прошу, Опалин, расскажи-ка о своем боевом опыте! Просвети меня тем, как много ты знаешь на этот счет!

— Я знаю, что у меня нет права быть судьей или присяжным заседателем, когда речь идет о чужой жизни.

— Рассказать тебе о тысячах людей, которые умерли от переохлаждения той зимой? И еще больше — от холеры. Миллионы лучших людей великой империи испытывали неописуемые страдания, проводили недели в грязных окопах, в дождь, холод и ветер, голодные и уставшие, под непрерывным градом вражеских пуль. Грохот и звуки резни не стихали, а убитых и раненых стаскивали вниз, чтобы новые солдаты могли встретить врага вооруженными и подготовленными. Потоки черной грязи размывали сельскую местность. В первый день при Сомме погибло двадцать тысяч человек. Все ощущали, что это последний день, и каждый должен был встретить его лицом к лицу, опираясь лишь на плечо товарища. Они ели, когда была еда, и голодали, когда еды не оставалось. Убивали и ложились на землю убитыми, и их, наполовину изъеденных крысами, хоронили в неглубоких могилах. И это те, кому повезло.

Этого я не ожидала. Линдон никогда не говорил о войне, но как знать... может, если бы он не сдерживал себя, все могло бы быть по-другому.

— Тем не менее это не оправдывает...

— Никто не мог скрыться от этого ужаса. Но все мы должны были сражаться во имя короны, во имя короля. Так что я сделал то, что должен был.

— Что именно? Убил своих солдат до того, как эта возможность представилась врагам?

— На примере показал, что бывает с трусами. Армией правит страх. Думаешь, те, кто вызывался добровольцем, представляли, что за бойня ждет их впереди? Думаешь, каждый из мужчин, находящихся там, не мечтал всей душой покинуть этот ад? Что, по-твоему, заставляло их бежать навстречу смерти сломя голову?

Я не знала.

— Долг. Честь. У тех, кого ты так жаждешь защищать, не наблюдалось ни того ни другого. Они были отъявленными трусами.

— Если ты в самом деле веришь в честь, то знаешь в глубине души, хоть вряд ли она у тебя имеется, — но, по крайней мере, в глубинах твоей совести, — что поступил ужасно. Семьи этих людей слишком долго несли клеймо позора, и за что? Пусть эти люди ощутили страх перед лицом грозного врага, но разве это преступление карается смертью? Ты мог помиловать их, и большинство командиров поступили бы так. Но не ты! Почему нужно уничтожать любого, кто не соответствует твоим высоким стандартам? Почему нужно унижать и мучить...

— Довольно!

Он отошел и налил себе выпить из хрустального графина. Я пыталась прийти в себя, но ноги у меня дрожали, а еще мне тоже хотелось глотнуть алкоголя.

— Всегда дело в тебе, в твоих страданиях. Ты никогда ни о ком, кроме себя, не думала.

Я не потрудилась даже отвечать на это. Бессмысленно.

— Попробуй представить на секунду, какие страдания перенес из-за этого я? — Он указал на обожженную часть тела, а потом достал из кармана пузырьки с лекарствами и бросил на стол. — Они почти не помогают... Я исполнял свой долг, рисковал своей жизнью и что получил взамен?

— Тебя наградили медалями, так ведь?

— Ха! Медали! Я хотел уважения, хотел иметь будущее, обзавестись семьей. Но ни одна женщина не подошла бы ко мне, к тому же я не мог бы дать ей детей. Порченый товар! Мне пришлось умолять о работе... Ты хоть представляешь, как унизительно это было? То единственное, о чем я просил тебя?

— Выйти замуж за Бингли? — спросила я.

— И вот ты здесь, выставляешь напоказ передо мной свою свободу. Свободу, которая оплачена моими страданиями!

— Линдон, если б только ты сказал об этом раньше, я могла бы помочь.

— Что ты могла сделать? Ты годилась только для одного и даже в этом отказалась повиноваться мне.

— Повиноваться? — Я чуть не рассмеялась при этой мысли. Какое он имел право? Он всегда вел себя так, словно имеет власть надо мной, и, надо полагать, наша разница в возрасте усугубляла это и делала его поведение нормой. Но не теперь.

— Ты говоришь так, будто я должна тебе что-то. Так вот, поверь, братец, я ничем тебе не обязана.

— Ты обязана мне всем! Если бы не я, ты была бы мертва!

— О чем, черт возьми, ты говоришь?

— Твоя мать, эта французская шлюха, не собиралась оставлять тебя. Я даже теперь не знаю наверняка, моя ли ты!

Я как будто вклинилась в чужой разговор. Его слова утратили всякий смысл.

— Моя... мать?

Он подошел к буфету, достал из серебряной коробки сигару и прикурил от круглой мраморной зажигалки. Его глаза сузились, он медленно затянулся, а потом выпустил дым.

— Ты должна знать, что теперь они оба мертвы. Матушка и отец. Твои дед и бабушка.

Я покачала головой. Все это звучало... неправильно.

— Я не собираюсь выслушивать этот бред. — Я развернулась, намереваясь уйти.

— Теперь ты уже не так жаждешь узнать правду, а?

Я замерла как вкопанная.

— Разве ты здесь не для того, чтобы внести ясность? Пролить свет на мои прошлые прегрешения? Что ж, тогда тебе следует знать обо всем.

Меня затошнило так сильно, что это ощущение растеклось по венам. Я поняла, что знаю, давно знаю, что он собирается сказать. В глубине души я всегда знала это, но не позволяла себе заглядывать туда.

— И вот завтра, когда эта дешевая газетенка напечатает твою версию событий, ты будешь знать, что предала собственного отца.

Я развернулась всем телом и прямо посмотрела на него.

— Нет. — Я решительно покачала головой. — Это не может быть правдой.

— Это было летом тысяча девятисотого, мы путешествовали по Европе. Моя бабушка — твоя прабабка — оплатила эту поездку. Я был в компании друзей из университета, мы устроили гран-тур, как это принято у молодежи. Мне было двадцать, почти как тебе, когда ты сама сбежала на континент.

Меня взбесило, что он сравнил нас. Я ни в чем не походила на него.

— Мы были во Франции на Ривьере. И она повела себя развязно и доступно, как сама того хотела...

— Заткнись! — Я закрыла уши руками. Все это было слишком. Однако Линдон подошел и силой отнял мои руки, заставив слушать.

— Таков естественный порядок вещей, Опалин. Молодым людям свойственно разбрасываться, а такие девушки, как она, не упускают возможность, когда видят ее. Перед отъездом она заявилась ко мне и сказала, что беременна, что не может родить ребенка. Я ответил, что от меня она денег не получит, но она знала, как меня зовут, нашла адрес... Год спустя она появилась у наших дверей и оставила тебя на пороге. Нежеланный подарок, только и всего.

Я плакала, но он продолжал говорить.

— Я предложил отдать тебя в сиротский приют, но отец, этот слюнтяй, настоял на том, чтоб ты осталась в семье. Я не хотел иметь с этой историей ничего общего, я делал карьеру в армии. Они воспитали тебя как дочь, и с тех пор ты неизменно была для меня занозой в заднице.

Я перестала биться в его руках, и Линдон наконец отпустил меня. Потом вернулся к буфету и налил из графина бренди в два больших бокала. Протянул один мне, и я в несколько глотков осушила его.

— Папа... не был мне настоящим отцом?

Какое-то время мы молчали. Слова оседали вокруг нас, будто пыль.

— Как ее звали?

— Кого?

— Ту женщину. Мою... мать.

— С чего мне помнить, черт подери? Это было больше сорока лет назад... Селин или что-то в этом роде. Или, может, Шанталь?

Я запустила в него бокалом, и тот, ударившись о сервант, разбился вдребезги.

— Ты отвратителен, правда. Ты не испытываешь чувств ни к одной душе, любишь только себя самого. Ты запер меня в том... месте на столько лет. Доктор Линч... он знал, что ты мой отец, да? Боже, теперь все наконец понятно!

— Я оказал тебе услугу. Я видел, что ты идешь тем же путем, что и твоя глупая мамаша, — беременная и без кольца на пальце. Я избавился от этого ребенка ради тебя — и что взамен? Как ты меня отблагодарила?

От злости и ошеломления мне потребовалось несколько мгновений, прежде чем я осознала смысл его слов.

— Откуда ты знал, что я потеряю ребенка?

— Что?

— Ребенок. Она родилась мертвой, а ты сказал, что избавился от нее... но ты не мог знать, что так произойдет.

Он налил себе еще выпить.

— Линдон, что ты наделал?..

— Надо было сунуть ее в мешок и утопить, как котенка. Жалкое отродье.

Ярость, закипавшая во мне, была так велика, что я почти ослепла. Я впилась ногтями в ладони. Я мечтала убить его.

— О чем, во имя всего святого, ты говоришь? — Я едва узнавала свой тихий голос.

— Но живая она стоила денег. За мальчика, конечно, дали бы еще больше, но и она обеспечила меня кругленькой суммой.

Он посмотрел на меня и усмехнулся. Он смеялся над моим незнанием, совсем как в далеком прошлом, и я, будучи младше, соображала не так быстро, как он.

— Ты понятия не имела, не так ли? — Он с победоносным видом сделал глоток. — Старина Пэдди сохранил это в секрете...

Я схватила с комода нож и бросилась на него.

— Да поможет мне бог, Линдон, но, если ты немедленно не расскажешь мне всю правду, я выколю тебе глаза!

— Спокойнее, старушка, а то еще поранишь кого ненароком. — Он небрежно развалился в кресле. — Я продал ее бездетной паре, которая очень хотела иметь ребенка. Линч все организовал — видимо, ему не впервые случалось проворачивать подобные сделки.

— Она... жива? — Я едва могла дышать и уперлась руками в спинку стула, чтобы не упасть.

Он ничего не ответил. Похоже, что-то пошло не так, как он рассчитывал.

— Ты, кажется, испытываешь облегчение?

— О боже... Ты и правда понятия не имеешь, да?

— О чем?

— Что это значит — любить кого-то! — На мгновение я почувствовала себя лучше, но следом на меня обрушилось понимание глубины его бесчеловечности. — Ты продал собственную внучку!

Я бросила на стол статью мистера Тернера, а потом развернулась, чтобы уйти.

— Ты что, даже не спросишь меня, где она?

— А ты бы сказал, если б я спросила?

Он ухмыльнулся.

— А ты хорошо меня знаешь, малышка Опал.

Это стало последней каплей. Только Арман называл меня так, когда-то давно, в прошлой жизни.

— Послезавтра все узнают, каков ты есть на самом деле.

Я вышла из гостиной. Почему-то я все еще держалась на ногах. В холле я прошла мимо экономки, которая одарила меня странным взглядом. Я потерялась в бесконечном лабиринте эмоций и воспоминаний, которые больше не сплетались в единое полотно. Моя дочь жива. Вот за что нужно было держаться.

Уже у дверей я услышала громкий звук. Выстрел. Я замерла. Следом почти сразу раздался женский крик. Я не обернулась. Я приказывала ногам двигаться, шаг за шагом, а оказавшись на улице, сделала судорожный вздох. Я знала, что у меня был выбор. Эта ужасная череда событий могла стать моей новой историей — той, которую я была обречена носить с собой вечно, — или же могла умереть вместе с Линдоном. У меня был выбор, и мне предстояло совершать его каждый день до конца жизни.

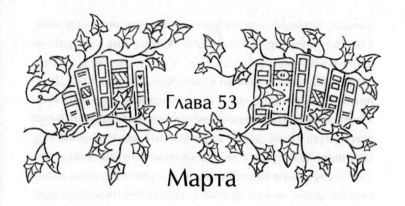

# Глава 53

# Марта

Стемнело. Я чувствовала себя в безопасности в нашем маленьком коконе. Это было такое облегчение — наконец впустить в свою жизнь Генри, поделиться всем, что я не хотела больше нести в одиночку. Мы знали, что нас не просто тянуло друг к другу: в каждом поцелуе, в каждой ласке таилась какая-то магия. Я с трудом могла поверить, что он был моим, что эти глаза смотрели только на меня. Он шептал мне в шею разные глупости, гладил кожу кончиками пальцев и, что было приятнее всего, заснул в моих объятиях.

Мадам Боуден так и не объявилась, и я подозревала, что она уже не вернется. Пусть это говорила во мне та самая интуиция, но я догадывалась, что она всегда знала об этом здании куда больше, чем показывала. Как и обо мне. Кем она была? Что за проверки устраивала мне? Ее подруги с той вечеринки были в этом как-то замешаны? Все это было не более чем инсценировкой? Я не обладала всей полнотой картины, но не могла больше обманывать себя и считать свое появление на Халф-Пенни-Лейн чистой случайностью.

Вместе с этим пониманием пришло и другое, замечательное. Я снова могла читать Генри так же ясно, как и в тот день, когда мы только встретились. Даже сквозь сон я видела его воссоединение с отцом и, несмотря на противоречивые эмоции, которые он испытывал по этому поводу, ощущала, как много это значит для него. Может, вовсе не любовь блокировала мои способности. Может, это была полная противоположность любви к себе. Чтобы оставаться с Шейном, несмотря на то, как он относился ко мне, мне пришлось неведомым образом отказаться от части себя. Заглушить внутренний голос, который твердил: что-то не так. Игнорировать ту сторону личности, которая знала, что я не заслуживаю подобного обращения. Что я достойна куда большего, чем просто быть чьей-то боксерской грушей. Я утратила способность понимать Шейна, когда выбрала закрыть глаза на себя и свои потребности. С Генри было так же. Я отказывалась видеть, как сильно люблю его, как нуждаюсь в нем.

Я почувствовала, как он пошевелился рядом со мной. Его волосы, слегка влажные на лбу, пахли бумагой и осенним ветерком. Я осторожно выбралась из постели, стараясь не разбудить его, и проскользнула наверх по лестнице, чтобы взять со столика в прихожей мою книгу. Я устроилась в одном из кресел мадам Боуден и прочла последние несколько страниц.

*«Если что-то потеряно, это не означает, что надежды нет. Это значит лишь, что пришла пора терпения, ожидания. Потерянный — не значит навсегда ушедший. Потеря — это мост между мирами, где боль прошлого может превратиться в истинную силу. Ключ от этого особенного места всегда был у вас, но теперь вы готовы наконец отпереть двери.*

*Каждый человек несет в себе особый дар, который, если им воспользоваться, поможет преодолеть страхи. История, передаваемая через память, жизни, которые молчаливо открываются вам, книги, которые мягко шепчут вам на ухо обо всем, что хранят, механические игрушки, оживающие в добрых руках, древности, спасенные и возрожденные для новой жизни, — это и есть истинное волшебство этих стен. В них сокрыта энергия, которая может стать чем угодно. Она прячется от всех, кроме истинно верующих, и это крошечное зерно, хранящее память обо всем, чем оно когда-то было, может снова стать цветущим садом.*

*Готовы ли вы переступить порог и заявить о том, что принадлежало вам по праву рождения?»*

Я ощущала тело как нечто стойкое, приземленное, как дерево, чьи корни уходят глубоко в землю, в то время как мой разум парил на ветру, как перышко. Вот она, моя дорога. Я не выбрала бы сама все, через что прошла с Шейном, но в итоге оказалась здесь, в поисках чего-то лучшего. Опалин была права — я чувствовала свою силу. Не эгоистичную, но спокойную, осознанную. Будто я наконец готова взять свою жизнь в свои руки.

А потом я вспомнила кое-то, о чем сказал Генри. Или, вернее, о чем он умолчал. Чутье подсказывало мне, что это важно, и теперь я была готова узнать всю правду.

⁂

— Что ты хотел мне сказать, когда пришел сюда? — спросила я, садясь на кровать рядом с ним.

— Что? — Генри потянулся и зевнул.

— Сегодня, когда ты пришел, ты сказал, что нашел что-то.

Он приподнялся на локтях и моргнул несколько раз, как будто перезагружался, как компьютер.

— А, да, подожди.

Он спустил ноги с кровати и натянул боксеры, а потом пошел наверх за курткой. В ту же секунду, когда он исчез из виду, мне стало зябко, и я мысленно улыбнулась себе самой.

— Все в порядке, — прошептала я. Теперь мне придется убеждать себя, что это нормально — испытывать эти чувства.

Нелегко будет научиться доверять Генри, если я только-только начинаю доверять себе.

— Ребенок Опалин, — сказал Генри, спускаясь по лестнице. — Девочка вовсе не умерла, ей просто так сказали.

Он присел на край кровати и протянул мне потрепанный сертификат. Это был неофициальный документ, подтверждавший удочерение девочки, записанной как Роуз.

— О боже, как они могли так поступить с ней!

— Из-за денег, я полагаю. В те времена это была довольно частая практика.

Генри сжал мою руку, и я была так рада, что он рядом. Ни за что я не справилась бы с этим в одиночку.

— Глаза подводят, ты не мог бы прочитать фамилию этой пары?

— Клохесси. Я... правильно произношу это?

Мои зубы вдруг застучали, словно от озноба.

— Эй, что случилось? — Генри притянул меня к себе.

— М-мою бабушку удочерила пара по фамилии Клохесси.

# Глава 54

# Генри

— Как ты можешь быть так спокойна? Твою бабушку звали Роуз Клохесси. Сколько, по-твоему, Роуз Клохесси могло родиться в том году? Слишком уж большое совпадение, а?

Я расхаживал по ее квартирке в подвале и вдруг осознал, как сильно мой громкий голос контрастирует с ее спокойной позой.

— Я не уверена, что описала бы это чувство как спокойствие, Генри, — заметила Марта. Она нисколько не дрогнула перед лицом столь монументального поворота в истории ее семьи.

— Ты перевариваешь. Ну да. Верно.

Это безумие. Я встретил женщину своей мечты, а потом узнал, что она носит черновик пропавшей рукописи Эмили Бронте НА СОБСТВЕННОЙ КОЖЕ. А теперь выяснилось, что она еще и правнучка Опалин Карлайл, одной из величайших фигур в книготорговле двадцатого века. И совершенно не подозревала об этом.

Ух, что будет, когда я расскажу обо всем на факультете, — у меня наконец-то появится достойный материал для диссертации!

— Так вот о чем ты думаешь?

— А? Что? Подожди, как ты...

Я ведь не сказал это вслух, да?

Марта встала и принялась спешно натягивать одежду, и это было прямо противоположно тому, что я бы хотел, чтобы она делала.

— Конечно, ты должен об этом написать. Все должны узнать историю Опалин, и именно тебе предстоит рассказать ее.

— Хорошо, но как ты узнала, что я...

— Это дар, Генри. Я больше не планирую скрывать его.

Я попытался притвориться, что меня это совсем не нервирует, а потом сразу же постарался не думать вообще ни о чем, чтобы она не вытащила это у меня из головы.

Ветви дерева затрепетали от едва уловимого ветерка, и дверь медленно, с театральным скрипом раскрылась.

— Что касается рукописи Эмили, никто в это не поверит, правда?

Она была права. У нас не было доказательств, но мы оба знали правду, и этого оказалось достаточно. Осознание этого факта выбило меня из колеи: признание больше не имело значения.

— Тебе придется смириться с тем, что ты единственный, кто увидит ее, — сказала Марта, целуя меня в щеку.

— Думаю, меня это устроит.

— Ну и хорошо. Так что, как думаешь, стоит попробовать? — Она уже натягивала туфли.

— Восхождение на Эверест? Ужин в новом азиатском ресторане?

Очевидно, мне недоставало ее дара.

Марта похлопала меня по руке и одарила той самой улыбкой, от которой таяло мое сердце.

— Найти книжный магазин. Ты ведь прочитал последнюю страницу в книге, да?

Я попытался мысленно воспроизвести финальные слова.

*«Душа ночи перевернулась с ног на голову...»*

— Я не вполне понимаю... Душа ночи?

— Не надо воспринимать все так буквально, — заявила Марта, козыряя своей новообретенной уверенностью, которой я прежде в ней не замечал. Ей очень шло, впрочем. — Если мне предстоит стать хранителем — а все буквально кричит об этом с тех пор, как я приехала, — полагаю, мне нужно просто верить. Я так долго отрицала это. Наверное, просто никогда не смела надеяться...

Она замолчала. Ее голос охрип от эмоций. Я обнял ее за талию и попросил ее слегка притормозить и сделать пару вдохов.

— Ты особенная, очень. Только сама не видишь этого. — Я склонил голову и коснулся губами ее мягкого рта, чувствуя, как сладкий аромат ее дыхания притягивает меня. — Я просто не уверен, что вписываюсь.

Я неохотно отстранился от нее. Что за глупые мысли.

— Ты единственный, кто видел этот книжный магазин. Это должно что-то значить.

И правда. Поиски рукописи привели меня сюда, и я отыскал сокровище, о котором не смел и мечтать.

Она взяла меня за руку и повела наверх. Свет в доме не горел, но комнаты освещала огромная луна за окнами.

— А что насчет мадам Боуден? — спросил я, когда мы прошли первый этаж и поднялись на один пролет по лестнице.

— Не думаю, что она вернется.

Ни намека на беспокойство в ее голосе. Что происходит? Она на мгновение повернулась ко мне.

— Возможно, тебе это покажется странным...

— Марта, — перебил я ее, обняв за плечи. — Я думаю, что слово «странный» можно исключить из нашего лексикона, не так ли?

Она заулыбалась и тряхнула головой, избавляясь от последних сомнений, которые сдерживали ее.

— Кроме нас двоих, никто на самом деле не видел мадам Боуден. Я спрашивала друзей, которые были на вечеринке, но никто ее не вспомнил. Как и моя мать.

— Ладно. Это действительно странно.

— Кроме нас двоих и Шейна, — добавила она, наморщив лоб и погружаясь в тревожные воспоминания. — Как это произошло? — шепнула она почти неслышно, обращаясь к самой себе.

Я тоже начинал жалеть, что видел ее. Может, мадам Боуден — призрак?

— Я так не думаю, — отозвалась Марта.

— Так, значит, ты теперь будешь читать мои мысли, когда захочешь, а? Не уверен, что мне это по душе.

Марта улыбнулась и заверила, что ее дар работает не так буквально.

— Я вижу скорее истории людей, чем каждую отдельную мысль. Хотя твои мне особенно легко читать. — Она подошла ко мне вплотную, и мы снова поцеловались в полной темноте. Потому что ну... нам хотелось делать это при каждом удобном случае.

Маленькая дверь в конце коридора напоминала вход в нору хоббита, и нам обоим пришлось нагнуться, чтобы протиснуться туда. Самый обычный чердак, где одиннадцать месяцев в году хранятся елочные украшения. Через маленькое окошко в него проникал молочно-белый лунный свет. Пыльные простыни скрывали непонятные предметы, а в большом зеркале отражалась молодая пара, которая входила в комнату через крошечную дверь. Я вспомнил книгу, которую отыскал на дне корзины для покупок в благотворительном магазинчике недалеко от Камдена. Что-то про воспоминания и о том, как они пропитывают стены. *«Они никогда не забывают то, что мы, простые смертные, утратили».* До сих пор я не особенно задумывался, что хотел сказать автор.

— Тут записка, — сказала Марта, взяв в руки конверт со своим именем.

*«Марта,*
*мне приходилось играть самых разных персонажей в историях других людей. Твоя история — моя любимая, и эта глава должна стать лучшей. Для того чтобы нечто существовало, нужно сначала поверить в него. Пусть твое сердце увидит то, чего не могут различить глаза. Ищи свой путь и прихвати с собой ученого. Мне нравится, когда он болтается рядом.*

*Б.»*

— Это ее почерк? — спросил я.

— Ее?

— Да. Мадам Боуден.

— Не думаю, что мадам Боуден — та, за кого мы ее принимали.

— Что ты хочешь этим сказать?

Она отложила письмо и глубоко вздохнула. Потом вдруг улыбнулась.

— Вы ведь вообще никуда не уходили, не так ли?

Я подождал секунду и оглядел маленький чердак. С кем это она разговаривает?

По правде говоря, я испытывал смешанные чувства. Радовался быть там, рядом с Мартой. Бестолково надеялся, что случится нечто сверхъестественное. Ощущал себя совершенно бесполезным, потому что понятия не имел, что мы делаем. Я был исследователем, привыкшим полагаться на силу разума, но Марта, казалось, могла чувствовать свой путь просто инстинктивно. Все было как в той песне *The Whole of the Moon.*

— *«Я говорил о крыльях, ты же просто летала».*

— Это стихотворение?

— Нет, песня. — Я взял ее за руку. Просто потому что нельзя было находиться с ней в одной комнате и не прикасаться к ней. — Она про луну, про парня, который просто идиот, и про девушку, которая просто... все знает.

— Прямо как про нас!

— Ага. Я знал, что тебе понравится.

Она обняла меня за шею, и мы задвигались в медленном танце, без музыки.

— Это все не слишком странно для тебя, да? — Она звучала приглушенно, потому что говорила куда-то в область моего шерстяного свитера.

— Будь это странно, я бы так и сказал, когда у тебя из стены начало расти дерево.

Она фыркнула, и мы оба рассмеялись.

— Такое чувство, что я сплю, — сказала Марта, и я мысленно согласился с этим. Однако сны имеют обыкновение кончаться, а наш... Наш, как я решил, будет совсем другим.

— Там еще одна дверь! — Она вырвалась из моих объятий и бросилась в дальний конец комнаты.

При ближайшем рассмотрении действительно обнаружилась еще одна дверь. Именно там, где, как я думал, стояло зеркало в полный рост, которое отражало нас. Я медленно моргнул. Нет, это точно была дверь, никакой ошибки.

— Как мы увидим, куда вообще идем? — спросил я примерно секунд через тридцать следования за Мартой в полной темноте. По логике мы уже давно должны были выйти на карниз дома.

— Никак. Доверься мне.

— Но ты ведь тоже не знаешь этого. — Я ударился головой о какую-то балку и хрипло застонал, согнувшись пополам.

— Ты однажды попросил меня верить тебе, и, как видишь, я не жалуюсь, — подколола меня Марта.

Я молчал еще с минуту, а потом начал ощущать, что мы поднимаемся.

— Просто на всякий случай уточняю: ты осознаёшь, что мы идем наверх, хотя уже находимся на чердаке?

— Осознаю.

Она протянула руку назад и погладила меня по голове. Это не слишком помогло.

— Помнишь книгу, в которой говорится о лестнице наверх, ведущей вниз?

Я помнил, но мне всегда казалось, что это какая-то милая детская сказка, а вовсе не карта к... чему именно?

— Ты же не думаешь, что таким образом мы отыщем книжный магазин?

— Нельзя найти то, что никогда не терялось. — Ее голос постепенно отдалялся.

Прекрасно. Даже Марта теперь говорит загадками, за что, надо полагать, стоит благодарить мадам Боуден. Куда все-таки она подевалась?.. Однако времени на рассуждения не оставалось, потому что проход сужался, и я уже чувствовал, как стены царапают мне руки.

— Видимо, неподходящий момент, чтобы сообщить, что у меня клаустрофобия? — как можно небрежнее поинтересовался я, умолчав о том факте, что теперь лестница, кажется, вела нас вниз по спирали.

— Мне кажется, это корни дерева, как думаешь?

— Ну разумеется, — пробормотал я себе под нос. Все это имело смысл, если ты только что принял какое-нибудь вещество. Или если твоя фамилия Певенси и ты обнаружила шкаф, полный меховых пальто. Я вдруг отчетливо осознал, что мои мысли — это постоянный поток насмешек. Но разве, как справедливо отметила Марта, не я первым зашел в этот книжный магазин? В свой самый первый вечер в Ирландии? И вот теперь я отмахиваюсь от него, как от пьяного бреда.

Разум не позволял мне просто верить. У Марты не было такого внутреннего сопротивления, и я решил, что раз уж не могу поверить в книжный магазин, то, по крайней мере, готов верить в нее.

— *«Душа ночи перевернулась с ног на голову»*.

— Это цитата из книги. Она означает: надо верить, что в конечном счете ты окажешься именно там, где тебе предназначено быть.

— Мне кажется, я уже там.

Не знаю, услышала ли меня Марта, но стоило произнести эти слова, как я буквально увидел свет в конце тоннеля. Мое сердце забилось чаще.

# Глава 55

# Опалин

*Дублин, 1952*

> *Надежда — из пернатых,*
> *Она в душе живет*
> *И песенку свою без слов*
> *Без устали поет*[*].

Я уронила томик стихов Эмили Дикинсон себе на колени и посмотрела на витражи магазина, которые теперь изображали птицу и открытую клетку. Я заключила своего рода пакт со Вселенной, что если буду держать дверь в свое сердце открытой, то рано или поздно моя маленькая девочка появится. Тем временем я нашла занятие, которое создавало иллюзию того, что мои действия хоть как-то приближают этот день. Я начала писать. Детскую книгу. «Затерянное место». Я знала, что в этих стенах скрывается какая-то странная магия; не вроде той, какую найдешь на ярмарке или в цирке, а гораздо тоньше.

Я начала выключать повсюду свет, нарочно не торопясь. Внутри зародилось какое-то трудноопределимое чувство.

---

[*] Пер. А. Гаврилова.

Будто рядом что-то или даже кто-то, кого я знаю и люблю. Но я не могла и не стала бы доверяться этому чувству. Даже услышав стук в стекло, я не обернулась, чтобы посмотреть. Не хотела мириться с разочарованием из-за того, что ошиблась. Я положила руки на стол и всем весом навалилась на него, крепко зажмурившись. Мое сердце не подчинилось разуму, и, так и не приняв никакого осознанного решения, я обернулась.

Он был там.

Йозеф. Снег мягко падал ему на голову и на плечи.

Вздох облегчения сорвался с моих губ, и, могу поклясться, книги на полках тоже вздохнули. Книжный магазин впустил его, когда я только сбежала из приюта Святой Агнес и отчаянно нуждалась в нем. И вот теперь, когда он вернулся, все снова наполнилось надеждой. Он приблизился к окну, я тоже. Нас разделяло только тонкое стекло, и я жадно смотрела на его глаза, на губы, на тело. Он настоящий?

— Ты не намерена впустить меня? — спросил Йозеф, криво улыбаясь. — Тут немного холодно.

Я расхохоталась и сама поразилась этому. Смех был словно перезвон колокольчиков, которые не звучали уже много лет. Я распахнула дверь, и мы оба замерли на пороге. На витраже над головой распустились цветы.

— Ты вернулся насовсем?

— Мой отец скончался этой осенью.

— Мне очень жаль. — Я прижала руки к груди.

— Я могу починить те несколько шкатулок, которые остались на чердаке. И вообще все, что сломалось...

— Ты уже починил самое главное, что здесь сломалось. — И я бросилась в его объятия.

— Так много ночей я мечтал о тебе. Об этом месте...

Он обнимал меня так крепко, будто больше ничто в целом мире не могло разлучить нас.

— Этот магазин — мое сердце, — сказала я. — Я должна найти способ сохранить его. Ради моей дочери.

Йозеф отстранился и посмотрел мне в лицо в поисках ответов.

— Она жива. Моя девочка жива.

Он открыл рот, чтоб заговорить, но не смог произнести ни слова. Впрочем, радости, мелькнувшей в его глазах, мне было достаточно.

— Пожалуйста, заходи, — попросила я наконец.

Он привез с собой одну только большую холщовую спортивную сумку. Из переднего кармана торчала книга. Красная кожа, страницы с золотым обрезом. Такая знакомая, но настолько невозможная, что я не смела даже надеяться.

— Это тебе, — сказал он, проследив за моим взглядом. — Я нашел ее в лавке одного австрийского букиниста.

Я взяла в руки потрепанный временем том и вновь почувствовала ту самую магию, совершенно детскую. Открыла обложку и ахнула, увидев, кому она принадлежала. Альфред Карлайл. Мой настоящий отец.

— Как ты...

— *Mein Liebling*, умоляю тебя, прекрати болтать и поцелуй меня.

# Глава 56

# Марта

Той ночью мне снились самые странные сны. Я шла по старой итальянской деревне, жаркой и пыльной от летнего солнца. Потом вошла в прохладное темное здание, которое от пола до потолка было заставлено старыми книгами. Какой-то мужчина вручил мне ключ, а потом быстро, словно по волшебству, я вновь оказалась на Халф-Пенни-Лейн. В магазине была женщина, знакомая и незнакомая одновременно. Она сказала, что ждала меня. Что магазин ждал меня.

— Проснись, — велела женщина. — Просыпайся.

В утреннем свете я могла различить светло-русые пряди на подушке. Генри рядом со мной. Если он и был разочарован тем, что не нашел книжный магазин, то виду не подал. Узкий коридор привел нас прямиком в мою квартирку в подвале. Оказалось, это не секретный проход в другое измерение, а просто туннель для слуг или что-то в этом роде. Генри затащил меня в постель и сообщил, что он уже давно отыскал все, чего ему хотелось. Я тоже обрела куда больше, чем когда-либо мечтала... и все же ощущалась некая незавершенность.

— Дерево!

— Я не сплю, не сплю, — немедленно откликнулся Генри, притом что один глаз у него оставался закрытым, а волосы взъерошены.

— Оно исчезло!

— Ну и ладно... Сам факт того, что здесь растет дерево, с самого начала был странным, но, с другой стороны, это, конечно... Что ты делаешь?

Я очень быстро натягивала одежду.

— Давай, ты разве не пойдешь со мной?

Генри моргнул, а потом неохотно натянул джинсы. Я взбежала по лестнице вперед него.

— Э-э-э, Марта? Эти слова всегда были выгравированы здесь, на ступеньках? «В затерянном месте можно найти странные вещи», — крикнул он, но я обнаружила наверху нечто еще более любопытное.

Я ожидала, что попаду в прихожую дома № 12 по Халф-Пенни-Лейн, но вместо этого стояла в месте, в существование которого до этого момента не верила. Книжный магазин Опалин. Дневной свет проникал внутрь через стеклянную витрину, и в солнечных лучах сверкали пылинки, словно конфетти. Я едва осмеливалась дышать, боясь, что все это испарится. Понемногу я позволяла глазам привыкнуть к тому, что вижу. Деревянные шкафы, высокие, от пола до потолка, покрытые мягким зеленым мхом и увитые плющом по краям. Листья бесшумно опадали на плиточный пол, а над головой парили игрушечные воздушные шары. Казалось, это место только что пробудилось от долгого сна, как Рип ван Винкль, и стряхивало с себя оцепенение зимней спячки. Я моргнула, но оно не исчезло. В воздухе пахло теплым деревом, бумагой и сладкими золотистыми сентябрьскими яблоками. А еще тут было полно старинных книг и разных диковинок, и все они ждали нас.

Я вернулась домой.

Генри, поднявшись на площадку, столкнулся со мной, а потом принялся оглядывать все вокруг.

— Пожалуйста, скажи, что ты тоже это видишь, а значит, у меня не галлюцинации.

— Это все взаправду, Генри. — Я посмотрела на него и улыбнулась.

— Вижу, но не могу поверить, — прошептал он. — Как такое возможно?

Я глубоко вздохнула, а потом припомнила последние строчки из книги Опалин.

— Может, на самом деле книжный магазин не терялся. Может, потерялась я.

Я протянула руку, и он крепко сжал ее.

— Мы сделали это, — проговорила я. — Мы нашли книжный магазин.

Его улыбка казалась красивой и беззаботной, как у маленького ребенка.

— Ты посмотри. — Он указал на витражи в верхней части окон, не похожие ни на что виденное мной раньше и все же необъяснимо знакомые. — Это ведь...

Рисунок у самого края. Женщина с короткой стрижкой, одетая в длинное пальто и брюки, держится за руки с солдатом.

# Эпилог

Дождь на улице закончился, и гряда серых облаков, нависших над городом комковатым пуховым одеялом, разошлась в стороны, открывая маленькие неровные окошки голубого неба.

— Это все правда? — спросил мальчик и не таясь сунул в карман одно печенье. На потом.

— Каждое слово, — подтвердила Марта. Она принялась перебирать конверты и письма, потому что пора было возвращаться к работе.

— А что случилось с домом и пожилой леди?

— Дом № 12? Он стоит, как и прежде, но теперь там живет кто-то другой.

Он покивал, будто это объяснение вполне удовлетворило его.

— Так в книге говорилось, что вы будете продавать книги?

На мгновение она задумалась.

— Да, полагаю, в некотором смысле это так.

Он насупил брови.

— Что такое?

— Жаль, что у вас нет книги, которая рассказала бы мне, чем мне заняться, когда я состарюсь.

— Когда станешь старше, — поправила Марта. — Кроме того, разве эта мысль уже не пришла тебе в голову?

— Что вы имеете в виду?

— Разве ты не знаешь уже, кем хочешь стать?

— А я знаю?

Она терпеливо кивнула.

— Разве ты не почувствовал, как твое сердце подпрыгнуло? В тот момент, когда я рассказывала тебе о Мэттью Фитцпатрике?

— А, *это?*

— Да. Это.

Он соскользнул с табурета и, волоча ноги по полу, вернулся туда, где бросил школьную сумку, а потом закинул ее на плечо с таким видом, будто там лежали все заботы мира.

— Учитель говорит, что это дурацкая идея.

— А по-моему, такие идеи всегда самые лучшие.

Мальчик с любопытством посмотрел на Марту. Она как будто бросала ему вызов. Почти никогда взрослые не слушали его, а если это и происходило, они не поощряли его верить в глупые выдумки.

— Самое главное в книгах — то, что они помогают тебе вообразить жизнь намного бо́льшую и лучшую, чем любые твои мечты, — пояснила Марта.

Тут зазвенел колокольчик и в дверь влетел высокий мужчина с волосами, спадающими на глаза. Он подошел прямо к Марте и очень крепко поцеловал ее в щеку (что, по мнению мальчика, было ужасно неприлично).

— Кто это у нас здесь? — поинтересовался он у Марты.

— Скажем ему? — вместо ответа спросила Марта у мальчика. — Кто ты на самом деле?

Сначала мальчик колебался, но потом, казалось, обрел некую уверенность и выпятил грудь.

— Я волшебник! — объявил он.

— Что, правда? — ухмыльнулся Генри.

— Абсолютная, — подтвердила Марта. — И в качестве своего первого трюка он заставит исчезнуть во-о-он ту волшебную книгу, которую будет читать все утро.

Она кивнула, разрешая забрать книгу.

— Бесплатно? — спросил мальчик.

— Первая книга всегда бесплатно, — заверила его Марта, и спустя несколько мгновений мальчик уже запихивал книгу в сумку, а потом вылетел за дверь. По пятам за ним неслись искры, а за плечами в странном утреннем свете вилось нечто, что можно было при наличии большого воображения принять за плащ.

— Итак, ты опять это сделала, — резюмировал Генри, обнимая Марту за талию.

— Сделала что, мистер Филд?

— Сделала кого-то очень счастливым, миссис Филд.

На этот раз они целовались так долго, что пришлось даже на время закрыть магазин.

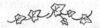

И на этом их история закончена. Хоть они так и не нашли рукопись Эмили Бронте. По сей день она лежит, запрятанная в хранилище ирландского банка, и все еще ждет возможности стать частью чьей-то истории.

# От автора

Дорогой читатель!

Надеюсь, тебе так же понравилось погружаться в мир редких книг, как мне — писать это! Эта история, как часто бывает, началась с нескольких строк, спешно нацарапанных на клочке бумаги, пока они не забылись, и рисунка человека, стоящего на том месте, где должен быть книжный магазин. Тогда я и представить себе не могла, в какое путешествие меня отправят Опалин, Марта и Генри. Я знала только то, что очень хочу написать историю о необычном книжном магазине, сохранившемся со времен золотого века книготорговли. А еще хочу наполнить эту историю волшебством, тайнами и романтикой.

Работая над книгой, я так много исследовала, что потребовалась бы еще одна книга, чтобы описать все источники вдохновения. Где-то я читала, что тебе должно нравиться то, о чем пишешь, потому что вам предстоит провести вместе много времени. И я могу совершенно искренне сказать, что это был труд по любви. Книги, персонажи и то, как они бросают друг другу вызов и исцеляют друг друга, — вот настоящая магия этой истории (только не говорите мадам Боуден, что я так сказала).

Я люблю писать несколько параллельных линий в разных временны́х отрезках, потому что меня завораживает то, как прошлое формирует наше настоящее. В «Затерянном книжном» одной из тем является поиск своего предназначения, и эта тема эхом кочует из поколения в поколение. Фактически все мои романы — о самопознании, становлении и поиске принадлежности. Мне нравится писать о персонажах, которые не всегда вписываются в общепринятые стандарты, навязанные обществом, и Опалин, безусловно, была женщиной нетрадиционной для своего времени. Я хотела написать книгу, которая отразит то, что я, как женщина, думаю и чувствую по поводу женщин из прошлого, которых когда-то маргинализировали и даже теперь нередко выкидывают из их собственных историй. В ходе работы над книгой я получила возможность исследовать жизни удивительных женщин, которые многого добились, например журналистки Нелли Блай, а еще литературных скаутов, ученых и книготорговцев, чья история и вдохновила меня на идею с поиском второго романа Эмили Бронте, — Леоны Ростенберг и Мэделин Стерн.

В основе всех моих книг лежит универсальный опыт, который делает нас людьми, — единое для всех желание быть любимыми, быть замеченными, иметь возможность проявить себя. Для меня это главное, и именно эта черта определяет то, как я рассказываю ту или иную историю. Магический реализм помогает нам выйти за пределы нашего ограниченного воображения, показывает, что возможно все. Как говорит Марта, книги помогают тебе вообразить жизнь намного бо́льшую и лучшую, чем любые твои мечты.

*С любовью,*
*Иви*

# Благодарности

Во-первых, хочу поблагодарить моего редактора Шарлотту Леджер. Ее энтузиазм по поводу книги привнес в процесс столько позитивной энергии, и это просто мечта — работать с ней. Также благодарю команду *One More Chapter* и издательство *Harper Collins UK*. Я неизменно признательна за ваши страсть и опыт, которые помогли сделать эту книгу прекрасной.

Также спасибо Джиллиан Грин, которая вдохновила меня написать первые главы этой истории, и Софи Ханна за ее подбадривающие отзывы и наставления.

Огромное спасибо моей семье, особенно родителям, чьи любовь и щедрость остаются неизменными и непоколебимыми. И моей сестре, которая, как назло, тоже писательница, — за ее вдохновляющий тезис и бесконечную веру в эту книгу.

Наконец, спасибо тебе, мой дорогой читатель, за твою веру, за то, что ты шагнул в мир «Затерянного книжного» и позволил ему ожить в твоем сердце.

# Об авторе

Иви Вудс — псевдоним Иви Гоган, автора книг «Коллекционер историй» *(The Story Collector)*, «Семейная реликвия» *(The Heirloom)* и «Таинственная пекарня на Рю де Пари» *(The Mysterious Bakery on Rue De Paris)*. Иви живет на западном побережье Ирландии и спасается от ненастной погоды, сочиняя рассказы на переоборудованном в кабинет чердаке (и мечтая обзавестись теплыми полами). Ее книги балансируют между повседневным и потусторонним, открывая читателю магию, которая таится в самой обычной жизни.

*Литературно-художественное издание*
*Романы МИФ. Магия книжных страниц*

# Вудс Иви

# Затерянный книжный

Руководитель редакционной группы *Анна Неплюева*
Шеф-редактор *Павла Стрепет*
Ответственный редактор *Дарина Андреянова*
Литературный редактор *Анна Калинина*
Креативный директор *Яна Паламарчук*
Дизайнер *Валерия Шило*
Иллюстрация на обложке,
оформление блока *Елизавета Шкулепо cheeririo*
Леттеринг *Вера Голосова*
Верстка *Владимир Снеговский*
Корректоры *Евлалия Мазаник, Елена Сухова*

Подписано в печать 23.04.2024.
Формат 84×108 ¹⁄₃₂.
Гарнитура Newton.
Усл. печ. л. 21,84.
Тираж 10 000 экз. Заказ 3681.

ООО «Манн, Иванов и Фербер»
123104, Россия, г. Москва, Б. Козихинский пер.,
д. 7, стр. 2

mann-ivanov-ferber.ru
vk.com/mifbooks

Отпечатано в АО «Первая Образцовая типография»,
филиал «УЛЬЯНОВСКИЙ ДОМ ПЕЧАТИ»
432980, Россия, г. Ульяновск, ул. Гончарова, д. 14
uldp.ru